MAESTROS DE DESTRUCCIÓN MASIVA

Título: Maestros de destrucción masiva
Autor: J.M. Muñoz

Corrección y edición: Whigman Montoya Deler
Maquetación y diseño de portada:
Jorge Venereo Tamayo

Información de catalogación de publicaciones disponible en la Biblioteca
del Congreso de los Estados Unidos.
LCCN # 2024931294

ISBN 10: 1–7365719–5–8
ISBN–13: 978–1–7365719–5–8

info@edicioneslaponia.com
www.edicioneslaponia.com

Impreso en los E.U. A., 2024

Ediciones Laponia

MAESTROS DE DESTRUCCIÓN MASIVA

J. M. Muñoz

Índice

CAPÍTULO 1

Martes, noviembre 1, 2011, 1:23 a.m.

Graviel, debo dejarte aquí mientras voy por ayuda —me dice Pamela mientras me sienta en el suelo y apoya mi espalda en una pared. Se arrodilla frente a mí para limpiar sangre de mi rostro con el interior de su chaqueta. Hay terror en su mirada; voltea alrededor como buscando algo, asegurándose que no venga nadie. Pasa su mano por el pelo y se quita su chaqueta para cubrirme. Se pone de pie y mira a ambos lados otra vez, su rostro refleja confusión.

Aunque tengo mucho frío, quiero decirle que no la quiero, que la tome de vuelta, pero algo en mi garganta me impide hablar. Siento una opresión incontenible en mis pulmones, que apenas me deja dar respiros cortos, así que trato de no hablar. No recuerdo con detalle lo que ha pasado, solo que Pamela me ayudó a salir del Templo con mi brazo alrededor de su cuello. Se ha manchado el uniforme de sangre.

Se oyen sirenas de patrullas en la distancia, espero no nos encuentren en el callejón donde estamos. El olor que despide este lugar es nauseabundo, parece el basurero del edificio. Habíamos entrado en un callejón sin salida, en un hueco donde había botes de basura y algunas tarimas recargadas. Estábamos escondidos del tráfico de la calle y quien sea que entrara, tendría que caminar hasta donde estábamos para encontrarnos. No había ninguna luz encendida salvo la de la luna que se asomaba desde su punto más alto.

Sé que tengo dos disparos, uno en mi pierna y otro en mi espalda. Siento mi cabeza inclinarse hacia un lado, y no puedo controlarla.

– ¡Graviel! –oigo a Pamela gritar asustada mientras sostiene mi cara antes de caer al suelo. –Resiste un poco más por favor. Graviel, mírame. ¡Mírame! –dice apretándome el rostro. Pienso en decirle que si grita otra vez así le voy a dar una bofetada; mi cabeza me está matando del dolor y sus gritos no me están ayudando.

La sirena de una patrulla se escucha cada vez más y más cerca. Creo que estaba equivocado acerca de que no nos encontrarían aquí. Se detienen, pero podemos ver las luces en la pared de al lado. Escucho las puertas de un carro abrirse y cerrarse y voces en un radio. Se acercan pasos. En la oscuridad, la luz de la luna ilumina el rostro de Pamela: sus ojos enormes como dos grandes lentes de vidrio, enfocados detrás de mí; su boca medio abierta y su respiración cada vez más y más lenta, hasta al fin detenerse. Sin mover su cabeza, sus ojos bajan hacia mí y se pone de pie, luego comienza a caminar hacia atrás en dirección a la misma pared donde estoy yo y recarga su espalda contra la cerca, levanta mi cabeza y la pone encima de sus piernas, ahora veo la luna junto a su rostro. Pasa su mano sobre su pelo. Los pasos de los policías se hacen más lentos… saben que alguien está aquí.

Todas las unidades en el área estén alertas. Escucho la radio de uno decir. *Busquen por todos los alrededores.*

– ¿Cuántos son? –escucho a un policía preguntarle al otro. Sus voces se escuchan muy bajo, pero puedo distinguir lo que dicen ya que estoy a solo pasos de ellos.

– Uno.

– ¿Un hombre causó todo esto?

– Shhh… un muchacho. Y sí. Si lo encuentro lo voy a matar personalmente.

– Pero… dice el comandante que lo quiere vivo.

– Pero alguien más lo quiere muerto.

– ¿A qué te refieres? ¿Quién?

– No lo entenderías…

Estamos entrando en un callejón. Parece que puede haber alguien. Cambio. dice el policía en la radio. Están a solo unos metros y se acercan más.

Pamela sostiene mi cabeza con ambas manos y me ve con ojos enormes, puedo sentir su miedo traspasar sus poros y rozar en mi piel. Clava su mirada en la mía. Sin mover su cabeza, sus ojos se dirigen hacia el piso donde vienen las luces y luego a mí. Una lágrima sale de uno de sus ojos.

Se escucha un disparo a lo lejos. Otro.

Pamela salta un poco. Los policías rápidamente reaccionan y corren a la patrulla, alejándose del callejón. Quien sea que haya sido, gracias. Pamela vuelve a respirar, se siente aliviada y sonríe.

Estoy muy débil. Ya no quiero estar aquí. Sé que si no me atienden rápido voy a morir.

– Necesitamos irnos de aquí pronto. No te muevas. Traeré ayuda. No trates de levantarte. –Pamela se levanta y limpia la sangre de sus manos en su falda. Me recuesta en la cerca una vez más. Se asoma al callejón lentamente, caminando hacia la calle. Muevo mi cuerpo hacia mi izquierda, pero caigo al suelo, dejándome ver el final del callejón que conduce a la calle. Pamela está caminando lentamente hacia fuera, mira a ambos lados y se pierde en la neblina.

Me arrastro hacia la pared para recargarme una vez más. Tengo mucho frío. Me duelen mucho las piernas y poco a poco estoy perdiendo la sensibilidad en ellas. Tengo miedo. Desde hace mucho tiempo, tengo miedo de verdad. Levanto la palma de mi mano y está llena de sangre. Puedo sentir líquido rodar por mi frente dándome comezón. Al caer en mis ojos tiene un color rojo. Toco mi cabeza para saber dónde está la herida, pero siento un dolor inmenso solo al hacer contacto. Me quedo ahí sentado en el callejón tratando de respirar lento porque el pecho me duele cuando respiro hondo.

De pronto siento que la temperatura de mi cuerpo comienza a incrementar. De un momento a otro me estoy quemando en calor. Esto no es bueno. Tengo que irme de aquí; tengo que ir a buscar ayuda. No hay señas de Pamela por ningún lado. Cada segundo es eterno. Trato de inclinarme hacia adelante para apoyarme, para ponerme de pie, pero mis manos no son lo suficientemente fuertes y caigo boca abajo. La herida de bala en mi espalda y pierna izquierda hacen imposible que me ponga de pie. Puedo sentir el piso helado en mis labios y por un momento, el frío se siente bien. Hago el esfuerzo para volverme a sentar, pero no lo logro. Siento un dolor fortísimo en la cabeza. Estoy muy cansado, ya no aguanto más y dirijo mi mirada a la luna.

Todo allá arriba se ve tan sereno, tan quieto. Inmovible. Solo el cielo ha sido testigo de todo lo que ha pasado. Por un momento mis sentidos se mudan y solo hay silencio en mi mente. Veo una pequeña estrella al lado de la luna y me viene a la mente el recuerdo de... – ¡Oh Dios mío! —me escucho a mí mismo decir y empiezo a llorar. Aún no logro comprender cómo sucedió todo esto. Siento como si estuviera en un sueño del cual quisiera poder despertar.

Algo espeso en mi garganta comienza a bloquear mi respiración y sé que es sangre por el sabor amargo y metálico que tiene. Logro toser unas cuantas veces y por tercera vez la cabeza me duele, pero esta vez aún mucho más. Todo se comienza a tornar nuevamente oscuro y veo todo lento. El dolor en mi cuerpo comienza a desaparecer y lo siento entumecido. Insensible. Todo se calla, la oscuridad se apodera de mi vista y conscientemente siento que estoy durmiendo...

Unos golpes en mis mejillas hacen que abra mis ojos.

– ¡Graviel! —es Pamela. Me ha sentado de vuelta y de pronto todo el ruido comienza a regresar como una ola. Siento martillazos en la cabeza. —Graviel, Lukas está aquí, te vamos a llevar al hospital.

– Pamela pone mi brazo alrededor de ella y ayuda a levantarme.

– ¡Oh por Dios! ¿Cómo ocurrió esto? —Lukas pone mi otro brazo alrededor de él. Los puedo oír hablar, pero ya no logro entender lo que dicen. Abren la puerta trasera del coche y me sientan en el sillón. Ella se va del otro lado y recuesta mi cabeza para que descanse en sus piernas mientras Lukas comienza a conducir. Me acaricia el pelo y llora. La veo hundirse en mi pecho y llorar. Es algo realmente confuso porque nunca la había visto llorar y menos así. Aprieta mi mano, llenándose de mi sangre.

Una vez más siento que todo alrededor de mí se torna oscuro y Pamela, asustada, me da palmadas en la cara. Le dice algo a Lukas, pero no sé qué. Me mira de nuevo y una de sus lágrimas cae en mi mejilla. Sin poder soportar más cierro mis ojos y aunque siento que ella aún golpea mi cara, ya no tengo las fuerzas para volverlos a abrir. Siento que mueve mi cabeza, pero simplemente ya no puedo más. Mi ser se pierde en la oscuridad y me siento suspirar en paz...

Aproximadamente un mes después...

La luz cala en mis ojos al abrirlos. ¿Estaré muerto...? Distingo paredes de vidrio enfrente de mí y gente caminando en el pasillo. Veo doctores pasar.

Estoy en un hospital.

Estoy recostado en una cama. Miro alrededor y me sorprendo porque casi nada me duele, como si me hubiera despertado después de dormir, excepto que tengo mucha hambre.

Alguien está sentado al lado de la cama sosteniendo mi mano y su cabeza está enterrada en las cobijas. Es una joven de pelo rojo. Es Pamela.

—Pamela... —digo en voz baja, pero no para despertarla, sino para ver si puedo hablar. Respiro hondo, despacio. El pecho ya no me duele. Estoy bien. Creo que todo está bien. Miro alrededor y no hay mucho que ver. ¿Qué día será? No veo ningún calendario en la pared. Hay adornos de pavos en el pasillo, debemos estar cerca del Día de Acción de Gracias. ¿Cuánto tiempo estuve inconsciente? No logro recordar mucho.

Mi mano esta mojada. Pamela está babeando. Sonrío. Levanto la mirada y veo un doctor de pie enfrente de la puerta, escribiendo algo. Levanta la mirada y sus ojos se abren de la impresión. Se apura a meterse al cuarto. Pamela se despierta al sonido de la puerta corrediza.

— ¡Señor Richardson, qué gusto! —dice el doctor sonriendo. Pamela lo mira y luego a mí. Se dibuja una gran sonrisa en su rostro y pone sus brazos alrededor de mi cuello emocionada.

— ¡Graviel! —su voz suena quebrada. Me abraza fuerte y se queda un momento así, lo cual no me molesta ya que no duele. El doctor está de pie a un lado mío escribiendo en sus notas lo que los monitores dicen y mirando su reloj. —¿Cómo te sientes? —pregunta cuando me suelta. Tiene círculos negros alrededor de sus ojos.

— Me siento bien, gracias. —asiento con la cabeza. Nos vemos a los ojos por un momento largo y le toco su cara. Pamela abraza mi mano.

— Habíamos estado esperando que despertara desde ayer señor Richardson. —dice el doctor aclarando su garganta. Pamela se quita avergonzada. El Doctor saca una pluma de su bolsa y la presiona haciendo que salga una luz de ella. La pasa por mis ojos y luego con su estetoscopio checa mi respiración. —Todo parece estar bien, señor Richardson. ¿Siente algún malestar?

— Solo hambre.

— Bastante fácil de corregir.

— Lukas fue a la tienda. Le llamaré para que traiga algo. ¿Puedo darle comida de afuera? —Pamela se dirige al doctor.

— Por supuesto. —contesta y ella me hace la seña que ya vuelve y sale del cuarto a hablar por su celular. El doctor aclara su garganta otra vez. —Señor Richardson.

— ¿Sí?

— Desde que fue internado, no han dejado de venir algunos detectives a buscarlo. —el doctor se queda unos segundos en silencio, esperando a que yo diga algo. Doy un respiro hondo. —¿Qué fue lo que pasó? ¿Por qué lo buscan?

— No quiero hablar de eso.

El doctor suspira apretando sus labios.

— No es necesario que me diga. —mete las manos en su bata. —Si sigue mejorando saldrá de aquí pronto. Con permiso. —pone su mano en mi rodilla y sale del cuarto. Al mismo momento Pamela entra.

— Ya está. Lukas ya viene en camino con algo para comer.

— Pamela ¿Cómo está mi familia?

— Están bien. —se sienta a mi lado. —Vienen todos los días a verte. Ya no deben tardar. Bethany siempre se quiere quedar, pero tu papá no la deja. ¿Estás bien? –pregunta. Me doy cuenta de que no tengo expresión en mi rostro.

– El doctor mencionó que he tenido otras visitas. –miro a Pamela. Ella se pone de pie y camina hacia la ventana. Debemos estar en un piso alto porque está mirando hacia afuera y hacia abajo.

– Si no me han arrestado es porque están esperando tu testimonio.

– Pamela, no voy a hablar.

– Graviel… –Pamela me voltea a mirar. –No puedes quedarte callado. Tú más que nadie sabes que la policía no se va a detener. ¿No te das cuenta de que esto cambia todo?

– No me interesa la importancia que tenga.

– ¿Aunque te envíen a la cárcel? Porque sabes que lo harán. –su tono de voz comienza a elevarse.

– No me enviaran a la cárcel, si lo hacen no me iré solo. Me llevo a unos de ellos conmigo.

– ¿Cómo es posible que hables así? Es absurdo que... –Pamela pone la mano en su boca, molesta, al ser interrumpida por el ruido de la puerta al abrirse.

Es un hombre alto, de ojos almendrados y nariz de gancho. Usa un saco negro con una gabardina café. Su semblante señala una sonrisa poco amigable. Sacude sus hombros al entrar. Creo que lo he visto antes.

– Saludos. –dice acercándose a mí. Nuestras miradas se juntan y ninguno de los dos dice nada. Sabe que no es bienvenido. –He esperado dos semanas que despertaras. –dirige su mirada a Pamela, quien no puede sostenerla por mucho tiempo y baja la cabeza.

– Soy el agente especial Patrick Shaw. Detective especial de la D.I.A. –saca un cuadro de piel de su gabardina y la desdobla, enseñándome su placa.

– Se quién eres.

– ¿Ah sí? Lo dudo. En cambio, nosotros te hemos estado observando desde hace mucho tiempo. –dice sonriendo diabólicamente.

– Patrick Shaw, 46 años, graduado de la Universidad de Bois en 1983. Estudiaste psicología, pero te recibiste con un título de criminología por órdenes de tu padre. Fuiste policía en 1985 y luego ingresaste a la División de Investigaciones de Aphoria en 1992 después de casarte con Lauren tu novia de la universidad. Tienes dos hijas, la mayor, Lisa de 21; la segunda, Mara de 18 y el tercer es un niño, Jack, de 12. Desde hace tiempo me has estado vigilando. A mí y a mis amigos. Para nosotros no era ningún operativo secreto. Todos lo sabíamos. No me digas que no sé quién eres. Sé quiénes son todos y cada uno de tu división. ¿Quieres intimidarme? Estás muy lejos de eso. Vete a comer un plato enorme de excremento, enfermo imbécil.

El agente Shaw me mira sin decir nada, puedo escucharlo respirar. Por un momento veo un gesto de disgusto en su rostro. Pamela está de pie con los brazos cruzados y mira a Shaw con una mirada penetrante desde la orilla del cuarto.

– Tan cierto como eso pueda ser, Graviel. –dice suspirando.

– Necesitamos programar una fecha para su testimonio.

– No voy a hablar.

– Graviel, no estamos negociando. –dice sonriendo. –Tu testimonio acerca de la Fraternidad es de suma importancia para nuestra investigación. –infinitas imágenes pasan por mi mente al mencionar la palabra "fraternidad."

– Graviel… –dice Pamela acercándose a mí. Toma mi mano.

–… No voy a hablar.

– Entonces iras a la cárcel, Graviel.

– Y tu conmigo Patrick. ¿Acaso has olvidado que también estás en la Lista? –digo y Shaw da dos pasos atrás. Mira a Pamela y luego a mí, como una lagartija extendiendo su cuello en defensa ante el peligro. Su expresión muestra ira.

– Tendré… que regresar con mi superior. –Patrick levanta la mirada dejando sus ojos pegados a los míos, reponiendo su postura. –Si no puedo convencerte, vendría él en persona. –camina fuera del cuarto. Se detiene en la puerta. Me mira de lado. –Él si va a hacer que hables Graviel. O si no irás a la cárcel, y aquí la única diferencia es que yo tengo inmunidad… y tú no. –dice y sale del cuarto.

Pamela aprieta mi mano y nos quedamos en silencio por un buen rato. Sabemos que Patrick tiene razón. Después de unos momentos llega Lukas y comemos los tres, tratando de recuperar nuestra dignidad.

– No estamos libres del todo. –dice Lukas mientras come. Su tono arrogante como siempre. Usa el mismo peinado de siempre, el cabello rubio alocado como un cantante de rock pesado –Me siguen a todos lados. Me vigilan para asegurarse que no escape.

– Aun no sé cómo no estamos los tres en la cárcel. –Pamela se limpia la boca con una servilleta.

– ¿No han ido a la universidad?

– No. –dice Lukas. –Está cerrada. El paso está prohibido desde…

– lo interrumpe la puerta que se abre.

Llegan papá, su esposa Stacy, su hija Kimberly y mi hermanita Bethany. Estoy tan contento de verlos a todos. Papá se ve muy bien. Realmente diferente. Kimberly me abraza cuando me mira. Bethany se sube a la cama y me comienza a platicar sin parar.

– Pamela no se ha ido de tu cuarto todos los días que hemos venido Graviel. –Bethany dice sonriendo, apuntando a Pamela, quien se pone roja como su pelo.

– Qué bueno que ya estás mejor, hijo. –papá está de pie abrazando a Stacy.

– Sí papá, gracias.

– ¿Cuándo puedes salir de aquí? –pregunta Stacy.

– Aún no sé. Dice el doctor que pronto, yo me siento muy bien.

Después de unas horas, papá dice que debe irse ya que Bethany tiene que ir a la escuela mañana. Todos en el cuarto saben, pero nadie dice nada.

– Bueno, hermano yo me voy. –Lukas suena cansado. Han estado conmigo hasta la medianoche. El doctor entró a checarme un par de veces y unas enfermeras me ayudaron a ir al baño. Pude haberlo hecho yo solo porque sentí que mis fuerzas estaban regresando. Me dolía un poco el cuerpo al ponerme de pie, pero tenía que hacer la lucha por moverme más seguido.

– Gracias por estar aquí.

– No, gracias a ti, por todo. –Lukas se pone de pie. –Mañana regreso a traerte comida, la comida de aquí es pésima.

– Tú lo has dicho, hasta luego. El reloj de la pared marca las dos de la mañana. El doctor permite que vengan a verme a cualquier hora porque de acuerdo con él, soy un caso "especial." Pero no lo dice él, lo dice la D.I.A.

Han pasado dos días, y quiero ir a dar un paseo. Me siento un poco débil y cojeo de un pie. Agarro el porta sueros con el monitor que están conectados a mí y los halo conmigo. Últimamente todos me han estado dictando que hacer. Hoy quiero hacer algo por mi propia voluntad sin tener que darle explicaciones a nadie. Camino fuera del cuarto y no hay moros en la costa. Veo una anciana en una silla de ruedas siendo empujada por una enfermera. Me mira, pero sigo caminando sin decir una palabra.

Sin que nadie me diga nada llego hasta el techo. Las luces de la ciudad aún están prendidas y se pueden ver los rayos del sol comenzando a salir en el horizonte que se pinta de un color púrpura. Hace bastante frío. Quizás no fue una buena idea venir aquí. Pero estoy aquí, así que no importa ya. Veo mis brazos y me quito la aguja del suero y los cables en el pecho. Dejo el aparato porta sueros ahí con los cables colgando y camino hasta el borde del techo. Hay una pequeña barda que me llega hasta las rodillas lo suficientemente ancha como para que alguien se siente, así que sin pensarlo dos veces me siento en ella con la espalda en una pipa de aire.

Mi familia ha venido a visitarme con frecuencia y el doctor dice que el jueves a más tardar podré ir a casa. La D.I.A. también me dio una visita ayer y conocí al comandante Landon Hooper. No fue de lo más agradable. Me aseguró venir hoy para una confesión. Era eso o la cárcel. Estaba fanfarroneando.

El sol comienza a salir en el lado este de la ciudad. La mañana se ve sorprendente. ¡Cómo se ilumina la ciudad! Miro hacia abajo, a la carretera, son catorce pisos. Hay edificios enfrente de este, muchísimo más grandes, pero pienso que una caída de aquí sería suficiente para que no me sobre ni el apellido allá bajo.

Sonrío con mi propio chiste. El viento frío golpea en mi cara, avisándome que aún estoy vivo, recordándome que soy mortal, que soy tan pequeño. Por un momento estoy en paz. Doblo mis rodillas, abrazándolas. Hundo mi cara en ellas y siento una lágrima caer de mi mejilla. Abro un ojo mirando hacia el cielo. Suspiro. Me sale otra lágrima sin que yo le dé permiso. No sé cuánto tiempo más paso ahí, pero cuando me doy cuenta el sol ya está bien puesto en el cielo, ahora la ciudad está funcionando como un día normal. Todo está vivo allá abajo.

– ¡Graviel! –escucho a Pamela gritar. Volteo la mirarla. Está de pie en la puerta y corre hacia mí. –¿Qué rayos haces aquí?– pregunta. Le sonrío, sin contestar. –¿Por qué te saliste de tu cuarto? Las enfermeras te están buscando como locas. Tuvieron que llamar a la policía. Hooper está aquí también porque pensaron que te habías escapado. –Pamela camina hacia mí. Volteo otra vez para mirarla.

– Tú sabías que estaba aquí. ¿Por qué no les dijiste? –Pamela trata de decir algo, pero se queda con la boca abierta poniendo su mano en su frente, pretendiendo no saber de lo que estaba hablando.

– Yo no sabía que estabas aquí.

– No tienes que pretender.

– Tienes miedo. –Su tono es más serio. No contesto. Bajo mis piernas y me siento normal en la pared. Pamela lo hace a mi lado.

– Tengo… frío.

– Vamos adentro. –pone su pelo detrás de su oreja.

– No voy a hablar, Pamela.

– Sabes que debes hacerlo.

– ¡No lo haré!

– ¡Deja de sentir lástima por ti mismo, por Dios! ¡¿Qué rayos crees que estás haciendo, portándote así?!

– ¿Qué estoy yo haciendo? ¿Qué estás tú haciendo, cooperando con ellos? ¿Acaso ya se te olvidó lo que les pasó a nuestros amigos? ¡Ellos lo hicieron, Pamela! ¡Esos que están abajo sabían lo que estábamos pasando y no se tocaron el corazón para intervenir hasta que ya nada tenía solución! ¿Quieres que coopere con ellos? ¡¿En serio?! ¿No entiendes que nada de lo que diga me va a ayudar? Sea lo que sea que haya pasado ellos quieren que lo diga para saber cuánto sé, y luego silenciarme poniéndome un tiro en la cabeza para cubrir sus traseros. Solo había alguien que podría haberme ayudado…

Pamela se pone de pie como para decir algo.

– Si de una manera u otra estamos perdidos, aunque sea decide la manera más fácil. Nosotros no tenemos la culpa de cómo estamos. Ni tú, ni nadie. Hemos sacrificado bastante como para que te detengas ahora. Nuestros amigos te lo agradecerían. Hazlo por ellos. Deja de pensar en lo que pudo haber sido. Voy a bajar. No les voy a decir que estás aquí. Si quieres bajar por tu misma cuenta hazlo, sé que tú sabes lo que tienes que hacer. Créeme que cualquier decisión que tomes, estoy de acuerdo contigo. —dice y se va, cerrando la puerta tras ella.

Me quedo unos minutos más ahí sentado. Pensando. No puedo hablar, tengo miedo de que les pase algo a mis familiares y amigos. No puedo dejar que nada les pase. Me pongo de pie y camino hacia la puerta. Me arrepiento y regreso a la banqueta. Oh, santo cielo ¿Qué hago? Tomo la decisión de no hablar. No voy a decir nada, aunque tenga que ir a la cárcel. Voy a escapar. Me meto al edificio, pero en vez de bajar por el elevador, me pongo tras la puerta de los escalones para bajar. Desconsolado y con miedo me agarro de los rieles, tomo asiento en los escalones. Empiezo a llorar. Extraño a mis amigos…

Escucho pasos viniendo por arriba de los escalones. Me levanto y me dirijo en dirección hacia abajo. Parece que alguien también viene subiendo. Me limpio las lágrimas y camino hacia arriba, luego hacia abajo. Alguien está tratando de acorralarme. Asomo la cabeza hacia abajo por los rieles de los escalones, pero no veo a nadie y los pasos se escuchan cada vez más cerca. Miro hacia arriba pero no hay nadie tampoco.

— Graviel. —dice alguien en un eco. Es la voz de un hombre. No sé de dónde viene, si de arriba o de abajo.

— ¿Qué quieres? ¿Quién eres? —pregunto sin ver a nadie. Los pasos se escuchan más cerca, luego de arriba puedo ver a un hombre de saco bajar los escalones lentamente. Parece un policía. De abajo viene otro, también de saco, se detiene al verme, mirándome hacia arriba. Sonríe y continúa subiendo los escalones. Yo estoy de pie en la pared esperando a que me arresten. No obstante, hay algo diferente en ellos.

— Soy el capitán Carl Calvins. —dice enseñándome una placa muy distintiva. Es un escudo cromado con el número de placa por la parte de arriba y abajo un águila cubriendo las letras D.E.O. –Este es mi teniente Marco Ramírez.

– ¿Departamento Elite de Operaciones?

– Sí Graviel. –dice y le doy un abrazo. Ramírez pone su mano en mi espalda. –Tranquilo hijo, está todo bien.

– Pero ¿Cómo es posible? ¿Cómo me encontraron aquí? –mis ojos llorosos. Calvins extiende su mano hacia el escalón para sentarme. Nos sentamos los tres en los escalones.

– Te hemos estado siguiendo desde el principio. Cohen estaba trabajando solo, pero cuando desapareció, esculcamos su oficina y encontramos un disco duro que tenía todas sus conversaciones. No fue exactamente ético de nuestra parte, pero hicimos lo que hicimos y aquí estamos.

– ¿Por qué nunca intervinieron?

– Echaríamos a perder todo el trabajo que Cohen y tú habían comenzado. –contestó Ramírez.

– La D.I.A. está aquí. –digo agachando la cabeza. –¿Qué hago? Quieren una confesión.

– Dásela. –Calvins me mira a los ojos. –Hemos llevado tu caso al fiscal general del estado Manuel Stanley. La D.I.A. responde al fiscal general y tú lo sabes.

– Y el fiscal general le responde al Departamento de Justicia.

– Exacto –añade Ramírez. –Tú, más que nadie sabes que el fiscal no está del lado de nadie. Él es el único que te puede ayudar.

– Él conoce tu caso desde el principio. Le hemos hecho saber todos los datos y te ofrece inmunidad.

– Yo creí que Cohen …

– Olvida eso Graviel. –dice Calvins. –Esta magnífica ciudad tiene un secreto y alguien tiene que revelarlo. Alguien tiene que decir que no todo termina con un final feliz, que hay veces entre la realidad y la ficción hay una línea casi invisible. Que hay gente mala en este mundo que hará cualquier cosa para tomar el control, que, aunque sé que con lo poco que tú digas no los podrás detener. Al menos tu conciencia estará libre de que lo supiste, que el trabajo de todos los que te ayudaron, como Cohen, y tus amigos, no fue en vano.

– No fue en vano. –me pongo de pie. –Vamos entonces–caminamos hacia abajo y abro la primera puerta hacia el hospital. Ramírez y Calvins detrás de mí. Bajo por el elevador hasta el tercer piso donde veo, desde lejos, a muchos hombres de saco y policías. Logro ver a Hooper quien al verme envía a dos policías hacia mí. Llegan y me toman cada uno del brazo y me encaminan hasta Hooper.

– El tiempo se te ha agotado muchacho. –Hooper pone sus manos en sus lados. Es un hombre en sus sesentas, muy alto, de pelo blanco y peinado hacia atrás. Su saco muy brillante y liso. Ojos cafés penetrantes, boca fina sin expresión y una nariz larga y puntiaguda. Su mirada es estricta y dura.

– Tranquilos. Todos tranquilos. –el capitán Calvins interviene entre Hooper y yo. –Suéltenlo que él puede caminar solo.

– Vaya ¿Quién mandó a llamar al Departamento de Elite? ¿Qué hacen ustedes aquí Calvins? Esta no es su jurisdicción.

– El estado entero es jurisdicción del fiscal general. –dice Calvins abriendo sus brazos también. Hooper se endereza.

– El fiscal general no tiene nada que ver en este asunto. Esto es algo que solo le pertenece a la División de Investigaciones de Aphoria– Hooper lanza una mano al aire.

– Ya no. Tenemos órdenes del fiscal general para grabar toda interrogación que se le haga a nuestro sospechoso.

– Estás hablando fuera de tu capacidad, amigo. –Hooper se gira a hablar con un oficial de policía y le da la espalda a Calvins. –El fiscal general nunca puede dirigirse a una división municipal antes que a la D.I.A.

— Tienes razón. —Calvins se acerca a Hooper. —Él no se dirigió a nosotros. Nosotros nos dirigimos a él.

— Bromeas. Esto te va a costar caro. —Hooper se vuelve a verlo —¡Shaw! Ven acá. —el agente Shaw viene a un lado de él. —Llama al honorable Manuel Stanley y pregúntale que podemos hacer con el Departamento Elite de Operaciones para poder eliminarlos del mapa, que ya me tienen cansado por este insulto. Han llevado esta broma lo suficientemente lejos. Menciona el nombre del Capitán Carl Calvins específicamente.

— Sí señor. —Shaw marca un número en su celular poniéndose de espaldas a nosotros mientras Hooper nos mira directamente y cruza sus brazos. Shaw voltea a mirarnos de vez en cuando y le da el celular a Hooper.

— ¿Señor fiscal general? —Hooper sonríe, como hablando con un viejo amigo. —Sí señor. ¿Cómo? Pero… señor, pero no es posible. No claro que no. Sí señor. Disculpe. Sí está bien. —Hooper se queda en silencio unos segundos mirando al suelo con sus manos en sus lados y le da el celular a Shaw.

— ¿Y bien? —pregunta Calvins.

— ¡Ejem! Vámonos. El fiscal viene en camino y estará presente en el testimonio. —Hooper le da a Calvins una mirada de disgusto. Luego hacia mí. —Tu testimonio va a cambiar muchas cosas muchacho.

—Lo sé —le digo.

Hooper manda a que me cambie. Tomo un cambio de ropa que estaba en el cajón en mi cuarto. Pamela lo había traído por si llegaba esta ocasión. ¿Dónde está Pamela? me doy la vuelta, pero ella no está, solo veo policías en mi cuarto y agentes que no me dan la oportunidad de vestirme solo. Temen que intente "escapar" de nuevo. Absurdo, pero bueno. Termino de cambiarme y un policía me pone unas esposas.

— ¿Qué significa esto? —pregunto mirando a Hooper y a Calvins.

— Es solo rutina. –dice Hooper con esa mirada sonriente. Quién sabe si se está riendo o está molesto.

— Espectáculo más bien diría yo. –añade Calvins. –Déjalos Graviel. Te prometo que hoy estarás libre.

Mientras bajamos, al pasar, todo el mundo dirige su mirada hacia mí y a la escolta que va conmigo. Veo a Pamela sentada afuera en una banca, en el jardín del hospital. Me mira y se pone de pie apresurada.

Me detengo y todos se detienen conmigo.

— ¿Todo bien? –Hooper voltea a verme.

— ¿Puede venir ella con nosotros? –le pregunto a Hooper, quien dirige su mirada a donde estoy viendo.

— ¿Por qué?

— Me sentiría mejor si ella me acompañara.

— ¿Y si digo que no?

— Pues nada.

— Ella también debe ser interrogada, pero no ahora. Además, no podemos tener a dos testigos juntos. –Hooper se da la vuelta y sigue caminando. Yo no me muevo. Hooper se detiene y se voltea una vez más. –¿Qué? –Ladra Hooper extendiendo los brazos. –¿Ahora me vas a decir lo que tengo que hacer?

— No, es solo un favor.

Hooper suspira molesto. Hace una mueca con sus labios y le hace una seña a un policía, quien va hacia donde está Pamela y le dice algo. Ella camina hacia mí, esposada y el policía detrás de ella.

— Calma. Es rutina. –Hooper tose y nos lleva a una Suburban negra que tenía una patrulla al frente y dos más detrás.

— Llévanos al centro Danny. –le dice Hooper al conductor. Él está de pasajero. –Vas a conocer una verdadera estación de policía Calvins. –Hooper se voltea hacia el asiento de atrás; Calvins va solo en el asiento trasero. Nosotros vamos en el medio.

– Solo por fuera. Por dentro está podrido. –dice Calvins sin mirar a Hooper, pero lo suficientemente alto para que lo escuchara. Y así siguen peleándose todo el camino.

– ¿Qué te hizo cambiar de opinión? –pregunta Pamela susurrando.

– Nunca cambie de opinión realmente. Creo que fue el estar inconsciente por tanto tiempo.

– ¡Qué loco! Todo esto va a ser nuevo para mí. Será bueno saber qué fue lo que pasó en el Templo. Fue un gran misterio para todos.

– Ni me recuerdes.

– ¡Qué raro eres! ¿Vas a decir todo?

– Creo que sí. –Contesto. –Ah, por cierto. Recuérdame decirte algo esta noche.

– ¿Podremos vernos todavía esta noche?

– Te lo aseguro.

Pamela junta sus manos hacia las mías y aunque estamos con las esposas puestas, toma mi mano y la aprieta. Nos miramos y sonreímos.

Capítulo 2

El edificio del Departamento de Investigaciones de Aphoria es muy grande. Es de tres pisos, y abarcaba casi dos cuadras; parece una escuela. Entramos y los policías se van, solo nos acompañan Hooper, Shaw, Calvins y Ramírez. Hay otros dos agentes más junto a un alguacil que nos guían hasta un cuarto enorme con dos secciones, dividido por una pared y una puerta de vidrio. No parece una sala de interrogaciones, más bien parece una sala de conferencia, porque hay sillones muy lujosos. Nos quitan las esposas.

– Bueno ya estamos aquí. –Hooper hace la seña con la mano para que me siente en uno de los sillones. Estoy frente a muchas personas que se acomodan e inmediatamente se quedan en silencio. Me pongo a pensar cómo empezar. Manny, Manny ¿dónde estás?

– ¡Ey! Acá estamos. –Hooper interrumpe mis pensamientos. –¿Ya podemos empezar?

— Aún no. –dijo Calvins. Abriéndole la puerta al fiscal general. Entró un hombre alto, muy recto en su apariencia, cabello peinado para atrás, nariz de punta y ojos oscuros. Su mirada hacia arriba, así como también su pecho. Sabía llegar tarde y hacer notar su presencia. Vino acompañado de una mujer y varios hombres más. Parecía molesto ya que cuando todos se pusieron de pie al verlo, ignoró la mano de Hooper frente a todos en la sala y se acercó a mí.

— No tengas miedo muchacho. –toma mi mano con una de sus manos y con la otra me toca el hombro. No dejes que nadie te intimide. Habla con seguridad. –dice. Asenté con la cabeza. Se da la vuelta, se desabrocha el saco y se sienta junto a mí.

— Muy bien Graviel. –comienza Shaw. –Hay dos cámaras en este cuarto. Una en aquella esquina y otra allá. Detrás de ese vidrio hay una tercera cámara y hay más gente mirándote. Las tres cámaras están grabando cada palabra que decimos desde este preciso momento. Como puedes ver, todos estamos muy interesados en lo que sucedió con la Organización de los Caballeros Templarios y la Orden de los Caballeros de Colón y tú eres el único que lo sabe. Después de la explosión muchos de los documentos se perdieron así que tu testimonio es de suma importancia. Queremos que nos describas absolutamente todo. ¿De acuerdo?–preguntó de pie frente a mí. Me quedé en silencio por un momento.

— Muy bien señor Richardson. Cuando esté listo. –dice una mujer.

Silencio. Pasa un minuto.

— Cuando esté listo. –repite.

Hay una ventana y el sol le da en la cara a Pamela. Me mira y le sonrío. Me sonríe también.

Aclaro mi garganta.

— Comenzaré a hablar desde donde comenzó todo. Creo que, si no doy un relato personal, cualquier cosa que diga no tendrá el mismo valor, supongo…

...Todo comenzó en Aphoria hace un año y medio... más o menos.

Aphoria es la ciudad más grande del estado, y yo diría que era la más influyente, la que más daba de que hablar. La gente no venía de Aphoria, al contrario, iba a ella. A través de los años había crecido mucho gracias a grandes empresas y negocios que atraían a mucha gente trabajadora de alrededor. Esta gran ciudad... llena de ilusión y oportunidades donde la gente viene a realizar sus sueños y a cumplir sus metas. Sin embargo, esta ciudad está fundada en arena; los pilares que la sostienen son de barro. Yo no lo sabía, al menos no cuando llegue por primera vez. Quizás es cierto lo que dicen, que no todo lo que brilla es oro. Supongo que yo no quise conocer la verdad cuando debí hacerlo, todo sucedió tan rápido que no me di cuenta cuando las cosas comenzaron a salirse de control. Me dejé llevar por las emociones y no supe medir la realidad, ni diferenciar entre lo que era bueno o malo. Lo que sé ahora, es que las cosas no debieron haber sucedido así. No de esa manera.

La Universidad de Aphoria estaba entre las universidades más prestigiosas del estado; una escuela privada de cuatro años donde la taza de admisión era tan baja que admitían a uno entre cien. Así es, la universidad era sin lugar a duda una de las muchas cosas que hacían a esta ciudad grande, probablemente no en tamaño, pero en poder. Yo había venido a vivir a esta ciudad para asistir a la universidad, y como todos, había llegado con un sueño; que era completar mi bachillerato, graduarme de la escuela de leyes y ser abogado como se lo había prometido a mi madre. Ella había venido a este país de inmigrante con sus padres cuando apenas tenía diez años. Vivió en Aphoria y asistió a la escuela ahí, pero luego de que ella cumpliera los diecisiete, sus padres fueron deportados de regreso a su país de origen. Ella se quedó con una tía, luego mi padre la conoció en la universidad, se enamoraron y se casaron. Después de graduarse, mi mamá se embarazó de mí, así que dejó su carrera por unos años.

Mis abuelos eran dueños de una enorme empresa que luego fue heredada por su único hijo, mi padre. Después de retirarse se mudaron a un pueblo solitario donde nadie los molestara. Ahí fue donde mi hermana y yo crecimos, ya que papá no podía mirar a Bethany sin ver el rostro de mamá. Culpaba a Bethany por haber nacido. Cuando mis abuelos le pidieron que Bethany y yo nos fuéramos a vivir con ellos, el no dudó en decir que sí. Además, ellos podían darnos una mejor vida ya que él estaba siempre ocupado. Al menos era lo que él decía, por eso no podía pasar tiempo con nosotros. Horas antes de morir, mi madre le dijo a mi papá que nos sacara de la ciudad para que no me dejara trabajar ni aprender en el negocio de la familia. Me pareció extraño que mamá pidiera algo así, pero mi padre respetó su voluntad.

Sin embargo, yo, por más que traté de cumplir los deseos de mi madre, era imposible ser un prestigioso abogado si no asistía a la Universidad de Aphoria. Fui a su tumba muchas veces a decirle que solo estaría en la ciudad durante el tiempo de mis estudios y me iría en cuanto terminara. Mi papá nos visitaba con frecuencia. A veces nos llevaba a Aphoria a mirar la empresa de la familia, pero siempre lo hacía fuera del horario de trabajo, cuando ya todos se habían ido. Así que nadie nos conocía. Bethany le preguntaba por qué no quería que miráramos a nadie y él siempre decía que, porque en horas de trabajo todos estaban muy ocupados como para tener niños ahí, cosa que no nos molestaba porque Bethany y yo siempre jugábamos más a gusto y podíamos correr libres en todo el edificio sin que nadie nos dijera nada. Ahora todo eso se me hace como un gran chiste.

En los siguientes años, papá venía cada vez menos seguido a vernos. Eso sí me incomodaba un poco, no por mí, sino por Bethany. Ella amaba a papá, y él no la veía igual. Técnicamente el nacimiento de Bethany fue lo que mató a nuestra madre, y papá siempre miró a Bethany con un cierto sentido de acusación. Esto, por supuesto, no me tomó tiempo notarlo.

Ese día era un jueves. Bethany y yo estábamos despidiéndonos de mis abuelos para viajar a Aphoria. Hacía ya dos meses que me había graduado de la secundaria y llegado el día en que tenía que ir a la universidad. Papá había quedado en venir por nosotros, pero me había avisado una semana antes que tenía un viaje de negocios y por consecuencia no iba a poder estar conmigo hasta la siguiente semana. Mis abuelos sugirieron que esperara hasta que él llegara, pero yo insistí en salir ese día. Sabía que papá había cancelado a propósito así que no quise esperar más.

El mayordomo me ayudó a empacar un poco de ropa y subirla a mi carro. El remolque de mudanzas que habíamos rentado con todas nuestras pertenencias se había ido el día anterior y me estaría esperando en casa de mi padre cuando llegáramos.

— ¿Tienes todo lo que necesitas hijo? —El abuelo me tocó el hombro, interrumpiendo mis pensamientos. Está detrás de mí, recargado en su bastón.

— Sí abuelo, gracias.

Él era una persona muy buena y muy refinado, o sea refinado entre refinados. Tenía una disciplina con estándares bastante altos. Todos los días usaba un traje de tres piezas. Era un excelente cocinero y conocedor de vinos. No había tema del cual no supiera, era diestro en muchas áreas, fue un prodigio en su juventud, campeón de rugby, jugó remo en la universidad y aunque andaba con bastón últimamente, era más por apariencia que por necesidad. Gozaba de buena salud y fuerza; había estudiado en Aphoria también, en la mejor escuela superior. Su familia siempre fue dedicada a los negocios, y exigente en los estudios. Él hizo lo mismo con su hijo. Yo lo admiraba demasiado desde el primer día que vine a vivir con él. Caminaba apoyándose en su bastón, mirando hacia enfrente; cuando se detenía, colocaba un puño en su cintura inclinándose hacia uno antes de hablar. Su percepción de las cosas se había quedado en sus tiempos de joven, cuando los hombres aún usaban sombrero, cuando los hombres eran hombres en toda la definición de la palabra. Era mi modelo a seguir.

Mi abuela estaba ayudando a Bethany a abrocharse el cinturón de seguridad.

— Yo puedo sola abuelita, mira así se hace.

— No, lo estás haciendo mal, es del otro modo. Dámelo.

— Herbert te pudo haber llevado. ¿Estás seguro de que quieres ir solo? —preguntó el abuelo. Herbert era el mayordomo.

— No te preocupes estaré bien. Conozco bien el camino. —contesté. El abuelo se quedó mirándome a los ojos por un largo tiempo y puso su mano en mi hombro

— Me da mucho gusto que hayas aceptado ir a esa universidad a estudiar. Sé que tu madre se sentía un tanto insegura, pero mi padre se graduó *Suma cum laude* de ahí, así como yo y también tu padre. No dudo que tú también lo lograrás. —dijo tocando mi rostro.

— Abuelo, mi madre nunca me dijo por qué no quería que fuera a estudiar en UA. Nunca supe el porqué de su miedo. —esperaba que entendiera y que me diera una respuesta. El abuelo solo suspiró. Desde que decidí ir a estudiar a UA, el abuelo no dejaba de contar los días. Había aplicado a otras universidades en otros lugares y había sido aceptado en todas. Al abuelo no le interesaban las otras universidades. Esta, él decía, era la que tenía lo necesario para todos los hombres de nuestra familia.

Todo el mundo quería ser estudiante de UA, pero no todos lo lograban. Solo asistían los mejores de los mejores. Era una institución para estudiantes sobresalientes.

– Te ves muy bien. Sé que tu madre estaría muy orgullosa de verte. Yo lo estoy –Sonrió. –Tengo algo que quiero darte. –sacó una pequeña caja de su saco. La puso frente a mí y extendí la mano. Lo volví a mirar. –Ábrela. –dijo. La abrí y estaba una cadena de oro delgada con un pendiente en forma de triángulo invertido con un diseño de una espada hacia abajo en medio y una serpiente alrededor de esta. La espada no era dorada, sino plateada. Cuando la toqué con mis dedos, emitió un color rojo brilloso en la hoja y el mango se tornó verde esmeralda. La serpiente reflejó un color azul cristalino, como si el pendiente estuviera electrificado. En los contornos del pendiente había escrita una frase en latín *"Adversus Tyrannos ad obediendum est Deus"*. –Era mía, de cuando era joven. Esta cadena Graviel, perteneció a mi padre, quien la adquirió de unos sacerdotes de una rama antigua de la Santa Congregación. La hicieron solamente para él. La puedo usar yo porque la sangre de mi padre corre por mis venas. Así como también por las tuyas. Los tres grupos de piedrecitas son de rubí, diamante y esmeralda. Tienen una energía especial que hacen que brillen cuando eres uno con ella. –dijo sonriendo.

– Abuelo, pero ¿qué es la antigua Santa Congregación, y por qué nunca me habías hablado de esto? y ¿por qué has saltado a papá? ¿es que no sigue él en la línea?

– La Santa Congregación ya no existe, al menos no con ese nombre. Fue mi padre quien la fundó con ese nombre. Ahora, en este tiempo le llamamos, La Hermandad, los que no saben mucho la conocen como la Fraternidad, que al caso viene siendo lo mismo en términos de definición, pero no en la práctica. Esta hermandad es un grupo de hombres filántropos que tienen en común el amor al conocimiento y a la ciencia. Es un grupo selecto, Graviel. No todo el que quiera ser miembro lo es, sino es más bien un llamado. Un día hablaré contigo de muchas cosas que deberías saber. Pero todo a su tiempo. —el abuelo tocó mi hombro, mirando a Herbert. —Tu padre y yo teníamos muchas diferencias. Nunca hablamos el mismo lenguaje.

El abuelo nunca hablaba abiertamente de qué religión practicaban él y la abuela. Solo sabía que era una mezcla de la Iglesia Tradicionalista con pensamiento esotérico y misticismo del Este. Mis abuelos eran devotos creyentes. Aunque no conocía a nadie que fuera de la misma creencia, el abuelo decía que era una religión grande y que sus miembros eran gente muy importante. Bethany y yo nunca fuimos a las ceremonias, y nunca asistí a una congregación, ya que el abuelo decía que nadie que no tuviera el llamado podría entrar, además, las reuniones se hacían siempre en un lugar muy lejano y el abuelo volaba en su avión de ida y vuelta.

— Primero debes empezar desde aquí, cuando tu mente esta lista para aprender todo; por ahora, eres el instrumento perfecto.

— ¿Instrumento?

— Eres la persona perfecta.

— ¿Qué es este diseño abuelo, y que significan estas palabras?

— Es un símbolo de la Santa Congregación de tiempos antiguos. Todos en nuestro grupo conocen este diseño. No te preocupes mucho de qué se trata, solo úsala como señal de que eres mi sangre. Quiero que a donde vayas te respeten como me respetaron a mí alguna vez. Anda póntela. —me dijo y me la puse. Cuando tocó mi pecho, la espada y la serpiente volvieron a brillar. El abuelo, con una sonrisa en su rostro, observó el pendiente brillando. Sus ojos también brillaban con el reflejo de la cadena. Me miró a los ojos y luego a Herbert quien nos estaba observando atentamente desde solo unos metros.

– ¿Qué significa eso abuelo? –pasé las puntas de mis dedos sobre el pendiente, luego dejó de brillar.

– Nada. ¡Ejem! Nada. –tosió el abuelo. –Anda vamos que se te hace tarde. –pero su voz sonaba preocupada.

Herbert me miraba atentamente sin quitar su mirada de la cadena. Traté de ignorarlo. El abuelo me dio un abrazo y un beso en la mejilla, luego subí a mi carro. Nos despedimos y en un momento más ya estaba en camino, miré a mis abuelos por el espejo retrovisor, de pie frente a su casa abrazados y a Herbert con sus manos detrás, al lado de ellos. El sol estaba ya por ponerse. Me esperaba un largo camino por recorrer.

Según lo que platicaba al abuelo, el tatarabuelo había levantado junto con otros hombres, una empresa que lo hizo multimillonario. Fortuna que pasó a manos del abuelo quien ahora ya estaba retirado y dejó un comité de inversionistas al mando. Papá comenzó a liderar la empresa poco antes que naciera Bethany. Sin embargo, mamá no tenía la misma filosofía que mi abuelo. No que él fuera mala persona, de ninguna manera, sino que siempre veía el dinero como algo muy importante en la vida, aún más que para el sustento. Él no creía en tener un trabajo donde uno fuera el esclavo del jefe. El abuelo decía que él era dueño de jefes, y en verdad que lo era.

Mamá me decía lo muy importante que era la humildad y no pensar en ser más que los demás por tener más dinero que ellos. Me enseñó que nunca debía hacer sentir a nadie mal por ser pobre. Siempre me contaba historias de cuando ella era niña, antes de venir a este país. Su familia era pobre y sufrían porque su papá a veces no encontraba trabajo, batallando cada día para sustentar a toda la familia. Me decía que nunca pensó casarse con un joven millonario ni que viviría como lo hizo, pero me pidió prometerle que tendría esos pensamientos en mi corazón, que miraría a las personas por sus acciones mas no por su estatus social. Hasta ese día no podía cumplir la promesa que le había hecho a mi madre porque no conocía a gente más pobre que yo. A donde quiera que fuese, siempre había gente como yo y nuestro vecindario fue en el Valle Verde, donde solo había gente de buenos medios.

Nadie en mi secundaria sabía quién era mi padre ni que hacía. Aunque siempre me llevaba a la escuela el mayordomo de mis abuelos, nadie nunca me preguntó dónde vivía ni quién era. Había una razón para ello. En la escuela siempre estuve solo, callado, no tuve a quien llamar mi mejor amigo excepto los que se la pasaban todo el día en la biblioteca o en el laboratorio de ciencias o de computadoras. Si ibas al gimnasio encontrabas a las porristas o a los muchachos populares haciendo asambleas y escogiendo nuevos miembros para el concilio estudiantil. Todos se veían tan felices, haciendo actividades y cosas por el estilo. Por otro lado, si ibas a la biblioteca, veías a un puñado de muchachos con anteojos, leyendo para llenarse de información valiosa para los exámenes. Ahí estaba yo. Aunque mi escuela era privada, todos tenían la misma capacidad económica. La única diferencia era que había niveles de popularidad y en el escalón más bajo, ahí estaba yo, tratando de mantenerme porque otro nivel más bajo no había.

Sin embargo, creo que hay dos tipos de gente rebelde; aquellos que no les gusta estudiar, que se ponen un aro en el labio o en la oreja porque es lo que se usa, que no obedecen a sus padres porque son anticuados y hacen lo que se les da la gana. Esos que no rinden cuentas a nadie, irresponsables para todo, que no dejan que les den consejos porque violan su libre manera de pensar. Como sus padres son ricos no necesitan nada y todo lo tienen, sienten que pueden criticar las creencias de los demás sin lugar para corregirse ellos mismos. Luego están los otros tipos de rebeldes, que usan espejuelos enormes con protectores de bolsas para plumas en la camisa. Esos que no les interesa tener novia o novio y viven invisibles sin ser aceptados por el concilio estudiantil, por el equipo de futbol extranjero o de soccer. La gente "normal" huye de ellos, no se les vaya a pegar lo nerdo, esos a mi manera de pensar, son el otro tipo de rebeldes, los que no les molesta la idea de que nunca vayan a ser populares o conocidos en la secundaria. Son rebeldes de las convenciones sociales actuales; de este último grupo soy yo y tenía un solo enfoque: no agradar a nadie ni encajar en ningún grupo, sino graduarme con honores para ir a Aphoria a estudiar en UA. Supongo que hice más de lo que tenía que hacer, porque me gradué un año antes de lo que se requería y UA me buscó específicamente a mí. Un representante me vino a visitar a la secundaria para a hablar, a ver si yo consideraría la escuela. Todo el cuerpo estudiantil del último grado se sorprendió al verme vestido de graduado y caminar junto con los muchachos el día de graduación. Me gradué primero en la clase. El siguiente día en casa, papá me llevó afuera diciéndome que me tenía una sorpresa, y vaya que lo era. En el estacionamiento de la casa había un Mustang Saleen 302, 2009 gris con diseños metálicos negros en los lados. Ese fue mi regalo de graduación.

Estando acostado en la banca sentí que Bethany ya no estaba conmigo y me levanté rápidamente. Mire alrededor, enfrente. Solo había unas cuantas personas sentadas esperando. Nos habíamos quedado a dormir en la sala de emergencias de un hospital. A Bethany y a mí nos gustaba hacer cosas fuera de lo ordinario. Una maestra muy querida mía de la secundaria me había dicho una vez que, si un día viajábamos y no queríamos hospedarnos la noche en un hotel, nos podíamos quedar en la sala de espera de emergencias de cualquier hospital. No sería los más cómodo, pero sería gratis. Se lo platiqué en el camino y aceptó al instante. A Bethany y a mí nos gustaba tomar riesgos juntos.

Ahí sentado, esperé un momento, medio dormido. Quizás Bethany me había dicho que iba a algún lugar y yo no lo recuerde. Al no acordarme de nada, me levanté y salí de la sala de emergencias. Caminé por los pasillos buscándola, pero no la miré por ningún lado. No había mucha gente porque aún era de madrugada. Mientras caminaba, a mi izquierda y derecha había cuartos de gente internada, algunas habitaciones estaban cerradas pero otras abiertas. En una de ellas, estaba Bethany. Estaba al lado de una cama platicando con alguien. Me acerqué un poco a la puerta para escuchar.

– No sé. Nadie sabe. –dijo la voz. Era un muchacho.

– Pero ¿vas a estar bien? –pregunto Bethany. Hubo un silencio. Pensé que Bethany no estaba siendo respetuosa así que entre al cuarto. Un joven de unos veintitantos años estaba en la cama. Su frente estaba roja y con muchos granos; se veía demasiado delgado y débil. Tenía la boca seca y la piel de sus manos y de su cara se descarapelaba. Había otra joven sentada en un sillón al lado de la cama con sus piernas y brazos cruzados y su cara inclinada hacia abajo, enterrada en su mano. Parecía que solo estaba ahí físicamente.

– Bethany, ¿Qué haces? –Me acerqué a ella.

– Graviel, mira. Él es Jason. Dice que los doctores no saben lo que tiene.

– Bethany no es educado preguntar eso… –susurré.

– No… no te preocupes. –Jason habló débilmente. –Me gusta platicar con las personas. Casi no tengo con quien platicar.

Miré en dirección a la joven que estaba sentada en el sillón; estaba perdida en sus pensamientos. Jason se dio cuenta que la miraba.

– Ella es mi hermana. No habla mucho, y no me hace mucha plática. ¿Bethany es tu hermana?

– Sí. Me llamo Graviel, por cierto. Mucho gusto –extendiendo mi mano hacia él.

— Disculpa por no estrechar tu mano. No me puedo mover. Tengo parálisis del cuello para abajo. Desgraciadamente no creo que pueda recuperarme.

— ¿Por qué? –pregunté. Jason me hizo una señal con los ojos de que ahí estaba Bethany. Lo entendí. —Bethany ve tráenos un chocolate, por favor. Al final del pasillo hay una máquina. —Bethany no era ingenua, pero haciendo una mueca, fue al final. Cuando se fue, Jason me miró a los ojos y le salió una lágrima de su ojo izquierdo.

— Yo trabajaba para el D.I.A. –Dijo sin pausas ni miedo. Solo así lo dijo. Obviamente no le creí. La D.I.A. era la División de Investigaciones de Aphoria, la agencia estatal de Aphoria, el estado más grande de la nación. Jason debió haber sentido mi duda y que necesitaba un contexto más amplio. —Sé que no me crees. No me queda mucho tiempo. El D.I.A. me reclutó para ayudarles en un operativo hace años. Me gustó mucho e hice un buen trabajo que me involucré más y más… y más hasta que me di cuenta de muchos secretos… secretos que no pude ocultar y… este es mi castigo.

— No entiendo. ¿Castigo? ¿Secretos?

— No puedo darte detalles. Pero sí. Hay grupos corruptos dentro del departamento de policía que cometen crímenes como método para iniciar a nuevos miembros. Estos "grupos" son siervos de la gente en altos puestos del gobierno de Aphoria. Yo fui iniciado de una manera horrible y cuando quise detenerme y hablar, me di cuenta de que era demasiado tarde. Ahora sé que voy a morir porque yo le hice esto mismo a otros.

No entendí lo que Jason dijo, por supuesto tampoco le creí. Deduje que era un paciente con problemas mentales, así que sin querer ser un maleducado traté de seguirle la corriente.

— Siento que esto te haya pasado, no puedo imaginarme cómo te debes sentir. —Jason me miró directo a los ojos. Sonrió.

— Sí. –tosió. –¿Tienes a algún familiar aquí en el hospital?

— No, en realidad vamos de pasada. Voy a Aphoria. A la universidad.
— Le expliqué el porqué me quedé ahí a dormir, pero no se veía tan interesado en eso.

— ¿De dónde eres?

— De... —en eso entró Bethany con un vaso de chocolate para mí.

— Gracias. —tomé el vaso caliente en mis manos. Bethany fue a darle un vaso a la muchacha que estaba sentada, quien lo tomó sin levantar la mirada. Jason me habló una vez más.

— ¿Cómo dijiste que te llamabas?

— Graviel.

— Graviel...

— Richardson.

— Graviel ya está amaneciendo. Vámonos. —Bethany estaba mirando, detrás de la muchacha, al sol que se asomaba por la ventana. Jason tenía una mirada de espanto. Respiraba muy rápido y la máquina que monitoreaba su corazón sonaba más y más acelerada.

— ¡Salgan rápido por favor! —exclamó la joven mientras se apresuraba a la cama. Jason comenzó a temblar incontrolablemente como si estuviera teniendo un ataque de epilepsia. Bethany y yo salimos por ayuda. En un momento llegaron las enfermeras y un doctor.

Enfermeras salían y entraban, pero cerraban la puerta tras ellas. Me acerqué a una sala sin paredes donde estaban varias enfermeras.

— Perdón... ¿qué enfermedad tiene el joven de ese cuarto? —apunté hacia donde acabábamos de salir. La muchacha se puso un poco triste.

— Los doctores no saben. Pero no le queda mucho tiempo.

— ¿No es nada de...? —subí el dedo índice a mi oído moviéndolo en forma de círculo.

— ¿Quién sabe? Es probable. Aunque se ve muy cabal. Tenemos órdenes de no administrarle medicina porque prácticamente... ya está muerto. No hay nada que se pueda hacer. —Hizo una expresión de desprecio.

Jason no pudo haber dicho la verdad. No sabía que pensar, no le tomé importancia así que traté de olvidarlo. Era un viaje de nueve horas, pero nosotros habíamos decidido detenernos a descansar y ya era hora de seguir. En el camino platicábamos de lo que había pasado en el hospital. Aunque los dos concluimos y acordamos que Jason era un paciente mental sin ninguna credibilidad; sin embargo, yo guardé lo que dijo dentro de mí. Nunca lo olvidé.

El sol estaba ya frente a nosotros y la luz de la mañana nos pegaba en la cara. No había ningún otro vehículo en el horizonte. Bethany volteó a mirar el medidor de velocidad. Iba mucho más recio que el límite. Se volvió sonriendo, mirando afuera de la ventana. El sol le daba en la cara, hacía que sus ojos azules resaltaran y su cabello rubio brillara. Por el mismo motivo que yo, Bethany casi no tenía amigos. Trataba de tener una relación normal con las demás niñas, pero no podía llevarse bien con nadie ya que no hablaban de las mismas cosas. Sus amigos se reducían a una o dos niñas y varios maestros de su escuela. Tenía siete años, pero en sus mejores momentos se portaba como alguien mayor. Desde que mamá murió, yo sentí que era mi deber cuidar de Bethany y no dejar que nadie le hiciera daño. Era mi mejor amiga y todos los recuerdos que teníamos hasta ahora eran de nosotros haciendo travesuras.

Recuerdo una vez, el año pasado, cuando mi abuela se molestó con nosotros porque le quebramos un espejo, una antigüedad supongo, de cien años. Estábamos corriendo dentro de la casa y Bethany había tomado las llaves de Herbert y este nos perseguía por todo el alrededor. Nos metimos a una habitación corriendo, sin darnos cuenta golpeamos un escritorio donde el espejo descansaba, y se cayó al suelo. Los dos nos vimos las caras,

Bethany tiró las llaves al suelo y salimos corriendo. Fui por mi telescopio a mi cuarto, tomé la escalera del garaje, subimos a la azotea y nos quedamos ahí hasta la madrugada mirando las estrellas mientras mis abuelos junto con Herbert nos buscaban por todos lados. Con la compañía de Bethany, nada me importaba, ni a ella ni a mí. Después de unas horas, cuando ya estábamos los dos hambrientos, bajamos a comer a la cocina donde luego mis abuelos nos encontraron. Nos castigaron muy severamente por dos meses aquella vez. Aun así, mis abuelos eran muy buenas personas. Mi abuelo no hablaba mucho, era muy directo pero reservado en lo que decía. Herbert era otra historia. No confiaba nada en él, más cuando una vez Bethany me dijo que cierta noche estaba ella en la ventana de su habitación leyendo un libro porque no podía dormir y por un movimiento de su pie, tiró su osito de peluche fuera de la ventana. Su cuarto estaba en el segundo piso, tuvo que bajar e ir hasta afuera por su peluche. Cuando bajo a recogerlo, salía una luz de una pequeña ventana cerca del suelo en la pared, del sótano. Bethany se inclinó a asomarse y miró a Herbert alrededor de muchas velas rezando, vestido con una capa negra. Bethany dijo que salió corriendo a su cuarto antes que él la mirara.

Herbert era un hombre en sus cuarentas, siempre vestía formal y parecía que jamás parpadeaba. Tenía rostro firme, curtido, sin expresión. Nariz redonda, ruda, y barbilla cuadrada. Ojos negros, cejas gruesas y rectas. No sé de dónde vino ni cuándo llegó. Cuando llegué a vivir con los abuelos Herbert ya estaba ahí. Era sin duda una persona misteriosa. Él era mi maestro cuando no estaba en la escuela. Me enseñaba dándome libros y apuntando con el dedo donde leer. Cuando aprendíamos artes marciales, el movía sus brazos, asintiendo con la cabeza, señalándome que hiciera lo mismo. Herbert hablaba poco, cuando le hacíamos una pregunta, sus respuestas siempre eras cortas. Solo lo veía hablar con el abuelo lejos de nosotros, con él hablaba bastante.

— ¡Mira! se pueden ver los edificios desde aquí –Bethany apuntó hacia Aphoria, que estaba en medio de un paisaje de praderas que no terminaban. Al final de una elevación de terreno, se podían ver unas treinta millas de carretera y las puntas de los edificios de Aphoria.

Llegaríamos a la mansión de papá donde estaba Stacy, su segunda esposa y su hija Kimberly. Kimberly no era hija de papá, él y Stacy habían tenido matrimonios antes. Tenían cinco años juntos y cuando recién se casaron hace cuatro, habían ido a vernos a casa de los abuelos. Desde el primer día que nos conocimos, no nos llevamos bien. Kimberly era una niña irrespetuosa y decía lo que pensaba sin importar si le estaban pidiendo su opinión. No podía fingir sus sentimientos a favor de lo moral. Ella era dos años mayor que yo y aunque solo nos conocimos una vez hace cuatro años, fue lo suficiente para no quererla volver a ver. Cada vez que papá nos traía a la ciudad le pedíamos que por favor no nos dejara verlas y él nos lo concedía. Ahora que viviríamos con ellos, sabía que las cosas iban a ser muy diferentes, pero yo planeaba pasar la mayoría de mi tiempo en la escuela y con Bethany e ignorar a Kimberly lo más que se pudiera.

La ciudad era la misma que habíamos visto cuando vinimos las veces anteriores. Edificios altos llenos de colores, gente caminando de allá para acá en las banquetas, la carretera siempre atascada de autos, ruido por todos lados, todo ocupado día y noche. Aphoria disfrutaba de una economía fuerte. Había casinos, hoteles y estudios de cine al igual que un aeropuerto y varios centros de comercio. La gente aquí siempre se veía feliz, como si la vida de todos fuera pura prosperidad, como si todo siempre le fuera bien a todo mundo, tanto que la buena vibra contagiaba. Me fascinaba la idea de al fin estar aquí, y esta vez el ambiente se sentía un tanto diferente, emocionante porque de ahora en adelante llamaría a Aphoria mi hogar. Me ponía alegre tan solo de pensarlo.

Cuando llegamos a la casa, el remolque de mudanzas ya estaba estacionado afuera, en la banqueta, pero las puertas estaban abiertas y alguien estaba dentro sacando cosas. Me bajé del auto y conmigo la maleta que mi abuelo me había ayudado a subir y caminé hacia el remolque. Bethany se quedó en el carro metiendo su cobija en una maleta. Dentro del remolque estaba una muchacha de espaldas recogiendo maletas. No sabía que yo estaba detrás de ella y un poco molesto porque estaba levantando mis cosas.

– Hola.

– ¿Eh…? Oh, ¡hola Graviel! –La muchacha se dio la vuelta rápidamente. Era Kimberly, su cabello era más largo que antes y se veía más grande, si no hubiera sido por que me llamó por mi nombre no la hubiera reconocido. Caminó hacia mí y me abrazó, dándome un beso en la mejilla. Yo estaba completamente confundido.

– ¿Acabas de llegar? Estaba bajando tus cosas y las de Bethany por ti. –Me dio una maleta. –Ten, ayúdame a llevarlas a tu cuarto. ¿Y Bethany? Papá llamó y dijo que llegarías hoy, y quise ayudar, pensé que llegarías cansado. Ven sígueme, te diré donde es tu habitación. –Kimberly iba cargada con bolsas. La seguí, perplejo, aún sin decir nada. –¡Hola, Bethany! –Le gritó a Bethany quien venía con una maleta en la espalda. Esta, cuando la vio se detuvo y solo se le quedó mirando. Luego a mí, y yo solo me encogí de hombros y le hice una seña con las manos de: "No sé…"

Kimberly nos llevó a nuestras habitaciones y nos ayudó a bajar nuestras maletas. Bethany y yo no sabíamos que decir.

– No sé cuándo llegue papá. ¿No te dijo nada a ti Graviel? –Preguntó Kimberly. Estábamos en la cocina desayunando.

– No.

– No saben lo aburrida que es esta casa. Tenía ganas de que llegaran para por lo menos platicar con alguien. La escuela no empieza sino hasta en dos semanas más y ya me estaba desesperando. O sea, mi mamá siempre está ocupada con sus negocios y me deja sola todo el día. Y no puedo salir con mis amigas porque mi licencia está suspendida por seis meses por violaciones de tráfico. Por eso vienen mis amigas a visitarme, pero ya casi no lo hacen porque les harta venir y quisiera salir a bailar con ellas y encontrarme un muchacho guapo y salir y hacerlo mi novio y poder platicar hasta las dos de la mañana por teléfono con él y escaparme por la ventana y salir a divertirme con todos mis amigos y… –Kimberly se detuvo al mirar nuestras caras. Bethany la miraba atentamente mientras mascaba su comida despacio. –Disculpen. –Sonrió. No sé qué le había pasado a Kimberly estos años, pero me parecía mejor que la de antes. Su pelo era negro y largo, sus ojos cafés grandes y redondos como dos grandes rubíes y labios grandes rojos y sonrientes. Su piel era clara y se vestía muy modesta con una falda floreada hasta los tobillos y una camisa de manga corta con una mariposa en medio, parecía modelo de pasarela. Se notaba mucha madurez en su tono de voz. Aunque no dejaba de hablar.

Después de un rato de platicar me tuve que despedir. Tenía que ir a la universidad por mis libros, pero ni Kimberly y mucho menos Bethany me dejaron ir solo. Kimberly se desesperaba por salir un poco y Bethany no se quería quedar sola sin mí aún, así que después de comer, me di un baño y fuimos los tres a la universidad. Kimberly no dejaba de decirme lo lindo que estaba mi carro. Se tuvo que subir en el asiento del pasajero para contemplarlo mejor. Bethany se sentó atrás de mí lo cual no miré que le haya incomodado. Kimberly se la pasó todo el camino hablando y hablando y nos hacía muchas preguntas. Nos pidió que la llamáramos Kim, ya que Kimberly sonaba como el de una niña, según ella. También platicamos acerca de la escuela y de que ella iba a entrar a su primer año también a UA. Tenía ya dieciocho años y me alagó porque yo apenas tenía dieciséis e iba a entrar al mismo año que ella. Decía que estaba muy orgullosa de que su hermano menor fuera tan inteligente. Me sentí un poco alienado a las palabras, "hermano menor." Llegamos a la universidad y era una escuela inmensa.

— ¡Madre de Dios! Qué grande que está… —Bethany exclamó mientras nos bajábamos del carro y vaya que tenía razón. El edificio de administración parecía más un castillo que un edificio moderno y se veía que la escuela continuaba por cuadras.

— ¿A dónde tienes que ir, Graviel? —Preguntó Kim.

— Al Edificio de Administración White a recoger mi horario. Tengo que llevarlo a la biblioteca donde supuestamente tengo que tomar mis libros. —Dije mientras caminábamos.

— Oh, eso yo ya lo hice la semana pasada. Vine con una amiga. Supongo que tú eres diferente porque tus estudios son distintos a los míos. ¿Qué decidiste estudiar?

— Leyes.

— ¿Quieres ser abogado?

— Sí. ¿Y tú?

— Yo voy a estudiar Ciencias. Quiero estudiar medicina. —Kim tomó a Bethany de la mano. —Y tú ¿qué quieres ser cuando seas grande, Bethany?

— Quiero estudiar los planetas. —Bethany sonrió de oreja a oreja.

— ¡Qué bien! Pero creo que Graviel es el que me interesa porque él va a ser abogado y necesito que me saque de la cárcel cada vez que no pueda pagar mis multas. —los tres reímos. Caminamos dentro del edificio y no había mucha gente.

— ¡Uf, mi identificación! —me pegué en la frente con la mano.

— Olvidé mi cartera en el carro, tengo que regresar.

– Está bien, nosotras te esperamos aquí. –Kim se sentó en una banca junto con Bethany. Yo caminé de regreso a mi carro. Sin mi tarjeta de identificación no podrían darme mis libros.

Tomé mi cartera de mi carro y mientras iba de regreso, pasé por los dormitorios que estaban camino al edificio de administración. De la nada, la puerta principal se abrió de golpe y un muchacho salió corriendo y chocó conmigo dándome un fuerte golpe en la cara con su codo. Caí al suelo como un costal de harina.

– ¡Disculpa! ¡Disculpa amigo! Disculpa, disculpa disculpa. –estaba tratando de ayudarme a levantar. –¡Vaya qué lindo cabello tienes! tu mamá sí que te lo cuida. ¡Qué rico hueles! has de ser uno de esos chavos con dinero por la facha que traes. Mírame a mí, yo compro en la barata. –dijo con una sonrisa en su rostro tratando de sacudirme.

– ¿La barata? ¿Qué es eso? –lo miré enojado.

– Por supuesto, qué vas a saber tú de eso. Si no sabes es obvio que no compras ahí. –mientras hablaba, salieron dos muchachos del edificio que aparentemente lo estaban persiguiendo. Lo tiraron al suelo y comenzaron a patearlo. Mi cabeza me dolía muchísimo. Miré alrededor y todos veían hacia nuestra dirección, pero nadie hacia nada por ayudarlo. La cadena del abuelo había salido de dentro de mi camisa, colgando de mi cuello. La volví a meter.

El muchacho estaba en el suelo, en posición fetal, cubriéndose la cara. Seguían pateándolo. Yo sabía lo que tenía que hacer, pero no tenía ninguna excusa. No podía inventar una. No podía intervenir, aunque quisiera. Caminé alrededor de ellos lentamente sin darles la espalda, tratando de irme de ahí. Uno de ellos me miró.

– ¡Ya déjenme bola de montoneros! –exclamó el muchacho en el suelo. –Oh, Dios santo, ¡quién iba a decir que terminaría mi vida siendo pateado por los chicos exploradores! –se estaba burlando de ellos.

– Tú venías con él, ¿verdad? –uno de ellos se acercó a mí, apuntándome con el dedo.

– A de ser un nuevo recluta. –gritó el otro, cansado de patear.

– No, yo… venía y... –Traté de explicar. Me tomó del cuello de la camisa y me trató de tumbar al piso con su fuerza, pero me sostuve poniendo un pie enfrente de mí y me quité sus manos de mi cuello. Ahí estaba mi excusa.

Le di un puñetazo en la cara. Se hizo hacia atrás y me acerqué a él. Levanté mi pierna frente a él y la estiré, dándole una patada en el estómago haciéndolo caer de espaldas al suelo. El otro muchacho, se había puesto de pie y se estaba defendiendo bien. Me acerqué a él y me alineé a su lado haciendo una barrera. Nos pusimos en guardia, como si hiciéramos esto todos los días. Mi guardia era la guardia del búho, que Herbert me había enseñado. Mi compañero se limpió un poco de sangre de su labio y la miró.

– Eh. –sonrió, como si fuera un maestro de artes marciales.

– Bastardos. –no sé si estaba jugando o hablando en serio.

Los dos muchachos estaban enfrente de nosotros. Esperaron unos segundos antes de actuar. Sin titubear, se nos lanzaron al mismo tiempo. Hice mi cuerpo a un lado y él se fue derecho detrás de mí, me puse en guardia del búho otra vez. La misma consiste es ponerse de lado con un pie detrás del otro y la mano izquierda extendida hacia el oponente. La derecha de la misma forma que la izquierda, pero cerca de la boca.

Capítulo 3

---◈---

Mi contrincante me arrojó un puño, pero rápidamente hice mi cabeza hacia atrás. Luego otro, hice lo mismo. Luego otro, y conocí su juego. Al cuarto, le esquivé el puño hacia un lado y le di un gancho al hígado, y un izquierdo en la cara. Cayó al suelo y me puse de pie encima de él en guardia. Miré por el rabo del ojo y mi compañero estaba teniendo problemas. Me di cuenta de que enfrente de mí venían dos muchachos corriendo. No sabía si eran amigos o enemigos. Tomé unos pasos atrás, y uno de ellos ayudó al que estaba en el suelo a levantarse y el otro se lanzó hacia mí sin detenerse. Pude esquivar sus puños, pero alguien me tomó por atrás y entonces me pudieron golpear entre dos. Ya eran cinco los que estaban en contra de nosotros dos y no sabía aún en que rayos me había metido, pero ya era hora de terminarlo.

Le di un codazo y una patada que me estaba sosteniendo por detrás, le di un puñetazo en el temporal al que estaba más cerca de mí y cayó al suelo, noqueado. Me acerqué al otro y me lanzó un puñetazo, cuando su brazo me falló, le di uno en la frente, cerca del ojo derecho. Cayó noqueado también. El que me había estado sosteniendo corrió hacia mí, me lazó un puño, lo detuve en el aire con mi brazo izquierdo y le di uno en el estómago lo más fuerte que pude. Cayó al suelo lentamente, de rodillas, con las manos en el estómago y sin aliento. Luego llegó otro muchacho negro, alto y pensé que era enemigo, pero nos comenzó a ayudar y le quitó uno de encima a mi compañero. Una vez más, nos pusimos los tres en línea, en guardia. Tres contra dos. Los otros tres se estaban recuperando en el suelo.

– ¡Aguanten muchachos! –gritó uno de ellos. Luego se levantaron despacio y uno se aproximó a nosotros. A mí. No estaba en guardia, pero venía con decisión. Quité mi guardia y se posicionó cerca de mi cara. Luego sacó una navaja y la puso a la altura de mi pecho, a unos dos pies de mí. Todos se hicieron hacia atrás. Diciendo "¡basta! ¡basta!" Yo me quedé serio. No tenía miedo.

– Te has metido en el territorio equivocado. –estaba sosteniendo la navaja muy fuerte con su puño. Pensé que, si le pegaba con mi mano derecha en su palma, y con mi izquierda en su canilla, las dos a la misma vez, podría lograr que la navaja volara por el aire y desarmarlo. Calculé las probabilidades de que algo saliera mal. Todo estaba a mi favor. Lo ejecuté.

En un momento estaba encima de él, listo para darle un puñetazo en la cara. Sus ojos enormes mirándome. Todos estaban gritando emocionados.

– Está bien. Está bien. – Imploró. Miré sus ojos. Hablaba en serio. Me quité de encima de él y los demás lo ayudaron a pararse. Hubo un silencio por algunos segundos.

– ¿Quién eres? –preguntó sobándose la mano.

– Graviel Richardson. –le dije mientras recogía su navaja y se la devolvía. –La próxima vez que saques esto, no la presumas. Úsala.

– ¿Richardson? ¿Como… Theodore Richardson? –preguntó y todos comenzaron a reír. Miré a mi alrededor confundido, por qué las risas.

– Es mi abuelo. –todos callaron.

– ¿Cuándo te reclutaron estos idiotas?

– ¿De qué hablas? Yo no pertenezco a ninguno de ustedes.

– Me llamo Leni. Nosotros somos Caballeros de Colón. No queremos tener problemas contigo.

– Ni yo, pero traté de explicarte que no tenía nada que ver con ellos y aun así me trataste de golpear. –le dije y asentó con la cabeza. Dirigió su mirada a mi derecha. Serio.

– Nos has robado Manny. Devuélveme los papeles. –Leni extendió su mano.

– No te he robado nada. –replicó Manny apuntándole con la barbilla. Era un muchacho con peinado de cachucha, claro de piel, de lentes. Con una camisa amarilla que decía Tommy y unos jeans, pero con una banda en su brazo izquierdo que decía CT. No me había dado cuenta hasta ahora.

– Calvin, –comenzó a decir Leni dirigiéndose a mi izquierda esta vez. Yo di dos pasos hacia atrás. –No es justo. Manny nos ha robado, tú no puedes permitir eso.

– Estoy de acuerdo Leni, pero sin pruebas no puedo hacer nada. Calvin era un muchacho negro, alto, delgado de unos 6'2". Tenía su pelo muy cortito casi pensarías que se rasuraba. Traía una camisa roja y unos pantalones caquis cafés. También una banda blanca en su mano izquierda con las iniciales CT. Parecía que era un club. Luego me di cuenta de que el que estaba hablando tenía una banda en su brazo que tenía también unas iniciales, en este caso eran CC.

Leni se quedó pensando un minuto. Se le notaba frustrado, estaba aún respirando fuerte del cansancio. Yo sabía que Manny estaba mintiendo, pero era demasiado bueno ocultándolo.

– Esto no se va a quedar así. –Leni suspiró y se alejó de ahí. Todos detrás de él. Manny se acercó a mí y me extendió la mano.

– Juan Muñoz. Un gusto.

– Calvin Sanders. –añadió Calvin.

– Graviel Richardson.

– ¡Vaya! ¿de verdad eres nieto de Theodore Richardson? –preguntó Manny.

– Sí.

– ¿Quién te enseñó a pelear así? –preguntó.

– Nuestro mayordomo. Admito que pocas veces lo había usado.

– No te creas tanto. –Interrumpió Calvin haciendo una mueca de disgusto.

– Solo estaba contestando su pregunta. ¿Cómo conocen a mi abuelo?

– Es una leyenda. –Comenzó a decir Manny. –Dicen que él fue el que fundó las fraternidades de la escuela.

– ¿Fraternidades? –Pregunté. Calvin me miró confundido. Pude notar que estaba llegando a una conclusión acerca de mí.

– Si tu abuelo no te habló del tema es porque quizás no eres lo suficientemente importante o capaz para saberlo. Vámonos Manny –metió las manos en las bolsas de su pantalón y comenzó a irse.

– Esperen, díganme. ¿A qué te refieres?

– Espera Calvin. –Manny dijo detrás de Calvin. Me extendió su mano. –¿Me los regresas? –Preguntó. Calvin se quedó dónde estaba, confundido mirándonos.

– ¿Darte qué?

– Los papeles.

– Yo no tengo... –comencé a mirar alrededor de mí. Manny se acercó y me sacó unos papeles doblados de detrás de mi pantalón.

– Los puse en ti cuando chocamos. –Me dio una gran sonrisa.

– ¿Quieres decir que sí les robaste? –Calvin exclamó, acercándose a Manny.

– Esto no es robar Calvin, esto es información que nosotros debemos tener.

– ¡Por Dios Manny!

– No entiendes, mira, lo que pasa es que... –Decía Manny mientras se alejaban. No me dirigieron más la palabra. ¡Qué tipos tan raros!

Seguí mi camino hasta la biblioteca, tratando de calmarme y regresar a mi estado normal de antes. ¡Qué evento tan espontaneo! Traté de alejarme de ahí sin pensar en lo que había ocurrido, pero me dolía tanto mi cuerpo que era difícil no pensar en ello. Sin embargo, no era excusa para no seguir con mi tarea. Pude haber tenido mis libros desde hace un mes atrás pero no había podido visitar la escuela hasta ahora. Encontré a Bethany y Kim en la banca platicando y seguimos nuestro camino a la biblioteca. Ninguna preguntó por qué me tardé.

La biblioteca de UA era inmensa. Había una gran fuente de agua en forma de cubos de cemento blanco con una placa de cobre con el nombre de la universidad, y una banqueta que se extendía a lo largo del edificio, con árboles por todo alrededor. Abrí una de las grandes puertas de cristal y caminé hacia adentro del edificio. Desde que entraban, uno podía ver tres pisos de la biblioteca desde el lobby. Enfrente, unos escalones hacia el segundo piso. Kim y Bethany se encontraron conmigo mientras estaban dándome mis libros.

– Hola Graviel. ¿Listo? –Preguntó Kim tomándome del brazo.

– Sí, ya tengo todo. Ya nos podemos ir.

– ¿Qué te pasó en el cuello? –Preguntó Bethany apuntando hacia donde todavía me ardía un poco. Les conté lo que había pasado tratando de no hacer mucho borlote.

– ¿Manny y Calvin? –Pregunto Kim impactada.

– Sí, ¿Por qué?

– Graviel, ellos son miembros de los Caballeros Templarios.

– ¿De qué?

– De la fraternidad más espectacular de la universidad. –se detuvo en el camino. –Son como el gobierno de la escuela.

– ¿El gobierno?

– Sí. Representan al cuerpo estudiantil y ayudan a hacer las pólizas del reglamento escolar. Son dos fraternidades. Los Caballeros Templarios y los Caballeros de Colón. Mi exnovio es Caballero de Colón.

– ¿Tu ex?

– Bueno, lo que pasa es que los Caballeros de Colón tienen fama de ser más rudos y arrogantes, no así los Caballeros Templarios. Por eso lo dejé. Era muy malo y presumido, como lo son todos. De igual manera, las dos fraternidades son muy populares. ¡Ay y aparte guapísimos! –sonrió, ventilándose aire con la mano. Bethany y yo la miramos raro.

– Caballeros Templarios y Caballeros de Colón. –Dije caminando otra vez.

–Sí. –continuó Kim. –CT y CC, por sus iniciales se le conoce mejor aquí. Bueno no se mucho, pero lo que públicamente se conoce es que compiten en torneos de deportes o debates o cualquier actividad escolar a la que pertenezcan. Lo que se dice en privado, es que hace muchos años, hubo en esta universidad un joven llamado Andy Suárez. Andy se enamoró de la novia de uno de los muchachos más ricos de la universidad y ella se enamoró de él también. Su nombre era Zaide Livingston. Ella dejó a su novio por Andy y este se enfureció, y le declaró la guerra a Andy. El exnovio y su familia eran gente mala. Miembros de una religión oscura, muy poderosa que se rumoraba eran súbditos del ángel de luz. O como comúnmente se conoce como Satanás. Una mañana, Andy apareció muerto en la fuente de la universidad, ahogado. Nadie supo que fue lo que le pasó, pero se rumoraba que el exnovio de Zaide lo mató, aunque nunca se llenaron cargos contra él formalmente. A través de los años, el espíritu de Andy regresó a la escuela, sin poder cruzar al mas allá por su tremendo peso de venganza. Andy atormentaba al exnovio de Zaide mediante sueños y a veces en apariciones. Este, convencido de que no se iba a quitar a Andy de encima, aun después de la muerte, hizo un ritual para atrapar su espíritu en un objeto. Nadie sabe qué es. Para mantenerlo dentro, se necesitan cien almas que juren su alianza al ángel de luz y sean miembros de la universidad, según el ritual que hizo este muchacho. De ahí en adelante, este joven creó las dos fraternidades. Cien miembros que ayudan a mantener a Andy atrapado.

– ... ¿Quién es ese muchacho? – Interrumpí a Kim. Ella me miró e hizo una pausa.

– Se dice que tu abuelo.

– No. No lo creo.

– Es lo que se dice. Yo personalmente no lo creo tampoco. Es mucho crédito para darle a tu abuelo. Él es tan bueno y especial. Bueno, la historia cambia siempre que alguien más la dice. Como dije antes, todo esto es lo que se dice en privado, son rumores. Nada está oficialmente comprobado. Bueno, la historia me la contó mi exnovio. No le pude sacar mucha información, lo único que sé es que los dos grupos, o fraternidades tienen muchas teorías e historias que se rumoran alrededor de ellos. Personalmente no creo que nada de eso sea cierto, creo que todo es pura publicidad. Eso del pacto de silencio o que nadie sabe lo que realmente hacen. En mi opinión es pura charlatanería. Si piensas mucho en eso puedes terminar, así como Alejandro.

– ¿Quién?

— Ese que esta allá. —Kim señaló a la puerta trasera de la biblioteca. Había un muchacho detrás de una mesa junto con otros dos. Parecía que estaba gritando, arrojando sus manos al aire. No podía escuchar su voz porque las puertas estaban cerradas. —Ven vamos y sabrás a qué me refiero.

— Tú deberías entrar a un club Graviel. —dijo Bethany.

— Sí Graviel. Tú deberías entrar. —añadió Kimberly.

— No tengo tiempo para eso.

— Si tú lo dices. —Kim se miraba en su espejo. Se estaba acomodando algo en su ojo.

— ¿Pero no crees que tener un pacto de silencio es algo… misterioso? —pregunté.

— Ajá. ¡Eso es lo que lo hace mucho mejor, Graviel! Además, te digo que es pura publicidad. Ellos no hacen más que verse bonitos detrás de una cámara.

Salimos y estaba un joven un poco ancho, de pie detrás de una mesa, gritando muchas cosas. Nos detuvimos detrás de unos cuantos que lo estaban escuchando.

— ¡Solo pregúntense que es lo que está pasando con nuestra escuela! ¡Antes teníamos una voz y un decir y ahora los malditos empresarios se han apoderado de aquí y ellos son los que gobiernan! ¡No se dejen engañar por las becas que les dan o por los puntos que les den, es solo para mantenernos en silencio! ¡Despierten! ¡Juntos vamos a poder llegar hasta las oficinas de esos malvados hambrientos de dinero y derrocarlos del poder! ¡Lean el periódico escolar que publicamos aquí y se darán cuenta que las cosas no son como parecen!

— ¿Vaya que está loco el pobre desgraciado verdad? —Kim se miraba en su espejo.

— Así parece.

– Es el loco de la escuela y piensa que los Templarios y los CC trabajan para el diablo.

– ¿Y no crees que es verdad?

– ¡Ay claro que no! Solo que este tiene poder porque es el presidente del periódico escolar y la gente está obligada a escucharlo. Pero no le hagas caso es un charlatán como muchos. Acostúmbrate a ellos aquí.

– Pero me acabas de decir una historia que habla nada más que del diablo.

– Graviel, despierta. Es solo publicidad. Nada es serio. Yo sé lo que te digo.

– Cuando el río suena, es porque agua lleva. – Escuchamos a Bethany decir.

– ¿Qué dices? –pregunté.

– ¡Oigan! ¿quieren ir a la empresa de papá? –Kim volteó a ver a Bethany. Me sentí un poco incómodo cuando lo llamó "papá."

– ¡Sí! Sí, vamos, vamos. –Bethany gritó emocionada.

– Pero papá no está y no va a llegar sino hasta la próxima semana… y nunca nos lleva si no está él. Y tú sabes Bethany que no está permitido llevar niños en días de trabajo, por eso él siempre nos llevaba cuando estaba solo. –Dije. Bethany hizo una mueca.

– ¿Quién dijo que no aceptan niños? Todos siempre llevan niños, es prácticamente una empresa de niños. Yo siempre voy y a mí ya todo el mundo me conoce. Vamos, ¿sí? Y si papá se molesta porque fuimos le diré que yo los llevé.

– Lo que acabas de decir no tiene nada de sentido, pero estoy de tu lado. –dijo Bethany

– Está bien. Vamos. –dije. Conduje hasta la empresa. No estaba muy lejos de ahí así que no tardamos mucho en llegar. Estaba un poco nervioso porque nunca la había visitado en días de trabajo, pensé que quizás esto iba a molestar a papá, pero Bethany se veía tan emocionada que no quise decirle que no.

Llegamos al edificio donde él trabajaba, pero había muchísimos carros y no había ningún estacionamiento libre, así que por consejo de Kim me estacioné en donde decía Leonard Richardson, mi padre. Por alguna razón, el lugar parecía más grande que las veces anteriores. Bethany iba de la mano de Kim y los tres caminábamos callados contemplando el inmenso lugar. El edificio era de veintitrés pisos, la empresa que el abuelo había levantado aquellos años atrás. Cuando nos acercamos a la puerta principal, esta se abrió automáticamente. El primer piso estaba lleno de cristal por todas partes. Las paredes eran de vidrio oscuro y agua de color púrpura corría desde arriba hacia abajo. Por dentro, había docenas de personas caminando en la recepción. Parecía la sala de un gran hotel. Era una imagen espectacular. Era totalmente diferente que en las noches.

Caminamos por el lobby y todos se movían de un lado al otro sin tomarnos en cuenta.

– Miren, ahí está James. Es uno de los guardias. Vamos a saludarlo. –dijo Kim. Caminamos hacia James y Bethany tropezó y cayó deslizándose en el suelo frente a James.

– Hola James. –dijo Bethany levantando la mirada.

– ¡Bethany! …por Dios. –corrí a levantarla.

– Esto pasa muy seguido. –Bethany explicó al levantarse.

– ¿Estás bien? –Kim preguntó.

– Sí, no pasa nada.

– ¿Cómo les puedo ayudar? –preguntó James, tratando de no reírse.

– Solo venimos de visita James, si no te molesta.

– De ninguna manera señorita.

– Espérenme aquí, que voy al baño. –dijo Kim. –¿Quieres ir conmigo Bethany?

– ¿Para qué?

– … No. Para nada. –Kim se incomodó un poco. –nos sentamos en uno de los sillones de cuero que estaban ahí.

– ¿Toda esta gente trabaja para papá? –Bethany miraba de un lado al otro.

– Eso creo.

– Mira qué bonita estatua. –Bethany acarició una pequeña estatua de una niña sosteniendo en su hombro un jarro con agua. Bethany la tomó es sus manos, pero se le resbaló rompiendo la pequeña mesa de cristal en la cual estaba. Bethany se hizo hacia atrás. Rápidamente James miró desde lejos lo que había pasado y dijo algo en su radio mientras caminaba hacia nosotros. Bethany me abrazó asustada, la tomé de la mano y la halé al elevador que estaba detrás de nosotros. Presioné el botón, pero no bajaba. Las escaleras estaban a un lado así que corrimos adentro y echamos carrera hacia arriba.

– ¡Deténganse! –gritó James muy enojado mientras la puerta de las escaleras se cerraba tras nosotros lo cual nos emocionó aún más, me sentí como cuando vivíamos con los abuelos. Llegamos al segundo piso, corrí al elevador, pero tampoco estaba abierto así que nos subimos a las escaleras otra vez. Llegamos hasta el tercer piso y rogué que por favor el elevador estuviera disponible. Miré a Bethany y su rostro reflejaba una mezcla de emoción mezclada con cansancio.

En el tercer piso estaba un guardia ya esperándonos, pero Bethany se fue por un lado de él y yo por el otro y para fortuna de los dos, el elevador estaba abierto y corrimos juntos hasta este. Presioné el botón del piso más alto. Bethany me abrazó emocionada mientras el guardia corría a alcanzarnos, pero no lo logró porque la puerta se cerró a milésimas de segundos que pudiera entrar. Bethany y yo nos reímos a carcajadas dentro del elevador. Respirábamos emocionados y nos sentamos a esperar que llegáramos al último piso.

No tenía ningún plan, pero hasta ese momento era lo mejor que podíamos hacer.

Cuando llegamos al piso número veintitrés, la puerta se abrió y todo estaba silencioso. No había ninguna oficina, solo paredes de cristal por todo el piso. Se podía ver gran parte de la ciudad desde donde estábamos parados. Al centro, estaba una estructura aparentemente de bronce. Era en forma de una serpiente alrededor de una esfera enorme color gris. De la boca del animal salía agua color púrpura que bajaba por toda la esfera hacia un cristal en forma de pirámide que a su vez distribuía el agua en todas las direcciones abajo, aun hasta el piso donde pisábamos. Esta era la fuente del agua que habíamos visto abajo. Caminamos hacia la estatua a examinar sus magníficos detalles.

Sentí que Bethany me jaló la manga de la camisa. La miré y se estaba volteando con los ojos bien abiertos. Volteé detrás de mí a ver qué era lo que Bethany estaba viendo. Una gran pared de vidrio se levantaba ante mis ojos, y contigua a esta, un gran cuarto, el único en ese inmenso piso donde estaban muchos hombres sentados en una gran mesa, todos volteando hacia nuestra dirección. Sonreí nervioso y tomé a Bethany de la mano para alejarnos de ahí, pero miramos a lo lejos que el elevador se abrió y salieron muchos guardias incluyendo a James, que cuando nos miraron, corrieron hacia nosotros; así que corrimos en la otra dirección hacia el otro pasillo que iba alrededor del gran cuarto de vidrio, pero cuando apenas íbamos a dar vuelta en la esquina, otros dos guardias venían por nosotros. Lo único que quedaba enfrente de nosotros era la puerta que conducía a donde estaban esos hombres. Parecía que no teníamos otra opción así que abrí la puerta de cristal exactamente cuando un guardia me tomó de la camisa e hizo que todos tropezáramos y cayéramos al suelo.

– Hola. –dijo Bethany desde el suelo mirando hacia arriba al hombre que parecía ser el líder.

– ¡¿Pero qué demonios significa esto?! –gritó el hombre. Bethany se levantó y corrió hacia él y lo abrazó emocionada, riéndose, asustada como toda una niña.

– Señor cuánto lo lamento, estos dos delincuentes se metieron al edificio, rompieron una mesa en la recepción y corrieron hasta acá, pero ya nos los llevamos señor. Los entregaremos a las autoridades. –el guardia decía mientras me levantaba del suelo por el hombro. Me estrujó mientras me sostenía para ponerme las manos atrás y en mi cuello, la cadena de mi abuelo emitía una luz verde muy brillante.

– ¡Espera! Déjame ver. –el hombre tocó mi cadena. Sin poder controlarme, tomé su mano con tal fuerza que pude ver dolor en sus ojos.

– ¡No me toques, no eres digo! –Ladré. No sé por qué ni cómo fue que dije eso. Todos se quedaron en silencio. El hombre soltó la cadena y dio un paso hacia atrás, sobándose la canilla de su mano con la otra. Su mirada se dirigió hacia su mano, luego hacia mí. Se quedó mirando, examinándome.

– ¿Quién te dio esta cadena, muchacho…? –su voz ya no era de autoridad sino de miedo.

– Mi abuelo. –dije. Casi preguntando. El hombre volteó a mirar a los demás hombres que estaban sentados en la mesa, quienes estaban perplejos.

– ¿…Tu abuelo es …Theodore Richardson?

– Sí.

En menos de dos segundos todos se pusieron de pie y los guardias nos soltaron como si estuviesen sosteniendo fuego. El hombre hizo reverencia, agachando la cabeza y sostenía mi mano.

–Señor Richardson, cuánto lo siento, no sabía que usted estaba aquí. –Aún sin mirarme a los ojos. Levantó la mirada hacia los guardias.

—¡Váyanse de aquí ineptos! —les gritó. Los guardias salieron corriendo. El hombre, aún con la cabeza inclinada al igual que todos los demás, me hizo la seña que me sentara en su silla. Trajo otra para él y para Bethany quien se sentó a mi lado. Luego todos se sentaron.

—Usted deberá disculparnos señor Richardson. Comprenda que no sabíamos que era usted. De hecho, su padre nunca nos enseñó una foto o algo para saber...

— Está bien, está todo bien. Soy Graviel y esta es mi hermana Bethany.

— Mi nombre es Rosenfield, Isidore Rosenfield. —estiró su mano con la palma hacia abajo, una señal que no era del todo humilde como lo trataba de aparentar tan desesperadamente. Le di mi mano, pero enderecé la suya para que las dos estuvieran iguales y no la mía bajo la de él. Soltó una risa nerviosa. Entendió el mensaje. Me miró por unos segundos sonriendo. Me aseguré de que se diera cuenta que no le regresaba la sonrisa. —Yo me encargo de los asuntos de la empresa cuando su padre no está. Pero dígame, ¿a qué motivo se debe el honor de su visita?

— Mi hermana y yo solo vinimos a visitar, mi media hermana está aquí con nosotros, pero mientras ella estaba en el baño, mi hermana aquí presente rompió una estatua y una mesa por accidente. No supimos que hacer así que corrimos, pero les aseguro que se la pagaremos. —dije. Bethany soltó una risa. Todos la acompañaron nerviosos.

— También podrían poner mesas de mejor calidad. —Bethany asomó la cabeza.

— Señor Richardson, olvídese de esa estatua insignificante, estoy seguro de que no fue nada. Le aseguro que se remplazara inmediatamente ¿Quiere que le dé un recorrido por la empresa yo personalmente?

— ¿No están en una junta importante?

– Nada es más importante que usted –Rosenfield miró a todos por aprobación. Todos decían lo mismo. –Nada es más importante en esta empresa que la familia Richardson.

– Bueno. –me puse de pie. Todos rápidamente se pararon también.

Antes de irme, todos me saludaron con la mano y decían que estaban muy contentos de haberme conocido. Salimos de ahí solo Bethany, Rosenfield y yo.

– Soy el vicepresidente de la empresa, señor, y su padre me dejó a cargo mientras él está de viaje. Estábamos teniendo una junta precisamente acerca de si vamos a seguir invirtiendo nuestras acciones con la misma ganancia de antes o si quizás fuese más conveniente que incrementáramos las tarifas, en fin, cosas de negocios.

–Ah. –traté de aparentar que sabía de lo que me estaba diciendo.

– Pero dígame, –dijo cuando llegamos al elevador. –¿Cómo está el señor Theodore?

– Él está bien, gracias.

– Me imagino. Eso que usted trae en el cuello es sumamente valioso. Le perteneció al creador de nuestra organización.

– ¿En serio? ¿Qué significa?

– Es un símbolo de La Fraternidad. –entramos al elevador.

– La Fraternidad. No sé mucho de quiénes son, ni por qué el abuelo me la dio o qué quiere que haga con ella.

– Somos personas muy reservadas. Con un código de silencio que no se puede violar. Nuestra hermandad, está compuesta por hombres intelectuales, sabios, que nos gusta aprender, y alcanzar niveles de conocimiento más profundos que el hombre regular.

– ¿Para qué? –pregunté. Rosenfield me miró con una expresión casi de disgusto, tratando de ocultarlo. Admito que fue una pregunta muy tonta.

– Bueno, creemos que el ser humano viene al mundo con una misión, y esa misión es elevar su alma y crecer espiritualmente e irse de este mundo con más iluminación que con la que llegó. Haciendo el bien. Nosotros por ejemplo lo hacemos de una manera muy filántropa. Patrocinando escuelas, hospitales, lugares de recreación. Tenemos una responsabilidad hacia el mundo. El mundo nos importa y nos gusta hacerlo un lugar mejor. Esta empresa está bajo la administración de La Fraternidad. La creó su bisabuelo hace muchos años.

– Y, ¿Dónde está la sede de la Fraternidad?

– Si me tiene que preguntar, es porque no soy yo el que deba revelarle ese secreto, señor Richardson.

– Entiendo. –dije mirando hacia enfrente, pero podía sentir su mirada.

– Si su abuelo no le dijo nada es porque no es el tiempo, señor Richardson. Uno no puede aspirar a ser miembro de la Fraternidad. Ella lo escoge a usted. Es un llamado del Creador, no dudo que usted tiene ese llamado Señor Richardson. El señor Theodore fue un gran maestro para mí y para muchos. Él lo aprendió todo de su padre. Fue un ejemplo a seguir, un gran hombre. Lo conocí cuando yo era niño, sé que no fui el único a quien el señor Theodore dejó una marca en su vida. –terminó Rosenfield. Me quedé en silencio, luego sonrió, poniendo su mano en mi hombro. La puerta del elevador ya estaba abierta. Extendió su mano, invitándome a salir. Era el primer piso otra vez.

Saliendo del elevador, Kim estaba parada cerca del lugar donde nos dejó. Estaba volteando a todos lados buscándonos. Volteó hacia nosotros y nos vio. Cuando se dio cuenta quien nos acompañaba, sus ojos se hicieron grandísimos. Nos acercamos a ella y se encogió de hombros como un cachorro.

– Señor Rosenfield. –Kim dijo nerviosa.

– Señorita Kimberly. –Rosenfield asintió con la cabeza. –Venga con nosotros, les voy a dar un recorrido por la empresa.

Kimberly me miró como diciendo, "¿Qué pasa?" y solo le hice la seña con la cabeza que nos siguiera. Rosenfield nos llevó piso por piso explicándonos lo que hacían. Era un trabajo muy impresionante para decir verdad, pude darme una mejor idea de lo que papá hacía. Rosenfield se portó muy atento, llevándonos a casi todas las oficinas importantes y presentándonos a todas las secretarias. Todos se sorprendían al ver que el dueño realmente tenía dos hijos de sangre. Todos se ponían de pie y estrechaban su mano para saludarnos.

Después del recorrido Rosenfield se despidió y nos invitó que nos quedáramos a comer en la cafetería de la empresa.

– ¡Vaya qué susto! –Kim dio un sorbo de su bebida. Estábamos todos sentados a la mesa. –Pensé que se habían metido en problemas.

– ¿Crees que papi se enoje porque vinimos? –Bethany preguntó después de darle una mordida a su sándwich.

– No creo linda. –Dijo Kim. –Rosenfield y todos se portaron muy bien.

– No hables con la boca llena Bethany. –le dije.

– No subas los codos a la mesa, Graviel. –replicó Bethany.

– ¡Ay cállense los dos! – Kim nos apuntó con su cuchara.

– No apuntes con los cubiertos. –le dijimos los dos riéndonos.

– ¡Me tienen harto los dos! Ya platíquenme qué paso.

Le conté a Kim lo que había pasado, desde la estatuilla y los guardias hasta Rosenfield y mi pulsera. Me dijo que mi familia era muy misteriosa. Yo no sabía que pensar, todo era muy confuso aún para mí. Había cosas que realmente no me interesaban, solo quería venir a esta ciudad a estudiar y sacar a Bethany adelante. Sin embargo, parecía que lo demás se estaba añadiendo a nuestra vida sin que pudiéramos evitarlo.

Llegando a casa me metí a la librería de papá donde estaban unas ventanas de vidrio enormes y un jardín que daba al estacionamiento afuera. Estaba de pie, con las manos en mis bolsas mirando hacia afuera; Bethany y Kim habían salido al jardín. Estaban recogiendo flores con el jardinero. Miré como Stacy, la esposa de papá se estacionó y saludo a Bethany como si fuera su propia hija que no había mirado en años.

Después de unos momentos Bethany fue a decirme que Stacy quería verme en la sala de estar. Para mí era evidente que Stacy se iba a tratar de poner en el lugar de mamá, pero, aunque estuviera casada con mi papá nunca la iba a llegar a querer como tal. Solamente, por respeto a papá, propuse nunca faltarle al respeto. Bethany no era nada tonta y pude notar que sentía lo mismo que yo cuando Stacy la llamaba "hija," Bethany decía que se llamaba "Be—tha—ny, gracias."

Subí a mi cuarto a descansar. Aún había muchas cosas que acomodar, pero decidí hacerlo todo al día siguiente. Me acosté en la cama mirando hacia arriba y estuve pensando mucho en todo lo que había sucedido hoy. En Manny y Calvin. Me preguntaba quiénes eran ellos. Parecían personas muy inteligentes. Digo, ¿cómo Manny puso esos papeles en mí sin que yo me diera cuenta? ¡Vaya que eran buenos! Yo no me consideraba tan mal, Herbert, nuestro mayordomo, por órdenes de mi abuelo, me enseñó muchas cosas que no me enseñaron en la escuela. Con él aprendí acerca de todas las religiones y todas las artes. Me enseñó a hablar francés, inglés, y latín. Aunque nunca tuve una relación con él, más que de mi maestro, él y mi abuelo me enseñaron muchísimas cosas. Casi… casi como si me estuvieran preparando para algo.

Lo que sé es que mi madre siempre me enseñó a que no tuviera orgullo, pero que tuviera buena autoestima. Ella decía que la autoestima y el orgullo eran dos cosas muy diferentes y que se podía tener una u otra, pero no las dos. El orgullo es sentirte mejor que los demás por lo que sabes o por quién eres. La autoestima es tener una buena y saludable idea de quién eres. Lo que uno sabe uno debe usarlo para ayudar a los demás, no dejar que nadie te convenza de que eres menos de lo que tú eres. Mamá decía que siempre tuviera una autoestima saludable y balanceada. Así sabría mi lugar y nadie tenía que ponerme en él. Así que decidí no hablar mucho en las clases ni llamar la atención hacia mí, que en realidad no tuve ningún problema en hacerlo en la secundaria; así que no habría problema en esta universidad tampoco. Mi meta era llegar a ser abogado como se lo había prometido a mamá y nada me iba a distraer.

Sin embargo, algo aún me mantenía pensando; ¿Qué propósito tenía el abuelo al darme esa cadena? ¿Y qué era de la empresa de papá? ¿Quiénes eran ellos también? ¿Por qué nunca me dijo nada al respecto? No tenía sentido. Tenía que llamarle y preguntarle acerca de esto. Lo haría el próximo día. Estaba muy cansado y tenía sueño. Lo único que quería era dormir y tratar de olvidar lo que había pasado durante el día.

Me recosté en mi cama pensativo. Había sido un día muy largo. Caminé hacia las cajas que tenía en el suelo y abrí una a la cual había marcado "irremplazables" y saqué la foto de mamá. Era un pequeño cuadro donde estaba ella sentada al final de una resbaladera en un parque y yo parado entre sus rodillas mientras ella me abrazaba. Tenía yo seis años en la foto y recuerdo que la tomó papá. Ese sería el último año que ella estaría conmigo. Aunque ya tenía mucho tiempo que mi madre se había ido, yo sabía que nadie la podía remplazar. El sol pegaba en su rostro mientras sonreía y me abrazaba. Era tan bella. Recuerdo ese día como si fuera ayer, casi podía escuchar su voz, diciéndome que me amaba. Cuánto daría por volver a estar una vez más con ella, abrazarla fuertemente, pero la realidad era que mi madre se había reducido a un recuerdo en una foto. Miré una gota que cayó en el vidrio del retrato y me di cuenta de que era una lágrima. Quizás, dentro de mí, sabía que las cosas nunca más volverían a ser igual. Saqué mi guitarra de una caja y la conecté al amplificador. La afiné y toqué una melodía en estilo rock balada que me gustaba mucho.

La puerta de mi cuarto rechinó. Abrí mis ojos y estaba la cabeza de Bethany asomándose por la puerta.

– ¿Qué pasa, Bethany? ¿Estás bien? –pregunté. Bethany caminó hacia mí. Se introdujo en las cobijas y se acostó a mi lado. Quitó su pelo de su frente con su mano.

– Extraño a papi. –la luz de la luna daba en su cara. Pude ver que no había expresión en su rostro. Era una niña muy fuerte. –¿Cuándo va a regresar?

– La próxima semana. ¿Qué te parece la casa?

– Es una casa. –se cubrió más con las cobijas. –Graviel, no me gustó el hombre que nos enseñó el trabajo de papi hoy.

– ¿Rosenfield? ¿Por qué, Bethany? Parecía una buena persona.

– No lo es.

– ¿Y tú como lo sabes?

– No sé… pero no me gustó. Es malo.

– Pues cuando estábamos corriendo de los guardias lo abrazaste.

– Yo abrazo a todo mundo. Además, no sabía quién era, pero cuando estaba llevándonos por el edificio… no sé Graviel, pero no quiero volver a verlo.

– Te aseguro que no lo harás. –Hubo un silencio largo.

– Graviel…

– Dime.

– ¿Mamá era buena…?

– …La más buena de todas, Bethany. –Hubo otro silencio, aún más largo.

– Papá no me quiere ¿verdad...? –dijo. La miré a los ojos, pero estaba medio dormida. –¿Verdad?

– Claro que te quiere, solo que es un poco distraído. –suspiré.

– Tú si me quieres …—comenzó a decir, pero no terminó. Se durmió antes de que pudiera decir algo más. Pensé por un momento y la abracé fuerte.

– Claro que te amo. Mucho. –le di un beso en la frente. No quise hablar más porque no quería que me escuchara llorar.

– *Me llamó Rosenfield. ¿Cómo estuvo tu visita en la empresa?* – Preguntó papá por el teléfono.

– Oh vaya. Te dijo.

– *Claro que me dijo Graviel.*

– ¿Estás molesto?

– *Por supuesto que no, hijo. Pero si querían ir, me lo hubieras hecho saber y yo los pude haber llevado.*

– Fue idea de Kim y Bethany.

– *Está bien. Me hubiera gustado que conocieras a Rosenfield bajo otras circunstancias. No estoy de acuerdo que papá te haya dado esa cadena. Bueno, ya no importa. ¿Cómo te la estás pasando en la casa? ¿Estás a gusto? ¿Te han estado tratando bien Stacy y Kimberly?*

– La casa está bien. Estamos bien gracias. Stacy es muy buena con nosotros. Conmigo y con Bethany. –traté de que recordara que Bethany había venido conmigo.

– *Pues qué bueno. Solo llamaba para decirte que llego el lunes en la mañana. Dejé mi auto en el aeropuerto. No me esperen de todos modos.*

– ¿Estás seguro de que no quieres que vayamos por ti al aeropuerto?

– *Sí, seguro. No te preocupes.*

– Está bien. ¿Algo más? –Pregunté. Silencio.

– *Tu hermana… ¿Cómo está?* –Preguntó y aclaró su garganta.

— Bethany está bien, papá. Te extraña mucho. ¿Quieres que la llame para que hable contigo?

— *No, deja, así está bien. Estoy un poco ocupado. No tengo mucho tiempo. Ya los veré cuando llegue. Te dejo hijo, me tengo que ir. Te quiero.*

— Yo también te quiero papá. Adiós.

— Adiós, —Dijo. Apagué mi celular.

Capítulo 4

Hacía unos minutos que había llegado al parque donde Kim me dijo que fuera a recogerla, ya que su licencia estaba suspendida. Estaban todos aún jugando voleibol en la arena y yo salí del carro a esperarla recargándome en el cofre. Bethany estaba con ellos jugando, se veía muy contenta, aunque no supiera jugar. No pasó un minuto cuando un Camaro negro último modelo se estacionó al lado de mi Mustang. Salió un muchacho rubio, traía unos jeans y tenis blancos, camisa blanca desabotonada. Me miró de reojo sin decir nada. Metió su mano en la bolsa trasera de sus jeans y sacó una cajetilla de cigarros. Agarró uno, lo prendió y se lo puso en la boca. Extendió su mano con la cajetilla, ofreciéndome uno. Le dije que no con la cabeza, el asintió y la guardó devuelta. Miró hacia enfrente donde todos estaban jugando voleibol. Me volvió a mirar. Apuntó con la barbilla hacia la cancha, luego miró su reloj de mano como diciendo, "¿aún no terminan?" Yo miré el mío y me encogí de hombros.

– Debieron haber terminado hace media hora. –no quitó el cigarro de su boca. Miré en su brazo izquierdo una banda negra con letras rojas: "CC", bajé la mirada. –¿Tú a quién esperas?

– A esa muchacha del short turquesa y camisa blanca y a la niña.

– Kimberly. Hmm. Fue mi novia hace meses. ¿Qué es de ti?

– Media hermana.

– Ah sí. Me habló de ti. Niño millonario. –sonrió.

– Ella también me habló de ti. Pero no me dijo tu nombre.

– Ajá. Espero nada malo. –se recargó en el cofre de su carro mirando hacia enfrente como yo.

– No. –dije relajado.

– Frederick Rossi.

– Graviel Richardson.

– ¡¿Graviel Richardson?! –preguntó en tono de burla. – ¿No se habrían equivocado en tu acta de nacimiento?

– No. –contesté sin expresión. –Mi madre era hispana. Ella me puso así.

– Naturalmente. –dijo fumando su cigarro.

– Eres Caballero de Colón ¿verdad? –pregunté. Se me quedó mirando un momento. –Tu banda.

– ¡Oh! –continúo fumando. –Sí. Lo soy. Es la mejor fraternidad en la escuela. No hay otra como la nuestra.

– Vaya. ¿Cuál es el propósito de tu fraternidad?

– ¿Propósito? No creo que sea la palabra adecuada. No somos un club de exploradores. Sin embargo, ya que lo dices, sí tenemos un propósito. Acabar con todos los Caballeros Templarios. Nosotros somos los mejores y ellos no deben de existir. –Me reí cuando dijo "club de exploradores." Me acordé de Manny cuando lo estaban golpeando el día que lo conocí.

— Muy noble tu causa.

— ¿De qué te ríes? No actúes como un santo. Tú mejor que nadie sabes lo que es ser mejor que los demás. —su tono de voz era relajado, un tanto amenazante.

— Por su puesto. —miré mi celular, tratando de terminar la conversación.

— ¿Tienes pensado buscar admisión en una fraternidad?

— No.

— Lástima. Serías un buen elemento en nuestras filas. Aunque… No lo sé. Te ves débil. Creo que lo único que tú tienes de valor es dinero. Además, no encajarías con los Caballeros de Colón. Con los Templarios sí, ellos reclutan a cualquier raza.

— ¿Qué dices?

— Es la verdad. —Frederick sonrió, fumando su cigarro.

— Qué divertido. Ahora veo que todos los Caballeros de Colón tienen excremento en la cabeza. Creo que cuando se dijo háganse los imbéciles tú saliste con la bandera en alto.

— ¿Qué dijiste…? —Frederick se enderezó.

— Graviel. Veo que conociste a Frederick. —Kim interrumpió nuestra conversación quitándose el sudor con una pequeña toalla. —Hola Frederick.

— Hola Kimberly. —Frederick sonrió de lado. El juego terminó y todos se acercaron al estacionamiento. Cuatro muchachos se juntaron con Frederick, me di cuenta de que también eran Caballeros de Colón.

— Graviel, quiero helado. —Me dijo Bethany mientras me abrazaba. Después de esperar unos minutos mientras Kimberly se despedía de sus amigas, Frederick subió en su carro con sus amigos patinando las llantas detrás de mi carro.

Fuimos a un café por nieve y les platiqué que papá había llamado. Bethany se puso muy contenta. Después de un rato unas amigas de Kim nos miraron y se unieron a nuestra mesa. Eran tres muchachas.

– Me gusta mucho tu carro. –comentó una.

– Gracias. –Contesté.

– ¿Cómo te llamas? –Preguntó otra.

– Graviel.

– Yo soy Lauren.

– Y yo Samanta.

La tercera estaba platicando con Kimberly, pero sabía que se llamaba Elizabeth. Kim me había platicado de ella antes. Frederick había estado intentando salir con ella desde hace semanas, pero Elizabeth no le hacía caso. Las dos eran muy amigas y se decían todo. Al parecer Elizabeth sabía la clase de persona que era Frederick.

– Tu hermanita es muy linda. –Dijo Lauren. –Jugó muy bien hace rato.

– Como toda una profesional. –Añadió Samanta.

– Oigan ¿Quieren ir al juego de basquetbol mañana en la tarde? –Preguntó Elizabeth. –Marcus me invitó. Dijo que iban a estar él y sus amigos.

– ¡Claro! ¿Graviel? –Kimberly me miró.

– ¿Quieres ir Bethany? –me dirigí a Bethany. Estaba tomando una malteada con popote. Asintió con la cabeza.

– Yo no puedo ir, tengo cosas que hacer mañana. –Lauren se lamentó.

– Ni yo, esos equipos no me gustan. –dijo Samanta.

– ¡Ay qué aburridas son! ¿eh? ¿Hay problema si me voy con ustedes mañana? –preguntó Elizabeth mirándonos a Kimberly y a mí. Le dije que no con la cabeza.

– Marcus es novio de Elizabeth. Un Caballero Templario, Graviel. –Me dijo Kimberly de camino a casa. –Él es una persona muy refinada. Es muy inteligente, y está estudiando negocios como toda su familia. Su papá es dueño de una cadena de bancos en la ciudad, y siempre aspira tener más poder. Pero no te confundas, es una buena persona. Él es amigo de Calvin y Manny. En total son cuatro; Calvin es el líder, luego Manny, Marcus y Lukas. Para ser un grupo completo deben ser cinco. Cinco. Les falta uuuno, ¿escuchaste? uno. –Kim me miró, sonriendo, señalándome con el dedo índice "uno". Reímos.

– Ya basta. –le dije. –No pienso perseguir esa posición, ya te lo dije.

– Todos los Caballeros Templarios son de buen corazón en mi opinión, tienen sentimientos pues, es lo que quiero decir. –Kimberly trató de apelar, no contesté.

Al siguiente día en la mañana, fui a correr a la universidad muy temprano antes de la hora del desayuno porque, aunque no me gustaban mucho los deportes si me gustaba mantenerme saludable. Mientras trotaba, miré a alguien más trotando en la pista, que al parecer era un poco más lento que yo así que lo pasé lentamente.

– ¡Graviel! –Exclamó. Era Manny. No lo reconocí porque el sol aún no salía del todo y había neblina.

– Ey. –lo saludé mientras trotábamos juntos.

– ¿Qué haces por estos rumbos? –preguntó. Levanté las manos, luego señalé a mis pies como…no sé, ¿Corriendo? –Qué coincidencia. Yo también.

– Me gusta levantarme temprano.

– A mí no, yo solo vine … porque quiero bajar de peso… –Manny se estaba quedando un poco atrás. Con la mano, me hizo la seña de que continuara. Lo pasé lentamente. Lo alcancé otra vez a la segunda vuelta. Iba al mismo paso y aún más cansado.

– ¿Estás bien?

– Oh sí, sí. Solo que no lo hago todos los días. Parece que tú si verdad. Oye… te invito a desayunar…. Después de aquí. –dijo agarrando mucho aire.

– Sí está bien. Oye, ¿seguro que estás bien?

– Sí, sí. Anda pasa. ¡Uf! – Exclamó haciéndome la seña de que continuara. Lo volví a pasar.

A la tercera vuelta ya no estaba corriendo. Estaba sentado en las bancas. Me miró y levantó su pulgar en señal de "OK". Sonreí y me detuve a un lado de él.

– Qué rico es correr. Ya me estoy poniendo en forma mira que piernas. Mi mamá dice que me parezco a un atleta profesional. Siempre me dice que soy el más guapo.

– Eh… sí. Por su puesto. –no sabía si estaba vacilando o hablando en serio.

– ¡Vaya qué estás en condición! –Manny habló ya más relajado.

– Eso trato. –recobré mi aire.

Fuimos a bañarnos a las bañeras del gimnasio y después a la cafetería de la escuela. Había mucha gente. Hay clases en el verano y el invierno, así que la escuela nunca estaba vacía.

– ¿Qué vas a estudiar? –preguntó Manny mientras comíamos.

– Leyes. Después de aquí quiero ir a la Escuela de Leyes y ser abogado. ¿Tú?

– No sé. –dijo dándole una mordida a su sándwich de tocino.

– Sabes, si quieres bajar de peso, el tocino y el pan no te ayudan. –le dije. En realidad, no estaba gordo. Tenía algunas libras de más pero no era obeso.

– Es tocino de pavo. ¡Ey! –Manny saludó a alguien detrás de mí.

– Ey. –contestó alguien en tono flojo. Era un muchacho rubio con mucho gel en el cabello y en forma de picos hacia arriba. Chaqueta negra de piel y jeans. Tatuajes en las manos y cadenas por todos lados, una banda roja en su brazo izquierdo con las iniciales de C.T. Se sentó a un lado de Manny.

– Graviel, él es Lukas. Lukas él es Graviel.

– Mucho gusto. –extendí mi mano.

– Ey. –dijo extendiendo la suya lentamente. Era un tipo bastante calmado. Realmente relajado. –Me contaron como ayudaste a mis amigos la otra vez.

– No fue nada. Yo traté de no hacer nada, pero ellos me obligaron.

– Tienes mucho potencial. –comenzó a decir Manny en un tono más serio –Graviel, sería un honor que lo consideraras.

– No necesitamos a nadie. –interrumpió Calvin que llegó por detrás de mí y se sentó a mi lado.

– ¿Qué quieres decir? –exclamó Manny. –Tú sabes que necesitamos a uno más para estar completos.

– Cierto. –Añadió Lukas, recargado en la silla y con las manos detrás de su nuca.

– No creo que… Graviel aquí, esté listo para este tipo de responsabilidad.

– ¿Qué quieres decir? –pregunté molesto.

– Nosotros reclutamos solo a quienes tienen una mentalidad madura y saben decidir por sí mismos. No somos un club de chicos exploradores. Se ve que todo se te fue dado en plato de oro. El carro que tienes lo dice todo.

– Es que los chicos exploradores son los CC… –Manny dijo en silencio

– ¿Qué tiene que ver mi carro? ¿Y quién dice que yo quiero ser parte de su grupo? Yo solo vine a comer con Manny. No me interesa nada de lo que ustedes hacen. Mi prioridad es solo estudiar. –Reclamé. Manny le hizo una cara a Calvin y Lukas miraba hacia su lado.

– Bien. Que así se quede. –Dijo Calvin levantándose. Lukas se levantó con él, pero puso su mano en mi hombro cuando se fue y le pegó a Manny en la cabeza con su dedo.

– Calvin, quedamos en desayunar. ¡Oye! ¡Regresa! –gritó Manny detrás de él. –O sea, ¿a dónde van? Qué exagerados. No es una mala persona, lo prometo. Solo que es muy dedicado en lo que hace. Solo quiere lo mejor para el grupo. Yo sé que tú tienes ese algo que estamos buscando, solo falta que él lo vea.

– Manny, te lo agradezco, pero, no tengo intención de…

– Mira, si no quieres unirte a nosotros, deja de ser tú. Tú tienes lo que nos hace falta. Lo puedo sentir. Si de verdad no quieres que nadie te busque, no llames la atención. –Manny se levantó de la mesa. Tomó su sándwich y los siguió. –¡¿Que ridículos eh?! –Lo escuché aun gritar.

Me quedé solo en la mesa comiendo mi avena. Así estaba mejor. Siempre había estado solo en las escuelas anteriores y siempre había estado mucho mejor, sin problemas. Desde que era niño nadie nunca había querido juntarse conmigo porque era diferente a ellos. Se sentían ofendidos porque yo era más inteligente. Las cosas no me caían del cielo como Calvin decía. ¿Qué se cree? Muchas personas con dinero aprenden las cosas porque no tienen otra cosa que hacer y quieren matar el tiempo. ¿Por qué es eso malo? No es mi culpa haber nacido en estas circunstancias. ¡Qué coraje me dio! Tenía tantas ganas de ir a decirle a Calvin todo lo que pensaba. Mis abuelos no me regalaban el dinero, yo tenía que trabajar para ello. Mi carro me lo regaló papá porque me gradué temprano de la preparatoria. No tenía nada que ver con que mi familia tenía dinero. Ellos lo tenían, yo no. ¿Qué saben Calvin y ellos de mi vida? ¿Y por qué trataba de explicarme a mí mismo lo que dijo Calvin? ¿Qué me importa? Traté de olvidarme del episodio durante todo el día.

En la tarde, casi al anochecer, fuimos al juego de basquetbol en la ciudad. Nos sentamos en unas de las líneas de enfrente. Kim había conseguido los asientos, supongo que le costaron mucho. Bethany estaba a mi izquierda y Kim a mi derecha. Luego estaba Elizabeth junto a Marcus. Marcus era un tipo muy amable. Tenía pelo muy corto, con peinado hacia el lado derecho. Su semblante era serio, con ojos enormes que raramente parecía que parpadeaban.

– Hola. –Elizabeth me saludó.

– Hola, ¿qué tal? –contesté. Marcus estaba atento mirando enfrente, pero al mirar que Elizabeth me había saludado, volvió su rostro lentamente hacia mí y levantó su mano, sonriendo de lado.

– Buenas noches. –Marcus levantando su mano finamente y luego la regresó de vuelta a su posición con la otra, con los dedos entrelazados. Vestía una camisa y pantalón negros, elegante y social a la vez.

– Marcus tiene TOC. –susurró Kim.

– ¿Trastorno obsesivo compulsivo? –pregunté.

– Sí. Es demasiado limpio y no le gusta que nadie lo toque. Elizabeth es una bolsa de besos, a ver cómo le van a hacer cuando — Nos interrumpió la música del evento al comenzar. La gente comenzó a hacer ruido, y aunque los jugadores estaban todavía practicando en la cancha, el presentador estaba anunciando el juego.

Por la esquina de mi ojo derecho pude notar que Marcus asentaba con la cabeza y sus facciones no eran consistentes al juego. Me di cuenta de que tenía un dispositivo en el oído y que alguien le estaba hablando desde algún lugar del estadio. Giré mi cabeza lentamente alrededor de la cancha a un lado y a otro. Luego hacia atrás. Calvin estaba de pie, recargando su hombro en la pared hasta arriba en la entrada de la tribuna. Me miró sin expresión, su boca se movió un poco. Marcus asintió con la cabeza. Sabía que me había dado cuenta de que Calvin estaba ahí. Volví mi cabeza hacia enfrente. Se veía molesto, pero no conmigo sino con Marcus. Herbert me había enseñado acerca de comunicaciones de radio y en este caso todo era muy fácil. Marcus no debía haber estado asintiendo con la cabeza, por eso Calvin estaba molesto, porque personas como yo podrían descubrirlos.

Parecía que Calvin era más serio que los demás acerca de lo que hacía, tal como Manny dijo. Marcus también era serio, pero se veía que había cosas más importantes que lo distraían. Creo que no todos en el grupo eran como Calvin quería que fueran. Luego me di cuenta de que estábamos sentados en unas de las bancas más caras y que eso confirmaba que la gente rica tenía lo que quería con un chasquido de los dedos. No nos hubiéramos sentado aquí. ¿Por qué me interesaba tanto complacer a Calvin? Me enojé conmigo mismo. Traté de disfrutar el juego, pero a mí nunca me habían interesado los deportes. Solo había venido para estar con Kim. Y ¿Por qué quería estar con Kim? ¿Qué no la odiaba desde que era niño? Oh, Dios mío estaba sintiéndome diferente. Necesitaba relajarme y traté otra vez de escapar de mis pensamientos y tratar de enfocarme en el maldito juego.

Nuestro equipo iba perdiendo. Marcus estaba frustrado ya que había apostado dinero. Se llegó el medio tiempo así que decidí ir al baño. Cuando salí, estaban Calvin y Marcus en las ventanas del pasillo donde estaban los puestos de comida. Parecía que estaban discutiendo. En uno de los puestos estaba Bethany con Kim, me acerqué a ellas no sin antes notar que Marcus se había ido, molesto con Calvin, quitándose su dispositivo. Mala movida, pensé. Mientras caminaba hacia el puesto, Frederick me pasó junto con Leni con su mirada puesta detrás de mí.

Volteé y este iba alejándose como si ya se fuera. Marcus no miró a Frederick y caminó hacia donde estaban las muchachas. La mirada de Frederick no reflejaba nada bueno. Miré hacia ambos lados como si fuera a encontrar qué hacer entre la gente. Otra vez. No sabía qué hacer. Estuve inmóvil por unos momentos, luego recordé que Calvin no quería nada de mi ayuda, que no le interesaba mi amistad, que creía todo lo contrario de mí. Decidí no ayudarlo, decidí regresar al juego.

Así que ahí estaba yo, siguiendo a Frederick y a Leni quienes a su vez seguían a Calvin. Los seguí hasta el estacionamiento subterráneo sin que me pudieran ver. Me iba escondiendo detrás de los pilares. Podía escuchar que querían darle una lección por haberse metido en sus asuntos el otro día. Era lo más lógico, pensé. Salieron a la calle donde la noche comenzó a cubrirnos con su oscuridad. Calvin se detuvo en una gasolinera mientras Frederick lo esperaba afuera junto a Leni. Yo estaba en la calle de enfrente a un lado del edificio mirando todo. La gasolinera estaba en medio, Frederick en una esquina y Leni en la otra, esperando. Miré que Frederick encendió un cigarrillo tirando el fósforo al suelo. Esto me dio una idea.

Corrí por la calle de al lado hacia atrás de la gasolinera donde estaba el estacionamiento de los trabajadores. Había un bote de basura junto a una ventana sellada con tablas. Estaba muy oscuro, pero pude agarrar una botella de plástico vacía, luego tomé una manguera vieja pegada a una llave de agua. Busqué un extremo de esta y corté un pedazo con mi navaja. Metí un extremo al tanque de gasolina de uno de los carros y succioné duro por el otro para sacar suficiente gasolina para llenar la botella de plástico. La cerré y subí al cajón de basura, luego por la ventana hacia el techo. Caminé agachado lentamente en el techo hacia enfrente de la gasolinera. Calvin salió de la tienda con una bolsa de cosas. Miró en dirección a mí y me di cuenta de que mi cadena emitía una luz muy brillante. La tape rápidamente metiéndola dentro de mi camisa y traté de no moverme. Respiré profundo, pero lentamente. Calvin siguió caminando y cuando daba vuelta en la calle, se acercó Leni. Calvin trató de irse de ahí, pero lo detuvo Frederick. Estaba rodeado. Calvin mantuvo su postura. Se veía que no tenía miedo.

— Ya no es lo mismo cuando estás solo ¿verdad? –Frederick habló. Estaba muy oscuro para ver las expresiones de sus rostros, pero casi estoy seguro de que lo había dicho sonriendo.

— Y tú eres tan cobarde que tienes que traer a tus amigos para que te ayuden. –Calvin respondió. Leni sostuvo a Calvin por detrás.

— Yo solo te voy a enseñar una lección. –Frederick le dio un puñetazo en el estómago. Calvin cayó al suelo.

Con mi navaja corté la punta de la botella sin evitar tirar un poco de gasolina. Mire a Frederick de pie frente a Calvin. "Vamos…" pensé impaciente. Frederick le hizo la señal a Leni para que lo pusieran de pie y así poder darle otro puñetazo en el estómago a Calvin, quien cayó una vez más al suelo. Frederick se dio la vuelta, dando unos pasos. Sacó su cajetilla de cigarros, poniendo uno en su boca. "Si, así es," pensé. Encendió un fósforo, acercándolo a su cigarrillo y lo tiró al suelo. Perfecto. Arrojé la botella exactamente dónde estaba el fósforo e hizo una llamarada bastante grande que hasta los pies de Frederick se prendieron en llamas. Este salió corriendo a la calle y Leni detrás de él tratando de apagarlo. Solo era una pequeña parte de su pantalón, pero este corría como si todo su cuerpo estuviera en llamas. Qué cobarde. Calvin recobró su postura, estaba mirando directo hacia mí. Guiñaba sus ojos porque no podía distinguir quien era yo. No me escondí, porque estaba tan oscuro que sabía que no podía reconocerme. Se dio la vuelta, y comenzó a alejarse. A unos metros más adelante se detuvo. Volvió a mirar hacia mi dirección. Asentó con la cabeza a quien fuera que estuviera ahí, se dio la vuelta, echándose a correr y su silueta desapareció en la oscuridad. Frederick ya estaba apagado pero el suelo aún estaba en llamas. Había unas cuantas personas en la calle ya y algunos llamando por su celular. Frederick gritaba maldiciones a Calvin. Yo me eché a reír.

Bajé por el mismo modo como me subí y corrí de regreso al estadio.

– ¿Dónde estabas? –preguntó Bethany cuando me dirigía a mi asiento.

– Quemando malvaviscos.

– ¿Cómo? –Kim preguntó confundida.

– Que le hicieron daño los perros calientes. –dijo Bethany, todos rieron.

Marcus me miraba en silencio.

Hacía un poco de calor ese lunes. Había dejado a Bethany en su escuela momentos atrás y yo ya estaba en la universidad. Era una escuela magnífica, sin duda alguna. Había muchísima gente, que, en comparación de los inmensos edificios, parecían hormigas. Detrás del edificio White de administración, estaba una inmensa plaza donde en medio había una gran escultura en forma de muchos libros apilados unos encima de otros. En la punta, una gorra de graduación. Más adelante se encontraba la biblioteca a la cual le seguía un edificio más. Este último tenía una bajada de unos cuarenta y cinco grados bajo la tierra, y en el primer piso se encontraba la cafetería; en el segundo, los juegos de recreación y en el tercero, las actividades extracurriculares. Todo era un diseño realmente espectacular. Estaba muy emocionado.

Caminé hacia mi primera clase que era de Ética. Era una clase enorme donde las bancas estaban acomodadas como las de la tribuna de un estadio. Abajo, el profesor frente a un pizarrón de cristal que se extendía desde una pared a la otra. Cuando llegué, todos los asientos de enfrente estaban tomados así que me senté arriba en una esquina. Ya en otra ocasión me sentaría enfrente como me gustaba. Desde que me senté, pude notar que había varios C.T. y C.C. alrededor. Creo que sentarme atrás no estaba tan mal después de todo. Traté de no llamar mucho la atención como Manny había dicho.

– Buenos días jóvenes. –comenzó a decir el profesor desde enfrente del salón. Sentí mucha emoción. Las clases ya habían comenzado; era mi primera clase de la universidad y yo estaba determinado a poner la mayor atención posible para aprender lo más que pudiera. –Muchachos. Silencio por favor, ¡Silencio! Gracias. Mucho gusto. Mi nombre es Sr. Neil. Yo seré su profesor de Ética estos próximos cinco meses y espero que estén entusiasmados por aprender acerca de lo que es la ética en sus respectivas áreas. Jóvenes, ya están en la Universidad de Aphoria. Sepan que ya no están en la secundaria ni voy a hacer juegos con ustedes en el tiempo que serán mis alumnos, además, espero de ustedes lo mejor. ¡Ahora bien!, si reprueban un examen, no tendrán la oportunidad de retomarlo ni daré oportunidad para hacer un examen o cualquier otro trabajo. Por otro lado, si faltan a la clase, a menos que sea una situación de emergencia, no daré oportunidad de retomar el trabajo. Todo depende del caso, sin embargo, es su responsabilidad pedir ayuda, yo no los buscaré. Ya todos aquí son adultos así que no estaré atrás de ustedes empujándolos a que hagan las cosas. Si quieren una calificación para pasar mi clase, tendrán que ganársela. Punto. Las cosas son así muchachos y diré esto solo esta vez. Es su dinero. Ustedes deciden tirarlo a la basura, allá ustedes. A mí me pagan por enseñar no por ser su niñera. No estaré cuidando a niños ineptos. –hubo un silencio en toda la clase. El Sr. Neil nos miró a todos por un momento. Era un hombre calvo con pelo solo en los lados. Lentes gruesos con un semblante atemorizador. Parecía que nunca sonreía. Usaba saco y se veía muy bien planchado y arreglado. Se volvió hacia el pizarrón para escribir. Yo estaba aún más emocionado. Así era como me gustaba estudiar. Entre más rígido mejor. –Ahora. ¿Quién me puede decir lo que es la Ética?

– La ciencia filosófica de lo que es moral. –respondió alguien abajo.

– Cierto. Cierto. –contestó el Sr. Neil. –Ahora, la Ética viene de muchas fuentes. Los griegos fueron los que hicieron mucho énfasis en este tema. Más adelante las diferentes culturas comenzaron a adoptar ideas similares y como dijo aquí nuestro amigo, se basa generalmente en lo que la gente interpreta que es lo moral. Mucha gente tiene diferentes puntos de vista acerca de lo que es la moralidad. Grupos religiosos que creen en un "Dios" supremo que les dio diez leyes que no deberían romper sino los enviaría a un lago de fuego, son nada más que fanáticos. La moralidad llegó hasta nosotros gracias a lo que el hombre miró y experimentó cuando evolucionaba. Mientras experimentaba con el mundo a su alrededor se dio cuenta de que había cosas que le dañaban. Por lo tanto, aprendió a evitar ciertas cosas y así, poco a poco, en tanto que las sociedades crecían, aprendieron de sus errores y comenzaron a escribir de ello. Otros, tan estúpidos estaban en sus ideas y comenzaron a inventar dioses y entidades divinas que les darían respuestas a lo que ellos no podían responder. Hoy en día, gracias al avance de la ciencia y la inteligencia moderna, hemos podido alcanzar la mente de Dios. Poder entender mejor lo que es la moralidad humana y por lo tanto la Ética. ¿Todos de acuerdo conmigo? –Preguntó acomodándose los anteojos. La mitad de la clase contestó que sí. El Sr. Neil se rió. –Sí, ya sé que aquí debe haber fanáticos religiosos que creen que su Dios tiene todas las respuestas, pero no es así. Así que, si no están de acuerdo con lo que enseño, salgan de mi clase. Aquí solo voy a enseñar la realidad, no tonterías. ¿Hay alguien aquí que sea cristiano? ¿Nadie? –preguntó. Unos cuantos muchachos levantaron la mano. Yo no levanté la mano porque no era cristiano, sin embargo, no estaba de acuerdo con lo que el profesor estaba diciendo. De repente mi emoción se estaba alejando de mí. —A ver tú. —apuntó a uno de ellos. —Si tú eres cristiano, ¿Por qué quieres seguir aquí si lo que enseño está en contra de lo que crees? ¿No quieres irte? ¿O tienes una objeción que me diga lo contrario? —el muchacho se quedó en silencio por unos momentos. Su cara se tornó colorada y lentamente tomo sus cosas y poniéndose de pie, salió del salón. — ¿Alguien más que quiera irse? ¿O acaso habrá alguien que me diga que lo que estoy diciendo es mentira? —nadie se movió. —¡Ah! Eso era lo que me imaginaba. No pueden defender sus creencias. Si se quedan es porque saben que tengo razón. Hipócritas. —dijo y se volvió al pizarrón a seguir escribiendo.

— Yo tengo una objeción. —escuché mi voz decir. Cállate idiota no hables, me dije a mí mismo. El profesor se volteó y me miró atentamente junto con toda la clase. Sonrió.

— ¿Cómo te llamas muchacho? Ponte de pie. —dijo sonriendo.

— Graviel Richardson.

— ¿Cuál es tu objeción? —preguntó cruzando los brazos, esperando una respuesta.

— Señor yo no soy cristiano, pero no estoy de acuerdo con lo que usted dijo. De acuerdo con lo que usted dice, la ciencia y la inteligencia moderna nos ha hecho comprender lo que es moral. Señor, usted es profesor de Ética y supongo que tiene un doctorado y otros reconocimientos más, lo cual indica que se preparó. Pero no se preparó para esto porque me temo que los argumentos que usa son ilógicos. Señor Neil, en el mundo se publican miles de libros todos los días, de ciencias, de historia, de matemáticas, de botánica, biología, astronomía, filosofía, ética, criminología, leyes y toda la inteligencia que se pueda imaginar. Hay más de dos mil idiomas oficiales en el mundo y más de setecientos dialectos que se hablan en diferentes aldeas. Hay muchísima sabiduría que se ha recopilado desde millones de años y la ciencia dice que aún no conocemos ni el uno por ciento del universo. Ahora, supongamos que, lo que sí sabemos, es un total de un cien por ciento. De ese cien por ciento no creo que usted sepa ni el uno por ciento, porque es un simple profesor de Ética que ha tocado solamente la superficie de su profesión. No tiene usted inteligencia infinita para decir que no hay un Dios. La ciencia que tenemos hoy se nos dio gracias a científicos del pasado que creían en un Dios. ¿Sabe usted por qué en los países como China, Japón, Corea, la India y todos esos países del otro lado del mundo no sabían nada acerca de la ciencia ni gravedad ni estaban avanzados en ciencias? Porque nunca pensaron en esa gran idea que probablemente había un Creador que había formado todo. Eso fue lo que ayudó a los pioneros cristianos a comprender más del universo. Los científicos ateos no han descubierto absolutamente nada, y lo que dicen haber descubierto es solamente teoría, o sea fe. Sr. Neil. Usted es un profesor intelectual, pero eso no le da derecho a decir que Dios existe o no, porque usted no tiene inteligencia infinita. El que usted diga que la ciencia es la respuesta a todo, es mediocre, y es fe también. Lo cual lo hace a usted aún más religioso que los cristianos, ergo, más hipócrita que ellos. —terminé. Todo el mundo estaba en silencio.

– Retráctese de lo que dijo joven… –advirtió el Sr. Neil enojadísimo.

– No señor. Éticamente no puedo. Si tiene una objeción a lo que dije, dígamela y le prometo que dejo que usted me adopte, si no, creo que usted va a llevar mi apellido. –dije y todo el mundo discutía entre sí. Ahora todos los ojos estaban puestos en el profesor. El miró a los estudiantes y su rostro se puso muy rojo de coraje. Suspiró liberando un poco de tensión.

– Está bien muchacho. Dejemos este asunto a un lado. ¿Qué sugiere entonces?

– Sugiero que no hable mal de las creencias de los demás si no tiene inteligencia infinita. Si quiere enseñar ética, sea la definición de esta y practíquela. ¿Cómo va a enseñar de algo que no conoce? Todo el mundo tiene derecho a su opinión y si no quiere que nadie le hable de Dios, tampoco usted los corra del salón porque ellos no están imponiendo sus creencias en la clase. En cambio, usted sí. –contesté. Todo el salón le hizo bulla al profesor quien se puso aún más rojo y me lanzaba una mirada cortante. Aun así, no le quité mis ojos de los suyos.

– Está bien Sr. Richardson. Desde ahora en adelante nadie hablará de religión y enseñaré sin obligar a nadie a cambiar sus ideas. –Dijo. Todo el mundo aplaudió. Me senté y el Sr. Neil siguió la lectura con un tono más sereno.

Por la esquina de mi ojo noté a alguien que me estaba mirando. Volteé hacia su dirección; era un muchacho que tenía su codo en el escritorio y estaba mordiendo su pluma. Pude notar una pulsera negra en su muñeca. Puse mi mano en mi cara inclinándome del otro lado; debajo de mí había otro muchacho, que se estaba estirando en su silla, ponía sus manos en la nuca y miraba hacia arriba, a mí. También tenía una pulsera negra.

– Oh, rayos, ¿Qué hice…? –me dije a mi mismo.

La clase terminó y salí de ahí lo más pronto posible. Las siguientes clases estuvieron normales, solo que traté de mantenerme callado. Estuvo bien, no hablé con nadie y nadie me habló. Fui a la cafetería solo, todo el día tratando de caminar solo, haciendo mi trabajo solo. Estaba acostumbrado a eso. Ser uno de los fantasmas del cuerpo estudiantil. En el transcurso del día miré a Calvin caminando con los demás amigos. Los vi un par de veces, pero no me miraron. Así me gustaba, que no me vieran. En la cafetería miré a Kim que estaba sentada con muchas de sus amigas junto con Caballeros de Colón como Frederick, quien estaba sentado a una mesa de distancia de ella. Aparentemente nadie sabía que había sido yo el responsable de lo que pasó la otra noche.

Me senté lo más lejos de ellos que se pudiera, pero no me pude esconder de uno de los muchachos que estaba en la primera clase conmigo, que había presenciado lo que había sucedido en la mañana. También noté que en cada clase en las que estaba, había siempre dos o más Caballeros Templarios y Caballeros de Colón. Parecía que nadie les prestaba atención, o porque no les importaba o porque ya estaban acostumbrados a verlos. Para mí era nuevo y no podía dejar de verlos. Mi mente pensaba tanto en ellos que cada vez que veía a alguien, le miraba su muñeca o su manga para ver si era C.T. o C.C.

Después de clases, papá llegó así que salimos todos a comer. Hablamos de nuestro primer día de clases, omitiendo ciertos detalles del día. Bethany estaba muy contenta no dejando en paz a papá. Lo seguía a donde quiera que él iba. Él trataba de no hacerla sentir mal haciéndole caso.

Los días siguientes me los pasé estudiando mis libros sin salir más a ningún lado. Bethany salía, a veces, con Kim cuando sus amigas venían por ella, pasando las tardes en sus casas. Me alegraba que Bethany estuviera acostumbrándose más a la ciudad. Kim me platicaba que ella no se comportaba como una niña de siete años la mayoría del tiempo, sino como alguien mayor, por eso les gustaba juntarse con ella. Algo que no me sorprendía, sino más bien me daba más serenidad.

Había llamado al abuelo dos veces esa semana, sin embargo, no le hice mención acerca de la cadena que me había regalado ni que había conocido gente que aún lo admiraba y respetaba. Pensé que me iba a decir algo que en realidad no quería escuchar así que mejor dejé las cosas así. Si había algo de lo cual me tenía que enterar, ya sería a su debido tiempo.

– ¿Por qué papi no viene a dejarme? –preguntó Bethany mientras la encaminaba con su maestra a la puerta de la escuela.

– Él trabaja Bethany, ya te lo dijo él mismo. –me incliné hacia ella. –No te preocupes. En la tarde lo puedes ver. Además, recuerda que nos prometió llevarnos al museo este fin de semana. –dije. Eso dibujo una gran sonrisa en su rostro.

– Está bien. –dijo dándome un beso. Corrió hacia la puerta. –¡Adiós! ¡Te quiero!

– ¡Yo también! –le grité. Caminé de regreso a mi carro.

El día parecía normal. Fui a mis primeras dos clases del día sin ninguna inconveniencia. Excepto que en la primera clase muchos se me quedaron mirando cuando entré camino a sentarme. Los muchachos Templarios ya no me miraron, lo cual se me hizo un poco extraño. Al medio día fui a la cafetería a comer, me senté en una esquina del lugar, cerca de la pared de vidrio. Estaba sentado en la última mesa mirando hacia afuera. No se veía mucho, solo los escalones que iban hacia arriba del resto de la escuela. El edificio era de tres pisos y la cafetería estaba en el sótano lo cual se veía muy interesante. Terminé de comer, tomé mi charola de basura y me levanté para irme. El problema fue que mientras me ponía de pie, una muchacha estaba caminando hacia la mesa detrás de mí con su charola llena de comida e inevitablemente chocamos, haciendo que tirara toda la comida de su charola.

– Oh… Dios… mío. –dije tapándome la boca. –Cuánto lo siento.

– Pero ¡¿qué te pasa, parasito?! –gritó. Todo el mundo nos estaba viendo.

– Oye disculpa, no fue mi intención.

– ¡Pues fíjate por donde caminas! ¿Qué, te fallan los ojos?

– Oye relájate, no fue mi culpa. –dije tratando de calmarla. Era una pelirroja con ojos verdes que traía un pañuelo en la cabeza. Todo el mundo traía el uniforme de la escuela, pero el de ella se veía diferente, como si lo hubiera modificado un poco.

– ¿Cómo que no fue tu culpa? –gritó sacudiéndose las manos.

–¡Idiota! –dijo de nuevo, yéndose de ahí. Todas las miradas estaban en mí. Tomé mi charola incómodamente y levanté la de la muchacha del suelo. Recogí lo que pude. Lo llevé a la basura tratando de salir de ahí lo más rápido posible. Subiendo los escalones, revisé mi reloj de mano. Aún faltaba una hora y media para ir a mi siguiente clase. Miré alrededor tontamente sin saber a dónde ir y decidí ir a la biblioteca. No me metí, ya que miré una mesa sola afuera, enfrente de la fuente de agua donde decía el nombre de la escuela en letras inmensas. Me quité mi mochila y la puse en la mesa. Me senté muy estresado. Respiré. "Oh Dios…que vergüenza." pensé. Saqué un libro para leer, abriéndolo donde estaba el marcador de libros y no me pude concentrar. No me podía quitar la voz de esa muchacha de la mente. Bajé el libro y enterré mi cabeza en mi mano.

– Hola. Te he estado buscando por todas partes. –escuché una voz decir. Era la muchacha pelirroja sentándose al lado mío. No sabía que decirle. –No tienes que decir nada. Quería disculparme. A veces soy un poco ruda y no mido lo que digo. Me dio coraje que me tiraras mi comida. No había comido y tenía mucha hambre. –dijo suspirando. –Todos dicen que soy mala pero no es así. Solo que la comida cuesta y ya gasté todo lo del día, eso es todo. Bueno, discúlpame; me voy, solo quería encontrarte y decirte eso. –dijo. Yo no sabía que decir. Se paró para irse. Comenzó a caminar.

– ¡Espera…! –grité. Se volvió y me miró, poniendo su mano en su frente para cubrirse el sol. –… ¿ya comiste?

Resulta que no había comido aún, así que la convencí para llevarla a un restaurant cerca de ahí. Era una muchacha, la falda en su uniforme lo decía, pero su aspecto era un poco más masculino. Su personalidad era ruda. Tenía un pañuelo morado en la cabeza que cubría su pelo, no usaba corbata como los demás, sino que el nudo del cuello estaba aflojado más debajo de lo permitido y el primer botón de su camisa estaba desabotonado.

Teníamos dos uniformes, uno era el A; este era el formal, el que más se usaba. Era chaqueta negra con camisa blanca y corbata negra. Pantalones negros para los hombres, faldas con medias negras para las mujeres. El segundo era el B, este era el casual. Era un suéter con cuello en V sin mangas, de color azul marino, camisa blanca de manga larga o corta, pantalones o faldas de jeans con corbata negra.

— Me invitas a comer sin decirme tu nombre. —dijo mientras esperábamos nuestra comida.

— Es Graviel. ¿Y tú cómo te llamas?

— Pamela. —dijo. —Me gusta tu carro. Yo tengo uno, pero es un modelo mucho más antiguo. Es un 1965.

— ¿Tienes un Mustang 1965?

— Ajá. He estado tratando de encontrar unos sellos para el motor, pero son muy caros.

— Quieres decirme que tienes un Mustang clásico, y que tú misma lo estás reparando.

— Sí, aprendí mecánica automotriz sola. Tengo tres años con él y en ese tiempo nadie lo ha tocado más que yo. Cambio de aceite, frenos, llantas, filtro de gas, motor de marcha, alternador, todo lo he hecho yo sola. Recientemente le cambié los asientos. No me gusta depender de nadie para nada. Sin ofender. Quiero aprenderlo todo yo. —dijo. Le di un trago a mi bebida. —Pero no te sientas incómodo. —dijo riéndose.

Capítulo 5

No, para nada. —mentí. Llegó la comida y comimos mientras platicábamos. Pamela parecía una buena persona después de todo, además trabajaba en un taller mecánico para ayudar a pagar sus estudios. Era muy inteligente. Luego me dijo algo que me tomó por sorpresa. Aparentemente estaba aferrada a que quería ser parte de los Caballeros Templarios.

— Desde el año pasado estoy tratando de unirme, pero no me dejan ni siquiera asistir a una de sus juntas.

— Pero tengo entendido que no admiten mujeres ¿no es así?

— ¡Eso es basura! —gritó dando un golpe en la mesa. —Yo soy más capaz que muchos de ellos. Tienen que dejar esta tradición que solo los hombres son admitidos cuando hay mujeres que también son útiles.

— ¿Y por qué quieres ser parte de ellos?

–…No sé. –contestó un poco pensativa. –No me gusta que me digan que no puedo hacer algo. Creo que por una parte quiero enseñarles que sí puedo. Por otra parte… no deberían excluir a las mujeres así. En nuestra época no debe haber ese tipo de exclusiones. Estamos tan avanzados como sociedad para todavía separar a los sexos y creer que uno es más calificado que el otro. Además, los Caballeros de Colón me matan de rabia cada vez que los veo. Sé que puedo ser de mucha ayuda. He hablado al respecto con las dos amigas que tengo y prefieren seguir como están. No se dan cuenta que nos están insultando al rechazarnos a nosotras. Pero no, prefieren preocuparse más por su maquillaje y porque su trasero se les vea lindo. Les vale un cacahuate que las mujeres tengamos poder. Tenemos sesos que muchas veces son mejores que los de los hombres. Los hombres todos son unos asquerosos, puercos y nosotras somos las que debemos ser la mayoría en esa organización. ¡Uf! ¡Odio a todos los hombres!

–…Um, yo soy hombre.

– ¡Ja, ja, ja! –se burló. Me dio un puñetazo en el hombro. –Me caes bien. –se rio. Me reí nervioso con ella.

Cuando llegamos a la escuela resultó que su clase estaba cerca de la mía así que caminamos juntos hasta el edificio. Antes que nos despidiéramos me pidió mi número de teléfono porque quería que siguiéramos en contacto. Según las convenciones sociales, se dictaba que el hombre era el que debía pedir el número de teléfono a la mujer. No sé si eso la convertía a ella en un hombre o a mí en… El asunto fue que se lo di. No me incomodó porque me pareció una buena persona. Pamela dijo lo mismo.

Después de intercambiar información, me sentí contento de haber hecho una amiga. Me metí a mi clase y caminé hacia mi banca. Las clases que no eran tan grandes tenían escritorios con pantallas para los alumnos. Eran escritorios pegados a las bancas donde se podían poner objetos personales debajo del vidrio del escritorio, y cuando se activaban, no se podía ver a través de ellas, sino solo se veía la pantalla encendida. Todas estaban conectadas en la red, así que si el profesor quería enseñarnos algo lo emitía en modo general y todos lo veíamos en nuestras unidades. Si quería ver nuestro trabajo solo insertábamos nuestro dispositivo y se abría una ventana con nuestros documentos que solo nosotros podíamos ver, y lo movíamos hacia la ventana general en la pantalla enfrente de la clase. Eran escritorios muy avanzados tecnológicamente.

En mi canasta, debajo del cristal, me di cuenta de que un pedazo de papel negro salía de este. Era un sobre negro. En la parte de arriba decía "Para Graviel Richardson." Tenía un sello de una cruz roja detrás de un círculo mitad negro y mitad blanco. Abajo unas palabras en latín que decían: *"Non nobis Domine, non nobis, sed nomine tuo, da gloriam"*

Me puse un poco nervioso, pero no por mucho tiempo. Sabía lo que tenía que hacer, así que caminé hasta la esquina del salón donde estaba el bote de basura y lo arrojé dentro. Me olvidé de eso el resto de la clase, traté como siempre de no prestarle mucha atención. Si no le hacía caso esto terminaría más pronto.

Saliendo de la clase, Pamela me estaba esperando afuera y caminamos juntos a la próxima clase. De ahí en adelante creció una buena amistad entre ella y yo. Resulta que Pamela tampoco tenía muchas amigas, de hecho, hablaba más con hombres que con mujeres, porque según ella se sentía más identificada. Qué rara forma de odiar a los hombres. Ella decía que yo era bueno escuchándola, pero en realidad ella me entretenía con sus chistes.

Pasó una semana y ninguno de los Caballeros Templarios me habló. Ni siquiera los que conocía se veía que se acordaban de mí, lo cual estaba súper bien si no fuera porque todos los días anteriores, en algún lugar al azar, aparecía un sobre negro con las mismas iniciales y el mismo lema que el primero. Uno por día. Aparecían en cualquier lugar, donde solo yo los pudiera ver. Toda la semana pasé casi todas mis clases sin ver un sobre. Pensé que por fin se habían dado por vencido.

El jueves por la tarde, mientras caminábamos a nuestros carros, miré a Manny y a Lukas a lo lejos en el segundo piso de un edificio, recargados en el barandal de los escalones de concreto, mirando hacia abajo, a nosotros. Los miré un momento. Manny levantó la barbilla saludándome. Lukas estaba inclinado con sus codos en el barandal mirándome como siempre, relajado. Traté de no tomarles mucha atención. Seguí caminando sin voltearlos a ver.

— Ellos son Caballeros Templarios. —Me dijo Pamela susurrándome, pensando que no los conocía.

— Hum.

— Sí. Yo conozco a todos, y ellos a mí.

— ¿Y por qué no les dices que te ayuden a ser uno de ellos?

— Ellos quieren, pero la administración no se lo permite. Pero algún día… —decía mientras bajábamos unas escaleras hacia el estacionamiento enorme de la escuela.

Me despedí de Pamela cuando nos dimos cuenta de que el estacionamiento de su carro estaba antes que el mío. Había un amigo de ella esperándola y se quedó platicando con él. Caminé hasta mi carro y cuando llegué, estaba una vez más un sobre negro en el vidrio. Miré alrededor pero no había nadie. Suspiré y tomé el sobre. Me recargué en el carro, ventilando el sobre entre mis dedos.

— ¿Qué es eso? —pregunto Pamela quitándome el sobre.

— ¿Tú qué haces aquí? Oye, no… —traté de quitárselo.

— ¡Vaya Graviel! ¡Te están invitando a ser miembro de los Caballeros Templarios! ¡Guau!

— Eh… Sí ¿verdad? La verdad estoy muy ocupado para eso.

—¿A qué te refieres? ¡Esta es una oportunidad muy valiosa! ¡Acéptalo!

—¿Qué haces tú de regreso? Pensé que ya te ibas.

—Ah sí. Regresé para invitarte a una fiesta que vamos a tener mañana en mi casa, se me olvidó decirte. Uno de mis muchos hermanitos cumple años.

— Por supuesto, textéame la dirección y el horario. Esa invitación sí la acepto. Esta no. —dije quitándole el sobre de su mano. Sonrió y puso sus manos en su cintura.

— Me tienes que platicar todo mañana, ¿de acuerdo? —me apuntó con el dedo. Me dio un puñetazo en el hombro y se fue.

Decidí no abrir el sobre, pero esta vez no lo pude tirar. Lo guardé en la guantera de mi coche sin abrirlo. Pamela me había enviado la información de su casa junto con el horario por mensaje de texto. Invité a Bethany a ir conmigo. Kim no quiso ir ya que decía que le tenían prohibido ir a esas partes de la ciudad. Me pregunté por qué. Cuando nos acercábamos me di cuenta por qué. Era un barrio pobre y todos se quedaban mirando mi carro. Las calles no estaban limpias y había gente sentada afuera de sus casas, donde no había pavimento.

Llegamos a la casa de Pamela. Era de color blanco despintado con varios carros descompuestos atrás. Había mucha gente enfrente que se nos quedaban viendo a mí y a Bethany, quien les saludó y les sonrió a todos. Algunos regresaron el saludo, otros no. De pronto de entre todos salió Pamela, sosteniendo un plato de comida.

— ¡Graviel! ¡Llegaste! —gritó en medio de todos. Traía una gorra de béisbol, una camisa a cuadros y unos jeans con botas. Corrió hacia nosotros y me tomó de la mano. Me presentó a toda la familia. Tenía cinco hermanos menores que ella; era el cumpleaños de uno de ellos, no recuerdo cual ya que todos se parecían. Su madre era una mujer de baja estatura que sonreía mucho y estaba contenta de que Pamela hubiera conocido a un amigo. Cuando terminó de ayudar a su mamá se sentó conmigo ya que Bethany estaba jugando con todos los niños como si fueran amigos de toda la vida.

— Créeme que no pensé que vendrías.

— ¿Y eso?

— Pues… porque se ve que tú tienes… más…

— ¿Más qué? –la interrumpí. —Eso es irrelevante.

— Mira Bethany cómo se divierte como si viniera todos los días.

—Pamela miraba a Bethany que estaba corriendo y jugando con los demás niños.

— Es muy simple, como todos ustedes que son todos muy lindos.

Pamela me había platicado que su papá era un borracho, que los abandonó cuando ella tenía catorce años y que su mamá los había sacado adelante con la ayuda de algunos familiares. La propia Pamela tuvo que trabajar desde muy pequeña porque él no aportaba más que para su bebida.

— Por eso odio a todos los hombres. He decidido nunca casarme porque todos son unos imbéciles. —Pamela se veía enojada, pero tenía algo más profundo. Luego me miró como queriendo retractarse de lo que había dicho, pero la interrumpí.

— No puedes culpar a todo un género solo por una persona que te hizo mal. Respeto tu decisión, pero no la acepto.

— No me des lecciones. No sabes por lo que he pasado.

— No pretendo entenderte, disculpa. No sé lo que se siente. Tampoco te voy a dar lecciones. Sin embargo…

— ¿Qué? Me vas a decir que hay hombres diferentes, que no todo esta tan mal y que estoy exagerando.

— Por supuesto que no. Tú tienes el derecho de hacer con tu vida lo que decidas.

— ¿Eso es todo?

– Escucha bien. Tienes el derecho de hacer con tu vida lo que decidas. Todo lo que hacemos es decisión nuestra, de nadie más. Si dejas que tu personalidad cambie por alguien más, estás siendo controlado por esa persona, aun cuando ella o él ya no están aquí siguen teniendo dominio sobre tu vida. No has vivido tu vida aún. Estás viviendo la vida como esa persona quiere. ¿No crees que es hora de que empieces a vivir? –le dije. Hubo un incómodo silencio. Pamela me dio un codazo en el hombro.

– Eso te pasa por no aceptar la invitación de los Templarios.

– ¡Oye!

– ¿Ya decidiste?

– No. –contesté suspirando. Sobándome el brazo. –Además ¿Quién quiere ser parte de Los Templarios?

– No digas eso, yo daría cualquier cosa para que me llegara una invitación así.

Le platiqué a Pamela lo que había pasado los días anteriores, que ya había conocido a Manny, Calvin, Marcus y Lukas. Se molestó porque no le había dicho antes y no entendía por qué no quería aceptar.

– ¿Por qué estás tan empecinada en ser miembro?

– Porque yo sé que sí puedo. Porque todos son unos machistas.

– Pamela… dime la verdad. Se sincera. ¿Por qué? –La miré a los ojos.

– Porque si eres de bajos recursos y eres miembro de alguna de las dos fraternidades, como son puros jóvenes que exceden en calificaciones, al final de los cuatro años del colegio, les dan una beca para continuar sus estudios. Y ahora yo estoy inscrita en ayuda financiera, y sin una beca no voy a poder continuar estudiando. En el estado de Aphoria es ilegal negar las becas por razones de orientación sexual, religión o invalidez etcétera. No sé cómo nuestra escuela se sale con la suya negándole una beca a una mujer.

– Oh.

– Y quiero ser parte de los Caballeros Templarios porque los Caballeros de Colón son unos arrogantes. Ellos sí que la verdad, no me caen nada bien.

– Lo son. En verdad que lo son.

La siguiente mañana mientras desayunaba recibí un mensaje de texto en mi celular.

– *Soy Manny. Por favor ve a esta dirección a las 8 esta noche. Solo será unos momentos de tu tiempo. 613 Ave. Jengibre,*

– *¿Cómo conseguiste mi número?*

– *Miré un anuncio en el internet donde solicitaban un jardinero para cortar el césped y otras cosas más.*

– *¿Qué son otras cosas más?*

– *Lo que tú quieras.*

– *Yo no puse ningún anuncio. Dice mi GPS que esta dirección es un bar.*

– *Un bar donde Lukas toca con su banda.*

– *No sé …*

– *Claro que no sabes. Por eso yo te estoy iluminando.*

– *No. Digo que no sé si ir.*

– *Ah. Te lo aseguro. Será solo uno momento.*

Bajé mi teléfono un tanto molesto. Mire a Kim. Me miró con los ojos bien abiertos mientras comía de su cereal. ¡Ah vaya! Perfecto.

– Gracias por darle mi número a Manny.

– Son buenos muchachos Graviel.

– Sí, sí.

Cuando llegó la hora, conduje hasta la dirección que Manny me dio. La calle era larga con muchas luces de teatros, tiendas, bares y cines. La dirección era una entrada de dos puertas negras enormes con luces alrededor y mucha gente afuera. El anuncio decía "Chess Discoteca y bebidas." Estacioné mi carro unas cuadras de ahí.

– ¡Graviel! –Manny venía caminando en la calle a mi izquierda. Tenía una sonrisa de oreja a oreja.

– Manny. –lo saludé. –Dime de que se trata esto.

– ¿Qué locos verdad? –miró hacia la puerta del bar con toda la gente. Nosotros estábamos de pie al otro lado de la calle.

– Sígueme. –Manny caminó y lo seguí pasando por entre todo el gentío hacia atrás del bar. Había unas cuantas personas.

– ¿Quién es él? –preguntó el guardia en la puerta.

– Es amigo de Lukas también. –Manny sonrió. Renuentemente nos dejó entrar. Caminamos por unos pasillos oscuros hasta llegar dentro del bar. Toda la gente era punk, roqueros con pelos alocados, llenos de maquillaje y cadenas en los pantalones. La música no era precisamente de mi estilo.

Manny me condujo hasta una mesa donde los que estaban sentados ahí no se veían para nada como el resto de la gente. Eran Calvin y Marcus. Le extendí la mano a Marcus y me miró con sus ojos enormes. Puso sus manos en sus piernas con los dedos entrelazados. No había expresión, parecía un búho mirando, sin mover la cabeza. Calvin solo asintió con la cabeza y sus brazos cruzados. Aclaré mi garganta y me senté.

Estábamos los cuatro sentados a la mesa sin decir nada con todo el mundo alocado alrededor de nosotros. ¡Vaya que cuadro ese! En verdad que no pertenecíamos ahí. Todo el mundo estaba amontonado brincando, bailando en un ambiente gótico y de rock. Miré a Manny confundido. Me señalo al escenario. Mire y estaba el grupo tocando. Lukas estaba sentado detrás de la batería con los ojos cerrados tocando como loco. Las pocas veces que lo había mirado en la escuela caminaba lento y flojo, totalmente diferente a ahora. Tocaba la batería bien. Seguí el ritmo con la cabeza. Manny estaba de lado en su silla mirando a Lukas sonriendo y siguiendo el ritmo. Marcus me miraba atento sin expresión y Calvin con los brazos cruzados mirando hacia enfrente con una expresión de disgusto.

Después de unos momentos la música terminó. El vocalista dijo que iban a tomar un descanso, luego puso música grabada, pero con un volumen más bajo. Bajó Lukas del escenario y se dirigió hasta nosotros. Venía caminando lento, flojo como siempre.

– Hola muchachos. –Se sentó a mi lado. Le sonreí y me sonrió con los ojos cerrados. –Gracias por apoyarme.

– Cualquier día. –Marcus dijo. Todos asintieron.

– Graviel. –dijo Calvin finalmente. Voltee a mirarlo. –Has ignorado nuestras invitaciones formales; por eso decidimos hacerlo informalmente. –me dio un sobre negro. Uno como los demás. Lo miré en mis manos.

– Graviel, necesitamos a alguien como tú en nuestro grupo. –Marcus comentó.

– Creo que en el tiempo que has estado en la escuela has probado ser uno de nosotros. –añadió Lukas.

– Desde el principio supe que tenías algo especial, Graviel. –dijo Manny. –Con tu intelectualidad e inteligencia completarías nuestro grupo.

– ¿Qué tal si hubiera decidido ser un Caballero de Colón?

– Los Caballeros de Colón, –comenzó a decir Calvin. –No tienen la capacidad mental para saber la seriedad de lo que hacen y son guiados por su orgullo. Siempre abusan del poder que se les da por su prepotencia, no tienen un balance. Nosotros tenemos tradición, valoramos el poder que se nos otorga como una responsabilidad muy valiosa. Tú no hubieras decidido ser un Caballero de Colón. No eres uno de ellos. Yo debo admitir que te he juzgado mal.

– Pamela dijo que fuiste a su casa. –dijo Manny.

– Eso habla mucho de tu carácter. No eres un niño rico solamente. –Calvin descruzó sus brazos y puso sus manos en las bolsas de sus pantalones.

– ¿No es rico? –preguntó Manny confundido.

– Eso no es lo que quiero decir, Manny.

– Yo creí que era rico. –dijo Marcus.

– ¿Tienes bastante dinero, Graviel? –preguntó Lukas. Era obvio que los muchachos estaban jugando.

– ¡Eso no es lo que quiero decir! –exclamó Calvin. –Me refiero a que Gabriel tiene algo más profundo. Algo que mucha gente no tiene.

– El Mustang – Manny se reclinó hacia atrás en su silla, como descubriendo el misterio.

– No Manny – Calvin replicó molesto. Hizo una pequeña pausa.

– Es algo espiritual.

Hubo un silencio incómodo mientras pensaba en las cosas.

– No sé si pueda –dije –¿En qué consiste la fraternidad?

– Eso es algo que no podemos explicar con detalles hasta que seas uno de nosotros. –dijo Marcus.

– Competimos con los imbéciles de los Caballeros de Colón –añadió Lukas.

– ¿Cómo? ¿no puedo saber en qué me estoy metiendo?

– La organización es más un llamado que una decisión. –dijo Calvin.

– ¿Cómo sé que tengo el llamado?

– Nadie de nosotros pide ser miembro. –Manny cruzó sus brazos.

– Todos fuimos escogidos por dos o más miembros.

– Entonces esto no es una simple organización o fraternidad. Es algo más profundo ¿no?

– Exactamente –comentó Calvin. –Nuestra tradición dice que existe un Creador que todo lo ve y todo lo sabe. Él es quien nos escoge y guía a los miembros a encontrar a candidatos potenciales. No creemos en las coincidencias, sino el destino, donde todo pasa por una razón. Creemos que el Creador te trajo hacia nosotros con un propósito.

— A Calvin le gusta mucho leer. —Marcus se burló.

— Es verdad lo que digo. —Calvin se dirigió a Marcus y luego a mí.

— Esto que te estamos diciendo está escrito en libros antiguos que los alumnos comunes no han visto ni verán. Creemos que el príncipe de las tinieblas guía a los Caballeros de Colón.

— Es cierto. —dijo Lukas. —Yo también he leído los Libros, el Señor de las Moscas los guía.

— ¿Tú crees todo esto Graviel? —preguntó Manny interrumpiendo mis pensamientos. —En realidad crees que hay algo más allá de lo que vemos? ¿En el mundo espiritual? —preguntó. Todas las miradas estaban sobre mí.

— Bueno, yo creo que no existe el mundo espiritual fuera de la naturaleza en el sentido de que hay dos mundos distintos. El mundo "espiritual" es el mismo en el que estamos nosotros, solo que las leyes que lo gobiernan son más profundas y complejas que las que vemos con nuestros ojos. Nuestros cuerpos son velos que no nos dejan ver la verdadera realidad, nos mantienen dormidos en nosotros mismos. Una vez que el alma se desprende del cuerpo y el espíritu vuelve de donde vino, el alma ya sin filtros ni velos puede ver el universo como realmente es, otro entendimiento con leyes más profundas. Por ejemplo, la ley de la gravedad mantuvo a la gente en la tierra por miles de años. Se creía que volar era imposible y que cualquiera que trataba de hacerlo practicaba brujería. Sin embargo, un día alguien descubrió las leyes de la aviación y ahora se puede volar. Se descubrió una ley más profunda que hace que el vuelo sea posible. Así mismo es el universo. Hay cosas que son gobernadas por leyes muy profundas y por eso no las podemos ver. Todo es cuestión de tiempo para que las podamos descubrir.

— ¡Guau! –dijo Lukas. –Es exactamente lo que dicen los Libros. Esa información la hemos aprendido en clases muy profundas en la Fraternidad.

— ¿Cómo sabes esa información? –preguntó Calvin.

— No sé, leí mucho en la biblioteca privada del abuelo.

— Recuerden que es nieto de Theodore Richardson. –añadió Manny.

— Es verdad. –Marcus dijo sorprendido. –Impresionante.

— No hay que dejarnos llevar por lo que se dice y los rumores; sin embargo, es verdad que lo que acabas de decir es lo mismo que nosotros aprendemos en reuniones con los obispos. –dijo Calvin.

— ¿Qué dices? ¿Vas a pensarlo cuando llegues a casa?

— Lo haré. –dije mirando el sobre.

Cuando nos despedimos del bar, Calvin me llevó aparte.

— Graviel, gracias.

— ¿Por qué?

— Gracias –dijo, y me dio la mano. Asentí con la cabeza.

Ese día en la noche cuando llegué a casa entré a mi cuarto y abrí el sobre.

Querido Sr. Graviel Richardson;
esta es una invitación cordial para pedirle
con el más grande respeto que se merece,
que sea parte de la Fraternidad de los
Caballeros Templarios.

Los Caballeros Templarios disfrutan de una
gran diversidad de beneficios durante, y después de
su estancia en la Universidad de Aphoria,
establecida hace 30 años,

Blah, blah, blah... continúe sin leer hasta el final y había un número para textear un código que venía en el sobre si aceptaba la invitación. Según que para una junta. Texteé el código al número indicado y pasaron cinco minutos antes de recibir una contestación. "Ve a 311 de la calle Fleishel este jueves a las 2 a.m." Me estremeció el mensaje. Esa dirección estaba cerca de la universidad. Tenía sentido. Si querían verme, quizás sería en la escuela. Puse mi alarma a la una de la mañana para dormir un poco e ir a ver de qué se trataba.

No pude dormir bien esa noche. Solo dormí unos momentos. Me vestí y salí en mi coche rumbo a la dirección que me dieron. Me estacioné en un parque cerca y caminé una cuadra. Era la una y cuarenta y cinco de la mañana. Todo estaba oscuro en la calle, muy frío, no parecía que nadie estuviera cerca. La casa era de ladrillo color rojo, de dos pisos con muros en el porche. Había dos enormes puertas grandes de madera en la entrada. Subí al porche, todo se tornó en silencio. No era el silencio de la noche cuando aún se escuchan grillos o el viento de la noche, perros ladrando o carros a lo lejos. Este silencio era como si estuviera entrando a una burbuja fuera de mi dimensión, como un portal que no me dejaba enfocarme en nada más que las dos enormes puertas. Traté de mirar por las ventanas, pero no había nadie. Estaba vacío.

Era la una con cincuenta y cinco minutos. Me di cuenta de que se trataba de una broma o algo así. Chequé mi celular para ver el mensaje que me habían enviado asegurándome de que esta era la casa o que el mensaje no decía algo que quizás se me había pasado. Mi reloj dio las dos de la mañana. Una luz se encendió. La puerta rechinó al abrirse unas pulgadas. La piel se me puso de gallina. Quise salir corriendo, pero algo me impidió darme la vuelta. Jalé la puerta y entré.

Cerré la puerta detrás de mí. Había dos más: una estaba abierta y la otra cerrada. Entré por la que estaba abierta y en el cuarto había un cuadro en el piso que estaba a un nivel más alto. Alrededor de éste, estaba lleno de muchachos con capas negras escondiendo el rostro. Había una vela blanca en medio del suelo y cuatro muchachos que también sostenían otra vela blanca en sus manos.

– Que el candidato ponga sus pies en el cuadro de la verdad.

– Escuché una voz. Caminé hacía el medio y comenzaron a entonar una canción a capela.

Regem regum, Tibi sit Gloria

Alguien subió a la plataforma conmigo y me puso una venda en los ojos.

– Tú no decides cual fraternidad te toca, eso lo decide el Maestro. Si eres Caballero Templario lo sabremos ahora mismo –me dijo. Nadie me había dicho eso. Podía terminar con los Caballeros de Colón y quedar atorado con esos todo el año. Me sentí un poco incómodo y defraudado a la misma vez porque no iba a poder decidir. Yo creía que era diferente. El muchacho me tomó el brazo, extendiéndolo enfrente de mí. –Pondremos una bolsa de cuero al frente tuyo y meterás la mano. Habrá dos piedras, sacarás una de ellas que dirá a cuál Fraternidad pertenecerás. Recuerda que este es un llamado, así que la correcta para ti es la que vas a tomar. Sabemos que has tomado una decisión, pero las fuerzas divinas confirmarán esta noche esa decisión.

Metí mi mano, pero solo podía sentir una piedra, no dos. La saqué.

– Ahora quítate la venda. Me dijo el muchacho. Cuando me la quité, justo frente a mi estaba Manny levantándose la capucha, guiñándome el ojo. En su mano tenía una piedra y con la otra mano me hacia la señal de *ok*. No había nadie más con la capucha descubierta más que el muchacho y Manny. El muchacho vio que yo estaba mirando a Manny y volteó la mirada hacia atrás de él, pero Manny rápidamente se escondió en su capa antes de que lo mirara.

– ¿Cuál es el nombre que dice tu piedra? – preguntó. Abrí mi puño y la piedra tenía una cruz roja como la de el sobre que había recibido. Él la miró y exclamó: *Milites Templi* todos lo acompañaron a capela cantando lo mismo. –Ahora solo falta la iniciación con un Obispo de los Caballeros Templarios –dijo. Sacó una hoja grande y la examinó. –Tú perteneces al grupo número veintitrés. –exclamó. Todos se quitaron la capucha y eran unos cuantos Caballeros Templarios y Caballeros de Colón. Aparentemente solo los líderes de los grupos. Todos me saludaron con la mano.

– Qué pena que no hayas terminado con nosotros. –dijo Frederick cuando se acercó a mí. –No será tan amigable nuestra relación después de este día. –Todos iban saliendo por la puerta trasera y me imaginé cuál era el líder del grupo veintitrés. Los últimos que me saludaron fueron Calvin y Manny. Manny venía con una sonrisa de oreja a oreja.

– Yo soy el líder de la veintitrés. –dijo Calvin.

– Qué bueno que decidiste aceptar la invitación. –Manny se quitó la capucha cuando llegó a mí.

– Si son puros líderes, ¿por qué viniste tú, Manny?

– Porque es como un pulpo. –dijo Calvin. –Quería asegurarse que terminaras con nosotros.

– ¿Fuiste tú quien puso todos estos sobres? –pregunté.

– No. Hay gente que se encarga de eso. –Contestó Manny. Además, uno de los Templarios es quien hace la sugerencia a los obispos. Ellos luego mandan personas a que te vigilen y te sigan. Si dan un buen reporte de ti, entonces te mandan un sobre. En tu caso, varios.

– ¿Tú fuiste el que les dijo a los obispos de mí?

– No… fue Calvin. –Manny agachó la cabeza apuntando a Calvin que estaba con los brazos cruzados.

– Miré que Marcus no lo iba a hacer. –dijo Calvin. –Tienes carácter Graviel.

– ¡Vámonos a dormir! –exclamó Manny yéndose de ahí.

Dormí hasta las once de la mañana del siguiente día. Bethany entró a mi cuarto a preguntarme a dónde había ido. Sorprendentemente se dio cuenta de que había salido en medio de la noche. Le expliqué lo que había pasado ya que no había secretos entre ella y yo. Bethany estaba muy emocionada, pero le pedí que no le dijera a nadie, que dejara que las cosas se dieran por sí solas.

Fuimos al museo espacial en el centro de la ciudad y estuvo muy divertido. Bethany solo quería estar con papá, pero este seguía tratando de hacer lo contrario. Era mejor que nada. Regresamos a casa alrededor de las siete de la tarde porque había quedado en juntarme con los muchachos en el parque a las ocho.

Era un día de campo y estaban todos esperándome en una mesa debajo de un pabellón. Todos me saludaron y Calvin me hizo seña de que me sentara.

– Este es un buen comienzo del año para nuestro grupo amigos. Mañana en la entrevista con el Obispo, después de la iniciación de Graviel, estaremos completos. –Calvin asintió con la cabeza al igual todos los demás.

– ¿Cuál es el problema de que solo sean cuatro? ¿Por qué tienen que ser cinco? –pregunté.

– Deja te explico cómo es el asunto Graviel, –comenzó a decir Manny. –Hay cinco obispos de cada fraternidad. Cinco de los Caballeros Templarios y cinco de los Caballeros de Colón. Cada uno de ellos tiene un grupo de cinco estudiantes que son los que componen toda la organización. En total, son cincuenta de cada fraternidad. Cien en toda la Fraternidad. El obispo presidente es el director de la escuela y por encima de él no hay nadie más. En cada grupo de cinco, hay diferentes concursos académicos delegados por el obispo presidente que tienen que pasar, como por ejemplo debatir, concursos de poesía, de computación, robótica, etc. Por eso solo se escogen los mejores entre los mejores. Los Caballeros Templarios y los Caballeros de Colón, no son estudiantes como el resto de los estudiantes en esta universidad, ni en todas las escuelas del estado. Los demás estudiantes se destacan por su memoria, por repetir lo que los profesores dicen y memorizar todo para los exámenes. Eso es lo único especial que tienen. En la Fraternidad, los miembros piensan por sí mismos, son realmente inteligentes, y tiene mucho más que solo buena memoria. Cada obispo tiene que competir con otro obispo. Cada seis semanas cambian de oponente así que al final del año habremos competido con cada obispo contrario. Después de las seis semanas, se acumulan todos los puntos de todos los obispos. El grupo que haya acumulado más puntos es la que tiene el cáliz de oro. Se pone en la sala del dormitorio de la Fraternidad ganadora. Por ahora nadie tiene el cáliz porque es el comienzo del año y las competiciones no inician hasta dentro de tres semanas más. El cuerpo estudiantil se gobierna solo, por miembros de una de las dos fraternidades.

– ¿Cómo se hace eso?

– Eso es para otro día. Eso es lo más básico. El gobierno estudiantil cambia cada seis semanas. Eso es otro tema. Por ahora esto es lo primero que se hace. Es divertido. –terminó Manny.

– No se trata de ser divertido Manny. –Calvin habló serio.

– ¿No?

– No. El honor y el prestigio de tener el Cáliz de oro es lo importante. Ser victorioso.

– ¿Entonces los puntos que acumulemos se convierten en cero cada seis semanas? –pregunté.

– No exactamente. –continuó Manny. –El estado de Aphoria convierte esos puntos en crédito especial con el cual los obispos compran víveres y despensas para los niños necesitados que luego los mismos grupos llevan a hospitales o casas de refugio para entregárselos; o sea que ayudamos a una buena causa y al mismo tiempo competimos. Además, no falta la beca que les dan al final de los cuatro años si se mantienen miembros activos de cualquier fraternidad. Por eso muchos Templarios o los de Colón solo se suben en el bote, disfrutan el viaje hasta que se termine, se gradúan, cobran su beca y ya.

– Lo cual no es correcto. –Calvin dijo molesto. –Todos deben poner de su parte el cien por ciento. Se deben tomar esto con seriedad y respeto. El emblema de la Fraternidad se debe llevar con orgullo. Esto es algo que muchos miembros no entienden y son expulsados de la Fraternidad por faltas a la moral, la ética o la integridad del uniforme escolar.

– Ah, otra razón por la cual son cinco miembros y no cuatro—Marcus añadió. –Si cuando terminen las primeras seis semanas no hemos acumulado los cinco miembros que son nuestro grupo, el obispo queda fuera y no le es permitido competir. Sigue siendo miembro al igual que los grupos, pero incompletos no pueden competir. No se les es permitido conseguir a nadie más después de las primeras seis semanas así que estos días han sido cruciales para nosotros porque pudimos habernos quedado sin competir.

– Además sabiendo que eres bisnieto de Theodore Richardson, pues tenemos más peso, ¿no crees? –dijo Manny.

– Theodore Richardson nunca fue parte de las fraternidades de la escuela. Es cierto que estas se basan en el modelo que él creó, pero no tienen nada que ver con él. Él ya está retirado. Que quede claro que eso no tiene nada que ver con que te hayamos reclutado. –aclaró Calvin.

– ¡Oh sí claro!¡Cómo no! Sí, por supuesto, sí claro. –dijo Manny sarcásticamente. Calvin le dio una mirada de disgusto.

– Mañana estarás frente al obispo. Ahí será tu iniciación y serás parte de nosotros oficialmente. –Calvin sonrió.

– Pero ¿qué tal si tengo una condición?

– ¿Condición? –Calvin se miró extrañado.

– Yo sabía que había algo. –exclamó Manny. –Ya se me hacía raro que al principio no querías nada de nosotros y ahora has cambiado de opinión, tan drásticamente.

– Bueno, yo…

– ¿Qué tipo de condición? No creo que sea algo que no podamos hacer.

– Calvin, si me quieren reclutar a mí, tienen que reclutar a Pamela también –de inmediato hubo una división en el grupo. Manny y Lukas estaban de acuerdo. Calvin y Marcus no.

– Podemos sacar a Lukas –sugirió Manny mirándose las uñas. Lukas le lanzó una bola de papel a la cabeza.

– ¿Qué tal si mañana le digo al obispo que te saquen? –dijo Lukas con los ojos cerrados.

– Atrévete puercoespín.

– No, no no no. –se levantó Calvin. –No, no y no. Eso sí que no. Prefiero que perdamos un recluta como tú a que yo vaya a pedirle al obispo mañana que deje entrar una mujer a la Fraternidad. ¿Tienes idea de cómo quedaría mi credibilidad con la organización después de eso? No señor. Es mi última palabra.

Al próximo día después de clases, fuimos Calvin, Manny, Lukas, Marcus, Pamela y yo a la sala exterior de los Caballeros Templarios. Aún no se nos permitía entrar al gran sótano. Era un tanto como una sala de una corte. Enfrente había un gran púlpito donde según Manny, saldría uno de los obispos. Estábamos de pie tras un escritorio. No había muchas luces encendidas, pero se podía oler fuertemente el olor a la piel de los muebles y la madera mezclada con libros nuevos.

– No puedo creer que estoy haciendo esto. –Calvin me miraba a mí y a Pamela.

– Gracias. –Contestó Pamela muy emocionada.

– Solo no hablen si él no les dirige una pregunta a ustedes porque nos correrán a todos de aquí.

– Shhh. –Manny advirtió. –Alguien está saliendo.

De la puerta detrás del púlpito salió un hombre alto, joven, bastante bien arreglado. Usaba un traje de saco negro y una corbata roja. Su rostro delgado y firme, nariz larga y labios cerrados, serios. Su pelo negro bien peinado hacia la derecha, con unas pocas canas. Se sentó detrás del púlpito con la luz de la lámpara dándole en la cara. El lugar se veía un poco opaco ya que solo unas cuantas luces estaban encendidas. Examinaba unos archivos. Luego levantó la mirada.

Capítulo 6

Buenas noches. Mi nombre es Edwin Drake, la mayoría de ustedes ya me conocen. –abrió otros archivos a un lado del escritorio. –Tengo aquí los datos de dos de los muchachos que quieres añadir a la Fraternidad, Calvin. ¿Sabes lo que estás haciendo? Creo que no. Tú bien sabes que las mujeres están estrictamente excluidas de la Fraternidad. No solo vienes con dos solicitudes, lo cual no es permitido en tanto solo necesitas a uno, sino que la segunda solicitud es de una mujer. Si hubieras traído aquí dos solicitudes de dos hombres, te diría que o tienes que escoger a uno, o aceptar a los dos, pero tendrías que deshacerte de uno de los que ya tienen. ¿Quieres que acepte dos, uno más de los que son necesarios, y además una mujer?

– Um, sí señor, lo sé, pero Pamela es diferente, se destaca entre muchas mujeres. –Dijo Calvin mirándome.

— No espérate. Aún no termino. A pesar de todo Calvin, hace días llegaste a recomendarme a Graviel para miembro de tu grupo, y yo acepté. Después de que investigamos a Graviel, por fin le enviamos una invitación formal y ahora ha aceptado. Estamos aquí para hablar, para formalizar la solicitud que hiciste para él, pero no, vienes a mí para decirme que traes a otra persona que no ha pasado por ninguno de estos pasos. Aparte es una mujer. Quiero ver qué vas a decir para convencerme de que te deje siquiera estar aquí.

— Bueno, lo que pasa señor, es que Pamela es diferente…

— Podemos sacar a Manny. —habló Lukas sonriendo.

— A ver óyeme y ¿por qué no te sales tú? —Manny empujó a Lukas.

— Óyeme animal. —Lukas lo empujó también.

— ¡Cállense los dos! —grito Calvin. —Discúlpelos señor.

— Calvin, Calvin… hay muchas mujeres que se destacan en muchas áreas. La Fraternidad no admite mujeres, no porque somos un grupo extremista, ni machista, sino porque existe el miedo de que, si hay una relación amorosa entre miembros, su juicio puede ser comprometido y por consecuencia, hacer su trabajo mal. Me temo que voy a decir que no. Ahora, de este otro muchacho, Graviel, al que le hemos estado mandando la invitación ya diez veces… —Dijo haciendo la carpeta de Pamela a un lado. Calvin miró a Pamela, luego a mí. Se encogió de hombros. Pamela bajó la mirada. —Graviel, tu expediente es extraordinario, creo que ni tu padre ni tu abuelo tuvieron este tipo de promedio académico en sus días. Bueno, quizás tu abuelo… debo checar otra vez. Impresionante. Muy impresionante.

— Gracias señor. —dije un poco nervioso.

— Vaya, vaya. —dijo sobándose la barbilla. —Y además me contaron lo que hiciste el otro día con el profesor Neil. Creo que tú serás una muy buena inversión en la Fraternidad. Estás aceptado, sin duda alguna. Calvin te va a dar la información de cuándo te van a ordenar. Hoy mismo claro.

– No señor.

–… ¿Perdón?

– No señor, no acepto la invitación. Haber venido aquí fue un error. Adiós. –me di la vuelta para irme.

– ¿Pero ¿qué es esto? ¿Una broma?

– No señor, pero yo solo acepté entrar con la condición de que Pamela y yo entráramos juntos. No estoy de acuerdo que no acepten mujeres. Yo no sabía cómo era todo esto.

– ¡Feminista! –Manny exclamó en voz baja echándome porras. Lukas y Manny se chocaron las manos.

– Graviel ¿qué te pasa?, ¿estás loco? –Calvin gruñó molesto. Todos me estaban llamando la atención y Pamela venía detrás de mí sin decir nada.

– ¡Graviel Richardson! –gritó el Sr. Drake. Volteé hacia él. Estaba de pie con sus puños en el púlpito. –No permitiré que haga una burla de nuestra organización. Los tratos que hagan entre ustedes y las condiciones que acuerden no son de mi incumbencia. –decía ya en voz calmada. –Nuestra fraternidad es una de las mejores, por no decir la mejor de todo el estado. La gente se pelea por ser miembros de nuestras filas. No podemos cambiar solo porque usted lo dice.

– ¿Y por qué no? –pregunté caminando hacia el escritorio otra vez. Parecía que estaba cambiando. Algo dentro de mí me daba una confianza que nunca había tenido.

– Graviel, Graviel, espera. –decía Calvin detrás de mí.

– ¿Por qué tienen que estar apegados a la tradición de los ancianos? ¿por qué no podemos usar una mujer que se destaca del resto? ¿solo por la posibilidad de que se enamore? ¿desde cuándo los sentimientos del ser humano son reprimidos por organizaciones como la suya? La Fraternidad tiene reglas de disciplina si uno de los miembros se mete en problemas por hacer algo mal o tener bajas calificaciones. ¿Y qué hacen? Lo disciplinan y puede perder su membrecía. ¿por qué una mujer no puede tener la misma disciplina? ¿por qué solo se les prohíbe por el miedo de que tengan una relación dentro de la organización? ¿por qué no hacen entonces las relaciones prohibidas, y se deshacen del problema? Disciplinen a los que quieran enamorarse y sáquenlos. Sean una organización fuerte, no débil. Hay muchísimas mujeres allá afuera que son miembros potenciales y más competentes que muchos de nosotros. La idea de que sean excluidas por miedo a lo que pueda pasar me indica que esta no es la organización para mí. Una organización que tiene miedo es peligrosa. El miedo y la cobardía son el principio de muchos males. Yo creí que esta era una organización de valientes. La persona que siempre tiene miedo tiende a mentir y a seguir, sin cuestionar lo que las masas hacen. El miedo no tiene compasión por la injusticia como lo que está pasando aquí. ¡No señor!, no quiero ser parte de una organización así. —Me di la vuelta y todos estaban detrás de mí. Calvin caminando hacia mi dirección también.

— Todos estamos de acuerdo con lo que dijo Graviel, Señor. —Calvin habló lentamente pero firme.

— Si Pamela no es aceptada, todos renunciaremos. —Dijo Marcus. Todos asintieron. Pamela me miró y me sonrió.

Edwin Drake nos miró en silencio, suspiró. Miró hacia abajo. Luego levantó la mirada. —Está bien, Graviel. Usted gana. Están aceptados los dos. Acérquense. Antes de que me arrepienta —dijo. Nos acercamos Pamela y yo al púlpito. —Firmen aquí. Calvin les dirá luego lo que tienen que hacer. Ten en cuenta Calvin, que esto que están haciendo es algo histórico. Nunca ha estado una mujer con nosotros y nunca habíamos tenido un grupo de seis personas. Más les vale que hagan un muy buen trabajo. No decepcionen a la Fraternidad. ¿Me entienden? Pero que quede claro que Pamela se sentará en la banca en las competencias y no competirá a menos que uno de ustedes falte. Ya veré cómo me las arreglo con los demás obispos.

– Sí señor. –Dijimos todos.

Pamela no podía disimular la alegría que sentía. Fuimos todos a comer al centro comercial, y tuve que llamar a casa a Bethany para decirle que iba a llegar tarde. Usualmente no tenía que decirle a papá a qué horas llegaría, pero si no le decía a Bethany, me podía meter en problemas con ella.

– No pensé que saldríamos vivos de ahí. –Calvin ponía su mano en su frente mientras tomaba su bebida.

– ¿De verdad tenías miedo? –Preguntó Marcus.

– Claro. ¿ves cómo se portó Graviel? Estábamos enfrente de un obispo líder. ¿sabes lo que nos pudo haber pasado si el Sr. Drake no hubiera sido tan discreto?

– No, ¿qué?

– Pues no sé. Pero no me quiero imaginar. –dijo y nos reímos un poco. –Pero en serio muchachos, no debemos nunca faltarle al respeto a esos hombres. –dijo y todos asintieron.

– ¿Por qué? –pregunté.

– Porque, aunque no lo creas, –comenzó a decir Manny. –Esos hombres tienen mucho poder. Son diez y solo conocemos a cuatro de ellos. Recibimos las órdenes por correo electrónico. Imagínate el privilegio de conocer al presidente.

– Todos son unos locos. –dijo Lukas reclinándose en su silla e inhalando su cigarro. –Una jerarquía capitalista sin escrúpulos.

– Lukas por favor. –dijo Calvin.

– Ya conoces a Lukas. –Manny añadió. –Lukas, ¡voy a ir a comprarme una camisa de marca a aquella tienda!

– ¿Qué rayos te pasa? ¿no sabes que niños sin zapatos ni educación son a los que explotan para que hagan la ropa que nosotros compramos y les pagan una miseria mientras los gordos capitalistas cobran cuarenta y cinco pesos por ellas?

– ¿Ves? –Manny se carcajeó. Todos reímos. Lukas inhaló su cigarro otra vez y se echó hacia atrás.

– ¿Quieres decir que no saben quién es el líder de la Fraternidad? –preguntó Pamela.

– No. –contestó Marcus. –El presidente de la escuela es el líder, pero se dice que hay alguien mayor que él y a ese no lo conocemos. Hay teorías como las que dice Alexander de que él es un demonio o algo así que controla toda la Fraternidad corruptamente, pero nadie sabe a ciencia cierta.

– Los libros dicen que Dios creó las dos Fraternidades. No debemos cuestionar sus orígenes si no son de nuestra incumbencia. –advirtió Calvin.

– ¿Entonces ustedes cómo se hicieron miembros? –pregunté yo.

– Conocimos amigos que conocían otros amigos en la secundaria. –contestó Manny.

– Entonces… ¿somos miembros? –preguntó Pamela. Estaba sentada a un lado de Manny, y Marcus. Yo estaba junto a Calvin y Lukas.

– Aún no. –Dijo Calvin.

– ¿A qué te refieres? –pregunté. Todos se miraron a la cara sonriendo.

– Ya firmamos, ya somos miembros. –Pamela dijo.

– Técnicamente sí, pero aún falta lo más difícil. Mañana sabrán de qué se trata. –Lukas dijo con los ojos cerrados. –Todo es una farsa.

– ¿No nos pueden adelantar algo? –preguntó Pamela.

– No. Solo esperen hasta mañana. –dijo Calvin. Pamela y yo nos miramos el uno al otro. Nos la pasamos un rato más ahí platicando y riéndonos hasta que se hizo de noche.

– Así que al final aceptaste, Graviel. ¿Qué te hizo cambiar de opinión? –preguntó Marcus cuando Calvin, y Manny fueron por otras bebidas.

– Los Caballeros de Colón no me gustan. –le di una mirada a Pamela

– ¿Y tú? –preguntó Lukas dirigiéndose a Pamela. Ella luego le dio la misma explicación que me había dado a mí en el restaurant unos días antes. De hecho, fue un poco más elaborada. Marcus la miraba muy atento, pero no atento como es Marcus, sino de una forma diferente. Sus ojos estaban abiertos, pero tiernos. Cuando miraba a Pamela se veía una sonrisa microscópica en el lado de su boca y los párpados de sus ojos bajaban un milímetro cada dos segundos. No parecía que estuviera poniendo atención a lo que Pamela estaba diciendo.

Pamela traía puesto su pañuelo en el pelo y fuera de la escuela usaba jeans con camisas de manga larga a cuadros. Siempre parecía muy masculina y si la veías de lejos no parecía mujer.

– ¿De qué hablan? –preguntó Calvin cuando regresaron.

– Familiarizándonos con los nuevos miembros. –dijo Marcus, mirando aún a Pamela

– Qué bueno. –Calvin habló con un tono serio. –Muchachos pónganme atención todos por favor. –todos lo miramos. Excepto Marcus, quien estaba mirando a Pamela aún. Le di un codazo y me miró con sus ojotes por un largo tiempo. Calvin tomó la palabra.

– En este día hemos hecho historia. Mírense bien las caras los unos a los otros. Este será el nuevo grupo de los Caballeros Templarios. De ahora en adelante nos conoceremos como hermanos, no habrá secretos ni desconfianza entre nosotros. Reñiremos, pero siempre para crecer. Esto es algo que se verá por primera vez, que tendremos una mujer con nosotros. Enfrentaremos muchos problemas con los Caballeros de Colón especialmente con el grupo de Frederick. Ahora, nuestra inteligencia de grupos hermanos, me dice que los de Colón están usando maneras un poco más drásticas para conseguir sus propósitos. Maneras... menos legales. No sé si la Fraternidad está al tanto de lo que está sucediendo, pero nosotros los tenemos que detener y ganar. Somos seis miembros, seis diferentes personalidades. Tendremos que aprender a trabajar juntos. Mañana sabremos cuales serán nuestras funciones. Solo les pido por favor que nos enfoquemos en ser el mejor grupo que la Fraternidad jamás ha tenido. ¿Estamos todos de acuerdo?

Todos estábamos de acuerdo. Calvin alzó su bebida en medio de la mesa.

– Por hacer historia. –dijo.

– Por hacer historia. –contestamos todos. Manny alzó una malteada de fresa. Le di una mirada.

– Es de dieta. –dijo.

La verdad que la Fraternidad era muy importante para Calvin. Pensé mucho en eso cuando estaba en mi cama acostado. Había llegado a casa y todos ya estaban dormidos excepto Bethany quien me estaba esperando en la cocina con un vaso de leche con galletas. Después de que la envié a su cama, estaba en mi cuarto pensando.

La Fraternidad era algo muy extraño. La idea, por ejemplo, de que nadie conocía al presidente, era un poco ilógica. O que los CC usaban métodos drásticos, ¿a qué se refirió Calvin cuando dijo eso? Además, la iniciación. ¿por qué no nos querían decir de que se trataba o qué tendríamos que hacer? ¿Por qué Calvin dijo que mañana sería la iniciación si el obispo nos dijo que hoy mismo? Traté de no prestarle mucha atención al asunto como siempre, ya me daría cuenta al próximo día. Además, ya estaba adentro, no había marcha atrás. Me dio escalofríos cuando pasó ese pensamiento por mi mente, y con ese temor, me quedé dormido.

Me di cuenta de que estaba consiente al escuchar que alguien golpeó el vidrio. Mi rostro estaba al lado opuesto de la ventana, pero no quise abrir mis ojos. Respiré y esperé a dormirme otra vez. Luego escuché un paso. Abrí mis ojos y lo primero que miré, fue el reloj digital: 11:55 p.m. A un lado estaba el retrato de mamá y se reflejaba la luz de la luna. Parecía que una sombra se estaba moviendo hacia mi cama. Abrí y cerré los ojos varias veces para asegurarme que no estaba soñando.

Miré que otra sombra subía por la ventana. Esta vez volteé rápidamente hacia la ventana y alguien me dio un puñetazo en la cara. Me traté de reponer, pero alguien más me tomó de los pies, saltando sobre mí. Con la ayuda de la otra persona, me ataron las manos detrás de la espalda y me pusieron una bolsa de tela en la cabeza. Luego me pusieron de pie y alguien presionó algo fuertemente en mi nariz. Era un olor muy fuerte. Me dolió la cabeza y me comencé a sentir muy débil. Mis rodillas perdieron fuerza y sentí caerme al suelo.

Mi cabeza me dolía muchísimo. Todo estaba oscuro.

— Creo que les vamos a tener que enseñar una lección. —escuché alguien decir. Al parecer yo estaba hincado en el suelo. Mis manos estaban atadas y me habían quitado mi camisa y puesto otra, demasiado grande para mí. Tenía una venda en los ojos; pero podía escuchar muchas voces.

— Tú lo has dicho, hermano. ¿Qué te parece si comenzamos? —dijo alguien más. Sentí un pie en mi espalda y caí al suelo. Escuché a alguien más quejarse: una mujer.

— Así que quieren ser Caballeros Templarios, ¿no? —preguntó alguien en mi oído.

— ¡Contesta al capitán cuando te habla gusano! —alguien gritó.

— Sí. —contesté.

— ¿Sí qué? Idiota. Háblale con respeto a tu capitán.

— Sí señor.

— ¿Y ti también? —le preguntó a alguien a mi lado.

— Sí señor. —contestó Pamela. Ya sabía de qué se trataba todo esto.

– Bien pues aquí veremos si tiene lo que se necesita para formar parte de la Fraternidad. –Alguien nos echó lo que parecía un gran bote de agua helada en el cuerpo. Escuché a Pamela gritar. –Párenlos –dijo la voz y nos pusieron de pie. –¿Qué? ¿Se arrepienten? Eso fue solamente para que despertaran. – me quitó la venda de los ojos. Era un muchacho alto de pelo negro, delgado, blanco, un semblante muy firme. Pamela y yo estábamos al lado uno del otro. Traía unos jeans y una camisa muy grande al igual que yo. Estábamos empapados de agua y Pamela temblaba de frío. Parecía que estábamos en una bodega de lámina enorme, como un taller. Solamente que no miré herramientas ni carros, solo tanques grandes de lámina y cajas de cartón. Estaba muy opaco, casi no había luz, había muchos muchachos alrededor de nosotros. Había agua en mis ojos que quería limpiarme, pero solo podía parpadear mucho para tratar de aliviar la comezón.

– Tenemos una mujer en nuestro poder, señor. ¿Qué cree que debamos hacer con ella? –dijo uno acercándosele a Pamela. Le puso su dedo en su mejilla, bajándolo hasta el cuello.

– Baja ese dedo una pulgada más y lo vas a perder. –advirtió Pamela. Todo el mundo comenzó a gritar y echar porras.

– Basta de juegos hermanos míos. –dijo el muchacho que al parecer estaba a cargo. –Yo soy el capitán Allen Huggins. Les vamos a hacer una serie de pruebas. Primero díganme, ¿en qué año se fundó Universidad de Aphoria? Tú.

– Mil novecientos veinticuatro, señor. –contesté.

– Bien, muy bien. Ahora tú linda. –Arrodíllate y ladra como un perro. –dijo. Pamela lo miró confundida. Él se le acercó a la cara y le susurró. –… Como un perro. ¡Ahora! –todos comenzaron a gritar otra vez y echar porras. Pamela se arrodilló e hizo como le dijeron. Todos comenzaron a reírse. Nos hicieron más pruebas, pero pude ver que la mayoría era lo doble de difícil para Pamela. Metieron mi cabeza en un tambo con agua helada y me hicieron preguntas que tenía que contestar correctamente si no me metían treinta segundos en el agua. A Pamela le hicieron lo mismo, pero la dejaron los treinta segundos bajo el agua, aunque contestara todo correctamente. Pude ver que aguantaba bastante bien, pero era muy difícil. Luego nos llevaron a una esquina del edificio y todos se formaron enfrente de nosotros. El capitán sacó un envase de espray de pimienta y nos roció una buena porción en los ojos.

– Ahora, gusanos. –añadió el capitán. –Quiero que me digan cuál es su nombre completo, su fecha y lugar de nacimiento, su seguro social y por qué quieren ser miembros de la Fraternidad.

Comenzamos a hablar sin problema hasta que unos segundos más, la pimienta comenzó a hacer efecto y ardía como no te imaginas. ¿Quieres saber que se siente que te echen pimienta en los ojos? Imagínate que tienes los ojos llenos de hormigas, y alguien te echa pimienta en los ojos.

No pudimos contestar bien por los gritos de los dos además nos daban puñetazos cada vez que tratábamos de decir algo lo cual hacía el dolor más intenso. Yacíamos en el piso los dos, yo de rodillas y Pamela con sus manos extendidas en el piso tratando de recuperarse. El dolor era insoportable y yo no aguantaba más.

– Creo que necesito agua en mis ojos. –dije en voz baja.

– ¿Qué dices cucaracha? No te escucho. –gritó el ayudante del capitán.

– Necesito agua para mis ojos. –hablé un poco más alto.

– Oh sí. –contestó en un tono sarcástico. –Claro que sí señorita. Ahora mismo. –gritó el capitán que se reía con sus brazos cruzados. "Esto no es bueno." Pensé.

Luego alguien trajo una manguera y se la dio al ayudante del capitán.

– ¡Aquí está su agua! –gritó rociándonos con tanta presión que caímos al suelo unas cuantas veces. Dolía, pero la poca agua que nos caía en los ojos era bastante alivio para mí.

– Basta. –habló el capitán. –Ahora llegó lo serio. Llegó la hora de las últimas tres pruebas. –dijo. Todos se pusieron serios. Nos tomaron de los brazos luego nos pusieron de pie. Nos vendaron los ojos que aún me ardían y nos llevaron fuera de esa bodega. No podía ver hacia donde nos llevaban, pero subimos unos cuantos escalones y luego nos quitaron las vendas. Estábamos en un edificio de unos tres pisos, pero era solo de paredes. Parecía que los pisos se habían derrumbado porque el techo estaba a unos doscientos pies de alto. Solo había escalones en las orillas del edificio que conducían hacia la cima. Enfrente de nosotros estaban unos diez muchachos con una malla de hilo y todos sosteniendo un extremo de esta.

– Esto es lo que vamos a hacer. –dijo el capitán poniéndose enfrente de nosotros. –Vamos a subir estos escalones hasta la cima. –Apuntó hacia arriba. –Y luego tú y tú, se van a arrojar desde allá hasta acá, y ellos los van a cachar. –apuntó a los muchachos enfrente de nosotros. Miré a Pamela. Respiraba muy rápido. Sus ojos reflejaban miedo. Sin embargo, noté que sus ojos no estaban rojos por la pimienta, pero parpadeaba mucho de dolor.

– ¿Estás seguro de que esto es normal? –pregunté.

– Todos lo hemos hecho. –Su tono era de orgullo –Si no quieres hacerlo, no lo hagas, y te vas.

– Yo sí lo hago. –escuché a Pamela decir. Su rostro reflejaba inmenso temor.

– Está bien. –añadí. Nos pusieron las vendas y me llevaron a mi primero. Pamela se quedó esperando. El capitán me guio hacia los escalones y subimos por un buen rato. Cuando sentí que llegamos a la cima, estaba respirando muy rápido sin poder controlarme. Tenía mucho miedo.

– Esta prueba es para crear confianza en tus compañeros y saber que ellos tienen responsabilidad por ti en todas las situaciones.

– Sí. –me oí decir, pero no quería hablar.

– Qué bonito color da tu cadena. –se carcajeó. –¿Estás listo?

– No. –dije. Me empujó hacia enfrente. Esperé por dos segundos y ya estaba en brazos de seis muchachos. Me quitaron la venda. Me di cuenta de que no me habían arrojado de ningún lado. Estábamos en otro cuarto donde había una piscina sin agua y los muchachos se habían metido adentro. Lo que entendí después era que el primer lugar donde nos llevaron era una parte del edificio, pero cuando nos vendaron me llevaron a otro cuarto a donde estaban unos escalones mecánicos para hacer ejercicio, así simulando que estaba subiendo las escaleras del otro lugar. Luego te arrojaban a la piscina lo cual era unos dos metros, máximo. ¡Vaya qué prueba!

Me senté en un rincón a esperar mientras traían a Pamela. La cual se veía muy firme y sin miedo. Le hicieron lo mismo que a mí, pero ella dio un grito fuerte antes de que los muchachos la cacharan. Le explicaron lo sucedido, pero no dijo nada. Solo se veía que estaba agradecida de no estar muerta. Pasó un buen rato recargada en la pared con su cara en los brazos. Después de ahí nos llevaron a otro cuarto sin ponerlos las vendas.

– Para esta prueba sí quiero que vean todo. –Allen pasó por en medio de nosotros.

Cuando entramos al otro cuarto, estaba un muchacho con una capucha en la cara y unas pinzas enormes que atizaba el fuego en la chimenea y tenía unas varillas de hierro calentándose en el fuego. Se volteó a vernos y aunque traía capucha, era obvio que se estaba sonriendo.

– A Jimmy le gusta mucho jugar. –Allen comentó. –Esta prueba consiste en que Jimmy aquí les quite la camisa y los marque con uno de esos hierros calientes en la espalda para ver qué tan bien controlan el dolor. "¡¿QUÉ TAN BIEN CONTROLAN EL DOLOR?!" pensé. "¡Dolor es dolor, cómo lo vamos a controlar por un demonio!" Miré a Pamela y estaba temblando, sus dientes crujían de frío. Miraba de lado a los metales calientes. Sus ojos estaban abiertos como un búho, solo parpadeaba aún por el dolor de la pimienta como yo.

Esto sí no podría ser falsificado, sí nos iban a dejar ver todo. Esto si iba a suceder.

– Los dos juntos. –Allen dijo. Jimmy, a quien en ningún momento miré su rostro, nos hincó en el suelo.

– Quítense la camisa. –habló con la capucha puesta. Pamela se quedó solo con su brasier. Sacó dos hierros del fuego y los acercó a nosotros. Todos nos estaban viendo enfrente y Jimmy atrás. –¿Están listos? –preguntó Jimmy.

– Sí. –dijimos los dos cerrando los ojos. En cuanto sentí el objeto en mi espalda, caí al suelo de dolor y Pamela se quedó de rodillas dando solo un grito. Luego todos aplaudieron.

– Pónganse de pie. –Allen se acercó a nosotros. Cuando volteamos, detrás de Jimmy estaban dos hierros dentro de una hielera repleta de hielos. Estaban congelados. Nos había tocado con esos, no con los calientes. Era la misma intensidad, como fue de sorpresa, nuestro cuerpo lo había interpretado como calor.

Respiramos aliviados. Pamela cayó al suelo y metió su rostro en sus manos. Parecía que estaba llorando.

– Estas tres últimas pruebas, –comenzó a decir Allen –no son para humillarlos, son para ver hasta dónde aguantan el miedo. No queremos saber cuánta resistencia física tienen, eso no nos sirve. Lo que importa es la resistencia de aquí –el capitán apuntó a su sien.

– La mente es la que deben controlar ante el miedo. El miedo puede meterlos en muchos problemas solo por lo que perciben por sus ojos. –Allen sacó el bote de pimienta una vez más. Nos lo enseñó.

– Es agua pintada; no es pimienta. Tú, ven aquí. –dijo llamando a un muchacho cerca de él. Lo puso enfrente de sí, rociando al muchacho con el agua roja. El muchacho parpadeó, luego nos miró, se limpió la cara con la manga de su camisa sin problema. –Ahora para la última prueba. –dijo caminando por en medio de nosotros hacia el siguiente cuarto. Se detuvo en la puerta dándose la vuelta. –Déjenlos entrar en diez minutos. –Allen se metió junto con los demás muchachos. Solo se quedó el ayudante del capitán con nosotros.

Pamela y yo nos pusimos nuestras camisas de vuelta. Nos sentamos en el suelo. Tomó mi mano y estaba temblando. La miré y pudo sonreírme con su boca temblando de frío. El ayudante de Allen no nos dirigió la palabra. Solo estaba atento, su mirada dirigida a la puerta por donde se habían ido los demás. Después de unos minutos, se volvió hacia nosotros.
– Entren.

Pasamos al siguiente cuarto. No había nadie más que Allen y su ayudante. Las paredes eran de mosaico y el piso también. Parecía una vieja carnicería. No había carne, pero había mucho vapor.
– ¿Qué es esto aquí? –pregunto Pamela temblando de frío.
– Este es el refrigerador del edificio. Es lo único que funciona de este lugar, por eso lo usamos. –Allen miró alrededor con una mirada de asco. –Esta es su última prueba. Si la pasan, serán admitidos a la Fraternidad. No me importa qué les hayan dicho. No van a ser Caballeros Templarios hasta que pasen esta prueba.
– ¿C–cuál es la prueb–b–ba? –preguntó Pamela frotando sus hombros con sus manos.
– Pasar la noche aquí. –el ayudante de Allen se dirigió al termostato que estaba cerca de él. Bajó la temperatura y salió del cuarto dando un adiós.
– Bueno. –Allen se dirigió a nosotros.–Esta es su última prueba –se acercó hacia la salida.

– Pero ¿cuál es la prueba? –pregunté.

– Sobrevivir. –Sonrió mientras cerraba la puerta detrás de él. Se escuchó que puso un barrote del otro lado y muchos candados y cadenas. Estábamos atrapados con la temperatura bajando más a cada momento.

– Graviel ¿qué vamos a hacer? –Pamela miraba alrededor.

– Tiene que haber una salida.

– No, no la hay.

– ¿Cómo lo sabes?

– Porque si dijo que el propósito es sobrevivir, tiene que ser algo más. Esta prueba tiene un significado más profundo.

– ¿A qué te refieres? Estamos en un cuarto, encerrados, y la temperatura cada vez es más fría, ¿qué otro significado puede haber?

– No pienses así. Hay algo más. –caminé alrededor del cuarto, examinando cada esquina de este. Pamela me veía enojada, frustrada. Temblaba de frío más que antes. –Si quieres que se te quite un poco el frío, puedes caminar para que entres en calor.

– Sí, y luego vas a decir que me quite la ropa para acorrucarnos y entrar en calor, ¿no? –me dijo molesta. Le di una mirada.

– Lo siento. –caminó hacia mí. –Estoy nerviosa.

– Esa no es la Pamela que conozco. Debemos encontrar una respuesta psicológica para esto.

– ¿A qué te refieres?

– Las primeras dos pruebas, ¿de qué se trataban? de probar nuestra mente. De darnos cuenta de que esto no es real.

– Graviel por favor…

– No. De verdad, algo tiene que haber…

– No hay nada…

– Por aquí...

– No hay nada, esto es real.

– Si tan solo…

— Tengo frío, Graviel no creo que…

— … pudiera encontrar

— No, no…

— …algo por aquí...

— Graviel...

— Deja veo…

— Graviel.

— No vamos a tener que…

— ¡GRAVIEL! –hubo un silencio. Pamela estaba mirando al suelo, respirando muy rápido. Sus labios estaban morados. Caminó unos pasos hacia atrás hasta tocar la pared con su espalda. Se deslizó hacia el suelo y se sentó en el piso. Me acerqué a ella, me senté a su lado. La abrase. Comenzó a sollozar.

— ¿Confías en mí? –la miré a los ojos. Asintió con la cabeza. Me senté con ella unos minutos más. Pensando... mirando alrededor. Cuando lo vi, no lo podía creer.

— ¡Mira Pamela! ¡Mira! –grité poniéndome de pie. Fui hasta donde estaba el termostato.

— El termostato no funciona. –Lo moví de atrás hacia adelante y la manecilla parecía que estaba rota.

— El termostato no funciona. –dijo Pamela en voz baja.

— O sea que todo está en nuestra mente. –me acerqué otra vez a ella. Me senté a su lado y la abracé. –Ahora lo que tenemos que hacer es hacernos la idea de que no está frío y vamos a sobrevivir; porque en realidad no lo está. ¿entiendes? Es solo nuestra imaginación. Así fueron las primeras dos pruebas: la pimienta, el salto, los metales calientes.

— E–está b–bien. –dijo mirando alrededor. Pasaron varios minutos para que pudiera sentir que Pamela estaba respirando un poco más normal.

— ¿Cómo está tu mamá?

— ¿Mi mamá? —Pamela me miró confundida.

— Sí.

— Bien.

— ¿Tus hermanos? —Pregunté y asentó con la cabeza. —Pamela. ¡Pamela! Mírame. —me miró atentamente. —Aquí estoy. Mantengámonos sanos. ¿ok?

— Ok. —me sonrió. Nuestras frentes se tocaron. Nunca había estado en una situación así y menos con una mujer. Pamela era verdaderamente una buena amiga. Supongo que su forma de ser no me intimidaba tanto ya que no era como decir mujer. ¿verdad? Además, no le gustaban los hombres. Algo que me relajaba mucho y me ayudaba a hablarle como un buen amigo. —¿Cómo está Bethany? Mis hermanos me han preguntado por ella. Quieren que vuelva.

— Ella está bien. Cuando quieras podemos ir otra vez.

— Es muy linda.

— Sí. Se parece mucho a mi papá.

— ¿Y tú mamá?

— Ella murió cuando Bethany nació.

— Qué pena. No sabía.

— No te preocupes.

— ¿Cómo se llamaba?

— Helena, que significa, "resplandeciente como una estrella."

— Qué bonito.

— ¿Cuál es un lugar que quieras visitar a donde no hayas ido?

— Cualquier lugar fuera de esta ciudad, de este estado. Para serte sincera, no he salido de aquí desde que era niña. —Pamela ya volvía a hablar y reaccionar normal.

— ¿Y eso?

— Graviel. Por favor. Tú has ido a mi casa. ¿crees que una persona como yo tenga fondos para salir de paseo? Muy apenas nos alcanza para sobrevivir y pagar mi escuela; pero te aseguro que cuando termine mis estudios y tenga un buen trabajo de ingeniera voy a comprarle una casa a mi mamá que yo misma voy a diseñar.

– Me parece bien, pero no decidas cosas solo porque eres de bajos recursos. ¿De bajos recursos en comparación con quién? ¿Quién está midiendo? Se miden los corazones. Eso es lo importante. Mira hasta dónde has llegado.

– ¿Dónde? –Pamela miró a su alrededor. –¿En una hielera gigante en un edificio abandonado? –dijo y los dos reímos.

Nos pasamos mucho tiempo platicando que no sé cuánto tiempo pasó. No hablamos de absolutamente nada en particular. Ya no sentíamos frío y nos habíamos olvidado de donde estábamos. Perdimos cuenta de qué hora era y no nos importaba.

Al cabo de un rato más, la puerta se abrió. Entro Allen y su ayudante y todos los que estaban con ellos. Todos traían abrigos, chamarras, orejeras y bufandas. Cuando nos vieron no podían esconder el asombro.

– No lo puedo creer. –Allen miraba alrededor. –Usualmente los encontramos haciendo ejercicio y corriendo alrededor del cuarto para entrar en calor y ustedes… ¿están sentados?

– ¿Y el suelo alrededor de ellos está limpio sin hielo? –dijo el ayudante acercándose a nosotros. No nos habíamos dado cuenta de que había hielo por todas partes menos en donde nosotros estábamos sentados.

– Sí, es que nos dimos cuenta de cómo descifrar la prueba. –Pamela se puso de pie contenta.

– ¿Cómo? –preguntó Allen con real confusión. Yo bajé la mirada.

– Todo era una mentira. ¿verdad Graviel? Supimos que todo era una farsa, que el termostato no servía y que solo teníamos que olvidar que estaba frío. –dijo Pamela. Yo no dije nada. Allen me miró.

– Tú sabes que eso no es cierto. El termostato no está fallando.

– Allen dijo dirigiéndose a mí. Pamela me miró asustada.

— Es un truco que me enseñó mi mayordomo.

— O sea que… ¿sí estaba frío? —Pamela no podía ocultar su sorpresa.

— Está frío. —Allen miraba alrededor. —Tráiganme un termómetro.

—alguien le dio un termómetro digital. Nos lo enseñó. Doce grados Fahrenheit. Pamela le quitó el termómetro a Allen y no lo dejaba de mirar. —Eres un chico excepcional Graviel —Allen asintió con la cabeza. —Que gran actitud.

Salimos de ahí y nos llevó a un cuarto donde había poca luz. El piso era de alfombra roja y había asientos alrededor del cuarto, como un pequeño teatro. Allen se puso en medio de una plataforma y alguien le trajo una gran espada. Él la tomo con las dos manos y la puso delante de sí. Luego otro muchacho se acercó a mí, tomó mi camisa por el pecho, halándola hacia abajo causando que se rompiera para dejar a la vista la piel. Se acercó con Pamela y le hizo lo mismo. Todos se veían muy serios. Allen luego apuntó la espada a mi pecho al lado del corazón. Todos luego se hincaron en una rodilla y Allen me hizo la señal a mí de que me arrodillara también. Luego hicieron que nos vendaran de nuevo.

— Repite el siguiente juramento conmigo, Graviel. —lo escuche decir.

— *Militia Templi*, Orden del Templo. Jueves, veintiocho de agosto del año dos mil nueve. En el nombre del Padre, del Hijo, y del Espíritu Santo. Juro, desde ahora y para siempre, que me uno a la Causa, a la Fraternidad del Templo. Declaro que tomo esta decisión libremente, y juro obediencia, pobreza, fraternidad, hospitalidad y humildad hacia todos mis hermanos Templarios. Con este juramento declaro irrevocablemente que todas mis pertenencias, toda mi vida es ahora parte de la Causa, para defender con honor la inteligencia y la sabiduría dada desde el cielo por el Creador del universo. Someterme a la Fraternidad y a nuestro presidente, a las reglas, normas y decretos. Juro que no difamaré a ningún miembro de la Fraternidad, ni tampoco ninguna orden que me sea dada por mis superiores.

Obedecer incondicionalmente y siempre, ya sea con los estatutos de la Organización, y del presidente. Amar a mis hermanos Templarios, y defenderlos a toda costa, con mi espada, mi consejo, mis bienes, mi crédito y todo lo que esté en mi poder, y los favoreceré a ellos antes que nadie, sin excepción, sobre cualquiera que no sea miembro de la Fraternidad. A pelear en contra de los infieles Caballeros de Colón con mi ejemplo, virtud, caridad, mi inteligencia y sabiduría, y defender siempre la verdad. Finalmente, seguir todas las reglas que esta institución, la Universidad de Aphoria exige, ser un buen ciudadano, un caballero leal en donde sea que pise desde ahora y para siempre. –Repetí con Allen. Luego me dijo que repitiera lo siguiente, pero en voz alta. –¡Con este juramento pronuncio a gritos enfrente de los Caballeros Templarios, presentes en esta junta, que, con mi sangre, firmo este contrato con la Fraternidad, siendo mis hermanos testigos! ¡Gloria sea al Padre, al Hijo, y al Espíritu Santo, Amén! –Dijo y hubo un silencio.

De repente, mi cadena emitió una luz brillante. La tomé en mi mano. La espada brillaba detrás de la serpiente. Me dolió mucho la cabeza haciéndome caer al suelo de rodillas. Mi visión se tornó doble, como si estuviera mareado. Sentí como si algo se introdujera dentro de mí, una fuerza sobrenatural. Sentí que alguien me hablaba, Pamela y Allen. Luego, así de rápido como llegó, así mismo se fue y me sentí mucho mejor.

– ¿Estás bien? –Allen tenía su mano en mi hombro.

– Sí, sí estoy bien. Creo que solo fue un episodio de cansancio.

– ¡ESTÁ BIEN! –gritó Allen a todo el mundo, levantando los dos dedos pulgares hacia el público. Pamela me sonrió preocupada, poniendo su mano detrás de su oreja. –Bueno, continuemos.

Capítulo 7

Luego le hizo exactamente lo mismo a Pamela. Al terminar nos quitaron la venda. Allen se acercó hacia nosotros. Levanté la mirada para mirarlo y me dio una bofetada fuerte con la mano abierta en la mejilla. Se acercó a Pamela y le dio una bofetada también. Nos hizo que nos levantáramos, luego nos dio un beso donde nos acababa de pegar. Sonrió y con eso, todos comenzaron a aplaudirnos. Atrás, llegó un muchacho con una caja de cartón. Sacó dos cajas pequeñitas y se las dio a Allen. De ahí el sacó dos pulseras negras con las iniciales C.T. me dieron una a mí y otra a Pamela. −Van en su brazo izquierdo.

Luego el muchacho sacó otras dos cosas de la caja y se las dio a Allen.

− Estas son capas. Se deben usar cada vez que haya junta. Estas se hacen cada segundo jueves de cada mes a las dos de la mañana. Se tendrán que reportar al cuartel todos los templarios cada uno con su grupo. Usarán estas capas sobre su ropa normal para que nadie vea sus rostros. Es tradición de la Fraternidad. Por último, estas bandas van en sus brazos izquierdos por encima de su chaqueta o camisa del uniforme escolar —dijo y en eso salieron de un cuarto, Calvin, Lukas, Manny y Marcus. Me dio alegría verlos. Se pusieron en fila e hicieron reverencia hacia nosotros. Cada uno me dio dos besos en la mejilla, lo mismo hicieron con Pamela. Luego todos los miembros nos dieron la mano y nos dieron la bienvenida a la Fraternidad.

– ¿Qué, cómo los trataron? —Manny puso sus brazos alrededor mío y Pamela.

– Ah, por poco lo olvidaba. —Pamela se dio media vuelta, luego caminó detrás de nosotros, le dio un puñetazo a Allen quien cayó al suelo. Hubo un silencio, seguido por gritos y porras de todos.

Nos subimos al carro de Calvin, quien nos llevaría casa.

– Así que de eso se trataba la iniciación. —me recliné en el asiento de atrás cerrando los ojos.

– ¿Todos ustedes pasaron por eso también? —Pamela preguntó. Tenía su brazo metido en el mío.

– Sí. —Calvin dijo mirando en el espejo retrovisor mientras conducía. —Primero fui yo, después Lukas, luego Manny, y Marcus. —todos se pusieron a hablar de sus experiencias.

– Tengo frío, Graviel. —me dijo Pamela en voz baja. Se juntaba mucho conmigo. No me molestaba, pero no sabía qué hacer en esas situaciones. Estaba actuando como mujer.

Dejamos a Pamela en su casa. Me sentía muy orgulloso de tener una amiga como ella tan fuerte y dedicada. No era como muchas mujeres. No le avergonzó en lo absoluto que los muchachos miraran su casa, al contrario, nos dijo que cualquier día que quisiéramos visitarla, que viniéramos.

– Graviel... ¿Hay algo entre tú y Pamela? –Marcus preguntó mientras íbamos a mi casa. Me lo preguntó en voz baja para que los demás no escucharan. Su pregunta me tomó de sorpresa.

– No, ¿por qué?

– Por nada. –pero yo sabía por qué lo preguntaba. Me daba cuenta muy bien como la miraba y sabía que sentía algo por ella. A mí no me interesaba porque fue muy inadecuada la forma en la que conocí a Pamela y nunca pensé en mirarla de otra manera que no fuera mi amiga. En realidad, nunca había pensado así de ninguna mujer. Tener novia era algo que no me interesaba ni me importaba conseguir. Marcus era un muchacho muy bien parecido. Sus enormes ojos, su forma delicada, afeminada y formal lo hacían ver muy atractivo en mi opinión. Sabía que a Pamela le interesaría un muchacho como el, solo tenía que decirle.

Cuando llegamos a mi casa, la reacción de los muchachos fue un tanto diferente.

– ¡Vaya, qué casa! –Manny miraba por la ventana.

– Esa no es casa, es un castillo. –añadió Calvin.

– Linda casa, Graviel. –Lukas dijo sin mirarla. –A mí me gustan mejor las cabañas, bastardo capitalista.

– Gracias. Los veo mañana en la escuela.

– Creo que está más grande que tu casa Marcus. –Manny dijo, a lo cual todos opinaron algo.

Me metí a la casa por la ventana por donde me sacaron. Me subí al techo del garaje y luego al invernadero, después al primer techo, caminé hasta mi ventana y la abrí. Cuando me metí en mi habitación, mi celular emitía una luz. Era un mensaje de texto.

– *Graviel, ¿estás ahí?* –Era Pamela. Lo había mandado hacía diez minutos.

– *Literalmente acabo de entrar por la ventana. ¿Qué pasa?*

– *¿Cómo t' sientes?*

— *Bien ¿y tú?*

— *Creo q me estoy enfermando d gripa. Pero me siento muy bien.*

— *Lo siento. Espero que te sientas mejor.*

— *Quiero darte las gracias x ayudarme. ¿T acuerdas d lo q dijo Calvin? Hicimos historia.*

— *Sí. Creo que así es.*

— *Q padre. ¿Ya t vas a dormir?*

— *No sé, aún no tengo sueño. ¿Tú?*

— *No. Me duele mi mejilla :—(*

— *Lo siento, también a mí. Creo que se pasaron contigo.*

— *Tmbn yo lo creo. Pero valió la pena. Ya soy una Templario.*

— *:—)*

— *¿Sabes algo?*

— *Dime.*

— *Me da gusto haberte conocido.*

— *Gracias. A mí también me da gusto, aunque fue muy inusual.*

— *Si lo sé. Bueno hay que descansar, t' veo después.*

Al siguiente lunes las cosas se sentían diferentes en la escuela. Todos los Templarios me saludaban solo con ver la banda en el brazo. Las cosas se tornaron muy divertidas de ahí en adelante. Lukas tenía una camioneta blanca donde haríamos nuestras operaciones y llevaríamos a cabo todos los planes y misiones. Supuestamente había convencido a su padre de que se la diera después de que él ya no la usara porque había comprado otra para su negocio de electricista. Calvin era el líder y director de logística, al principio; Marcus era el comunicador, quien nos comunicaba todo por medio de un radio que traíamos en la oreja al cual llamábamos *bluebird*. Podíamos escuchar su voz y responderle. Si estábamos en un lugar donde no podíamos hablar, le mandábamos un mensaje de texto en clave y nos contestaba en el oído. Esto había sido también proveído por parte de él. Era el genio del grupo, o nerdo como decía

Manny. Lukas era el que financiaba todos nuestros juguetes ya que tenía los medios. Tenía un talento para arreglar dispositivos y modificarlos a nuestra necesidad. Manny era el que archivaba todos los documentos, y también el que los sustraía. Después, Lukas y Marcus serían líderes de logística y comunicación. Pamela sería ayudante general al igual que yo. O sea que, junto con Calvin y Manny, pasaríamos la mayoría del tiempo afuera en la calle.

Lukas y Marcus se llevaban bien juntos y eran tan diferentes que hacían buena pareja. Calvin, como líder, había puesto muchas reglas; solo podíamos usar el satélite y el *bluebird* en horas que no fueran de clase. No podíamos usarlo para hacer trampa en un examen o algo por el estilo. Me di cuenta también de que este era un trabajo de veinticuatro horas al día. Estábamos planeando cosas todo el día, todos los días.

Una noche, fui al despacho de papá.

— ¿Me mandaste a llamar papá? —asomé la cabeza dentro del despacho. Estaba de espaldas en su silla sosteniendo una copa con vino. Me molestaba mucho que tomara. Sabía exactamente por qué lo hacía. Me miró y me hizo la seña con la mano de que entrara.

— ¿Cómo has estado hijo? Siéntate.

— Bien papá. ¿todo bien?

— Sí, sí claro, todo está bien —dijo poniéndose de pie. Caminó hacia unos libros que estaban en la pared. Metió una mano en la bolsa de su pantalón y con la otra, donde tenía la copa, también tocaba un adorno que estaba junto a los libros. —He tenido unos problemas en el trabajo es todo.

— ¿Problemas?

— Cosas que pasan. Desde hace tiempo que desconfío de Rosenfield, pero no sé qué hacer, es muy eficiente y hace todo bien, solo que no confío en él.

– ¿Eso era lo que querías decirme papá? Sabes que yo nunca me he metido en los asuntos de la empresa.

– Lo sé, lo sé. –sonrió un poco nervioso. –No era eso lo que quería decirte es solo que… no sé cómo decirte.

– Solo dime papá. –él abrió su boca, pero no le salían las palabras. Miró hacia arriba y luego se pasó la mano por el pelo. Se dio otro trago y puso su mano en su cintura. Estaba perspirando demasiado. Me puse de pie poniendo mis manos en la espalda de la silla. –Papá, si no quieres decirme está bien. Si quieres, hablamos cuando te sientas mejor. –me di la vuelta para irme.

– Creo que fue una mala idea que vinieran a vivir aquí. –dijo rápido. Me volví hacia él.

– ¿Qué dices? –la tensión se comenzó a intensificar. Papá comenzó a tartamudear. ¿Quieres que me vaya?

– Hijo por Dios, no lo tomes así. Lo que quiero decir es que…

– ¿Cómo quieres que lo tome? ¿A qué te refieres?

– Es tu hermana, Graviel. Es ella. ¿No entiendes que yo amaba a tu madre? Cada vez que veo a tu hermana… recuerdo esa vez en el hospital cuando el doctor me la puso en los brazos y me dijo que tu madre no había logrado sobrevivir porque la salvaban a ella o a la bebé. Tu madre decidió morir por dejarla vivir a ella.

– Papá, eso fue hace siete años. ¿Aún no te puedes reponer? Tú tienes una responsabilidad con tu hija y no es justo que la trates así.

– Graviel, pero tu madre pudo haberla dejado ir y luego pudimos tratar otra vez de tener otro hijo. ¿Por qué tuvo que hacer eso?

– ¿Qué estás diciendo? Mi madre sabía lo que hacía, no es posible que cada vez que la recuerdes te pongas a tomar.

– ¡Es que yo la amaba!

– ¡¿Y por eso te volviste a casar?! –grité enojado. Me miró, y luego bajó la mirada. Se dio la vuelta y se fue a recargar en el librero.

– Tu madre siempre fue todo para mí. –Comenzó a decir de espaldas. Su voz empezó a elevarse. – ¡Y ella está muerta! ¡No puedo hacer nada para regresarla! ¡La única que tiene la culpa aquí es esa niña que…! –Se dio la vuelta hacia mí, pero se detuvo al mirar a alguien detrás de mí. Voltee a mirar. Bethany estaba mirando desde la puerta, traía su ropa de dormir. Sus ojos nos miraban enormes como dos grandes lunas tristes. Se comenzaron a llenar de agua.

– Eres un cobarde… ¡papá! –caminé hacia Bethany.

– Hijo espera… ¡Espera!

– Vámonos Bethany. –cargué a Bethany y nos fuimos a mi cuarto. Pude escuchar a papá que me hablaba, pero no le hice caso. Stacy se levantó y fue al despacho de papá. No supe más qué fue lo que pasó. La verdad no sabía que decirle ahora a mi hermana. Tenía mucho miedo.

– ¿Es verdad que mi mamá se murió por mi culpa? –Bethany me preguntó mientras estábamos acostados en la cama.

– Claro que no Bethany. Mira, papá habla así porque le duele mucho lo que le pasó a mamá. Deja te explico algo bebé. –le comencé a decir. –Cuando tú ibas a nacer, mi mamá estaba enferma de anemia. Eso es una enfermedad que tienen las personas cuando no se alimentan bien. Y por eso, ella no pudo aguantar tenerte a ti, entonces, para que pudieras vivir, les dijo a los doctores que hicieran todo lo posible para que nacieras. Así lo hicieron, pero ya a ella no la pudieron salvar. Nada de esto fue tu culpa porque tú no estabas ahí para tomar ninguna decisión. Pero mamá te amaba, Bethany, por eso dejó que vivieras.

– ¿Y papá por qué no me quiere entonces?

– Sí te quiere. Te lo prometo. Mírame. Sí te quiere, pero la muerte de mamá lo agarró por sorpresa y le duele mucho aún. Pero ¿sabes? antes de que nacieras, él estaba muy contento porque iba a tener una hija y no dejaba de presumirle a sus amigos que iba tener una niña al fin.

– ¿En verdad? –Bethany se limpió las lágrimas.

– Sí bebé. –Solo dale tiempo para que piense bien las cosas. No es una mala persona te lo prometo, solo está confundido, eso es todo, pero te ama mucho, nos ama mucho.

– Está bien. –me abrazó. Lloramos juntos.

Al siguiente día en la escuela sucedió algo extraño. Todos los días comía junto con los cinco de mi grupo en la cafetería, pero ese día me había quedado hasta tarde en la biblioteca porque uno de mis libros se había roto y quería remplazarlo. Me dieron uno nuevo sin ningún problema y cuando iba de camino a la cafetería a reunirme con los demás, mire algo inusual.

Mis amigos estaban sentados en una mesa de la cafetería cerca de las máquinas de bebidas. Mientras bajaba los escalones, miré a un hombre del otro lado de la cafetería que estaba mirando en dirección a la mesa de ellos y me detuve de súbito escondiéndome detrás de un muro. Era un hombre que estaba en sus treintas, definitivamente no era un estudiante. Estaba sentado en una mesa, solo, mirando atentamente a Calvin, Pamela Manny, Lukas y Marcus. Traía ropa de una persona normal, de hecho, demasiado normal: una camisa polo, unos jeans y todo lo que un muchacho normal traía, pero usaba calcetines de vestir. Nadie usa calcetines de vestir con tenis. Era obvio que él se acababa de cambiar, que esa no era la ropa que normalmente usaba sino algo más formal. ¿Un agente?

Tomó un trago de su bebida y sacó un pequeño artefacto de su bolsa. Lo apuntó hacia la mesa de mis amigos presionando un botón; era una cámara. Miré hacia abajo y me puse a pensar en quién podía ser. Levanté la mirada una vez más, pero se había esfumado. Busqué alrededor a ver si lo veía y en una milésima de segundo, lo miré salir por la puerta trasera. Subí los escalones para ir a esperarlo por la puerta de atrás de la cafetería. Corrí y antes de llegar a la esquina del edificio, bajé la velocidad al ver una camioneta blanca con una etiqueta de la compañía de luz que estaba estacionada en la calle. Sabía que esa era la camioneta del hombre porque la universidad nunca contrataba a compañías de luz para arreglar sus problemas. Tenían una sola compañía de luz y esta no era esa. Lo cual indicaba que sea lo que estuvieran investigando, lo hacían sin el consentimiento de la universidad.

Caminé despistadamente por al lado de la camioneta y el conductor estaba ahí leyendo un periódico, luego crucé la calle, me metí en el edificio de enfrente y me asomé por la ventana. De la puerta trasera de la cafetería salió el mismo hombre que había estado vigilando la mesa de mis amigos, pero se había cambiado. Traía un traje de un trabajador de electricidad. Miró a todos lados, metiéndose luego en la camioneta y en cuestión de segundos, condujo fuera de ahí. Mi celular vibró.

– *Grav ¿Dónde estás? Ven rápido, hay pelea.* —era Pamela. Salí del edificio y me metí en la cafetería por la puerta de atrás. Me preguntaba quién se estaría peleando. Al entrar a la cafetería después de un pasillo largo que conducía hacia abajo, miré por la puerta de vidrio. Estaba Frederick siendo llevado por dos policías y un muchacho tirado en el piso. Caminé dentro apurado, estaba un muchacho en el piso con la boca llena de sangre. Era uno de los nuestros. Calvin estaba a su lado junto con otros Templarios que al parecer eran miembros del grupo al cual el muchacho pertenecía. Lo ayudaron a levantarse mientras que unos profesores ayudaron a llevárselo de ahí.

– Ese Frederick es un idiota, pero lo van a dejar ir en menos de una hora ya verás. —Lukas exclamó, que sin darme cuenta estaba a mi lado.

– ¿Cómo sabes?

– Tiene mucha influencia.

– Graviel, ¿dónde estabas? –se me acercó Pamela tomándome del brazo. Marcus nos miró y se fue. –Te perdiste de la pelea. Ese muchacho no quiso callarse cuando Frederick le dijo y mira lo que le tocó.

– ¿Qué dijo?

– Yo no sé, pero sea lo que sea que estuviera diciendo no le gustó nada a Frederick. –dijo cruzando los brazos y meneando la cabeza. –¿Dónde estabas?

– En la biblioteca.

– La biblioteca no está por la puerta de atrás.

– Um, sí es que fui a ver unas cosas.

– Está bien, ya. No me tienes que decir si no quieres. –dijo mientras toda la gente regresaba a sus sillas. Pamela y yo caminamos a la mesa de nosotros. –Si me dejaran un minuto sola con ese Frederick, lo haría trizas. No sé por qué le tienen tanto miedo.

– No es miedo. –dijo Calvin. –Pero nosotros los Templarios trabajamos con la mente no con los puños. Es algo que los Caballeros de Colón no logran entender, por eso siempre pierden. Nosotros debemos siempre usar la cabeza y no dejar que el coraje nos gane. No dejarnos llevar por las emociones ya que la violencia es el último recurso que debemos de utilizar contra estos animales. Graviel. Graviel ¿Estás aquí? –Calvin tronó sus dedos enfrente de mí. Yo estaba distraído mirando la mesa donde el hombre había estado sentado.

– ¿Qué? Oh, disculpen estaba distraído.

– ¿Todo bien? –Manny preguntó.

– Sí, bueno no. No sé.

– Dinos de que se trata. –dijo Manny.

– Sí, ¿qué pasa? –preguntó Pamela.

Les expliqué lo que había sucedido. Manny se puso muy incómodo, mirando alrededor un poco agitado y Calvin insistía que había sido un Caballero de Colón. No les platiqué de la camioneta ni de los calcetines. Por alguna razón pensé que era información que me debía retener.

— ¿Creen que haya sido un agente del D.I.A? —Lukas preguntó.

— ¡No! —Exclamó Calvin. —No hay agentes en esta escuela. No hay nadie vigilándonos. Lo que hacemos aquí es solo una competencia escolar que a veces se sale de control. Por favor, muchachos, no pierdan el enfoque. Escuchen… —Calvin se puso de pie. —No fue nada más que un CC que quería información. Acuérdense que les dije que están tomando medidas muy avanzadas. —se acercó al círculo de la mesa, mirándonos a todos.

— ¿Tú crees? —preguntó Pamela.

— Pero ¿quién querría vigilarnos especialmente a nosotros? —añadió Lukas.

— Muchachos por favor olvidemos esto. Tenemos que preocuparnos por cómo ganarle a los Caballeros de Colón ahora. —dijo Calvin y todos acordaron. Manny estaba muy serio.

Les confirmo lo que les dije. Era Marcus en el *bluebird.* Aparentemente cuando se fue se había ido a la camioneta del grupo. *Frederick acaba de salir del remolque de policía sin ningún problema.* Todos nos vimos las caras.

— Vamos a reunirnos en la camioneta muchachos. —dijo Calvin y todos nos paramos.

—Sí, vamos a esa van de robachicos. —Manny comentó. Lukas le dio un zape.

Salimos de la cafetería rumbo a la van. Mi celular vibró. Era Manny.

— *Te espero esta noche en el parque Nichols a las 9:00 pm. En punto. Apaga tu bluebird para que nadie escuche nuestra conversación.*

Luego de mirar el mensaje miré a Manny quien me miró sin expresión. Nos metimos todos. La van no tenía asientos atrás solo enfrente. Había varias pantallas atrás junto con unos teclados para Lukas o Marcus. Lo demás era puro espacio para sentarse y platicar. Hablamos del próximo plan para tomar una tal esfera.

— Calvin, ¿Qué es la esfera? –pregunté.

— Es una esfera así de este tamaño. –Manny juntó las manos frente a él haciendo la forma de una bola.

— ¡Ah, amigo mío! –comenzó a decir Calvin. –La esfera es, bueno sí, es una esfera, que los dos grupos tratan de obtener por medio de competencias.

— ¿No es como el cáliz entonces?

— No. –contestó Calvin. –Para la esfera no hay reglas, es todo por el todo. La esfera representa el poder de la Fraternidad, el ojo. Quien sea que la posea, se dice, tiene el poder y la guía de Dios.

— Dicen, ¿quién sabe? –Manny añadió levantando las manos.

— Es una esfera que emite un color azul cristalino. –continuó Calvin. –Tiene algún tipo de humo por dentro que no puedes dejar de mirarla. Las fraternidades son el concilio de la escuela, sin embargo, el grupo que posee la esfera es la mayoría en la escuela y por lo tanto quien tiene la primera palabra en las reglas escolares.

— La esfera cuenta como un voto. –Marcus habló desde el asiento delantero –y el grupo que la tenga es el número uno.

— Bueno y, ¿dónde está?

— Nadie sabe. –contestó Manny. –Los obispos la esconden.

— El último grupo que la obtuvo fue el de los Caballero de Colón el año pasado, el chico que la encontró se llamaba Rodolfo. –dijo Calvin. –Era el líder del grupo de Frederick. Este se graduó y se quedó como líder; luego reclutaron a un miembro más, quedando como grupo número uno en las dos fraternidades. Por eso los CC son la mayoría ahora.

– Pero la esfera solo se queda con el grupo siete días. –dijo Marcus. –Después de eso los obispos la vuelven a esconder en algún lugar de la escuela y comienza la competencia otra vez.

– ¡Qué importa!, Rodolfo la tuvo casi tres años después de que su grupo la encontrara por última vez –añadió Lukas cruzando sus brazos. –¿Qué te hace pensar que nosotros podremos encontrarla?

– Siento que somos un grupo especial. –dijo Calvin.

Al terminar la escuela, llegué a mi casa asegurándome que Bethany estuviera bien. Si no nos fuimos de la casa, fue porque Bethany no se quería alejar de papá. Él casi no iba a ahí después de lo que había sucedido. A veces no llegaba a dormir y cuando Stacy llamaba a la empresa a preguntar por él, le decían que ya hacía horas que se había ido, lo cual era extraño para ella. Yo sabía que, si iba a cualquier cantina de la ciudad, lo encontraría ahí.

– Frederick quiere hacerles daño. –me dijo Kim mientras estábamos en la cocina. Estaba comiendo un bocado antes de salir a encontrarme con Manny.

– ¿En serio? –dije sin expresión alguna.

– Sí. Está furioso. Dice que ya no me va a hablar porque como fue mi novio, no quiere que me involucre contigo y como sabe que eso no va a pasar, se va a alejar de mí.

– ¿Y qué piensas tú de eso?

– Que haga lo que él quiera. Además, él quiere ser novio de mi amiga Elizabeth y ella es novia de Marcus. Y el descarado tiene la audacia de decirme qué debo hacer. ¡Por Dios! De cualquier manera, te lo digo para que tengas cuidado. Es muy agresivo y no le gusta que toquen lo suyo. Me juró que se iba a vengar de Calvin y que iba a encargarse de su grupo.

– Vaya. ¿Por qué hablabas con él después de dejarse?

– No sé. –Kim suspiro. –Quiero recordar que fue divertido al principio. No sé qué fue lo que pasó.

– Pues es bueno pensar mucho en eso. Debes examinarte para entender tus sentimientos. Frederick parece tener un carácter manipulador, quiere tener el control de todo; muy nervioso. No seas parte del círculo de gente así, tienen tanta hambre de controlar a los demás que crean un ambiente de gravedad alrededor de ellos que atraen a gente a la fuerza. Ten cuidado –dije. Kimberly me miró, masticando su bocado en silencio. –No estoy preocupado por lo que físicamente pueda hacer Frederick. –me levanté para irme. –Sino lo que puede hacer con la mente. –Kimberly asintió con la cabeza. –le di un beso en la mejilla y salí de ahí.

Conduje hasta el parque donde Manny me había citado. Me estacioné debajo de la única lámpara en el estacionamiento. Salí y miré alrededor pero no había nadie. Todo estaba oscuro, no podía ver a nadie. Me recargué en mi carro, luego, detrás de mí, se acercó un vehículo con una sola luz. Era un Mustang blanco que hacía mucho ruido en forma de banda de guerra proveniente del motor. El vehículo se estacionó a mi lado. Era de un año muy viejo, era blanco y se le notaba lo sucio fácilmente. El lado del pasajero parecía que había estado involucrado en un choque hacía tiempo.

– No sabía que tenías un Mustang también. –dije.

– Sí, me gustan mucho. –Manny cerró la puerta del conductor y rechinó haciendo un chillido tan fuerte que me dio comezón en un oído. Manny no expresó el más mínimo disgusto. –Son mi pasión. Me encanta el tuyo desde el primer día en que lo vi. De hecho, quería hablarte de ese día.

– ¿Para eso quisiste que viniera?

– Sí. –Manny se dio la vuelta. –No del Mustang, de otra cosa. ¿Apagaste tu *bluebird*?, ven caminemos.

Nos adentramos en la oscuridad del parque caminando en un estrecho de árboles cerca de ahí que aparentemente Manny conocía bien. –Lo que dijiste hoy en la cafetería me inquietó mucho, Graviel.

—Manny tenía las manos en las bolsas. Nos detuvimos en un espacio abierto. Hacía un poco de frío. La luz de la luna era lo único que nos iluminaba. —¿Recuerdas el día nos conocimos? Bueno, si no hubiera sido porque choqué contigo, pudiera haberme escapado ¿eh? Pero bueno, me ayudaste y es lo que importa. Ese día, Calvin y yo queríamos avanzar un poco para encontrar la esfera después de robar los planes del grupo opositor, pues te da un avance ¿no crees? El asunto es que no encontré lo que estaba buscando, sino algo diferente. Encontré esto. —Manny me enseñó unas hojas de papel, pero era difícil ver con solo la luz de la luna. Manny sacó un llavero con una pequeña linterna en forma de un enanito verde con ojos enormes parecido a un *alien*.

— ¿En serio?

— Están de moda. En unos años más será un artefacto de colección.

Examiné las hojas por un rato. Eran dos papeles comunes y corrientes donde alguien había escrito a mano el récord de dinero recibido de una fuente desconocida, luego filtrada como dinero del gobierno y usado para que la escuela se lo diera a organizaciones de caridad después de haber sido canjeado por puntos ganados.

— ¿Este documento es real?

— No lo sé Graviel. Está firmado por un tal Isidore Rosenfield. No sé quién es. Mira, está firmado como si fuera un documento importante, aunque este escrito a mano.

— Yo sé quién es él. Es el que se encarga de la compañía de papá a quien conocí hace unas semanas. Deja que me quede con este documento, voy a ir mañana personalmente a verlo y preguntarle al respecto.

— Si lo que está ahí es verdad, eso significa que el gobierno federal no es el que da los fondos para la escuela.

— ¿De dónde entonces?

— No lo sé.

— Sé que tienes algo en mente Manny. ¿Qué dedujiste de esto?

— Doblé el papel para meterlo en mi chaqueta.

— Mira, yo pienso que entre el liderazgo de los Templarios y los de Colón hay algo escondido, como que están unidos en algo que aún no me cabe en la cabeza. Sabes, cuando te conocí en el estacionamiento, aquel día le enseñé este mismo documento a Calvin, pero me dijo que me deshiciera de él. Calvin es muy entregado a la Fraternidad, como ya te has dado cuenta. Cree que todo en la Fraternidad es legítimo, lo cual en un mundo perfecto tendría sentido. Calvin tiene miedo de conocer una verdad que lo derrumbe todo, que todo esto sea demasiado bueno para ser verdad. Oye, también yo tengo miedo, no creas, no es fácil. Su padre fue Templario también, y muy respetado. Él no quiere lidiar con algo que tenga la más mínima posibilidad de corromper eso; pero esto es evadir impuestos; es lavado de dinero: es fraude Graviel. Puede que hasta nosotros estemos haciendo algo ilegal. —Manny caminó a un lado de mí, dándome la espalda. —Y está escrito a mano para tener récord fuera de las computadoras.

— Esta tarde cuando les dije que había visto a alguien vigilándolos, no fue todo lo que vi.

— ¿A qué te refieres? — Manny se volvió hacia mí.

— Lo seguí.

— Por eso llegaste por la puerta de atrás.

— Sí. Se subió a una camioneta blanca con otra ropa, estaba vestido como un trabajador de electricidad. —dije y Manny se quedó pensando.

— Entonces sí era un agente del D.I.A.

— Bueno, no necesariamente tiene que ser del estado, pero policía, definitivamente.

— Entonces ¿qué debemos hacer?

– Callarnos. Todo lo que tenemos hasta ahora es simple especulación. No hay que tomar nada en serio hasta que tengamos más evidencia y luego pruebas. No hay que comentarle nada a Calvin para no causar disturbios en el grupo. Mantengámonos juntos en esto. Mañana después de la escuela voy a ir a la empresa de papá a preguntarle a Rosenfield acerca de este papel. Recuérdalo, Manny. No hay que hablar de esto con nadie.

Y así, fue como Manny y yo fuimos los primeros en dudar que algo en la Fraternidad marchaba bien.

No sé qué me estaba pasando. Apenas hace unas semanas no tenía ni idea de lo que eran los Caballeros Templarios y ahora, estaba tomando decisiones. Sentía mi cuerpo lleno de adrenalina, como un sentimiento de propósito que no podía detener y quería meterme aún más. Debía andar con mucho cuidado y tener mis ojos abiertos. Iba a dar lo mejor de mí, sin dejarme distraer por nada, tenía que resolver qué estaba detrás de todo esto y nada ni nadie me iba a detener.

A la tarde siguiente fui a la empresa de papá a hablar con Rosenfield, pero no estaba. Me dijeron que había salido a un viaje de negocios que no llegaría hasta la siguiente semana. Pedí su número personal de celular para hablar con él, pero no me lo quisieron dar. No fue sino hasta que reconocí a uno de los hombres que había estado en la junta aquel día que vine con Bethany, y lo amenacé con que iba a perder su trabajo. Asustado y nervioso me lo dio.

Hola.

– Rosenfield. Es Graviel Richardson.

Graviel, señor, ¿Cómo le va? ¿c–cómo obtuvo mi número?

— Vine a la empresa, pero usted no estaba. Quiero hacerle una pregunta acerca de algo importante.

Dígame señor. ¿De qué se trata?

— ¿Podemos vernos hoy?

No, no creo que eso va a ser posible señor, no estoy en la ciudad.

— Encontré un papel con su firma, un papel de la universidad. Yo no sabía que usted tenía autoridad en la universidad. —Hubo un silencio en el otro lado de la bocina. Podía escuchar su respiración. Aclaró su garganta.

No sé, de qué me habla señor. Su tono era diferente, más seco.

—Bueno porque…—

Hablemos cuando llegue la próxima semana. El jueves venga a la empresa a mi oficina.

—Es que yo quiero…—

Gracias señor. Un gusto saludarlo" Dijo y terminó la llamada.

Le expliqué a Manny después lo que había sucedido y concluimos en continuar nuestro pacto de silencio. Pasó una semana. Habíamos tratado una vez de adquirir la esfera antes que los CC, pero fallamos y volvimos a los planes. A pesar de todo, las cosas marchaban muy bien y habíamos ido ya a un debate a otra escuela vecina. Calvin fue el que participó más ya que él se destacaba en el área de debate. Ganamos cien puntos gracias a él y celebramos saliendo a comer al centro comercial.

El jueves de esa semana, Manny venía detrás de mí mientras iba yo caminando a una de mis clases y recibí un mensaje de texto de él, que decía que alguien me estaba siguiendo, que no volteara hacia atrás. Seguí caminando y me metí en el edificio Jenkins donde estaba mi clase. Corrí hasta un hueco en la pared donde había máquinas expendedoras y me escondí detrás de una. El joven se metió en el edificio detrás de mí, pasando de largo sin verme. Luego Manny entró y lo seguimos. Lo retuvimos contra la pared. Negó que me estuviera siguiendo, pero llegó un profesor antes de que le pudiéramos hacer más preguntas. Por poco me convenció de que no era un agente, pero cuando se fue, me sonrió sarcásticamente. Desde ese momento me di cuenta de que algo andaba mal, pero tendrían que usar algo más inteligente para lidiar conmigo.

El lunes en la escuela fue uno de los que nunca en mi vida olvidaré. Era el día que tenía que ir a hablar personalmente con Rosenfield. Estaba en la quinta clase, de Gobierno. El profesor hizo que todo el mundo bajara la voz para dar un anuncio. Era una clase como de cincuenta personas y yo me sentaba en la última banca de primera fila, así podía ver todo lo que pasaba a un radio de noventa grados sin ningún problema.

– Muchachos, muchachos por favor, guarden silencio. –Exclamó el Dr. Charles. Todo el mundo guardó silencio paulatinamente. –Les quiero presentar a una nueva estudiante. Viene de… –Comenzó a decir el profesor, su voz comenzó a desaparecer lentamente en el lado de mi mente donde pongo la información sin interés. Teníamos un examen ese día, así que bajé mi rostro a mi escritorio para estudiar. Estos escritorios también eran inteligentes, con pantallas como un ordenador. Inserté mi USB para abrir el perfil donde estaban todos mis archivos. Con el dedo pude agrandarlo. Miré al pizarrón de vidrio enfrente para añadir más apuntes a mis notas.

Ahí fue cuando la miré. Dios mío, era la muchacha más linda que había visto en mi vida. Era de piel clara, su pelo ondulado, largo hasta los hombros, unos ojos negros grandes y pestañas enormes que podía notar desde mi silla, unos labios perfectos. Su rostro era la definición de una simetría perfecta. Usaba el uniforme de la escuela, pero algo parecía más… radiante, con más brillo. Su sonrisa era enorme. Su mirada me estremeció, nunca en toda mi vida había mirado a alguien así, y sentir lo que estaba sintiendo. Me quedé sin palabras y no pude regresar a mis pensamientos. Todo se tornó en blanco y negro alrededor de ella, el color solamente se concentraba en ella. Fue como si las estrellas se hubieran alineado para ese momento exacto mientras el universo había decidido que esta fuera la dimensión donde este ser llegaría a mi realidad.

Luego me detuve a pensar. No me podía explicar por qué pensaba de esa manera si nunca tuve interés por las mujeres, O sea por las muchachas; quiero decir, sí me interesan, pero todavía no. O sea sí, pero no. Es que yo… Bueno. Me puso nervioso es lo que quiero decir, y por alguna razón no podía dejar de mirarla. Solo me quedé en mi asiento embobado, fascinado, contemplando la belleza que estaba enfrente de mí.

— ¿Nos puedes decir tu nombre cariño? —El Dr. Charles preguntó desde su escritorio. Ella lo miró, poniendo su pelo detrás de su oreja.

— Me llamo Emily Walker. —Emily sonrió hacia la clase, su voz era lo más dulce que jamás había escuchado.

— Bueno, señorita Walker ¿por qué no se sienta? Mire, por allá hay una silla. —El Dr. Charles apuntó a mi dirección. La silla delante de mí estaba vacante y Emily se acercó a sentarse. Enderecé mi espalda. Me sonrió un poco nerviosa y se sentó poniendo sus cosas en el suelo a un lado de ella.

No sé si era ella o yo, pero el ambiente se llenó de un aroma a jazmines, a rosas, a un lugar fuera del tiempo donde había campos abiertos, hectáreas de jardines donde yo me encontraba caminando, oliendo las flores, descalzo, sin camisa solo unos jeans de mezclilla, con el pelo largo ajitado por el viento buscando a mi amada entre las flores. "¿Qué haces?" Oigo su voz, pero no la veo. ¿Dónde está amor? "Ey." Me dice. "Oye. ¡Oye!"

— ¿Qué estás haciendo? —Emily interrumpió mis pensamientos.

— Yo nada, ¿Por qué?

— Estabas como catatónico.

155

– Ejem. Estaba pensando en el examen. –Expliqué nervioso. Me sonrió.

– ¿Me puedes enseñar? Quiero prepararme también pero no sé dónde empezar.

– ¡Claro! –Traté de enseñarle mi monitor, pero desconecté accidentalmente mi escritorio con el pie, haciendo que se apagara todo enfrente de mi completamente.

– Uh… qué raro. –Me quedé mirando el monitor como si no supiera lo que pasó.

– ¿Intento fallido? –Los dos estábamos mirando el monitor apagado y podíamos ver nuestros reflejos en lo oscuro de la pantalla. Duramos unos momentos así.

– Creo que… se desconectó.

– Ok. –Emily puso su pelo detrás de su oreja, esperando algo.

– Creo que debería conectarlo. –Traté torpemente de conectar los cables debajo de mí con mis pies.

– Sí verdad.

– Espérame tantito.

– Déjalo. Si quieres en otra ocasión. –Emily sonrió. Se volteó hacia enfrente.

Respiré profundo, me estiré el cuello para liberar un poco de estrés y tratar de recuperarme de esa situación tan incómoda.

Capítulo 8

Acabando la clase, salí de ahí y caminé hacia la biblioteca. No me di cuenta de que Emily me estaba siguiendo.

— Graviel. ¡Ey!, hola. —Emily me tocó el hombro.

— Hola, ¡ey! —Volteé nervioso, di unos pasos hacia el lado y choqué con un muchacho que venía en dirección contraria. El choque hizo que tirara todo y se regaran sus papeles por toda la banqueta. Los papeles hicieron que se resbalaran dos muchachas que caminaban agarradas de la mano —Oh guau, disculpa ¿estás bien? —Traté de ayudar a las muchachas a levantarse. El muchacho, a un lado estaba enojado. Emily y yo ayudamos a levantar sus cosas. Me sentí terrible mientras se iban todos enojados. Emily levantó las cejas simpatizando conmigo.

— ¡Vaya!

– No, fue mi culpa. Disculpa; lo que pasa es que estaba un poco distraído y no sé es que…

– Está bien, no te preocupes. –Emily sonrió y agachó la mirada.

– Te seguí porque el profesor me dio el mismo examen de hoy para que lo trajera mañana. Pensé que quizás me podías ayudar a entenderle un poco. Ya te había pedido ayuda antes.

– Sí, claro que sí. ¿Vamos a la biblioteca?

– Vamos. – Emily y yo caminamos juntos.

Cuando entramos en la biblioteca, subimos al segundo piso donde siempre encontraba a Pamela y Manny después de la escuela para estudiar. Fue algo realmente extraño porque ninguna muchacha me había hablado antes sin que yo le hubiera hablado primero, y mucho menos una muchacha tan hermosa como esta.

– Hola muchachos. –Saludé cuando llegué a la mesa. Todos me saludaron. Pamela miró a Emily un poco confundida. –Ella es Emily, una amiga de la clase. Pamela no parpadeaba.

– Hola mucho gusto. –Dijo Emily saludándolos. Manny y Pamela la saludaron.

– Emily va a estudiar hoy con nosotros. –Miré rápidamente que Pamela forzó una sonrisa.

Duramos casi dos horas sentados trabajando en tarea. Yo ayudé a Emily a repasar el examen. Pamela nos ponía demasiada atención, especialmente cuando Emily me hacía una pregunta y se ponía su pelo detrás de su oreja mirándome. Eso me volvía loco por dentro, pero trataba de aparentar estar calmado por fuera, lo cual era muy difícil.

Muchachos, repórtense a la camioneta inmediatamente. Era Lukas por el *bluebird.* Los tres nos vimos las caras y comenzamos a recoger todo.

– ¿Qué pasa? –preguntó Emily.

– Nos tenemos que ir. ¿Sí entendiste todo el material?

– Sí, creo que sí. ¿Te voy a mirar otra vez? Aún no conozco a nadie y apenas estoy haciendo amigos.

– Por supuesto. Si quieres te doy mi número de teléfono. –Dije sacando mi celular. Pamela se fue sin decir adiós. Manny me miró y sonrió. Él aún estaba acomodando cosas en su mochila.

– Me parece perfecto. –Emily dijo. –¿Estás seguro de que está todo bien?

– Sí, no te preocupes. Es que estamos en un club de debate y tenemos que ir a ensayar o algo así.

– Bueno pues, hablamos luego –dijo; y Manny y yo nos levantamos. –Gracias por todo.

– No es nada. –dije y salimos de ahí. Mientras bajábamos los escalones al primer piso, volteé a ver a Emily, quien estaba sentada en la mesa aún, mirando hacia la dirección opuesta, noté que Emily puso su dedo en su oído.

La camioneta estaba estacionada en una iglesia cerca de la escuela. Una vez dentro, Calvin nos exhibió un plan ingenioso para conseguir la esfera. Nos explicó que cada vez que un grupo encuentra la esfera, los ancianos del grupo ganador, luego la esconden en algún lugar de la universidad para que el próximo grupo la encuentre.

– Eso ya lo sabemos. –Manny interrumpió.

– Sí, pero según mis cálculos, – Calvin añadió –el grupo de los CC que consiguió la esfera la última vez el año anterior fue el grupo número tres, de Frederick, al mando del obispo James Kirkpatrick. Según mi investigación, el Dr. Kirkpatrick es un hombre anciano y le falla la vista. Debemos entrar a su oficina y conseguir sus archivos y ver si podemos conseguir dónde ordenó que se escondiera la esfera; para eso necesitamos las llaves de su oficina. Mis datos indican que el profesor califica trabajos las noches en su oficina de seis a siete de la tarde y los que no termina, se los lleva casa. Si no me equivoco, él tiene todas sus llaves en un solo llavero, y estoy seguro de que una de esas llaves es la de su oficina.

— ¿Cómo conseguiremos el llavero? —Pamela estaba sentada junto a Lukas. Su espalda se recargaba en la puerta corrediza de la camioneta.

— Con mis habilidades cleptómanas. —Manny sonrió, moviendo los dedos. Le agarró el pelo a Lukas y este le dio un puñetazo en el hombro. —¡Andas!

— No precisamente. —Calvin habló un poco alto para que se detuvieran. —Otro dato importante es que el Dr. Kirkpatrick es un hombre de un intelecto muy amplio; si por eso su vista se ha deteriorado, por su amor a la lectura. Otra cosa que hay en ese llavero es su código de barras para rentar libros en la biblioteca. Tengo un plan para que el profesor nos entregue ese llavero por su propia voluntad con algo que tenga que ver con la biblioteca. Ya les digo. —Calvin continuo mientras nos explicaba todos los detalles.

Mi atención estaba ahora en el recuerdo de Emily. Traté de repasar todas las imágenes de ella en mi mente, luego una sonrisa escapó de mi rostro. Mi vista de desvió un poco y la cabeza de Pamela estaba en dirección a Calvin, pero sus ojos estaban en mí; miró a Calvin inmediatamente. Bajé la mirada y traté de reponerme. Mirando al suelo, recordé cuando Emily me encontró fuera de la clase, cómo dijo mi nombre y habló conmigo, cómo me había mirado … cómo. ¿Cómo supo Emily cual era mi nombre?

— ¿Estás escuchándome Graviel? —Calvin interrumpió mis pensamientos. Levanté la mirada y todos me estaban mirando, menos Pamela.

— Sí, sí. Disculpa. Sigue.

El siguiente día en la tarde fuimos Manny y yo a la cafetería donde había varios restaurantes. Lukas se había quedado en la camioneta con Marcus, quien estaba en el *bluebird*. Pamela y Calvin en otras posiciones de la escuela.

— *Tenemos visual en la luna, Houston.* —dijo Manny por el *bluebird*.

— *¿Qué?* dijo Marcus.

— *¿Qué dijo Manny?* —preguntó Calvin.

— *Dice eso porque el profesor Kirkpatrick es calvo, me dijo que lo diría* —dijo Pamela desde su locación.

— *Concéntrate Manny.* dijo Calvin.

— No puedo decirle por su nombre. Hay que usar claves. —Dijo Manny mientras nos acercamos a él. Estaba sentado enfrente de un restaurant llamado Freddie's, de la cafetería de la universidad en el que vendían pizza y malteadas. Nos sentamos detrás de su mesa a espaldas de él.

— ¿Entonces ya no te van a dar tu tarjeta de la biblioteca? —pregunté.

— Sí, solo que me dijo la muchacha que como mi tarjeta tenía un número viejo al final, no podía renovarla por el nuevo sistema que tienen y ahora tengo que esperar hasta el siguiente semestre. Solo los miembros de la facultad pueden renovar sus tarjetas sin problema todo el año.

— Pero eso es ridículo. No pueden hacer eso.

— Aparentemente sí.

— ¿Cuál era el número viejo que es tan especial?

— ¡Era el número nueve! —gritó Manny volteando hacia el lado. Topé mi mano en la frente. Noté que el profesor sacó su llavero de su cinturón. Manny hizo una expresión de "¿Qué más digo?"

— Pero ¿qué tiene que ver el número? — le ayudé.

— No sé. Pero me dijo que si tenía ese número no podía más rentar libros hasta que renovara mi tarjeta y recibiera otro código de barras. Como no lo renové a tiempo, ahora tengo que esperar hasta el próximo semestre. Qué pereza. —Manny dijo casi volteando hacia el profesor. Lo cual funcionó ya que el profesor miró su reloj de mano, tomó otro trago de su café y juntó su basura.

– Qué mal, qué mala suerte. –Dije.

– Ya sé. –Dijo Manny.

– ¡Bastardos! – Dijo.

– Animales. –Dije.

– No tienen conciencia.

– Son nazis.

– Comunistas.

– Alquimistas.

– Masoquistas.

– Turistas.

– Artistas.

– Ciclistas

– *¡Ey!, ¿Qué pasó con el profesor?* –preguntó Calvin por *bluebird*. Se escuchaban risas de Pamela.

– Se nos fue. Perdón. –Manny dijo. –La luna se dirige a la librería. Nos levantamos y lo seguimos a distancia.

Nos metimos a la librería por la puerta de atrás. Calvin estaba ahí esperándonos. Estábamos los tres detrás de la puerta que decía "Solo trabajadores". Había dos puertas, una por el lado del mostrador y otra por el lado que daba al resto de la biblioteca. Pamela estaba despachando al profesor Kirkpatrick en la computadora de registración. Se podía escuchar un poco su conversación, yo estaba fisgoneando todo desde la otra puerta.

– Sí profesor. Qué bueno que vino. Su tarjeta necesita renovación, aunque no esté expirada. Hemos tenido problemas con las tarjetas con este número en nuestro nuevo sistema. ¿Cómo supo que tenía que renovarla?

– Eh, intuición. –el profesor dijo con una sonrisa enorme.

– Tu abuela. –exclamó Manny.

– Shhh. –Dijo Calvin. –Ok Manny ve.

– Bueno voy a necesitar su tarjeta para procesarla. –Pamela continuaba mientras Manny salía a donde ella estaba. Pude ver que el profesor le dio su tarjeta que estaba en el llavero. Esta tenía lo que parecían una docena de llaves. Pamela puso el llavero debajo del mostrador y seguía platicando con el profesor. A los pocos segundos entró Manny con el llavero y rápidamente Calvin lo llevó a una copiadora y como si fuera mago, Manny quitó cada una de las llaves de los aros con una rapidez incomprensible. Se las pasaba a Calvin quien las ponía en el vidrio de la copiadora alineadas. Bajó la tapa y presionó el botón de "Comenzar." No funcionó. Yo estaba detrás de la segunda puerta escuchando a Pamela y mirando a Calvin y a Manny.

– ¿Qué pasa? –exclamó Calvin.

– No sé. –Manny miraba de un lado a otro. –Dice que no tiene papel.

– ¡PAPEL! – gritó Calvin.

– Papel, papel, papel. –Manny, desesperado, buscaba los paquetes de papel.

Pamela estaba mirando hacia nuestra dirección.

– ¿Está todo bien? –preguntó el profesor Kirkpatrick.

– Sí, todo bien. –contestó Pamela. Solo que tengo un pequeño problema con la computadora. –miraba abajo y arriba del monitor como buscando algo. Dos o tres personas estaban detrás del profesor esperando que los atendieran. –Permítame un momento – Pamela levantó un dedo y entró por la puerta. –¿Qué diablos pasa, por Dios?

– Óyeme, no puedes usar esos dos nombres en una oración –Manny ponía las llaves de vuelta en los aros.

– Apúrense. –Pamela nos apuntaba con el dedo. –Tengo mucha gente acá afuera. –dijo y se fue.

– ¿Está segura de que todo está bien? –el profesor tenía sus dos manos en el mostrador.

– Por su puesto. –contestó Pamela relajada, sacando la nueva tarjeta de una caja pequeña. Manny salió y pretendió sacar algo de abajo del mostrador, y al mismo tiempo regresando el llavero. Pamela lo tomó y le puso la nueva tarjeta. Manny entró por la puerta y se puso en la pared, de espaldas, mirando hacia el techo y respirando aliviado. Miré por la puerta y el profesor se fue. La próxima persona se acercó, pero Pamela puso el pequeño cartelón de "Cerrado" en el mostrador. También entró por la puerta con nosotros.

– ¿Todo bien? –preguntó Calvin.

–Sí. –contestó Pamela con la mano en la cintura y la otra en la frente.

– ¿Qué les pasó a ustedes, par de inútiles? por poco me descubren.

– Problemas técnicos. –dijo Manny. Pamela le dio una sonrisa falsa.

– ¿Tienes las copias? –le pregunté a Calvin.

– Todas. –Calvin levantó la hoja en el aire. –Ahora solo hay que ir con el cerrajero para sacar una copia de cada una de estas llaves, y una de estas es la de su oficina.

– ¿Quiénes son ustedes? –preguntó alguien por detrás de Pamela. Aparentemente era la supervisora. Manny casualmente se fue por la puerta trasera. Calvin lo siguió. –¡Oigan les estoy hablando! ¿Qué hacen aquí? ¿Dónde están Mike y Jaimye?

– Solo vinimos a sacar una copia. –Pamela sonrió, y también salió. Yo la seguí caminando hacia atrás mirando a la muchacha. Le señalé en lenguaje de señas. "Soy sordo. Soy nuevo. Por favor señala más despacio. ¿Cuál es tu nombre? Mamá. Papá. Hermana. Hermano. Abogado." El muchacho se quedó mirándome como que quería comprender algo, asintiendo con la cabeza.

Afuera, Pamela estaba corriendo para tratar de alcanzar a Manny y a Calvin. Corrí detrás de ellos. Nos detuvimos en el edificio de estacionamiento y nos metimos detrás de una puerta donde había escalones. Ahí nos detuvimos para recobrar aire.

– ¿Quiénes son Mike y Jaimye? –pregunté mientras la puerta se cerraba detrás de mí. Calvin y Manny estaban sentados en los escalones. Pamela recargada en la pared.

– Son los que trabajan en la librería en este turno. –dijo Calvin examinando su papel.

– ¿Qué les dijeron para que se fueran? –pregunté.

– Les di tickets para el juego de basquetbol. –Pamela sonrió.

– ¿Qué hora es? –preguntó Calvin.

– Seis y quince. –dijo Manny.

– Bien. Tenemos cuarenta y cinco minutos. –Calvin se puso de pie tocándole la rodilla a Manny. –Vamos, tenemos que ir con Lukas a la camioneta a sacar copias. Graviel, Pamela, véannos en la esquina del Edificio de Administración White en treinta minutos.

Pamela comenzó a subir las escaleras corriendo y la seguí hasta llegar a la azotea del estacionamiento. Había unos cuantos vehículos estacionados. Caminamos hasta una esquina donde una pequeña pared de unos cuatro pies nos separaba del vacío. Pamela recargó sus manos en la pared y yo me quedé tras ella mirando la ciudad.

– ¿Quién es ella? –Pamela preguntó sin voltearme a ver.

– ¿Perdón?

– ¿No te parece rara?

– ¿Quién?

– Emily. –Pamela me miró.

– ¿A qué te refieres?

– No me hagas caso. –dijo volteando la mirada otra vez.

– No, dime. –insistí. Hubo un silencio largo. Me acerqué más a su lado y miré en la dirección que estaba ella mirando, poniendo mis manos en la pared.

– Sabes, toda mi vida ha habido una pared enorme que yo había levantado para mantener a todos los hombres lejos de mí. Lo que mi padre le hizo a mi mamá... –Pamela suspiró. El cielo se estaba oscureciendo, en parte porque el sol estaba por ponerse y porque las nubes pronosticaban lluvia. –Muy dentro de mí, estaba derribándola con un cincel pequeñito, y cuando te conocí se estaba derrumbando más fácilmente. Ahora tú la estás levantando otra vez.

– Perdón… ¿cómo?

– Uff, todos los hombres son iguales.

– No entiendo.

– Por supuesto.

– Pamela, ¿de qué rayos hablas? –pregunté un poco molesto. Me miró y suspiró, volteándose otra vez a mirar la ciudad.

– Lo único que sé es que eres un buen amigo. No quiero perder tu amistad. ¿Entiendes eso? –Pamela habló sin mirarme, su mirada estaba fija, hacia enfrente.

– ¿Por qué dices eso? Eso no va a pasar.

– ¿Me lo prometes? –Pamela volteó para verme a los ojos.

– Por supuesto. –le dije y puse mi brazo sobre su hombro amigablemente. Pamela cerró sus ojos e hizo algo que no era común en ella. Recargó su cabeza en mi pecho y sus manos me tomaron por alrededor. Esto me confundió mucho porque ella nunca mostraba afecto. Nunca. Supuse que quizás tuvo problemas en casa con su familia. Me sentí muy incómodo, pero no dije nada, no quise ofenderla.

– ¿Por qué dices que tienes una pared? ¿De qué hablas?

– De niña, sufrí abuso por parte de mi padre: verbal y físico. Él nunca estuvo ahí para mi mamá ni para mí o mis hermanos. El daño que sufrimos a manos de ese hombre causó que en mi alma creciera una barrera protegiéndome del dolor, era la única manera de poder sobrevivir.

— ¿De qué te protege?

— De que mi corazón salga y que los monstruos entren.

— Yo te voy a proteger amiga. Te daré todo lo que necesites. —la abracé fuerte. Pamela tosió sonriendo. Se separó de mí y noté que había lágrimas en sus ojos.

— ¿Cómo me vas a proteger de mí misma? —Hubo un silencio. Pamela volvió a recargarse en la pared y a mirar hacia enfrente.

— Tienes que enfrentar esos monstruos tarde o temprano.

— No me digas eso.

— Es la verdad.

— No. —escuché a Pamela apenas decir. Miré que una lágrima cayó de su ojo a su mejilla. Cerró sus ojos.

— Sí. Los monstruos nunca se van a ir y entre más te protejas más se acercarán. Lo que debes hacer es dejar que llenen tu ser, examínalos y deja que respiren cunado tú respires. Nuestra alma es tan resistente que cuando es cubierta por oscuridad lo único que puede hacer es fortalecerse más. Siempre y cuando se haga lo necesario para superarlo. El dolor detiene al alma a ver las cosas como realmente son. Ahora reflexiona y siéntelo, es la única manera de superarlo.

— Ay Graviel…

— No es fácil. El dolor del alma es más fuerte que el físico, porque tu existencia es eterna y el dolor también lo aparenta ser. Pero el alma no puede morir. El dolor sí, eventualmente.

Probando. Marcus desde el *bluebird.*

Fuerte y claro contestó Calvin.

— *Fuerte y claro.* —Pamela aclaró su garganta.

— *Fuerte y claro.* —dije.

—*… y me da tres tacos de barbacoa.* —se escuchó Manny.

¿Qué rayos…? —dijo Calvin.

Manny tienes que responder si escuchas el bluebird. —advirtió Marcus. El procedimiento era que cuando entrabamos en acción Marcus prendía remotamente los dispositivos de todos. Él y Lukas se encargaban de todo lo relacionado al *bluebird* y la inteligencia de las misiones.

¿Cómo? —exclamó Manny. *Perdón, muchachos. Estaba distraído.*

¿Dónde estás Manny? preguntó Calvin. *Hace casi media hora que te fuiste de la camioneta.*

Fui a comprar algo al camión de comida de la esquina. Pamela y yo sonreímos.

Manny, Graviel, Pamela, encuentren a Calvin enfrente del edificio White para la siguiente fase de la misión. Dijo Marcus

¿Quieren algo del puesto muchachos? preguntó Manny.

No Manny. Apúrate. Calvin sonaba molesto.

En los siguientes minutos llegamos a donde habíamos quedado.

— Ya tengo todo. —Calvin sostenía un llavero con diferentes llaves.

— También yo. —Dijo Manny sosteniendo un plato tapado de comida en su mano. —Va a llover así que lo pedí en un plato para llevar.

— ¿Y para qué queremos eso? —preguntó Calvin en protesta.

— No sé, uno nunca sabe. Cuando llegue el momento me lo agradecerán. —Calvin suspiró molesto. —El profesor Kirkpatrick tiene que salir por esta puerta en los próximos minutos. Para no vernos tan obvios vamos a sentarnos allá en…

Antes de que Calvin terminara su explicación, el profesor Kirkpatrick salió por la puerta, nos miró de lejos y se detuvo en ella un momento, mirándonos. Se dirigió hacia nosotros y Calvin apresuradamente le arrebató la caja de comida a Manny; me dio un taco, otro a Pamela y otro él. Le dio una gran mordida y se empezó a carcajear. Todos le seguimos el juego.

— ¿Qué hacen aquí muchachos? —el tono del profesor Kirkpatrick era relajado y un tanto contento.

– Con hambre. –Manny contestó enojado echándole una mirada a Calvin.

– Pero ¿cómo así? –preguntó el profesor, ahora en un tono malicioso. –Tú y tú estaban comiendo en el restaurante donde estaba yo hace un rato. –el profesor me apuntó a mí y a Manny. –Y tú y tú me dieron mi nueva tarjeta de la biblioteca. Yo no sabía que se conocían. ¿Hay algo que me quieran decir? –Se escuchó un trueno.

– No señor. –dijo Calvin terminando su taco. –Todo bien. –Yo señalé que no con la cabeza, aún con la boca llena. Pamela sonrió.

– Si le tocan la puerta al diablo, alguien va a contestar. –dijo el profesor, luego se fue, riéndose.

– ¿De qué fue eso? –Pamela preguntó.

– Ese era de carne asada. –Dijo Manny.

– Eso no. El profesor.

– No es nada. Solo trata de intimidarnos. –aseguró Calvin. –No sabe que tenemos la llave de su oficina. Los profesores saben que de vez en cuando alguien trata de robarse la esfera. Nada más. Vamos muchachos.

Caminamos hacia el edificio rumbo a la parte de atrás donde estaba la oficina del profesor Kirkpatrick. Salimos por la puerta trasera y estaba otro edificio. Seguimos la banqueta pasando árboles a nuestra izquierda y derecha. Estaba ya bastante oscuro y las luces de noche de la universidad se comenzaban a prender. Los truenos eran más frecuentes.

La puerta del edificio estaba mirando hacia el este de dónde íbamos caminando, así que Calvin me dijo que Pamela y yo nos quedáramos ahí para vigilar, mientras Manny y él abrían la puerta. Los miramos dar vuelta hacia la puerta, pero se detuvieron. Pamela y yo nos miramos. Calvin y Manny dieron un paso atrás y enfrente de ellos, saliendo de la puerta estaba Frederick. Se escuchó un trueno.

Pamela y yo nos apresuramos hacia ellos. Frederick estaba sonriendo, acariciando uno de sus anillos. Su rostro no reflejaba nada bueno.

– Hola Calvin. Manny. –sonrió Frederick sin levantar la mirada. Nadie dijo nada. –Sus ojos miraron a Calvin. Se escuchó un trueno. –¿Qué pensabas? ¿Qué podrías venir a nuestro territorio y volver a tomar lo que no te pertenece?

– La esfera está para tomarse. No le pertenece a nadie. –Contestó Calvin.

– ¡Ah no! Mentira. –contestó Frederick. –La iluminación solo les debe pertenecer a un selecto grupo de individuos. Ustedes no son más que una banda de vagabundos. Sin preparación ni talento.

– La iluminación está con los limpios de mente y espíritu. –Manny dio un paso hacia enfrente. –No con los soberbios u orgullosos.

– Si eso es así, dime, Manny ¿Dónde está la esfera ahora? –Frederick se acercó a Manny. Hubo un silencio. Frederick se río. –Lo que es más ridículo, –dijo mientras daba unos pasos hacia Calvin y con una sonrisa diabólica. –es, que realmente ustedes crean que son más inteligentes que nosotros, que yo; y es muy divertido verlos correr alrededor de la escuela con un plan que creen solo saber ustedes. No obstante, –Frederick se volteó hacia el edificio, –debo felicitarlos por haber llegado hasta aquí, pero me temo que será lo único que conseguirán hoy. Necesitan aprender a no meterse con nosotros.

Cuando Frederick terminó de hablar salieron de la puerta del edificio un grupo de CC, el doble de nosotros que corrieron hacia donde estábamos. Mi mente fue de cero a mil en un segundo y el primero que llegó lo dejé que me pasara por el lado con su mismo vuelo. El siguiente se detuvo enfrente de mí y me lanzó un puñetazo lo cual pude ver venir y esquivarlo, a la misma vez le di un derechazo en la sien, y cayó noqueado. Frederick estaba de pie, solo mirándonos. Manny estaba peleando con dos y Calvin también. Miré que Pamela estaba en el suelo con tres encima de ella. Tomé a uno del cuello de la camisa y lo lancé al suelo. Al otro lo pateé en la rodilla y se arrodilló, otra patada en la cara y cayó hacia atrás. Al tercero Pamela lo pudo tirar al suelo y lo estaba golpeando muy bien. El primero que lancé, regresó y bailamos un poco en un círculo. No iba a empezar yo. Herbert me había enseñado muy bien. Dejé que él me tirara un golpe, me lanzó un puñetazo el cual esquivé en el aire con el brazo, que por cierto me dolió mucho, y haciéndome a un lado le pegué en el cuello luego en el estómago y al caer de rodillas le di una patada en la boca, igual cayó al suelo hacia atrás.

Para entonces ya estaba lloviendo y todos estábamos empapados. Fui a ayudar a Calvin y a Manny que se veían en problemas. Cuando las cosas se veían mejor, nos levantamos los tres y cuando volteamos a ver a Pamela, Frederick la tenía agarrada con el brazo en la espalda, sosteniendo una navaja en su cuello. Se miró un rayo seguido inmediatamente por un trueno.

– ¿Qué rayos te pasa? –Exclamó Calvin extendiendo su mano hacia Frederick.

– Se van a arrepentir de haberse metido con nosotros. –Frederick respiraba furioso y Pamela aparentaba no tener ni una gota de miedo, pero sí de dolor por el brazo torcido detrás de ella.

– ¡Argg! –Escuchamos que alguien exclamó y Frederick cayó al suelo. Pamela se alejó de ahí rápidamente y solo quedó Marcus de pie, sosteniendo un ladrillo en ambas manos y sus ojos enormes mirando a Frederick yaciendo inconsciente en el suelo. Una leve sonrisa en medio de su titubeo fue señal de que lo había disfrutado.

– ¿Qué diablos, Marcus? –Manny se acercó a Frederick ya en el suelo. –Por Dios.

– No puedes usar esas dos palabras en la misma oración. –dijo Pamela. Todos reímos.

Nos echamos a correr.

Corrimos bajo la lluvia hasta llegar a la camioneta donde estaba solamente Lukas. Nos abrió la puerta y todos nos metimos como animales mojados. Calvin se fue a una esquina y Pamela se acostó en el suelo bocarriba. Marcus en su asiento junto a Lukas y Manny y yo con nuestras espaldas en la pared, en el suelo sentados. Nadie dijo nada por unos instantes. Calvin susurró algo a Lukas, quien fue a la cabina y comenzó a conducir hacia ningún lugar en particular. Todos estábamos cansados, nadie quería decir nada.

– ¿Qué fregados pasó? –Lukas exclamó desde la cabina, rompiendo el silencio.

– Se nos adelantaron. –dijo Manny.

– Frederick sí que es algo del otro mundo, ¿no creen? –Pamela seguía en el suelo con los ojos cerrados. Tenía sus manos en su estómago y sonreía.

– ¿Estás bien Pamela? –Marcus volteó a verla desde el asiento de pasajero.

– ¿Eh?, por su puesto, gracias. –Pamela levantó la cabeza para verlo, alzando su mano hacia él. –Oigan, no entiendo como Frederick se enteró que estábamos ahí. –añadió Pamela cambiándole el tema a Marcus. Si no me equivoco y si pude analizar bien las cosas, creo que Marcus estaba infatuado con Pamela. A su vez, creo que ella no se daba cuenta, es muy inteligente pero aparentemente no lo suficiente. No se pudo dar cuenta que Marcus sentía algo por ella; ¡qué ingenuo! de verdad. Alguien realmente puede sufrir así.

– A mí se me hace que alguien los alertó. –aseguró Manny. Hubo un alboroto después de eso de parte de todos. Echaban bromas de que quizás algún Templario fuera un doble agente o que tenían micrófonos en la camioneta. Calvin se mantenía callado.

– Tú estás muy callado Calvin. –dijo Manny. –¿Qué piensas?
Calvin se volvió hacia nosotros y me miró directamente.

– Creo que alguien aquí es un soplón.

Un par de días después, el jueves, Emily y yo estábamos en la biblioteca durante la hora de nuestra clase, ya que se había cancelado porque el profesor nos dio el día para hacer el bosquejo de un proyecto.

— Gracias otra vez por acompañarme. —Emily había abierto un gran libro de lectura. Estábamos sentados en una mesa con varios libros abiertos.

— Por supuesto. —dije.

— Es difícil no conocer a nadie.

— No te apures. Yo no conozco a la mayoría de las personas aquí. —bajé la mirada hacia mi libro, pero sentía que su comentario requería que comentara algo más. Hubo un silencio. Es bastante incomodo estar en silencio con alguien que no conoces. Trataba de concentrarme en nuestro bosquejo.

— La muchacha que me presentaste hace días, Pamela. ¿Es tu novia? Rompí una hoja de un libro sin querer, al escuchar la pregunta.

— ¿Por qué preguntas?

— Bueno, yo…

— No. Es una de mis mejores amigas.

— Se ve muy amable.

— Lo es. —pude sentir mi cara caliente, que me estaba sonrojando y traté de cambiar el tema. —¿Tú de dónde vienes?

— De Praxton.

— He escuchado de esa ciudad, pero no la he visitado.

— No te pierdes mucho.

— ¿Tienes familia aquí?

— Vine con mis papás, trabajan todo el tiempo y casi no los veo. Y no tengo hermanos. —Dijo

— Yo tengo una hermana pequeña.

— ¿Cómo se llama?

— Bethany

– ¿Y tú de dónde vienes?

Mi teléfono timbró.

– Disculpa, tengo que tomar esta llamada. –Dije. Emily asintió con la cabeza. –¿*Sí?*

Graviel, soy Manny.

– *Dime.*

¿Cuándo vamos a ir a investigar lo que hablamos la semana pasada? Dijiste que ibas a ir el lunes, pero me dijiste que no se había podido.

– *Tienes razón. Vamos a ver a Rosenfield esta tarde después de clases.*

Hecho. Dijo Manny. *Llámame,* terminó la llamada.

– ¿Quién era? –Preguntó Emily

– Mi amigo Manny. Ya lo conoces. Tenemos unas cosas que hacer esta tarde.

– ¡Oh! –suspiró Emily.

– ¿Todo bien?

– Sí, sí. Claro. Solo que … bueno como ya te dije mis papás están ocupados todo el tiempo y me dieron unos pases para la nueva película de El Planeta O y no quería ir sola.

– ¿Bromeas? Claro que voy, lo de Manny y yo no es importante, lo podemos hacer otro día.

– ¡Qué bien! –Emily sonrió. –¡Qué bien!

Esa tarde en la casa estaba arreglándome para ir con Emily al cine. Había platicado con Manny el cual no estaba feliz con el cambio de planes, pero no incitó a cambiar los míos.

– ¿Y cómo es? –Bethany estaba en mi cama acostada boca abajo apoyando su cabeza en sus manos.

– Bueno pues es muy bonita… –Le dije mientras estaba frente al espejo peinándome.

– ¿Y dices que ella te invitó a salir?

– Sí.

– ¿No será que algo quiere?

– ¿A qué te refieres?

– ¿No es costumbre que el hombre sea quien invite a la mujer a salir?

– Bueno sí, pero este no es un caso de esos. Ella ya tenía los pases. –titubeé un poco. Miré por el espejo que Bethany estaba batallando con la idea. –No te preocupes, la próxima vez la invito a salir yo.

Emily había quedado de verme en el cine a las siete de la tarde. No quiso que fuera por ella porque según me dijo, quedaba bastante lejos; sin embargo, cuando llegué, ya estaba ahí esperándome. Traía una camisa negra y unos jeans de mezclilla. Su pelo largo estaba suelto y ondulado. Cuando me vio sentí mariposas en el estómago. Me abrazó y me sentí en el cielo por unos momentos.

– Gracias por venir.

– No, gracias por invitarme.

– ¿Entramos?

– Vamos.

No tengo la menor idea de qué se trató o quién actuaba en esa cinta, lo que sí sé es que no podía quitarle los ojos de encima a Emily, era tan bonita y amable, parecía que estaba atrapada en una vida donde su familia no la valoraba como persona. Era ignorada, casi como yo. Mientras estábamos sentados, dirigí mi mano hacia la suya que estaba en el descanso del asiento. Puse mi mano encima de la suya. Emily agachó la mirada y luego me miró. Sonrió. Esa sonrisa hacía que me gustara aún más.

Al salir del teatro, no dijimos nada ninguno de los dos, pero nuestras manos se quedaron entrelazadas sin que nos molestara. Caminamos hacia mi carro en el aparcamiento.

– ¿Dónde está tu carro? –pregunté. Emily miró alrededor buscando y apuntó hacia un todoterreno negro que estaba estacionado a unas cuantas filas de ahí. Me puse enfrente de Emily y pude sentir mi pecho acelerarse.

– Nunca me ha pasado algo así Emily, pero…

– ¿Sí? –Emily estaba muy nerviosa.

– Me gustas mucho.

– Graviel… tú también a mí. –puso su mano en mi mejilla. Me acerqué a ella sin quitarle la mirada de sus ojos. Sus labios temblaban de expectación. Me detuve por un segundo, pero después continúe y cerrando mis ojos también, le di un beso en la boca, lo cual causó que una descarga de electricidad corriera por todo mi cuerpo, e hizo que me polarizara. Mis rodillas comenzaron a temblar de la emoción. Di un paso hacia atrás, sin dejarla de mirar a los ojos.

– Emily…

– Sí, sí quiero ser tu novia. –me interrumpió y me dio otro beso.

–Ven conmigo. –me tomó de la mano, jalándome por el estacionamiento hasta su todoterreno. –Quiero que vayas conmigo a un lugar. –dijo. Subimos a su todoterreno y condujo hasta el centro comercial.

Compramos helado, jugamos videojuegos en una tienda, compramos unas películas, y caminamos de tienda en tienda viendo todo. Era como un sueño hecho realidad al estar al lado de Emily. No podía creer que esta muchacha tan hermosa era mi novia. En realidad, pensé que estaba soñando.

Capítulo 9

Eran las once de la noche cuando todo se estaba cerrando. Decidimos salir de ahí.

– ¿A dónde quieres ir ahora? –preguntó Pamela en el estacionamiento

– Si me dejas conducir te digo –dije. Pamela me dio las llaves de su jeep. Nos subimos y conduje hasta una pista de patinaje que estaba a unos veinte minutos de ahí. Cuando llegamos no había nadie.

– Creo que está cerrado. –Emily miró alrededor.

– Claro que está cerrado. Es media noche. –sonreí. Hice una llamada y unos minutos después llegó un carro y se estacionó junto a nosotros. Se bajó un hombre de baja estatura con una gorra francesa.

– ¿Qué pasa Graviel? –Emily me apretó la mano con la suya.

– No te preocupes. Es amigo. –le acaricié su mano antes de bajarme de su carro. –Buenas noches, Manolo.

– Buenas noches, señor.

– Gracias por venir a esta hora. –le dije poniendo unos billetes en su mano. Su sonrisa se hizo más grande.

– Estoy a sus órdenes señor. –dijo dirigiéndose a la entrada. La abrió y se metió. Fui por Emily para ayudarla a salir del todoterreno.

– ¿Vamos? –le extendí la mano a Emily, ayudándola hacia adentro de la pista de patinaje. Manolo encendió las luces y teníamos toda la pista para nosotros solos.

– ¿Este lugar es tuyo?

– De mi papá. Mi hermana y yo veníamos aquí de niños.

– Guau. Eres rico…

– No. Mi papá lo es. –dije. Emily sonrió.

Patinamos por lo menos una hora para después ir a jugar a la sala de video juegos.

– Sabes, tengo hambre. –Emily se sentó en una banca después de un juego de guac–a–mole.

– Vámonos–.

Nos despedimos de Manolo y fuimos a un restaurante tipo comedor, que están abiertos las veinticuatro horas. Después de comer, fuimos a un barranco fuera de la ciudad donde se puede ver por casi treinta millas hacia Aphoria. Eran las cuatro de la mañana cuando llegamos ahí.

– Creo que no voy a ir a la escuela en la mañana. –Emily dijo sonriendo. Estábamos sentados en el pasto mirando las estrellas de un lado, y toda la ciudad por el otro.

– Yo tampoco.

– No hay problema. Es viernes.

– Tuve una noche espectacular. Gracias.

– No me agradezcas, tú eres espectacular. ¿Así que eres Caballero Templario?

– Sí. Veo que ya tuviste tiempo de familiarizarte con la escuela.

– Un poco. Pero no soy admiradora de fraternidades o cosas por el estilo, espero no quitarte mucho tiempo de tus actividades.

Me volví a Emily, quien me estaba viendo también.

– ¡Claro que no! – le di un beso en los labios.

– He escuchado que hay una esfera que las dos fraternidades quieren tener en su poder, ¿no es cierto? Y que ahora está bajo el poder de los Caballeros de Colón.

– Sí. Hace unos días planeamos una misión para obtenerla, y ya casi era nuestra, pero nos atraparon al último momento.

– ¿Por qué?, ¿qué sucedió?

– Nadie sabe, creemos que hay un soplón dentro del grupo. –suspiré. Emily no pregunto más al respecto. Solo me tomó la mano y nos quedamos en silencio mirando las estrellas.

Pasó una hora más cuando en el desierto, el horizonte comenzó a ponerse morado, y las luces de los edificios de la ciudad comenzaban a apagarse. El sol comenzó a asomarse y Emily se había quedado dormida.

– Emily… –le susurré al oído. Como no contestó, le di un beso y le mordí levemente los labios. Emily despertó sonriendo.

– Oye…

– Creo que debemos irnos. Ya es de mañana.

– Sí. –Emily bostezó. –Estamos locos.

– Lo sé.

Emily me llevó al cine donde había dejado mi carro la noche anterior. El sol ya estaba alumbrando cuando llegamos.

– No voy a ir a la escuela hoy. –me recordó. –Me voy a dormir todo el día. –dijo mientras apoyaba su cabeza en la ventana del jeep. –Y voy a soñar contigo.

– Yo también. –le dije. Nos besamos otra vez.

– Gracias por esta noche.

– Adiós.

Conduje hasta la casa y al llegar le pedí a Kim que acompañara a Bethany con uno de los sirvientes para que la llevaran a la escuela por mí. Kim estaba terca por saber qué había pasado. Le di un beso en la mejilla, prometiéndole que le contaría todo cuando regresara. Me fui a mi cuarto y mientras estaba acostado en la cama, sufriendo por mis ojos que ardían por falta de lubricación, no pude evitar pensar en Emily. Aún no podía creer que había pasado toda la noche con una muchacha tan hermosa como ella, y que aparte de todo, éramos novios. Me llené de emoción y de felicidad que no pude dormir.

Eso fue mentira. Me quedé dormido como un bebé sin despertar hasta la tarde, poco antes de que llegara Bethany. Miré mi celular y tenía algunas llamadas perdidas y varios mensajes de texto. Me senté en la cama para regresarle la llamada a Manny. Le expliqué lo que había pasado y por qué había faltado a clases. Le dije que les dijera a los muchachos por mí. Manny dijo que vendría a verme más tarde.

Cuando Bethany llegó, le conté todo lo que había sucedido y aunque se puso un poco celosa porque no la llevé conmigo, estaba feliz por mí y esperaba conocer a Emily lo más pronto posible. Mientras Bethany y yo platicábamos en el jardín de la casa, se estacionó alguien afuera de nuestro portón. Era el Mustang de Manny, se veía más sucio de día. Nos acercamos a él y salió Manny con una sonrisa en su rostro.

– ¡Buenas tardes! –Manny abrió la puerta del carro y rechinó tan fuerte que por poco nos tapábamos los oídos.

– Manny.

– Graviel. Ya conoces mi Mustang. –habló orgulloso.

– No había notado que el mofle lo sostenía un alambre.

– Me costó trescientos dólares. Era una oferta que no podía dejar pasar.

– Ey, si a ti te gusta.

– ¡Claro que me gusta! ¿Te gusta a ti? –Manny se dirigió a Bethany.

– ¡Pero por supuesto que sí! –Bethany lanzando su mano en la defensa del carro, la cual cayó al suelo instantáneamente. Mire a Manny avergonzado, quien no se veía lo más mínimo intimidado.

– Eh… me faltó ponerle alambre a esta defensa. –Manny miró la defensa yaciendo en el suelo, sin ningún tono de pena o algo por el estilo. –¿Tienes alambre de sobra?

Manny había venido a invitarme a salir con el grupo a una fiesta en su vecindario. Cuando llegué, era un barrio donde el pasto no crecía y había gente sentada afuera en el porche. Era un tanto similar a donde vivía Pamela. Afuera de la casa de Manny había varios carros y gente platicando, mucha gente.

– ¡Graviel! –gritó Manny de entre la gente, saliendo con una bebida en su mano. –¡Qué bueno que llegaste! Ven, Calvin y los muchachos están atrás.

Calvin y Marcus estaban sentados en sillas que se doblan. Lukas estaba de pie bailando con otros más en un círculo a ritmo de una música que no entendía su letra. Manny me trajo una silla.

– Bienvenido a mi fiesta. –Manny extendió los brazos. –Así es como celebramos nosotros. –dijo. Había niños corriendo, dos o tres asadores con carne, gente riendo aquí y allá. Calvin estaba en silencio, sentado en la silla reclinándose hacia un lado, Marcus estaba con los ojos abiertos que parecía que ni parpadeaban. Miraba de un lado hacia el otro, esperando que no le tocara nadie. Lukas bailaba agachado, con una bebida en su mano y su pelo largo colgaba por enfrente, era obvio que la música no era de su estilo, pero Lukas era conocido por pasar un buen tiempo en cualquier lugar.

– ¿Todo bien contigo? –preguntó Calvin.

– Sí, ¿por qué?

— No fuiste a clases hoy.

— Estaba con Emily.

— Ya nos dijo Manny. No me hagas caso, pero no es conveniente pensar en mujeres en estos momentos. Debemos enfocarnos en nuestros estudios.

— Calvin, por favor. —comenzó a decir Manny.

— No he dicho nada, por eso dije que no me hiciera caso. — replicó Calvin. — Es solo que, los Caballeros Templarios debemos estar siempre preparados. Siempre alertas. No dejes que esto te quite el enfoque, no me hagas cambiar mi opinión de ti. Eso es todo.

Lo miré aún riéndome, pero su rostro reflejaba seriedad y un poco de preocupación.

— Está bien Calvin. —dije dejando de sonreír. —¿Dónde está Pamela?

— No sé si venga. —dijo Manny. —Cuando la invité se escuchaba enojada. —Manny dijo mientras devoraba un pedazo de carne. Había puesto una mesa que se dobla delante de nosotros y nos habían servido de comer.

— ¿Cómo? ¿Por qué? —pregunté. Todos se quedaron en silencio.

— Yo le hablo. —dijo Calvin. —Quiero que venga.

Después de que el sol se metió fuimos enfrente de la casa a ver los fuegos artificiales.

— Oye Manny, ¿qué estamos celebrando? —preguntó Marcus frustrado.

— Hmm. —Manny le tomó su bebida. —No sé. Pero sé que dos muchachas de la familia cumplieron años y fue el aniversario de un amigo de la cuadra.

— Hola muchachos. —Pamela apareció de entre la gente. Llegó con sus manos en las bolsas del pantalón con los pulgares por fuera, su bandana como siempre. Sus ojos se veían rojos, como que había estado llorando. Todos la saludamos.

– ¿Estás bien? –preguntó Marcus.

– Sí, gracias no te preocupes. –Pamela contestó mirando hacia la calle. –Caballeros de Colón. –dijo y todos volteamos. Se escuchó un chillido de una ronceada de carro. Era un Camaro último modelo seguido por otros carros deportivos. Se acercaron hacia la casa donde estábamos nosotros y se detuvieron en la calle de enfrente.

– Es Frederick y los suyos. –dijo Calvin. Ya todos lo sabíamos.

Salió Frederick del Camaro, nos miró y se tronó el cuello. Traía una chaqueta negra de piel y jeans oscuros. Nos sonrió y se acercó hacia nosotros. Los demás con él.

– Vaya, vaya. –dijo sonriente mirando alrededor. –Tienen fiesta y no nos invitaron.

– ¿Qué quieres Frederick? –Calvin exclamó disgustado. –No tienes nada que hacer aquí. Estamos afuera de la escuela.

– Descuida. – dijo Frederick. –No quiero problemas. Solo tengo un asunto pendiente con ese imbécil. –dijo apuntando a Marcus. –Ese golpe que me diste casi me mata.

– ¡Qué lástima! –dijo Marcus.

– No te creas tanto muchachito. –Frederick se acercó a la cara de Marcus. Marcus sin expresión.

– Ey calma, clama. –interrumpió Manny. –No queremos problemas. Aquí no.

– Solo déjenme cortarle un poquito el cuello. –dijo sacando una navaja.

– ¡Frederick por favor! –gritó Calvin. –Así no resolvemos los problemas.

– Déjalo, Calvin. –Manny detuvo a Calvin. –Si quiere jugar rudo, jugamos rudo. ¡EY RUDY! ¡JOSE! ¡BETO! –Gritó Manny y se acercaron tres hombres enormes, con cara de pandilleros y tatuajes por todos lados. Más gente venía detrás de ellos.

— Ándale Frederick, éntrale.

— Tranquilo. –dijo Frederick tragando, obviamente intimidado. Metió su navaja en su chaqueta. Levantó sus manos –No vengo a pelear, vengo a retarte a ti a una carrera. –apuntó a Marcus. –Así dejaremos esto atrás.

— Marcus no tiene por qué… –Comenzó Calvin a decir.

— Acepto. –dijo Marcus. –Solo di dónde y cuándo.

— Hoy –dijo Frederick. –En la carretera que está en construcción enfrente de la cementera. Te espero en media hora –se dio la vuelta él y los que venían con él. Los hombres que Manny había llamado gritaban emocionados de que iba a haber una carrera y comenzaron a decirle a todos. Manny detrás de ellos emocionado.

— ¡Marcus no! –Calvin apartó a Marcus. Lukas le dio un trago a su bebida emocionado. Pamela me miró y sin decir nada, siguió a Calvin y a Marcus.

— Manny, ¿Quiénes eran esos hombres? –le pregunté.

— Primos. –dijo.

Cuando llegamos al lugar citado, venía una caravana de gente con nosotros. De ellos solo estaban los carros deportivos y el Camaro. Frederick estaba recargado en el cofre del suyo. Todos los carros se estacionaban y la gente salía. Nuestro grupo se puso aparte.

— Marcus, vas a necesitar uno. –dijo Manny arrojándole las llaves de su carro. Todos nos reímos.

— Manny, si no te molesta quisiera usar otro. –Marcus me miró.

— Quiero que mis probabilidades de ganar se incrementen. –dijo. Yo le asentí con la cabeza.

— Bueno, solo sabe que es el conductor, no el carro lo que hace que ganes. –añadió Manny. Todos volteamos a ver su Mustang. Estaba una luz de enfrente apagada. Manny fue y le dio un golpe al cofre y esta se encendió. Le dio un trago a su bebida. —¡Ole bonito!

— Ten cuidado Marcus. —dijo Pamela. Marcus le sonrió.

— Estás loco, amigo. —Lukas le dio una palmada en la espalda.

— Esto es ilegal. —añadió Calvin cruzado de brazos. —Pero enséñale de qué estamos hechos.

— Todo tuyo. —Le dije a Marcus dándole las llaves. Se subió y condujo el carro hasta el principio de la pista junto a Frederick. La carretera era de tres carriles, con bardas de cemento dividiendo los dos sentidos, aunque faltaba una barda aquí y allá, aún bajo construcción. Toda la gente se acercó a ellos, así como nosotros.

— ¡Por Dios Manny trajiste a toda la fiesta! —exclamó Frederick.

— La mitad solamente. —dijo Manny. —Qué te puedo decir, nos gusta el deporte.

— A una milla y media de aquí, se termina el pavimento y hay pura tierra, —comenzó a decir Frederick. —Ahí damos vuelta y tomamos el otro carril de regreso. Gana el que llegue primero a este punto.

— Bien. —Marcus asintió. Toda la gente gritó emocionada. Marcus y Frederick subieron a los carros. Se puso una muchacha en medio de los dos con un pañuelo en su mano. Nosotros mirábamos a una poca distancia de ellos.

— ¿Cómo puede ganar Marcus si nunca maneja? —pregunté. Calvin, Lukas y Manny me miraron.

— Marcus es el campeón de la formula juvenil en la ciudad. —dijo Lukas.

— Por eso Frederick lo retó. —Manny continuó.

— Nunca maneja porque se vuelve loco detrás del volante. —dijo Calvin.

— En buena manera. —Manny aclaró. Lo volteé a ver confuso.

Marcus encendió mi carro y lo hizo hacer un sonido tan fuerte que ni yo sabía que podía hacer. Todos gritaron de emoción.

La muchacha tiró el pañuelo y los carros arrancaron. El Camaro se adelantó inmediatamente, pero el Mustang lo alcanzó y se puso en línea con él. El Camaro se acercaba peligrosamente al Mustang y este frenó para estar detrás, luego aceleró para rebasarlo por la derecha. El Camaro lo siguió y con la punta se pegó a la parte trasera del Mustang, empujó a la derecha. Trató de causar que se volteara. La gente le gritaba maldiciones y le hacía bulla al Camaro. El Mustang se recuperó y al llegar al final del pavimento, este frenó y ronceó profesionalmente de un carril hacia el otro de venida sin detenerse. El Camaro tuvo un poco más de problemas, pero cuando alcanzó al Mustang, lo sacó un poco fuera de la carretera, pero este frenó abruptamente anticipando la maniobra sucia. El Camaro chocó contra las barreras con el vuelo que llevaba, y la rueda de su derecha se lanzó al aire y el vehículo se volcó, sin antes dar dos vueltas más. El Mustang ronceó dos o tres veces en la carretera, pero no se volcó. El Camaro quedó con las ruedas, o lo que quedaba de ellas, en el suelo y el Mustang se detuvo en dirección opuesta hacia nosotros.

Todo se quedó en silencio por unos momentos. Nadie decía nada. De pronto el Mustang aceleró tan fuerte que tardó unos segundos en avanzar, hizo un cero en la carretera, con humo saliendo de las llantas traseras. Condujo hacia nosotros a toda velocidad. Se detuvo enfrente de toda la gente ronceándose de lado y ganando la carrera obviamente. Todos gritamos de emoción y sacamos a Marcus del carro y lo levantamos en hombros. Los de Frederick corrieron a ver como estaba este y a nadie de nosotros le importó. Estábamos tan alterados y emocionados con Marcus que no nos dimos cuenta de qué había pasado con Frederick. Marcus estaba tan encantado que no le importaba quien lo tocara. Cuando lo bajaron de los hombros se volvió hacia donde había quedado Frederick y su sonrisa se fue inmediatamente.

Frederick venía caminando a un paso acelerado en dirección a nosotros. Su semblante era algo diabólico. Había sangre en su frente y respiraba rápidamente, su rostro estaba agachado pero sus ojos abiertos, directos a Marcus. Traía una barra de fierro en su mano derecha.

— ¡Mira cómo dejaste mi carro! —Dijo Frederick pegándole a mi carro en el cofre con la barra de fierro.

— ¡Óyeme...! —grité lanzándome hacia él, pero alguien lo detuvo al igual que a mí.

Frederick se resistía de quien lo detenía y sus ojos estaban clavados en Marcus. Se oyeron sirenas de patrullas. Todo el mundo salió corriendo a sus carros y a mí me soltaron. Los amigos de Frederick aún lo sostenían y le decían que se fueran de ahí. Frederick le apuntó a Marcus.

— No voy a descansar, escúchame bien. No voy a descansar hasta llevarte al infierno conmigo. —dijo y desapareció con sus amigos.

Enseguida me subí a mi carro y Marcus conmigo, todos los demás también se fueron de ahí inmediatamente. A unos kilómetros de ahí una patrulla nos detuvo.

— Recibimos una llamada de personas preocupadas porque había un grupo de gente aparentemente en una carrera clandestina. —nos informó el oficial en tono arrogante. Tenía su brazo recargado en la ventana de mi carro, mirándonos a Marcus y a mí. Ninguno de los dos dijimos nada, solo lo miramos. —No se hagan los inocentes. Esta es la descripción de uno de los dos y los seguimos desde el sitio del delito. Vamos, salgan del auto. —ordenó. Miré a Marcus quien tenía su mirada firme en el oficial. Sus ojos enormes sin expresión parecían clavarse en el policía. Salí del auto, el oficial me puso las esposas y me sentó en la parte trasera su carro, después llegó otra patrulla y se llevó a Marcus.

Nos llevaron al Departamento de Policía Municipal. estábamos Marcus y yo sentados en la sala de espera, esposados, sentados uno al lado del otro. Ninguno de los dos decíamos nada. No teníamos nada que decir. Entraban y salían policías. Había oficiales sentados detrás de escritorios en varios lugares. Marcus miraba atentamente al oficial que nos había traído. Era un hombre que hablaba con tono prepotente y no dejaba que le respondieras más que sí o no. Estaba al lado de nosotros escribiendo en una computadora después de que le habíamos dado nuestros nombres.

– ¡!QUÉ!! –Gritó alguien de detrás de las oficinas. Todos voltearon a la dirección del grito. Un hombre vestido de saco y corbata, muy alto y rubio, salió de atrás y caminó lentamente hacia nuestra dirección. Se detuvo en una esquina cuando nos vio y puso su mano en su frente y agachó la cabeza. El oficial que estaba ingresando nuestra información se puso de pie cuando llegó hasta donde estábamos.

– Jefe Polluck. –el oficial exclamó asustado. –Señor, ¿todo bien?

– Quítales las esposas a estos muchachos de inmediato.

– Pero señor, ellos…

– ¡QUITALE LAS ESPOSAS! –gritó el jefe de policía Polluck en la cara del oficial. Este nos quitó las esposas y se quedó asustado frente al jefe. Todos estaban mirando atentos. –¡A su trabajo todos! –Dijo con las manos en la cintura a su alrededor y todo el mundo volvió a lo que estaban haciendo.

– Señor, no sé… –Comenzó a decir el oficial.

– ¿Sabes quién es Theodore Richardson? –preguntó el jefe Polluck, acercándosele hasta la nariz.

– Claro señor.

– Este es su nieto. –dijo apuntándome. El oficial cerró los ojos e hizo su mirada a un lado.

– Estás despedido.

– Yo no sabía.

– Lárgate de mi vista. ¡LÁRGATE! –Gritó el jefe de policía. Aún con sus manos en la cintura y avergonzado se dirigió a mí. –Espero no le hayamos causado ningún inconveniente señor. –Dijo cabizbajo.

– ¿Cómo supo quién es mi abuelo? –Pregunté. El jefe de policía sonrió, pensó que estaba jugando con él.

– Voy a mandar que una patrulla los acompañe a sus casas y también le llevaremos su carro a su residencia esta misma noche sin ningún problema. –dijo el jefe.

– Gracias señor –dije. Marcus no dijo nada, pero ahora me estaba mirando atentamente.

– ¿Quién eres? –preguntó Marcus mientras íbamos en la patrulla rumbo a casa.

– Yo... soy yo. –Dije.

Al día siguiente me levanté tarde después de no haber descansado bien los días anteriores. Salí y mi carro estaba estacionado en donde siempre debía estar. Alguien me llamó a lo lejos y me volteé a ver quién era. Papá y Stacy estaban comiendo sentados a la mesa del patio frente a la piscina.

– Siéntate por favor. –dijo papá. Saludé a Stacy. Me senté con ellos y ordenó a la sirvienta que me trajeran algo de comer. –¿Qué paso ayer Graviel?

– Salí con unos amigos.

– Me llamó tu abuelo. Dijo que te detuvo la policía. Si no hubiera sido por él, te hubieran metido a la cárcel.

– Yo no vi al abuelo en toda la noche.

– No tienes que verlo para saber que él está ahí.

– ¿Qué quieres decir? Papá, el jefe de policía actuaba como si le tuviera miedo al abuelo. ¿Por qué? ¿Quién es el abuelo? ¿Por qué todos actúan raros cuando lo nombran?

Papá dio un suspiro muy largo seguido por un largo silencio. Él esperaba que dijera algo, pero no iba a decir nada hasta que recibiera una respuesta.

— Tu abuelo era una persona muy respetada cuando aún vivía en la ciudad y dejó una influencia muy fuerte. Nada más. Supongo que, aún tiene influencias.

— Esto es algo más que "solo influencias." —dije. Stacy acomodó sus lentes.

— Solo estamos preocupados por ti, Graviel. —dijo Stacy.

— Pero ¿de qué? Si estoy en problemas, el abuelo me saca de ellos. No tengo nada de qué preocuparme. —dije en tono sarcástico. —Ni ustedes tampoco. —dije dándole una mordida al pan que me habían traído con la comida. Papá y Stacy se miraron.

Había muchas preguntas que no tenían respuesta. Ciertamente era algo más que raro, era preocupante cómo las cosas se habían desenvuelto hasta ahora. Hacía unos meses yo vivía en un pueblo desconocido y no tenía más que a Bethany. Ahora todo comenzaba a ser diferente, las cosas estaban sucediendo muy rápido y yo necesitaba enfocarme en mis estudios para lograr ser abogado. Papá no tenía mucho que decirme, y mucho menos a Bethany, quien trataba incansablemente de ganarse su cariño. Calvin estaba enfocado en ganar puntos para la Fraternidad y cualquier indicación de una conspiración siempre terminaba mal. Pamela se había distanciado un poco de mí. Parecía más enfocada en el grupo que en ser mi amiga y nuestra amistad se redujo a solo trabajo. Habían pasado unas semanas desde que Emily y yo éramos oficialmente novios, cosa que iba bastante bien. Nos habíamos conocido de una manera muy inusual y nuestra relación también parecía algo inusual a mis amigos Templarios.

— ¿Qué quieres decir con eso? —preguntó Emily haciendo su pelo detrás de su oreja. Estábamos sentados en una de las mesas frente a la fuente que estaba entre de la biblioteca y el edificio de administración White.

— No sabes qué linda te ves cuando haces eso. –dije. Sonrió bajando la mirada. Le toqué su barbilla con mi dedo, levantándole la mirada. Me miró con esos ojos tan lindos que habían hecho que me enamorara de ella. –Hay rumores en mi organización, de que tú no eres una buena persona, alguien de confiar. –me recargué en el respaldo de la silla, mirando al suelo. Emily dejó de sonreír, cruzando los brazos.

— ¿Y tú qué opinas? –preguntó sin mirarme.

— Debes entender, Emily. –acerqué mi cara a ella. –que los Templarios y los Caballeros de Colón llevan las cosas muy en serio, más de lo que yo me imaginaba.

— ¿Y tú no?

— Sí. Bueno, no sé. – me hice otra vez hacia atrás en la silla.

— Como sea, deben confiar en ti, así como yo confío en ti.

— ¿La acusación es seria?

— No es acusación. Son solo rumores, no llegan si quiera a una acusación.

— ¿Por qué tengo que estar yo en medio de esto? Yo no he hecho nada que te haga pensar a ti o a nadie que no soy honesta, ¿o sí? Sacudí la cabeza.

— Entonces ¿de qué rumores hablas? Además, no te ofendas, pero los Caballeros Templarios o los Caballeros de Colón son algo que me tienen lo menos preocupada posible. A mí quien me interesa eres tú, y mis estudios. Estoy muy contenta por haberte conocido y quisiera que nunca hubieras decidido ser parte de esa fraternidad. Pero bueno, no puedo pedir por todo el mundo. –Emily miró hacia el lado, con una sonrisa forzada.

– No te preocupes, todo estará bien, es solo una etapa, creo que con Frederick las cosas se han puesto muy difíciles este semestre. Al menos es lo que dice Calvin.

– Graviel, –Emily tomó mi mano. –No quiero hablar más de los Templarios y Caballeros de Colón. Ya te dije que las fraternidades de la escuela son algo que no me interesa. El que me interesa eres tú. ¿entiendes? –dijo sonriendo. Los dos reímos. Me dio un beso mientras me ponía de pie.

Eran alrededor de las cinco de la tarde y quedé en verme con los muchachos en la camioneta a las seis de la tarde. Encaminé a Emily a su todoterreno en el estacionamiento. El otoño se acercaba y las hojas de los árboles ya empezaban a caerse, ahora la universidad estaba decorada con un tinte naranja. La brisa del viento era más y más helada al acercarse la noche, cosa que nos obligaba a usar el suéter del uniforme al ponerse el sol y una camiseta durante el día.

– ¿Cuándo vas a aceptar conocer a mi familia? –pregunté mientras estábamos recargados en su vehículo. Emily miró hacia el cielo y suspiró.

– Pronto. Te lo prometo.

– Quiero preguntarte algo. –dije. Emily me miró fijamente a los ojos. –El baile de otoño de la universidad es en dos semanas… y bueno, estaba pensando si querías ir conmigo. –me puse enfrente de ella. Emily me abrazo, dándome un beso.

– Por supuesto que sí. Estaría encantada. Sabes, tu amiga, la pelirroja. La que parece muy ruda.

– Pamela.

– Sí, ella. Siento que no me quiere.

– ¿Pamela?

– Sí, que siento que no me quiere, lo percibo en su mirada

– Pamela...

— En serio, mensito. El otro día en la biblioteca, estaba yo buscando un libro para mi reporte en mi clase de negocios. Ella estaba sentada a una mesa, y al pasar yo por su lado me dijo, "Te vas a arrepentir por estar con Graviel." A lo que yo le contesté, "¿Perdón?" y ella contestó, "Aléjate de Graviel, o te vas a arrepentir. Aléjate de él o yo misma voy a trapear el piso contigo." Por supuesto, yo indignada y tomada por sorpresa no le contesté y salí de la biblioteca sin importarme, mientras ella se carcajeaba tras de mí.

— ¿Cómo dices? ¿por qué no me habías dicho eso antes?

— Porque no. No quiero que te enojes con ella. Sé que están en un grupo donde necesitan estar muy juntos apoyándose el uno al otro. Además, no necesito que tú me defiendas de ella, o de nadie más. Supongo que lo hizo en un momento de debilidad e ignorancia. No debes tomarle importancia.

— Pero eso no puede ser, Pamela no se porta de esa manera. Por favor no le hagas caso. —dije cruzando los brazos tratando de ocultar mi enojo.

— Aparentemente a ella le gustas y quiere tenerte a como dé lugar.

— No. No creo. Pamela no confía en los hombres. Digo, sí, pero no. O sea, es complicada.

— Eso sí.

— No. Pamela no me ve así, estoy seguro de eso.

— Bueno. No hablemos más de ella. Iré a mi casa emocionada por el baile y soñaré contigo esta noche. —me dio un beso. Encendió su todoterreno y se fue.

Las placas traseras del todoterreno de Emily no coincidían con el número que miré la última vez. Nada importante. Me quedé en el estacionamiento donde quedaban algunos carros todavía y estuve pensando en Pamela si quizás sería cierto que yo le gustaba. ¡Uf! Nada importante tampoco. Me quedé un rato ahí, pensando en eso. No podía ser posible. Pamela no me hablaba estos días como antes, señal de que no tenía nada que ver conmigo, o sea, yo no había sido torpe.

Caminé hacia el otro lado de la escuela donde estarían los muchachos esperándome en la camioneta. Estaba estacionada bajo un árbol, detrás del edificio de entrenamiento de los campos de deporte y Calvin abrió la puerta deslizadora.

– Llegas temprano. Sube.

Estaba Marcus en los controles y Lukas con él. Manny estaba sentado con su espalda en la pared en la parte de atrás jugando un videojuego de mano. Me senté a su lado.

– ¿Entonces qué? ¿Le preguntaste? –preguntó sin quitar la mirada de la pequeña pantalla.

– Sí.

– ¿Qué te dijo?

– Que sí.

– Guau, qué bien. Yo también le pregunté a la mía. Dijo que no la desgraciada.

Calvin y Lukas soltaron una leve risa.

– ¿Y Daniela?

– Ella dijo que sí. –Manny dijo sonriendo.

– Bueno, pero ella es tu novia.

– ¿Por qué rayos querías llevar al baile a alguien que no es tu novia? –preguntó Lukas.

– Eso fue lo mismo que me preguntó Priscila. Por eso dijo que no. –Manny dijo levantando un dedo, luego regresándolo a su videojuego. Todos reímos. –No se rían. Es complicado entre Daniela y yo. Tengo que convencerla cada vez con mentiras.

– ¿Por qué no la dejas ir? –preguntó Lukas.

– Porque estoy enamorado de ella.

– No digas eso Manny. –dijo Calvin. –No dejes que una mujer sea tu prioridad. –Tenemos que cuidarnos.

— Ya sé. —Manny sonó decepcionado. —Pero es la verdad.

— ¿Cómo sabes que estás enamorado de ella? —preguntó Lukas. A ti te gustan muchas.

— Ah, pero eso es solo infatuación. El amor es más profundo que eso. —comenzó Manny a explicar. —Verán, bola de incultos. Cuando se conoce a una persona, sientes mariposas en el estómago y te pones nervioso, esa persona no es la adecuada. Corran de esa persona porque se están fijando en alguien solo por el exterior. Cuando conoces a una persona, a la persona indicada, usualmente es de una forma inusual, y no se siente nada de especial ni mariposas. Eso es porque las almas de los dos ya se conocían en el mundo espiritual y solo están esperando que los cuerpos se den cuenta, pero a veces no lo queremos ver por torpes, por ciegos, por egoístas. No amigos míos, el amor es más complicado de ver, fácil de sentir y difícil de explicar, y cuando lo descifras, nadie lo quiere. Se ama con los ojos del alma, no con estos ojos físicos. Uno se enamora de los errores, de las debilidades del otro, no de su exterior. El amor físico no existe, pero es lo que está de moda.

— Dice alguien que se enamora de tres a la vez. — dijo Lukas riéndose mientras sostenía un aparato en un a mano y un desarmador en la otra.

— Bueno, bueno ya, déjame en paz puercoespín. La teoría es buena.

— Calvin, quiero decirles algo ya que estamos todos. —interrumpió Marcus luego de que las risas terminaron.

— Habla, Marcus.

— Quiero preguntarle a Pamela si quiere ir conmigo al baile de otoño. —Marcus me miró a mí, algo que me agarró de sorpresa. —Les prometo que no es nada serio o que me guste, pero creo que sería conveniente que fuéramos juntos para que ella no vaya con alguien fuera del grupo ni tampoco yo.

Pude ver una micro expresión en sus labios que indicaba que no hablaba con completa honestidad.

— No estoy totalmente de acuerdo con lo que dices. —Calvin dijo pensativo. —Sin embargo, porque nos lo has dicho a todos aquí, somos testigos que tus intenciones no son otras. Por mí está bien. Ahora solo queda que ella esté de acuerdo.

— Suerte convenciendo a Pamela. —Lukas dijo con una gran sonrisa dándole una palmada en la espalda a Marcus, quien me miraba fijamente.

Unos momentos después, alguien tocó a la puerta y Calvin abrió, era Pamela.

— Justo a tiempo. —dijo

— Hola a todos. —se sentó junto a mí sin mirarme.

— Bueno ya que estamos todos, —comenzó a decir Calvin. —El próximo plan es el siguiente: la esfera ha sido movida de su última ubicación desde aquella noche que tratamos de obtenerla. Gracias a las investigaciones mías y de Manny, creemos que ahora la esfera está escondida en el sótano de la biblioteca. El lugar exacto no lo sé, pero según mis cálculos, el profesor Watson la escondió ahí. La misión es encontrar el mapa, confirmar que el sótano de la biblioteca es el correcto, e ir a buscarla ahí. El mapa está en su oficina, y ha llamado a un técnico de la universidad para que repare una falla en su computadora. La falla por supuesto la he puesto yo y yo mismo me vestiré de técnico para "reparar la falla" y a su vez, buscaré el archivo en su computadora donde se encuentra el mapa de la esfera.

— ¿Cómo vas a hacer todo eso si él está ahí? —preguntó Manny sin quitar la mirada de su videojuego.

— Ahí es donde entran ustedes. Cuando yo esté ahí adentro, tú te vestirás de conserje para avisarme si alguien llega mientras Graviel y Pamela lo distraen. Graviel, tú y Pamela se vestirán de negocios y llegarán como miembros del comité administrativo de la escuela. Le avisarán que quieren que él sea miembro y lo llevarán a la oficina administrativa, te daré las llaves y hablarán con él por unos momentos.

– ¿O sea que vamos a ir a la oficina administrativa real? –pregunté.

– Sí. –Contestó Calvin. –Pude conseguir una copia de la llave. A esta hora no hay nadie y Watson nunca va al segundo piso, así que no demorará. Tiene que ser así porque Watson es un profesor muy inteligente y no se la va a creer de otra manera. Solo manténganlo ocupado mientras quito la falla de la computadora y saco el archivo. Lukas y Marcus estarán monitoreando todo por *bluebird*.

– Si salimos triunfantes, ¿qué sucederá cuando nos vayamos y se dé cuenta de que no va a ser miembro del comité administrativo? – preguntó Pamela.

– Primero que nada, –contestó Calvin. –tenemos que salir triunfantes. Segundo, cuando eso suceda, lo demás no importa. Lo importante es el resultado.

Capítulo 10

Todos estuvimos de acuerdo. Fuimos al teatro encaminados por una amiga de Calvin que nos prestaría trajes para nuestra operación.

— ¿Prométeme que me los entregarás mañana? —imploró ella. —No quiero que se pierdan.

— No te preocupes. —dijo Calvin.

— ¿Por qué siempre el hispano tiene que ser el conserje? —preguntó Manny mientras checaba su vestimenta. Era un pantalón gris y una camisa con el apellido de "Ruiz" en la parte derecha y "Saneamiento" de la parte izquierda.

— ¿Qué te parece el mío? —me miré al espejo. Era un traje negro, con saco y una corbata roja, me había peinado hacia atrás y puesto zapatos brillosos.

— No pues yo quisiera ese papel. ¿No quieres cambiar? —preguntó Manny. Me reí con él.

– No.

Salimos del camerino, Calvin estaba esperándonos. Él solo se había puesto una camisa negra de cuello y botones con mangas cortas, las mismas que usaban los trabajadores técnicos. Pamela salió después de unos momentos, su pelo rojo suelto le llegaba a los hombros y un traje gris con saco. Una camisa blanca de vestir, zapatillas y una falda gris también de vestir que le llegaba a las rodillas. Me sorprendí al verla, no parecía ella, se veía realmente … linda. Me quedé unos segundos viéndola sin decir nada. Pamela me sonrió.

– Guau, qué cambio. –dijo Manny. Pamela le hizo una mueca.

– *¿Cómo va todo?* Preguntó Marcus por el *bluebird. Ya casi es tiempo.*

– *Estamos listos.* –contestó Calvin.

– *Calvin, muévete. Manny, síguelo después de diez minutos.*

– *Listo.* –contestó Calvin, salió de ahí.

Nosotros nos quedamos sentados en las bancas del teatro esperando en silencio. Tanto silencio que se puso un poco incómodo después de unos momentos. Quería hablarle a Pamela y decirle por qué le había dicho esas cosas tan horribles a Emily, quería preguntarle cuál era su problema, si tenía uno. Pero no podía decirle nada porque Manny estaba ahí. Por ahora puro silencio. Mi teléfono vibró. Era Emily.

– *Llegué a mi casa pensando en ti*

– Yo también.

– *¿qué haces…se puede saber?*

– Cosas de Templarios.

– *O sea no puedo saber.*

– Vamos a ver si encontramos algo importante.

– *¿Dónde?*

– A la biblioteca. Al sótano.

— *Tienes razón. No me importa. No puedo esperar hasta el día del baile. Estoy muy emocionada*

— También yo. No puedo creer que aceptaras.

— *Gracias por invitarme. Te quiero. Solo quería decirte eso. Suerte.*

— ¿Saben? acá hicimos una obra cuando yo estaba en la clase de teatro el año pasado. —dijo Manny. Nadie dijo nada. —Vaya que los aguacates están baratos en el mercado ¿eh? Por fin —dijo. Silencio absoluto. —… para unas buenas tortas. —susurró. —¿Saben? Ya me dio hambre, creo que después de esto, voy a ir con…

Manny, muévete. dijo Marcus por el *bluebird*. Manny salió apurado del teatro. Pamela y yo nos quedamos en silencio mirando hacia la plataforma.

— Pamela, ¿tienes un problema conmigo? —dije armándome de valor. Yendo en contra de lo que Emily me había pedido que no hiciera

— No sé de qué hablas. — Pamela contestó sin expresión.

— No mientas. No eres la misma conmigo. —dije. Pamela me miró fijamente a los ojos. Pensé que iba a decir algo, pero se retractó, luego miró hacia enfrente.

— No hay ningún problema. Solo sigamos trabajando.   —dijo haciendo énfasis en ningún.

— No me mientas Pamela.

— ¿Mentir? ¡¿Mentir?! ¿Quieres que te diga la verdad? —Pamela levantó la voz. —La verdad es que estoy harta de que pienses que yo…

Pamela, Graviel, muévanse. Marcus interrumpió nuestra conversación. Pamela tomó un suspiro, se puso de pie y me pasó por un lado.

Caminó hasta el edificio donde estaba. Yo iba detrás de ella casi corriendo ya que caminaba muy rápido aun con tacones. Antes de abrir la puerta, se detuvo para esperarme. Nos miramos en el reflejo de la puerta de vidrio.

—Rómpete una pierna.

–Igual.

Al entrar, fuimos a la oficina de Watson y este estaba en el pasillo mirando dentro de la oficina mientras Calvin estaba frente a la computadora. Manny estaba limpiando los vidrios en una oficina adjunta. Watson era un hombre alto de cabello blanco canoso, su perfil era formal y rudo, sus ojos pequeños, desconfiables, acompañados de una nariz larga y labios pequeños. Tenía pocas arrugas, aunque parecía un hombre de edad avanzada, señal que se cuidaba demasiado bien.

— Hank Watson. —Pamela le extendiendo la mano con una sonrisa. —Soy Courtney Stevens y este es mi colega Daniel Allen. ¿Cómo le va?

— Bien, muy bien. —contestó Watson besándole la mano a Pamela, quien sonrió amigablemente. Pude ver lascivia en los ojos de Watson. —¿En qué le puedo servir señorita? Les, en qué les puedo servir. ¡Ejem!

— Por favor, Hank, háblame de tú, acá todos somos amigos. —Pamela entrelazó sus dedos frente a ella con una sonrisa, coqueteando abiertamente.

— Hay una vacante en el comité de administración y queremos nominarte personalmente. —dije con mis manos detrás de mí.

— Vaya, pero yo soy el menos indicado, apenas llevo un año en la universidad.

— ¿Quieres seguir hablando en nuestra oficina? —preguntó Pamela extendiendo la mano hacia un lado.

— Por supuesto. Je, je, je. —Watson sonrió nervioso. —Oye tú, —dijo dirigiéndose a Calvin, quien estaba agachado en el escritorio, reparando el ordenador. —Ya regreso, no cierres la puerta por favor. Vamos.

— Estamos aquí personalmente porque el semestre ya tiene dos, casi tres meses de haber comenzado y no tenemos al último miembro del comité. –dije yo con las manos en las bolsas mientras caminábamos. Watson tenía su mirada en Pamela. Parecía que Watson estaba más interesado en ella, quien a su vez hacía su papel muy bien.

– Nos daría mucho gusto que aceptaras esta nominación. –dijo Pamela en tono provocante.

– ¿Oh sí? –dijo Watson sonriendo.

Al llegar a la oficina, Pamela se quitó el saco, dejando descubierto sus brazos. La camisa debajo era de manga corta.

– Qué calor hace. –dijo.

– Oh sí qué calor. –dijo Watson quitándose su saco.

– No tanto. –dije sonriendo. Un tanto molesto por la actuación de Pamela, pero me mantuve en el papel.

– Toma asiento por favor. –Pamela señaló a Watson para que se sentara a la mesa redonda en la sala de conferencias.

Estuvimos varios minutos con Watson, platicando más de otras cosas que de la nominación, la cual al último no aceptó.

– Le agradezco al comité de administración por la generosa nominación, sin embargo, voy a tener que negarme.

– ¿Podríamos saber la causa? –pregunté.

– No es nada importante. Simplemente tengo otros compromisos que me impiden tomar esta… gran responsabilidad. –dijo hablando seriamente. Luego miró a Pamela. –Ahora, si se pudiera, quisiera yo hablar contigo Courtney. –su tono de voz era más relajado, provocante. –… A solas. –aclaró, mirándome a mí.

– ¡Ejem! Bueno. –me puse de pie. Pamela me echó una mirada amenazadora. Le estreché mi mano a Watson. –le deseo suerte en todo lo que emprenda. –le dije y salí de ahí. Caminé hacia la puerta de los escalones a esperar a Pamela.

– *Calvin ya terminó. Pamela, Graviel, salgan de ahí.* –dijo Marcus. *Salgan por la puerta trasera hacia los escalones, Calvin está esperando a Watson.* Yo ya estaba ahí. Solo esperé a Pamela quien entró a los pocos minutos. Me miró mientras sostenía la puerta y me pasó sin decir nada.

– ¿Qué te dijo? –pregunté siguiéndola mientras bajábamos los escalones.

– Qué te importa. ¿Por qué me dejaste sola?

– Pensé que tenías todo bajo control. –dije sarcásticamente con mis manos en las bolsas de mi pantalón.

– Pues sí lo tenía. Qué viejo tan asqueroso. –dijo enojada. –Y tú te fuiste.

– No parecía que te molestara.

– Estaba actuando.

– ¡Por supuesto! –Exclamé. –No tenías que haber actuado tan bien. No era necesario.

– Ah ¿estás celoso? –Se detuvo, volviéndose hacia mí.

– ¿Celoso yo? Claro que no. Solo digo que no debiste hacerlo tan creíble.

– ¿Qué quieres que te diga? Estoy dedicada al trabajo. Yo te dije desde el principio que, si me aceptaban en la fraternidad, iba a dar mi todo.

– Ok. –continúe caminando, pasándola.

– *Encuéntrense con Calvin en frente de la biblioteca.* –dijo Marcus.

– ¿Cómo? – preguntó Pamela presionando su oído. –*¿No nos vamos a cambiar?*

– *Mañana.* Contestó Calvin por el *bluebird.* "No hay tiempo que perder."

– Estas zapatillas me están matando.

– Te ves muy bonita. –Le dije mientras caminábamos. No me miró, pero pude notar una sonrisa.

   Calvin nos estaba esperando junto con Manny enfrente de la biblioteca.

– Por fin tenemos el mapa de la esfera. –dijo sosteniendo una hoja.
–Aparentemente Manny y yo estábamos de acuerdo. La esfera sí está en el sótano de la biblioteca.

– ¿Entonces todo va bien? –preguntó Pamela.

– No lo sé. –contestó Calvin mirándome a mí. –Pero es nuestra única opción. Nuestra única pista. Vamos. –dijo y entramos a la biblioteca.

Fuimos rumbo a los baños, a una puerta al lado de estos, entramos y solo había trapeadores y escobas y artículos de limpieza.

– Está muy oscuro aquí. –Pamela dijo.

– Así es, no puedo ver el mapa. –dijo Calvin.

– Toma. –dijo Manny encendiendo una pequeña linterna en forma de un enanito verde con ojos enormes parecido a un alien. Todos le echamos una mirada.

– ¡En serio! –Calvin dijo más como una expresión que una pregunta.

– ¿Qué? Algún día va a ser un artículo de colección.

– Según el mapa, una puerta debe estar… en el suelo, aquí. –Calvin comenzó a decir, pegándole al piso con su pie. Se escuchó hueco. Tocó alrededor y había una agarradera, la haló dejándose abrir una puerta en el piso, lo bastante grande que se dejó ver un pasaje de escalones y luces por dentro. Nos vimos las caras emocionados. Calvin bajó primero, luego Manny, Pamela y yo detrás.

Al entrar al sótano, Manny puso su mano en el hombro de Calvin.

– No estamos solos. –dijo apuntando al suelo. –Alguien entró antes que nosotros.

– Vaya… – Frederick detrás de nosotros. Todos volteamos rápidamente. –Qué pertinentes son.

– ¿Cómo llegaste aquí? Preguntó Calvin.

– ¿Cómo supiste que estábamos aquí? –preguntó Manny.

— Es lo que yo les pregunto a ustedes. ¿Cómo supieron dónde estaba yo?

— No hemos venido a buscarte a ti. –Pamela le apuntó con el dedo.

— Lo sé. –dijo Frederick sacando un bate de béisbol de detrás de él.

— Tranquilo Freddy, no quieras terminar como las veces anteriores. –Manny levantó las manos.

— No, no planeo eso. –dijo. Al instante bajaron más muchachos por los escalones y más de ahí mismo. –No planeo que pase lo mismo. –luego todos se nos echaron encima.

Me agarraron tres rápidamente y me tiraron al suelo, manteniéndome abajo mientras me golpeaban. Eran demasiados, nos estaban ganando. Frederick llegó donde estaba Pamela y le ordenó a unos de ellos que la sostuvieran. Luego él le dio un puñetazo en el estómago. En el piso la comenzó a patear en la cara y en todo el cuerpo. Eso me dio mucho coraje que di un grito de enojo entre todos los golpes. En ese instante, mi cadena brilló por dentro de mi camisa. No sé qué pasó, pero algo entró dentro de mí. Pude sentir que algo salvaje se apoderó de mí. Me quité a los que estaban encima de mí y comencé a levantarme. No noqueé a nadie, solo busqué la oportunidad para romperles las coyunturas de los brazos y piernas. Estaba furioso. Me volví loco. Después de que todo se calmó, había más de diez muchachos en el suelo gritando de dolor con huesos rotos. Otros diez más o menos junto con Frederick. Calvin y Manny apenas se podían poner de pie y Pamela en el suelo, pero aún consiente. Estaba bastante cansado, respirando rápidamente. Mis ropas estaban rotas, mojadas de sudor.

Me acerqué a Frederick y a los que estaban con él, dieron un paso atrás. Me lazó un puñetazo que esquivé haciéndome hacia atrás rápidamente y le clavé mis dedos en el cuello. Trató de zafarse, pero no podía. En medio de mi enojo había sorpresa porque no sabía que tenía ese tipo de fuerza aun enojado. Esto no era yo.

– ¿Te sientes a gusto pegándole a una mujer? –Le dije sonriendo.

– Yo también puedo ser uno como tú. –Sus ojos estaban más abiertos que los de Marcus, el color de su rostro se tornaba morado, estaba perdiendo el conocimiento poco a poco. Nadie hacía nada por ayudarlo – ¡No le vuelvas a pegar a una mujer frente a mí! No vaya a ser lo último que hagas, no vuelvas a lastimar a *Zaide*. –sacudí mi cabeza confundido, era como si alguien estuviera diciendo las palabras que salían de mi boca. Aun así, me enfoqué en Frederick.

– Puedo oler tu miedo Frederick, puedo sentir tu vida escapar de tu cuerpo. De ahora en adelante soy el guarda de tu alma, la puedo quitar o te la puedo dejar, y tú serás el que elija. Conóceme, Frederick. ¡Mírame a los ojos! ¡¿no entiendes que no soy quien piensas que soy?! ¡AAHHHH!!! –le grité y lo solté. Cayó al suelo retorciéndose, desesperado por recuperar su respiración.

Todo al mi alrededor estaba en silencio. Calvin y Manny, y ahora Pamela me veían con asombro. Los Caballeros de Colón que aún estaban de pie veían asustados desde lejos. Yo veía todo desde dentro de mi cuerpo, como si no fuera yo quien estuviera ahí. De pronto logré tener control total sobre mí una vez más, como si despertara de donde estaba. Pensé que me iba a desmayar, pero Pamela y Manny me sostuvieron, con las pocas fuerzas que tenían. Frederick yacía en el suelo mirándome con miedo, como que quería llorar.

Estaba un tanto confundido, pero mis fuerzas regresaron. Me volví hacia atrás.

– Vamos, vámonos de aquí. –les dije. Pamela recogió sus zapatillas y la ayudé a caminar poniendo su brazo en mi hombro. Mientras subíamos los escalones nos encontramos a Lukas que venía bajando, pude recordar que Marcus estaba llamándonos por el *bluebird* y nadie le había hecho caso. Lukas nos pasó por los escalones sin decir nada.

Buscó unos momentos en el suelo y levantó el mapa que Calvin había tirado, lo miró unos momentos y luego se dirigió en dirección a Frederick, lo brincó y en una puerta detrás de él, saco la esfera, la metió bajo su chaqueta de piel y así como entró, salió.

– Con permiso. –fue lo único que dijo. Subió los escalones antes que nosotros. Nos reímos y salimos detrás de él.

Pasaría muchas noches, solo en mi habitación tratando de recordar lo que había pasado esa noche en el sótano.

Manny y Calvin corrieron detrás de Lukas, Pamela y yo nos quedamos atrás.

– ¿Estás bien?

– Sí. – Pamela dijo mirándome. Tenía sus labios rotos y uno de sus ojos parecía que iba a estar morado al día siguiente, su ropa también estaba rota. – ¿Y tú?

– Bien también. –íbamos caminando lento.

– Gracias.

– No fue nada.

– Creo que vamos a celebrar mañana. –Dije.

– ¿Cómo crees que Frederick haya estado en los lugares planeados antes que nosotros?

– No lo sé.

– ¿Seguro? –Pamela pregunto sin mirarme. Iba caminando descalza con las zapatillas en su mano.

– ¿Qué quieres decir con eso?

– Los muchachos dicen que quizás Emily no es lo que dice que es.

– Ese es un rumor que no es cierto. –Le dije molesto. – ¿Quién dijo eso?

– Eso no importa, lo importante es que se dice.

– Ah, ¿eso no importa? Entonces como no importa, ¿eso te da derecho a acosar a Emily como lo hiciste en la biblioteca?

– ¿Qué? –Pamela se detuvo. –¿Qué dices?

– Emily me lo dijo todo. Pero no importa ¿verdad?

– Oye, no sé de qué me hablas, ¿qué rayos dices? ¡Yo no he hecho nada por el estilo!

– ¡No mientas! Mira, olvídalo. Si tienes algo contra mí dímelo. ¡Quedándote callada no ayudas en nada! ¡Dime y sácate el mal gusto que tienes dentro! –Le dije alzando un poco la voz. Comencé a caminar más rápido y Pamela me detuvo por el brazo y me dio un puñetazo en la cara que casi caigo al suelo. Me quedé agachado con las manos en las rodillas. Pamela se fue a la camioneta con los demás.

Se escuchaba una gran celebración dentro de la camioneta y antes de que Pamela entrara, Marcus salió a encontrarse con ella, visiblemente preocupado. Comenzó a preguntarle qué le había pasado. Seguí caminando en su dirección y pude escuchar algo de su conversación.

–…bueno, yo quería preguntarte si quieres ir al baile de otoño conmigo. –Marcus miraba a Pamela firmemente. Pamela volteó a mirarme. Le regresé una mirada de enojo.

– Claro que iré contigo. –Pamela abrazo a Marcus. Me detuve y volteé, mi cuerpo me dolía ya que se estaba enfriando. No quería celebrar.

Al siguiente día en la escuela, se celebraba la nueva toma de la esfera. Convocaron a las dos organizaciones al auditorio y hubo un cambio de poder. Ahora los Caballeros Templarios gobernaban la escuela. Nuestro grupo fue honrado por servicio distinguido y ahora era el grupo número uno, lo sería durante todo el año. Los Caballeros de Colón y sus obispos, especialmente Watson no estaban nada contentos. Nadie había usado las técnicas que nosotros usamos. Después de la ceremonia hubo una celebración, con música y globos y nos dieron medallas, aunque las recibimos todavía adoloridos por la pelea.

Pamela era literalmente la única mujer en todo el gimnasio, y creo que eso la hacía sentir especial. No me había hablado desde el día anterior, pero no parecía importarle. Traté de estar feliz ya que todos en el grupo y todos los CT lo estaban.

– ¿Y ahora qué? –Le pregunté a Calvin. Estaba sentado a un lado de mí, cruzado de manos. Tuve que decirle dos veces ya que la música estaba muy fuerte.

– Lo siguiente es esconderla nosotros y no dejar que la vuelvan a tomar. –Calvin hablaba de la esfera. Se puso de pie, venía Edwin Drake, nuestro obispo. Se acercó a nosotros y llamó a Pamela, Lucas Manny y Marcus. Nos juntó en un círculo cerca de la mesa.

– Hicieron un trabajo excepcional muchachos. –dijo. –Estoy orgulloso de ustedes. También de ti Pamela. Te has probado a ti misma como un soldado... como una soldado digna de la Fraternidad. Les voy a dar la responsabilidad a ustedes de esconder la esfera. Calvin, espero un mapa de donde estará, así daremos juego justo a los perros Caballeros de Colón, ¿Qué les parece? –Edwin tenía una sonrisa de oreja a oreja. Todos reímos.

– Sí Señor. –contestó Calvin.

– Graviel, Manny, Lukas Marcus, Pamela, todos ustedes son los mejores. Sigan así. –dijo por último y se fue.

– No saben cuánto significa eso para mí, muchachos. –Calvin fue el último en volverse a sentar. Seguía mirando en dirección a Edwin.

– Ahí vienen Frederick y León. –dijo Manny. León era el líder de otro grupo.

– Felicidades. –dijo Frederick. Se veía cansado y molesto, sin ningún tono especial su voz.

– Prepárense para lo que viene. –dijo León. –Ahora esto sí va en serio. León era un muchacho delgado con hombros encogidos. Su pelo negro hacia el lado lo hacía parecer como el próximo presidente. Era un muchacho muy formal y de una familia muy buena. Sin embargo, mi impresión de él siempre fue un buen segundo de Frederick. —Los Caballeros de Colón nos hemos regenerado y reconstruido. Prepárense. —terminó. Su tono no era del todo amigable, sino todo lo contrario.

– O sea que los vamos a destruir igual, pero por otro ángulo. –dijo Marcus.

Frederick, mirándolo, se aproximó a él sin decir nada y acerco su cara a la de Marcus.

– Tú me las vas a pagar muy caro. –Le dijo en voz baja.

– Está bien, ya. –Calvin se puso en medio de los dos. –No vinimos a pelear, vinimos a celebrar, Frederick. León, por favor.

– Disfruten esta victoria. –dijo León. –Ustedes, especialmente tú, Graviel, no son nada. Todo lo que se dice de ti en la fraternidad es impresionante pero no creas que...

Un grito de comando interrumpió a León y la música que se estaba tocando. Todos voltearon hacia la entrada y había muchos hombres de negro con lentes oscuros, apuntando y mandando a la gente a que apagaran los celulares, haciendo gente a un lado. De entre todos ellos salió el abuelo; mi abuelo, ahí en la universidad. Todos se iban alejando de su camino conforme él pasaba. Venía con su traje de tres piezas como siempre y su bastón. Lentamente se volteó y alguien le apuntó a donde yo estaba. Sonrió, dirigiéndose hacia mí. Todo el mundo se me quedó viendo.

– Graviel, hijo mío. –El abuelo me abrazó.

– Abuelo. ¿Qué haces aquí?

– Vine a verte. –me dijo sorprendido a mi pregunta.

– ¿Cómo... cómo supiste?

– Ven, salgamos. Hay mucha gente acá. –le hizo una seña a alguien con la mano y rápidamente abrieron la puerta trasera. Él abuelo y yo salimos solos. Alguien de los suyos gritó y la música siguió, pero se calló luego que cerraron la puerta detrás de nosotros. Se quedaron tres hombres cuidando la puerta, mirando hacia nuestra dirección.

– ¿Quiénes son ellos?

– Eh, son investigadores privados que trabajan exclusivamente para mí. –el abuelo miró hacia enfrente sin hacer mucho énfasis en eso, como si fuera algo que no tuviera importancia.

– Yo no sabía eso.

– Graviel, estoy orgulloso de ti. Has demostrado ser uno de los mejores miembros de la Fraternidad.

– ¿Qué quieres decir abuelo? ¿Qué tienes tú que ver con las fraternidades de la escuela? ¿Por qué todos te conocen?

– Yo también fui … parte de una fraternidad cuando estuve en esta escuela, hijo. Me parecía mucho a ti, de hecho. Recuerda, tú no escogiste ser Templario, la Fraternidad te escogió a ti. Es un honor muy grande. Ayer... ayer pude sentir algo. –Dijo.

– ¿Qué dices?

– Ayer sentí tu energía. No sé lo que pasó o que estabas haciendo, pero pude sentir que algo en ti estaba despertando, algo que no había sentido desde que era joven.

– No entiendo abuelo. –Ayer pasó algo que no comprendo. Estaba tan enojado, sentí que no era yo, sentí que algo dentro de mí estaba hablando y salieron fuerzas de mí que yo no conocía. Y mi cadena se iluminó con mis emociones, como si fuera parte de mí. No era yo, te lo aseguro. Dije un nombre que nunca había escuchado: *Zaide*. ¿Qué significa eso?

El abuelo se quedó pensativo, sin dejar su sonrisa. Luego me miró.

– Esa cadena tiene una fuerza muy potente, que guía a quien la use a encontrar su… verdadero yo.

– Pues no sé, pero sentí algo muy diferente. Nuevo.

– Eso es bueno. Eres tú, hijo mío. Solo tienes que aprender a controlarlo. Esa fuerza son generaciones de hombres de nuestra familia que vivieron antes que tú, mi abuelo, su abuelo, etcétera. Ellos viven en tu sangre y la mía. –apuntó a mi pecho, donde estaba mi cadena.

– ¿Por qué no me habías dicho nada de esto antes?

– Aún no estabas listo.

– ¿Y papá? –pregunté. El abuelo se puso incómodo. Se volvió al lado.

– Bah. Tu padre no quiere nada de nuestra familia. Yo quisiera que él fuera mi heredero, pero… –me miró a los ojos. –Pero creo que tú vas a ser mi heredero, mi hijo. Quien sea dueño de todo mi dominio, si sigues por el camino que vas.

– Abuelo, con todo respeto, a mí no me interesa el dinero. –dije. Él ya lo sabía y yo estaba más que seguro de ello, pero nunca se lo había dicho así directamente. El abuelo bajo la mirada sonriendo.

– Espera a que despiertes hijo mío. –se levantó de la banca. –Vamos, acompáñame. –todos los hombres que venían con él corrieron hacia alrededor de nosotros y nos iban guiando. El abuelo decidió ir alrededor del edificio.

– Tu padre es tu padre, pero no quiere saber nada de mi trabajo.

– ¿Cuál es tu trabajo abuelo?

– Tú si quieres saber de mi trabajo ¿verdad? –sonrió.

– Sí, yo sí. –dije. Se detuvo. – Tu cadena. –dijo sin verme.

– Aquí está. –la saqué de dentro de mi camisa.

– Que bueno. – me palmeó la mejilla. –Mi trabajo, hijo mío, es ser dueño del mundo. –me dio un beso. –Adiós.

Me quedé en silencio mientras el abuelo se iba.

– Cuantos recuerdos. –decía mirando alrededor mientras caminaba con sus guardaespaldas. –Cuantos recuerdos por Dios…

Así como vino, el abuelo se fue. Me dejó ahí en medio del jardín de la universidad, con más preguntas que las que tenía al principio. Me senté en una banca bajo un árbol, pensando. Sentí que alguien se acercaba y volteé rápidamente en defensa.

— ¡Hala! —Emily levantó las manos, asustada. —No voy a hacerte daño.

— Perdón. —me relajé. Me abrazó y se sentó junto a mí.

— ¿Cómo estás?

— Bien. ¿Cómo supiste que estaba aquí? —pregunté. Emily abrió los ojos como que no sabía qué decir.

— Te vi. Venía caminando y te vi.

— Oh.

— Felicidades.

— Gracias.

— ¿Quién era el que estaba contigo? O más bien, ¿los que estaban contigo? Se veían muy raros.

— Sí, lo sé. Era mi abuelo.

— ¿Sí? ¿Cómo se llama?

— Theodore. No sé, me dijo muchas cosas raras.

— Platícame. ¿Qué pasó?

— El abuelo trabaja en algo que yo no sé. No quiero creer que sea algo ilegal.

— ¿A qué te refieres?

— Tiene una empresa enorme en la ciudad que siempre visitaba de niño. Ahora he estado pensando y creo que no es lo que dice. Creo que es una carnicería de lavado de dinero. Yo creía que estaba retirado.

— Esa es una teoría muy seria. ¿No crees que estas exagerando? ¿Cómo llegaste a esa conclusión? ¿Por qué necesariamente tiene que ser eso? quizás si le preguntas directamente.

— Es inútil. Cada vez que le pregunto algo no me quiere decir. Nunca hablaba de sus negocios cuando vivía con él y nunca osé preguntarle, y así me acostumbré. Ahora veo las cosas un poco diferentes. No sé. No quiero pensar en eso.

No regresé a la celebración. En vez de eso fui con Emily a comer y nos la pasamos muy bien hasta la tarde. Mi teléfono timbró varias veces así que decidí apagarlo. Nada era importante para mí ese día, solo estar con Emily y distraerme de lo que había pasado. No me interesaban los Templarios como a Calvin. Me interesaba mi familia y mi futuro.

Al llegar la noche, regresé a casa y fui recibido por Bethany en la sala. Estaba con Kim jugando ajedrez.

– Jaque mate. –dijo Bethany.

– No es justo. –dijo Kimberly. –Déjame ganar.

– Hola, Graviel. –Bethany se levantó a darme un beso.

Bethany se puso muy contenta cuando le dije que el abuelo fue a visitarme a la escuela. Lo extrañaba tanto. Fuimos a la cocina a comer con Kim. Stacy nos saludó cuando nos vio, pero no podía quedarse porque tenía que salir a la tienda. Nos preparamos unos emparedados.

– Escuché lo que pasó ayer. –dijo Kim finalmente. –Y fue el grupo de ustedes. Felicidades.

– Gracias. Los CC no estaban contentos.

– Me lo imagino.

– Hola hijo. –Papá entró a la cocina.

– Hola papá. El abuelo fue a visitarme a la escuela hoy.

– Ah sí, qué bien. –dijo sin expresión, suspirando –El abuelo –siguió caminando rumbo a su oficina.

– Disculpen. –me levanté para seguir a papá. Estaba sentado en su escritorio. Cerré la puerta tras de mí.

– Dime hijo. –tenía una copa de vino en su mano. Tomó un poco de ella.

– Papá, ¿Qué hay entre el abuelo y tú?

– ¿Qué quieres decir?

– Dice que no te interesa su negocio, ni lo que él hace.

– Eso es otro tema, pero tiene razón.

– Papá. ¿Qué es lo que hace el abuelo que no te interesa?

– Mi padre tiene sus negocios y yo tengo los míos. Tomamos rumbos diferentes.

– ¿Por qué? –Le pregunté molesto. Levantó la mirada y se me quedó mirando por unos momentos.

– Cuando eras niño no hacías tantas preguntas. –se puso de pie. Caminó hacia un librero detrás de mí y saco un libro. Me lo dio. El título decía, "Sangre Noble"

– ¿Qué es esto?

– Ve a la página 91.

La página comenzaba así: "Es imperativo para el individuo que conserve su sangre limpia, libre de contaminación con suciedad. El orgullo y honor de cada persona son los antepasados que, por medio de la sangre, corren por sus venas, así, el espíritu de los de antes, lo guiarán y protegerán del mundo. El individuo debe mantenerse alejado de animales que parecen personas, pero no son más que fieras que el Creador nos da permiso de subyugar."

– Esto … esto es un libro de racismo. –Levanté la mirada hacia papá.

– Tu abuelo, mi padre, me lo dio cuando era niño. –Papá dio otro trago a su copa.

– ¿El abuelo es prejuicioso?

– ¿Así se le llama hoy en día?

– Racista, papá. ¿Es esto cierto?

– No le gusta ese título. Prefiere llamarse defensor de la nobleza.

– No te creo. Mamá era morena y yo soy su hijo. Tu inventaste eso porque estás enojado porque el dinero del abuelo no la pudo salvar. –le dije arrojando el libro en su escritorio. Papá suspiró y agachó la cabeza. –Eres increíble papá. Cómo puedes manchar la memoria de mamá culpando al abuelo. Él solo quiere lo mejor para nosotros, yo viví con él toda mi niñez. ¿Dónde estabas tú? Si el abuelo es racista,

¿por qué cuidó de mí, educándome a Bethany y a mí? — salí de su oficina. Escuché que me llamaba, pero no le hice caso.

No podía creer que papá podría inventar algo como eso de su propio padre. Sentía tanto coraje que me fui a mi cuarto y me arrojé a la cama. Me sentía muy cansado, me dolía todo el cuerpo de la paliza que nos habían dado el día anterior. Sin embargo, no me dolía tanto como el golpe que Pamela me había dado. Todavía podía sentir el dolor en mi rostro, pero no era tanto en lo físico sino en lo sentimental. Pamela era muy buena amiga mía y me extrañaba que hubiera culpado a mi novia de esa manera. ¡Mi novia! Me gustaba como sonaba eso. Me sentía muy feliz, y a la vez coraje porque Pamela quería quitarme esa felicidad. ¿Qué se había creído? ¿Por qué las personas que más me importan, culpan a otras personas que me importan, de ser lo que no son?

De lo cansado que estaba, no recuerdo dónde dejé de pensar, pero me quedé dormido. Al siguiente día, papá no amaneció en casa. Stacy me preguntó si no sabía dónde pudo haber ido. Le dije que quizás estaría tomando y que no regresaría después de unos días. No lo tomó muy amigable pero no me preguntó más. Fui a la oficina de papá y tomé el libro que me había enseñado la noche anterior. Lo ojeé y había una gran parte a la mitad que faltaba. Era el capítulo seis. Miré en el índice que decía: "Como enmendar un eslabón sucio y débil." Cerré el libro y lo puse en mi cuarto bajo mi cama en una caja de madera.

Esa tarde después de la escuela, Emily y yo fuimos a tomar un café al parque. Los días se estaban poniendo fríos así que un café era muy buena excusa para salir con Emily. Le hablé del abuelo y de lo que había pasado con mi papá. Estaba muy interesada en mi familia, lo cual me hacía sentir especial porque podía desahogarme con alguien de confianza.

— No sé si sea cierto, pero si algo me enseñó mamá, es que no puedo dejar las cosas como están. Quiero investigar y conocer la verdad.

— ¿Sientes que tu papá no tiene credibilidad porque no estuvo contigo cuando niño?

— No realmente. Aunque vivía con mi abuelo, él siempre estaba presente. Iba a verme seguido. Se preocupaba por mí y por mi educación. Lo que le dije ayer fue solo una reacción a mi coraje. Sé que él lo sabe. Solo que me duele que esté viviendo tanto en el pasado, aun ya casado con alguien más, sigue obsesionado con mamá. No sé cómo Stacy lo aguanta así. Yo también extraño a mamá, pero debe seguir su vida, enfocarse en Stacy. Aún es joven. Es solo cuestión de tiempo antes de que Stacy lo deje, si sigue así. Bethany sufre más que nadie. Ella lo ama tanto y yo todavía no sé por qué — terminé.

— No pienses tanto. —Emily apretó mi mano. — Solo busca las respuestas. Yo estaré contigo.

— Gracias. —le dije sonriendo.

Pasó una semana y no supimos nada de papá. En la escuela habíamos tenido una victoria académica enorme. Calvin y los muchachos estaban súper contentos. Yo no podía enfocarme mucho en eso, aunque les llevaba la corriente porque había jurado lealtad a la fraternidad. Por ahora las cosas en casa me preocupaban mucho más. Bethany no dejaba de preocuparse por papá, así que le había prometido que saldría a buscarlo después de clases. Stacy no se había ido porque sentía responsabilidad por nosotros, pero pude sentir que estaba cansada.

Después de clases tuvimos una junta en el restaurante cerca de la escuela. Manny la había convocado. Él y yo hablamos del tema antes y acordamos que prosiguiera a enseñarles la evidencia. Después de haber comido, Manny habló.

– Los he llamado a esta junta porque tengo algo que compartir con ustedes. –dijo sacando un papel de su chaqueta. –Vean esto. –arrojó el papel en la mesa. Calvin lo recogió.

– ¿Un recibo? –Calvin pregunto confundido.

– Buena observación amigo. –Manny apuntó al papel. –Lo especial de ese papel es que es un recibo del presidente de la universidad al presidente de las fraternidades. La descripción dice "Para gastos según la fraternidad." Y la nota en pluma abajo dice: "inventa los gastos que quieras solo que no pase de esta suma. Así para cobrarlos." ¿Ves? ¿Sí? Ajá. Bueno, mi teoría es que están lavando dinero y que el dinero viene de otras fuentes que luego le cobran al gobierno. Mira la suma nada más. Es enorme.

– No es tan grande esa suma. –dijo Marcus después de ver el recibo.

Capítulo 11

U y, perdón Marcus. —se burló Manny. —Por no tener millones ni vivir en calles de diamantes como tú y que esta sea una basura para ti. No es el dinero, sino la ética del problema.

— ¿Dónde encontraste esto Manny? —Calvin preguntó.

— Lo encontré en el sótano de la biblioteca cuando peleamos con Frederick, estaba en un escritorio, lo tomé cuando Graviel le estaba sacando el alma a Frederick. Toda esta semana busqué la firma de este obispo y sí son las mismas. Este documento es auténtico.

— Manny. —Calvin sonó frustrado.

— ¿Qué?

— Deja esto por favor. No nos incumbe. Todas las organizaciones tienen algunos defectos. En estos momentos estamos en una época histórica de la universidad. No arruines esto por favor. —dijo Calvin.

No obstante, ninguno de nosotros parecía compartir la misma opinión que él. Yo sabía que esto se tenía que decir ya.

– Manny, –habló Marcus. –Si esto es verdad… ¿Qué ganas? ¿Qué ganamos nosotros? ¿Crees que vas a ir con las autoridades y decirles? ¿Crees que te van a creer? Yo no estoy de acuerdo con Calvin, pero tampoco contigo. Mejor deja las cosas como están.

– ¡Peleemos contra los opresores! –gritó Lukas. –¡Abajo el capitalismo corrupto!

– Shhh. –Calvin exclamó molesto. –Manny, si no estás de acuerdo con la fraternidad, las puertas están abiertas. Además, tenemos un miembro extra. –hubo luego un largo silencio.

Manny apretó los labios y se veía muy enojado. Al instante, la mesera le trajo la cuenta de todos. Miró el recibo y se sorprendió.

– Graviel dijo que él pagaba. –dijo dándome la cuenta. Se levantó y se fue. Pamela fue tras de él. Los demás se quedaron ahí. Pagué la cuenta con un billete grande y le dije a la mesera que se quedara con el cambio, luego yo también salí detrás de Manny.

Afuera, Manny estaba en su carro y Pamela en la ventana hablando con él.

– Manny no lo tomes personal. –Le dije acercándome a él.

– Ya me hubiera ido pero mi carro no enciende.

– Manny. –Pamela lo miraba con los brazos cruzados.

– Calvin ha sido amigo mío desde la infancia. –dijo Manny. –¿cómo es posible que me diga eso? –sonaba molesto tratando de ocultar su dolor. –Yo me voy de aquí. –dijo mientras seguía tratando de prender su carro, el cual solo hacia ruidos, pero no arrancaba.

– Parece que la marcha no sirve Manny. –dijo Pamela con las manos en la cintura. Manny golpeó el volante y recargó su frente en este.

Nos quedamos en silencio en el estacionamiento. Pamela recargada en el auto y yo sentado en la banqueta. Al parecer, Calvin había demostrado no tener ningún interés en información que incrimine a personas de la Fraternidad. No podíamos separar el grupo, Manny estaba molesto, pero yo sabía qué tan importante era la Fraternidad para Calvin. Sin embargo, si había algo oculto, teníamos que investigar.

– Debemos mantenernos unidos. –Pamela miró al suelo. –Aunque, sé que todos tenemos vidas personales y somos diferentes– Continuó mirándome a mí. –Pero creo que este asunto es algo serio y debemos mantenernos juntos. Nosotros tres.

– ¿Qué planeas? –preguntó Manny saliendo del auto.

– Yo nada. –Contestó Pamela caminando hacia la banqueta. Se recargó enfrente del cofre del Mustang. –Pero, creo que nosotros tres hemos presenciado cosas que no son normales, y si nadie nos escucha, al menos hay que investigar.

– Yo propongo investigar las verdaderas intenciones de la Fraternidad. Nosotros tres. Fuera de los Caballeros Templarios, extraoficialmente. –Manny dijo. –Nadie nos va a escuchar a menos que tengamos evidencia concreta. Yo estoy de acuerdo.

– También yo. –dijo Pamela. Manny y Pamela me miraron.

– Yo no. –dije poniéndome de pie.

– ¿Por qué? –preguntó Pamela. –¿Por qué no quieres nada conmigo?

– No es eso. –dije acercándome a Pamela. –Tú y Manny son personas muy apreciadas por mí, aunque tú no lo creas Pamela. –Le dije poniendo mis manos en sus hombros. –Yo puedo olvidar las discusiones que tenemos tú y yo y cualquier cosa en que no estemos de acuerdo para encontrar la verdad. –Me recargué en el cofre con ellos. Hubo un momento de silencio. –Pero ese es el problema. ¿Qué tal que encontramos algo? ¿Qué tal si la verdad no es lo que esperábamos y no estuviéramos listos para descubrirla? No sé, tengo mucho que pensar estos días.

Hubo un silencio más largo. Era obvio que los tres no habíamos considerado la posibilidad de que podríamos encontrar más de lo que estábamos preparados.

– Yo estoy dispuesto. –dijo Manny.

– Graviel. –Pamela tomó mi mano. La miré a los ojos. –Te necesitamos. No tengas miedo.

– Muy bien. –dije al fin. –Hagámoslo.

– Solo un favor… –Manny dijo agachando la mirada. ¿Alguien me puede ayudar a encender mi carro?

– A ver, encendamos esta carcacha. –comentó Pamela.

– ¡Ey! –Exclamó Manny.

No sé qué hizo Pamela, pero después de unos minutos con el cofre levantado logró encender el carro de Manny. Sí que sabía de mecánica. Ella misma lo había dicho, pero parecía raro que una mujer supiera de esas cosas. Digo "esas cosas" porque yo personalmente no sé nada.

– Tienes que remplazar la marcha Manny. –Pamela se limpiaba las manos con una garra. –No va a durar mucho.

– ¿Cuesta mucho? –preguntó Manny. Pamela se río abrazándolo, y luego a mí con el otro brazo. –Están locos los dos.

Papá apareció en la puerta de la casa dos noches después. Venía acompañado por dos oficiales. Bethany y Stacy lo llevaron a su cama. La policía había recibido una llamada de una cantina que un individuo no quería dejar los contornos de esta después de cerrar. En vez de arrestarlo, por ser quien es, decidieron traerlo a casa. Olía demasiado mal y las sirvientas tuvieron que bañarlo. Fue un cuadro vergonzoso. Sin embargo, Bethany y Stacy se mantuvieron a su lado todo el tiempo.

El jueves de la siguiente semana Emily y yo fuimos de compras al centro comercial. Quería escoger un vestido para el baile de otoño, pues solo faltaba un par de días. Escogió uno que no quería que mirara, diciendo que era una sorpresa. No dije nada, cosas de mujeres. Fuimos a comer ahí mismo en el centro comercial.

– ¿Qué ha pasado de nuevo con tu grupo? –preguntó Emily mientras comíamos.

– ¿Por qué preguntas? Creí que no te importaba.

– Claro que no me importa. Quiero saber de ti, si quizás hay algo en lo que te pueda ayudar.

– Nada. Emily, Manny y yo hemos decidido investigar la Fraternidad.

– ¿Cómo así?

– Manny ha descubierto documentos que sugieren que hay corrupción en la organización. –dije. Emily dejó de comer y me miró directamente a los ojos.

– ¿Qué tipo de papeles?

– Documentos financieros, creo. No sé, Manny los tiene guardados.

– ¿Los puedo ver?

– No sé. ¿Para qué?

– No, por nada. Olvídalo. Pero dime. ¿y que tienen pensado hacer ahora?

– Bueno Calvin ha dividido al grupo. Marcus y Lukas se han unido a él y a su idea de que todo está bien y aunque dudan, no quieren crear problemas. Así que nosotros tres decidimos actuar en secreto sin que nadie lo sepa. Por lo tanto, no digas nada a nadie. –dije. Emily Se quedó en silencio un momento.

– Por supuesto. –dijo al final. –¿Crees que haya verdad en lo que han descubierto hasta ahora?

– No lo sé, pero si lo es, va a cambiar todo. Absolutamente todo.

– Ten cuidado Graviel. Me preocupas.

Lo que pasó esa tarde después de dejar a Emily, fue algo que todavía no he podido comprender. Sin embargo, en retrospectiva, tengo una idea. Los muchachos y yo íbamos caminando hacia el estacionamiento de la escuela. Era un poco antes de oscurecer.

Habíamos tenido una pequeña junta acerca del baile de otoño. Calvin venía platicando con Manny y repasando algunos temas acerca del día de mañana. Habíamos estacionado nuestros carros detrás de los campos de deportes y teníamos que caminar por ellos de regreso. Yo venía al lado de Lukas. Pamela y Marcus iban enfrente de nosotros platicando. Había árboles en el pasto donde no estaban los campos. Manny arrancaba hojas ocasionalmente de ellos y las mordía. Al momento recibí un mensaje de texto de Emily.

"Tengo una sorpresa para ti mañana. No puedo esperar más para verte ❤ ❤"
No le contesté al instante. Pensé en qué responderle y me detuve a escribirle algo mientras los muchachos se adelantaban. Al momento, sentí algo metálico y frío en mi cien que me hizo mover mi cabeza hacia el lado. Levanté la mirada lentamente y por enfrente venía una mochila volando hacia mi dirección, que me pegó de lado. A la vez, una mano que sostenía una pistola apuntando a mi cabeza. En cuestión de milisegundos, se escuchó un disparo tan cerca de mi cabeza que quedé aturdido y caí al suelo mirando hacia arriba. Pude ver que venía Calvin, Manny y los demás corriendo en dirección hacia mí. Alguien había tratado de dispararme y alguien lo había detenido con su mochila.

El primer "alguien" era un muchacho con un suéter y capucha de negro con la cara cubierta. Se echó a correr inmediatamente. Los muchachos fueron tras él. Pamela se quedó conmigo y me ayudó a levantarme. Decía algo, pero no la podía escuchar, solo escuchaba un timbrado fuerte que hacía que me doliera toda la cabeza.

– Graviel, ¡Graviel! –Gritó Pamela agarrándome la cara.

– Sí, sí, estoy bien. –le dije. Estaba sentado en el pasto y Pamela hincada junto a mí. Me ayudó a levantar y me dio un abrazo.

– Creo que alguien trato de matarme.

– ¡¿Crees?! –gritó Pamela sarcásticamente. –Espero lo atrapen. –dijo mirando en dirección a ellos. –Ahí viene Manny.

– ¿Lo atraparon? –Pregunté.

– No sé. No pude correr tan rápido como ellos. –dijo tratando de recobrar su respiración. –Ahora sí estamos en guerra. Esto no podemos dejarlo pasar.

– Cobardes. ¿Quién se atreve a ir a esos métodos? –dijo Pamela a nadie en particular.

Calvin y los demás venían trotando.

– No lo alcanzamos. Era rápido el imbécil. –dijo Calvin. –Pamela, llama a la policía. Debemos hacer un reporte.

– Sí. –Pamela sacó su celular.

– Debo dejar de fumar. –Lukas se tiró al suelo, a un lado de nosotros.

– Creo que era León. –Marcus estaba sudando, de pie con sus manos en sus rodillas.

– ¿Cómo sabes? –preguntó Calvin.

– Traía los mismos zapatos que usa León. –dijo.

– Debemos reportarlos. –dijo Calvin. –No podemos dejar que se atrevan a usar armas en la fraternidad.

– ¿Ahora sí me crees? –pregunto Manny.

– Eso no tiene nada que ver Manny. –Calvin dijo. –Hemos visto las salvajadas que ha hecho Frederick. Es obvio que están molestos y frustrados por nuestro grupo.

– Un grupo que quieres deshacer… –Manny puso sus manos en su cintura.

– Perdóname por eso Manny. –Calvin aclaró. –No debí haberlo dicho, pero simplemente no creo que sea como dices. La Fraternidad es una orden de respeto y honor.

– ¿Qué quieres que suceda para que entiendas que las cosas no andan bien? –Preguntó Pamela guardando su celular. –Hoy iba a suceder lo peor.

– ¿Quién arrojó la mochila? –Pregunté.

– Calvin. –dijo Lukas desde el suelo.

– Y a buen tiempo. –exclamó Marcus. –Un segundo más y te hubiera volado los sesos.

– Mañana en vez de baile te estaríamos cafeteando. –dijo Manny.

– ¡Manny! Por favor. –exclamó Pamela.

– Gracias. –miré a Calvin.

– Fue un reflejo. –Calvin puso su mano en mi hombro. –Lo malo fue no poder haberlo aprehendido.

– Esto se está saliendo de control. –Lukas.

– Palabra. –añadió Manny.

– Miren. –Calvin dijo. –les prometo que el lunes hablaré con nuestros obispos de lo que sucedió y también de lo que dijo Manny.

– Sí. Te van a decir la verdad. –Manny se volteó a verme.

– Si quieres, no digo nada Manny. –Calvin dijo.

– No creo que sea buena idea hablar con los obispos aún Edwin, sería mala idea. –Marcus se miraba nervioso, como miraba siempre, con sus ojos enormes. – Creo que las cosas están marchando bien ahora. Esto está fuera de la organización. Se ve como algo más profundo que las dos fraternidades.

– Marcus tiene razón. Creo que son dos cosas separadas. –añadió Calvin.

– Bueno y ¿qué sugieres? –preguntó Pamela. –ahora lo único que está pasando es que nos estamos dividiendo.

– Quien sea que nos quiera ver divididos, lo está logrando. –Calvin me miró a mí. Todos me miraron. Nadie dijo nada más. Sabían que no era el momento

– Por el momento, Manny. –Marcus miró al lado. –Hay que hablar con la policía. Ahí vienen.

Llegó una patrulla y dos oficiales levantaron un reporte de lo que había sucedido. Me extrañaba que no había nadie en los contornos. Ni estudiantes, ni maestros, ni personal de limpieza. Usualmente a esta hora de la tarde siempre había alguien. Los muchachos hablaron más que yo en la declaración y yo solo asentaba con la cabeza y corroboraba la información que ellos daban. Yo estaba un tanto pensativo.

Cuando la policía se fue, Manny, Pamela y yo nos encontramos en el estacionamiento de la escuela.

– ¿Ven? Graviel este ciego. –Manny estaba con sus brazos cruzados.

– No es eso. –Pamela dijo. –Sino que tiene miedo de que lo que ha logrado se venga abajo.

– Así es. –Manny añadió. –Es como si estuviera en negación.

– ¿Estás bien Graviel? – Pamela me tocó el hombro. –Estás muy serio.

– Sí, solo que lo que pasó hoy realmente me hizo pensar en muchas cosas. –le contesté sonriendo.

Manny y Pamela me abrazaron en grupo.

– Disculpa por meterte en esto Graviel. –Manny dijo.

– Perdón por meterte en esto Pamela. –le dije a Pamela.

– Ya estamos aquí. ¿Qué le vamos a hacer? –Pamela sonrió.

– Hasta luego muchachos. –les dije al final.

– Vamos, Pamela, ayúdame a encender mi carro. –Manny metió sus manos en las bolsas de sus pantalones. Pamela levantó la mirada al cielo. –Ya ordené la marcha no te preocupes.

Al llegar a casa, abracé a Bethany como no la había abrazado en mucho tiempo. No preguntó nada al respecto, era demasiado cariñosa como para quejarse de un abrazo. Fui al cuarto de papá y estaba dormido en su cama. Lo miré desde la puerta por mucho tiempo. Bethany estaba con él la mayoría del tiempo, cuidándolo, trayéndole de comer, asegurándose de que descansara bien. No podía creer cómo podía quererlo tanto sabiendo que papá no quería verla. Bethany era bastante terca, pero llena de amor.

Recordé una vez cuando vivíamos con el abuelo. Un día pasó un pastorcillo con cientos de chivos por nuestra casa. Vivíamos fuera de la ciudad y ver animales no era nada nuevo, pero este pastor había pasado muy cerca de nuestra casa y uno de los chivos entro a nuestra propiedad, alejándose de la manada. Al principio Bethany le tenía miedo, pero pronto se hizo amiga de él. Lo llamó Cornelio. El abuelo dijo que no debía encariñarse con él ya que el pastorcillo sí o sí volvería tarde o temprano por él. Bethany lo adoptó como suyo por las próximas dos semanas. Le daba zanahorias y manzanas, pero este animal era de lo más testarudo que te puedas imaginar. No quería comestibles, quería comer papel y morder cartón.

Si han escuchado la excusa de que "el perro se comió mi tarea," te sorprenderás de que este chivo en realidad se comió mi tarea varias veces. Bethany lo bañaba en una tina en el patio y la única forma que se mantenía quieto era mascando una caja de cartón, pero al momento que Bethany terminaba, el animal se iba corriendo por todo el patio, revolcándose en la tierra a ensuciarse otra vez. Bethany lo tomaba de los cuernos y le ponía el dedo en sus ojos y le decía que era un chico malo, que no se había ganado las manzanas de postre. Bethany aun así se las daba. Tal como el abuelo había dicho, después de unas semanas regresó el pastorcillo a nuestra casa preguntando si había un chivo extraviado. El abuelo lo llevo al patio y el pastorcillo le echó un lazo por los cuernos. Dijo que era uno de sus chivos mejor portados. Nos dio las gracias y se lo llevó, fuera de mi tarea y de la vida de Bethany. Ella lloró y estuvo triste por unos días, pero se le olvidó. Así miraba la relación entre ella y papá ahora.

— No se separa de él. —Stacy habló por detrás de mí interrumpiendo mis pensamientos.

— Hola Stacy.

— Es muy noble.

— Lo es.

— Estoy muy contento de que estén aquí, Graviel.

— Gracias. —dije. Hubo una pausa silenciosa. Bethany se acercó a nosotros.

— ¿Stacy? —Bethany miraba hacia arriba.

— ¿Sí? —Stacy se inclinó hacia ella.

— Por favor no lo dejes. —Bethany habló con su voz quebrada.

— Bethany…

— Te prometo que trataré de verte como mi mamá sinceramente, pero no lo dejes. Él te necesita.

— Bethany, por Dios… —dijo Stacy tapándose la boca. Estaba comenzando a llorar. Le dio un abrazo. —Eres una niña muy especial, ¿sabes?

— Prométemelo, por favor.

— Te lo prometo. Claro que te lo prometo.

— Gracias.

Al siguiente día era el baile de otoño. Nuestro grupo había decidido ir juntos en una limosina con nuestras parejas. Llegaríamos a la escuela un poco antes de anochecer. En la preparatoria de mi ciudad nunca había asistido a ningún baile porque no me interesó nunca nada de eso. Emily había cambiado todo. Me estaba enamorando mucho de ella y estaba tan feliz que no quería que nada cambiara. Le llamé por teléfono esa mañana y hablamos de esa noche. No le platiqué lo que había pasado la tarde anterior porque no quería que se perdiera la emoción. Planeé decirle toda esa noche después del baile.

Bethany me ayudó a alistarme. Había comprado un traje formal de pingüino y estaba batallando para ponerme el moño.

— ¿Cuándo voy a conocer a tu novia? —preguntó Bethany mientras amarraba mi chaleco por detrás. Estaba parada en un banco.

— Pronto. Ella quiere el momento perfecto.

— Pero una foto o algo.

— A Emily no le gustan las fotos.

— ¿Y eso?

— No lo sé.

— Ok, o esta muchacha está en tu imaginación o es una agente de la D.I.A. —dijo. Me quedé callado un largo tiempo.

— ¿Por qué dices eso?

— Ahí está. —dijo dando un brinco del banco. —Te ves guapo. ¡Mayra! —Gritó Bethany por la puerta.

— Sí señorita ya está listo. —dijo la sirvienta entrando por la puerta con mi saco. Ella y Bethany ayudaron a ponérmelo.

— ¿Qué te parece Mayra? —preguntó Bethany.

— Muy lindo. Se ve guapo señor. Muy elegante. —dijo juntando las manos.

— Hola hijo. —Papá se asomó desde la puerta. Bethany corrió a abrazarlo y él le tocó la cabeza dándole un beso.

— Hola papá. ¿Cómo me veo?

— Tienes el moño chueco. —se acercó a mí. Me deshizo el moño y lo armó de nuevo. —Yo fui a muchos bailes formales con tu madre. ¿Cómo se llama tu novia?

— Emily.

— ¿Es linda?

— Lindísima.

— Trátala como una princesa. —dijo acomodándome el moño en el cuello. Se volvió al espejo junto conmigo y nos vimos los dos en el reflejo.

– ¿Qué piensas?

– Te ves bien.

– ¿Estarás bien?

– Lo estaré. Ve y diviértete. Tu madre estaría orgullosa de ti. –Me dio un beso en la frente. –Vamos, no tardan en venir por ti.

Bajamos juntos a la sala. Kim y Stacy estaban allí y se sorprendieron al verme.

– Vaya, que elegante. –Kim dijo con una sonrisa de oreja a oreja. También ella estaba vestida para el baile. Traía un vestido largo azul marino con mangas largas también. Al instante se escuchó el claxon de la limosina afuera. Kim se asomó por la puerta.

– ¿Se van a ir en eso? ¡Papá ven a ver!

– ¿Hijo es ese un Porsche?

– Sí.

– ¿Cómo le hicieron para conseguirlo? –papá miraba desde la puerta. Era una limosina blanca, en forma de Porsche, con las puertas que se abrían verticalmente.

– Marcus y yo la rentamos. –En realidad, Marcus había escogido el modelo. Yo solo le ayudé a rentarla sin preguntarle. Marcus sabía más de esas cosas que yo. Él era naturalmente rico.

– ¿Puedo irme con ustedes? –preguntó Kim emocionada.

– Por supuesto. –dije.

– "Por su–pues–to." –dijo Bethany burlándose de mí. Le di un beso y nos despedimos.

La limosina era realmente elegante. El chofer estaba esperándonos afuera de la puerta y la abrió cuando llegamos. Arriba ya estaban Calvin, Marcus, Manny, Lukas y su pareja. Kim los saludó inmediatamente y ellos a ella.

– ¿Qué te parece la limosina Graviel? –preguntó Marcus.

– Excelente.

– ¿Cuántas personas caben? –preguntó Manny.

– Quince. –Marcus pensó un poco. Manny comenzó a contar con los dedos.

– Los mismos que en la van de mi papá. Nada mal. –Manny se miraba satisfecho.

Todos traían trajes negros de pingüino. Habíamos decidido vestirnos iguales. Sin embargo, Lukas y su pareja, quien se presentó conmigo como "Winter," se veían un tanto diferentes. Lukas usaba maquillaje negro debajo de los ojos y su pelo rubio largo lo hacía ver como un vampiro. Winter también era rubia y traía su pelo lacio, largo hasta los codos y un velo negro cubriéndolo. Su vestido era apegado a su cintura y de tirantes gruesos, pero ampón con bastante crinolina. Parecía una muñeca salida de una película de horror, sin embargo, nada mal.

Primero recogimos a la pareja de Calvin. Era una muchacha negra, muy bonita de ojos grandes, con un vestido de noche, rojo sin mangas; también llevaba guantes. Después a la pareja de Manny en el barrio donde habíamos tenido la carrera hacía unas semanas.

– ¿Te acuerdas Graviel? –preguntó Lukas haciendo como si estuviera sosteniendo un volante. Le dio un codazo a Marcus, quien sonrió. La pareja de Manny era una muchacha hispana con el pelo cortito, chino, y un vestido negro largo con mangas largas. Estaba mascando chicle.

– Guau, qué limosina. –dijo ella. – ¡Qué retepadrísimo está, no manches!

– Sí. –dijo Manny. –La rentamos entre mis amigos y yo. –todos nos miramos y sonreímos. Su novia se parecía bastante a él.

Después fuimos por Emily que me había dado una dirección en las afueras de la ciudad. Cuando llegamos a su casa era de ladrillo sin muchos vecinos. Me bajé para ir por ella y salió apurada. Me abrazó y me dio un beso.

– Te ves guapísimo. –me sonrió.

— ¿Yo? Mírate tú. —le dije agarrándole las manos. Traía un vestido azul marino con mangas anchas y una rajada en su pierna y una pequeña partida en medio del pecho. Su cabello suelto, ondulado y una pequeña flor en su oreja. —Te ves bellísima. —Le dije y le di un beso en la mejilla.

— Vámonos pues. —Emily casi me haló a la limosina.

— ¿No quieres que hable con tus papás?

— No.

— ¿Por qué?

— No están.

En la limosina le presenté a mi hermana Kim. Los muchachos ya habían tenido el honor de conocerla desde antes.

— ¿No te molesta que lo abrace? —Kim preguntó juntándose a mi lado y poniendo su brazo alrededor de mí.

— Claro que no. —Emily sonrió.

La limosina se estaba llenando, pero faltaba una persona más. Pamela. Cuando llegamos a su barrio, el chofer tuvo que bajar la velocidad a casi detenerse porque había muchos hoyos y poca carretera. Todos estaban callados porque no querían comentar, excepto por Marcus, quien estaba ansioso por llegar con ella. Cuando llegamos a su casa, salió Pamela a la puerta con su mamá y miré como la mamá se tapó la boca al ver la limosina. Marcus salió y la mamá discutía con Pamela de algo apuntando a Marcus. Cuando llegó donde estaban ellas, Marcus le besó la mano a su mamá y luego a Pamela. Todo un caballero.

— Parece que hizo el vestido ella misma. —Susurró Emily a mi lado. Kim la escuchó y me miró, confundida. Yo no dije nada.

Cuando subieron, Pamela saludó a todos y se sentó en silencio con Marcus. Calvin sacó una de las botellas de vino de la vitrina, dándonos una copa a todos. Cada uno se la iba llenando conforme pasábamos la botella.

– Por los amigos. –Calvin levantó su copa.

– Y por vida. –dijo Marcus.

– Por los amigos y la vida. –dijimos todos.

Al llegar a la escuela, todos se quedaron mirando nuestra limosina. La mayoría de las parejas llegaron en sus automóviles o los trajeron. El salón lo habían decorado muy elegante. Había tres sets de escalones para llegar a la puerta y en ellos una alfombra roja. Todos venían vestidos para la ocasión, como era de costumbre, listos para una noche inolvidable, así sería para mí sin duda. Calvin y su pareja iban delante seguidos por Manny, Marcus, Lukas, y atrás yo. Kim se perdió de inmediato con sus amigas. No creo que ella tuviera pareja.

Al entrar al salón, que, de hecho, yo nunca había entrado, me percaté que era un magnífico ejemplo de la grandeza de la ingeniería. Parecía un enorme templo de adoración por dentro, te daba un sentimiento de solemnidad; las paredes con diseños de querubines y los vidrios de las ventanas eran de colores, contando historias de ángeles en la trayectoria espiritual de la humanidad. Por encima de la puerta de entrada, estaba un cuadro enorme.

– ¡Qué belleza! –Emily miraba alrededor como yo.

– Lo sé. ¿Quién es ese del cuadro?

– No lo sé.

– Es Lucifer. –dijo Manny mirando al cuadro enorme.

– Pues no parece. –dije.

– Claro que no porque fue antes de que cayera de la gloria –comenzó a decir Manny. Todos se acercaron a escucharlo. –Lucifer era el arcángel que dirigía la alabanza de Dios. La música que componía no se comparaba con melodías terrenales porque estaban compuestas por la mente de Dios. Poco a poco comenzó a sentir celos por como el ejército del cielo adoraba a Elohim. Le gustó eso. Él lo quería también. Después se reveló contra Dios, y él junto con sus seguidores se apoderaron de un mundo donde creó una raza humana para librar una guerra en el cielo y derrocar a Dios. Esa raza era de humanos sin alma, y sin capacidad de libre albedrio, lo que después se conoció como los neandertales. Por supuesto Dios destruyó a esa raza y los ángeles que se revelaron fueron enviados a lo más profundo de la tierra donde se convirtieron en demonios. Luego el abismo no los pudo contener y ahora habitan en la atmósfera cerca de la tierra. Después de la guerra, Dios encontró la tierra desordenada y vacía y la restauró, junto con una raza humana creada a su imagen. Ahora Lucifer y sus demonios salen a la atmósfera a tratar de convencer a la humanidad creada por Dios a que caiga de su gloria. Ahí se ve en su belleza de ángel, antes de que por su propia rebelión se convirtiera en un ser espantoso y repugnante. Por eso está con su armadura y sus alas, como querubín que es. Mira cómo tiene su vara de oro puro y su pie encima de esa roca, una mano sosteniendo la vara y la otra apuntando hacia el cielo. Sus cabellos grises largos significan la majestad de la belleza que Dios le dio. Ciertamente un ser perfecto. Su dedo significa su intención de llegar al trono del Altísimo, momentos antes que dirigiera la tercera parte de los ángeles a revelarse contra Dios por su orgullo y su prepotencia, que creía ser como Dios y gobernar el cielo.

– Vaya. –susurró Emily. –¿Cómo sabes todo eso?

– Está escrito aquí en la descripción del cuadro. –Manny apuntó a una placa sostenida por una vara de metal desde el suelo. Todos reímos.

La tarde se convirtió en noche y todos nos perdimos en el baile. La banda que estaba tocando era un tanto moderna y tocó mucha música movida. Emily y yo la estábamos pasando muy bien. En ocasiones me topaba con algunos de los muchachos y se veía que estaban pasando un buen tiempo también. Emily y yo fuimos a sentarnos a una mesa después de bailar.

— Tienes tu moño chueco. —Emily alzó su voz en medio de la música, haciéndose el pelo hacia atrás.

— Con este ambiente qué importa. —dije en voz alta también yo. La música no nos dejaba hablar normal a veces.

— Voy al baño, ya regreso. —dijo y se fue.

Me quedé sentado a la mesa, pude ver a Pamela de pie en el bar con Marcus y fui a donde estaba. Al caminar hacia ellos, Frederick me empujó y caí al suelo. Algunos muchachos dejaron de bailar, pero la música no paró. Me miró hacia abajo sin inclinar el rostro, como si yo fuera el suelo que pisaba. Sonrió. León estaba con él y otros más.

— Quítate de mi camino gusano. —dijo riendo. Me puse de pie y al instante llegó Calvin.

— ¿Qué rayos te pasa? —le dijo poniéndosele enfrente. Lo jalé hacia atrás.

— Relájense. No vinimos a pelear. —dijo León. Pude oler alcohol en su aliento y en Frederick también.

— Sabemos que ustedes no están compitiendo conforme a las reglas y los voy a reportar. —dijo Calvin.

— Ja, ja, ja. —se carcajeó Frederick. —No tienes idea de lo que dices. Estás muy lejos Calvin. Tú y los tuyos. Nosotros hemos evolucionado a otro nivel de guerra que no te esperas.

— Tú fuiste quien trató de dispararle a Graviel. —dijo Pamela detrás de León.

— ¿Qué rayos dices? —León dijo enojado. Pamela le echó una copa de bebida en la cara. Este la tomó por el pelo y Marcus llegó por detrás, tomándolo del cuello y aplicándole una llave, y lo dejó sin respirar. Hoy había visto a Marcus perder su obsesión compulsiva de no besar ni tocar a nadie.

– No… la toques porque te mato. –dijo Marcus. –Te mato.

A esto la música paró y llegaron unos profesores.

– Suéltalo Marcus. –dijo uno. Marcus lo soltó. –Aquí no pasa nada muchachos. No dejen que las hormonas les haga cometer errores. Hoy es un día de fiesta. –Dijo. Todo el mundo estaba callado. – ¡PELEA ENTRE TEMPLARIOS Y CABALLEROS DE COLÓN! –Dijo el profesor extendiendo las manos y sonriendo, como si fuera algo que todos debían saber ya. –¡QUÉ SIGA LA FIESTA! ¡LEEREMOS DE ESTO EL LUNES EN EL DIARIO ESCOLAR! –Gritó y aplaudió. Todos regresaron a sus asuntos y la música siguió.

– Con que a esas vamos. –dijo Frederick a Marcus. –Tú lo has dicho. Todos ustedes son una plaga. – nos apuntó, que para entonces ya estábamos todo el grupo junto de nuevo.

Todos se fueron por su camino y Emily llegó.

– ¿Qué pasó?

– Nada. No te preocupes. Frederick causando problemas.

– Por Dios. No tienen consideración ni porque estamos en un evento escolar. Ven vámonos. –dijo estirándome la mano para irnos a sentar. Pamela me veía desde lejos con una copa en su mano. Marcus no estaba con ella.

Una hora o algo así más tarde, comenzaron las canciones lentas. Emily y yo bailamos lento una o dos canciones. Pamela y Marcus también bailaron un poco, de vez en cuando los ojos de Pamela se juntaban con los míos, terminando en una leve sonrisa. Al terminar la canción fuimos a la mesa y Emily recibió una llamada.

– Es mi mamá. Tengo que salir un momento. Ya regreso. –dijo dándome un beso. Inmediatamente volteé a ver a Pamela, quien estaba en el bar de pie con Marcus. Este se separó de ella por un momento y caminé hacia ella.

– Hola. –dije nervioso.

– Hola. –contestó ella sonriendo.

– Te ves muy bonita. Me gusta tu vestido.

– Gracias. Lo hice yo misma.

– Vaya, pues te quedó muy bien. ¿Cómo... cómo te va con Marcus?

– Somos amigos solamente. –dijo rápidamente.

– Oh ok, sí. Bueno. Yo solo quería decirte que te veías muy bien.

– Hola Graviel. –dijo Marcus. Llegó por detrás de mí.

– Hola. Yo estaba... –comencé a decir, cuando de repente una persona que estaba sentada en el bar detrás de Pamela salió corriendo del lugar. Traía la cara cubierta con una capucha y estaba descalza. Había salido corriendo como apurada por algo. En el baile había personas que se habían disfrazado como Lukas y su novia así que no pensé mucho sobre el asunto en ese momento.

– ¿Todo bien? ¿Dónde está Emily? –pregunto Marcus.

– Salió a tomar una llamada. Solo vine a decir hola.

– ¿Bailamos Pamela? –preguntó Marcus.

– Claro. Permíteme ir al baño y regreso. –Pamela hizo la seña con sus dedos de "un momento" y se fue.

– ¿Sabes Graviel? –Marcus estaba decidiendo cuál era su vaso de bebida. –Estoy muy contento hoy. No sé, siento que Pamela y yo realmente estamos entendiéndonos. ¿No sabes cuál es mi bebida?

– No, yo acabo de llegar.

– Bueno, ¿Qué piensas?

– Muy bien amigo mío, suerte con ella, es buena persona.

– La verdad que lo es. No le digas a Calvin, pero... –Marcus hizo una larga pausa. Me quedé mirándolo.

– ¿Sí?

Capítulo 12

— **P**amela me gusta.

— Vaya. Guau. Bueno, te deseo la mejor suerte. Y no te preocupes, no le diré nada a nadie.

— Me siento muy contento la verdad. Ella… me calma. Ya sabes, yo soy una persona muy nerviosa, sobre todo con las mujeres. Ella es diferente ¿sabes? Me ayuda solo con su presencia. Creo que le voy a pedir que sea mi novia cuando termine la noche. —Marcus me está mirando, supongo que buscando mi aprobación. Lo miré también.

— Marcus, estoy muy contento por ti. Pamela será afortunada de tenerte. Tiene que aceptar ser tu novia. Rayos, yo te aceptaría. —le puse mi mano en su hombro, los dos reímos. Era la primera vez que había visto a Marcus reír. Realmente estaba contento.

Pamela regresó no más tarde de eso.

– ¿Cuál es mi bebida Pamela? –preguntó Marcus. Ella se volteó y le dio la copa a Marcus. Este la tomó de un trago y poniéndola en una mesa puso sus manos en su cintura. ¿Bailamos ahora sí? –extendió su mano a Pamela. Ella le dio la mano mirándome, sorprendida también como yo.

Al instante. Marcus se detuvo. Hizo una mueca y sus ojos comenzaron a oscurecerse. Se veía débil y tambaleando. Pamela y yo lo tomamos de las manos, luego empezó a luchar por respirar.

– Marcus. ¡MARCUS! ¿QUÉ PASA? –le grité. Sus ojos se comenzaron a tornar hacia atrás. Pamela comenzó a gritar por ayuda. Todo se detuvo y los muchachos llegaron de inmediato. Me quité el saco rápidamente y comencé a hacerle primeros auxilios. Pamela estaba llorando hincada a su lado sosteniéndole la mano.

– ¡HA SIDO ENVENENADO! –Gritó Manny.

– Resiste amigo, resiste. –dije mientras seguía auxiliándolo. Su rostro se tornó morado y comenzó a salirle espuma por la boca. – ¡NO! ¡NO POR DIOS NO!

– ¡LLAMEN A UNA AMBULANCIA POR EL AMOR DE DIOS! –Gritó Pamela. Todas las muchachas miraban mientras lloraban asustadas.

Después de varios minutos de hacerle primeros auxilios, Calvin me hizo a un lado para continuar él. Recargué mi espalda en el bar sentado en el suelo, llorando, exhausto. Todo se tornó en cámara lenta. Al mirar entre la gente pude ver a Frederick a lo lejos, caminando hacia la entrada, sonriendo. Su rostro se veía macabro, como en un trance caminando lento y mirando hacia nuestra dirección. La gente le pasaba corriendo por enfrente y él no perdía la mirada hacia Marcus, yaciendo en el piso. Su mirada no parecía humana, sino diabólica, como una víbora antes de morder. Se detuvo enfrente de la entrada, bajo el cuadro de Lucifer mirando a

Marcus con una satisfacción en su rostro, como un vaso de agua fría en un día caluroso. Retorcía su cuello como una serpiente satisfecha.

Yo estaba llorando y me acerqué a Marcus. Calvin estaba aún tratando de revivirlo. Pamela tenía su rostro en el suelo, llorando. Manny le había quitado los zapatos y su moño. Frederick estaba recargado en la entrada del edificio cuando llegaron los paramédicos. Nos hicieron a un lado y después de unos momentos, dijeron que no tenía pulso. Lo subieron a la camilla y la ambulancia se lo llevó.

Horas después, estábamos Pamela y yo en la jefatura de policía. Nos habían llevado justo después de que se llevaron a Marcus. Nos estaban interrogando por separado.

– Pase por aquí señor. –dijo un oficial llevándome a un cuarto donde estaba una mesa y dos sillas en el centro. Solo un foco colgando de un cable alumbraba el centro de la mesa. –Siéntese por favor. –dijo señalándome a la silla. Me senté y cerró la puerta tras él.

Me quedé sentado mirando hacia enfrente. Había un vidrio oscuro en la pared frente a mí. Todavía estaba procesando lo que había pasado. Sentía como si todo fuera un sueño del cual esperaba despertar. No traía mi saco, no sé dónde había quedado. Solo traía mi chaleco y mis mangas arremangadas hasta los codos. Estaba frío ahí. El sudor en mi cuerpo se sentía frío en este cuarto.

– Señor Richardson. –alguien finalmente abrió la puerta. No volteé a verlo. Se puso enfrente de mi enseñándome su placa. Era muy distintiva ya que tenía un escudo cromado con el número de placa por la parte de arriba y abajo un águila cubriendo las letras D.E.O. –Mi nombre es Michael Cohen. Soy el detective a cargo de investigaciones de homicidio. –se recargó en la mesa, de pie hacia atrás. Podía sentir su mirada.

– ¿Ha muerto? –pregunté mirándolo a los ojos. Era un hombre joven, blanco, muy alto. Su pelo corto hacia un lado y lentes con rines gruesos oscuros. Usaba saco y corbata. Me miró y sus ojos se dirigieron abajo, a la mesa. Asintió con la cabeza. Cerré mis ojos y sin hacer ruido, lloré.

— Graviel. Sé que no tuviste nada que ver.

— ¿Ah sí? Nosotros nunca hacemos nada malo, ¿verdad? Para la policía mi familia siempre es inocente. Pude haber sido culpable muchas veces y ustedes dijeron que me dejarán ir. Me da alivio al saber que se van a enfocar mucho en investigar la muerte de mi amigo.

— No Graviel. Nuestra división se llama Departamento Elite de Operaciones. Nosotros no somos corruptos como lo son los policías de la jefatura de la ciudad de Aphoria. Nosotros tomamos casos y los investigamos sin estar en libro de pagos de La Hermandad.

Lo miré fijamente a los ojos.

— ¿La Hermandad?

— Con dinero puedes comprar las cortes que quieras. —sonrió Cohen. —Nosotros no. Trabajamos independientemente.

Estaba un poco confundido. Había escuchado de La Hermandad en algún lugar, pero no lo podía recordar.

— ¿Qué es La Hermandad? —pregunté. Se sentó en la silla frente a mí y me miró cruzando sus brazos.

— No me digas que no lo sabes.

— No puedo decir que sí. Aunque debo admitir que he escuchado esa palabra antes.

— ¿Esa cadena que traes en el cuello? —preguntó apuntando a mi pecho. Como una ola, me vino a la mente todo lo que el abuelo me había dicho antes de viajar a Aphoria y lo que Rosenfield me había dicho aquella vez de que entráramos a la empresa de papá Bethany y yo.

— ¿Qué sabes de La Hermandad? —Le pregunté tocando mi cadena con los dedos. Hubo un silencio entre nosotros.

– No mucho. –Cohen dijo suspirando. –La Hermandad es un grupo de hombres, cabezas de varias empresas y organizaciones que se unen secretamente para una agenda especial. Tiene varias organizaciones de la ciudad en la chequera; son intocables. La cabeza de La Hermandad es un fantasma. No sabemos quién es. Nadie lo conoce.

– ¿Sabes quién soy yo?

– Tú eres el bisnieto del creador, sí. Pero tu bisabuelo ha muerto y tu abuelo se ha retirado, y ahora solo es un consultante; al menos es lo que la evidencia dice. Hay alguien más que está dirigiendo y vaya que esta tras unas cortinas de humo muy gruesas.

– ¿Cómo … ejem… cómo sabes que no es mi abuelo?

– Es obvio. Tu abuelo vive lejos. Alguien está haciendo movimientos aquí. No es posible. Aunque… aunque nada es imposible. Hemos puesto vigilancia y no llegamos a nada.

– ¿Por qué no me usas a mí?

– No. Fuera de la cuestión. Sería bastante peligroso para ti.

– No me importa. Quiero saber quién le hizo esto a Marcus.

– Por ahora necesito saber qué viste antes de que Marcus tomara esa copa.

– Pamela llegó detrás de él y él le pidió su bebida. Ella se la dio.

– ¿Crees que Pamela haya tenido algo que ver?

– No. Absolutamente no

– Ella fue la que le dio la copa, Graviel.

– Lo sé. Se ve mal. Pero ella no pudo haber sido.

– No sé qué pensar, pero vamos a llegar al fondo de esto y vamos a llevar al culpable a la justicia.

– Todavía no lo puedo creer.

– ¿No tienes idea de alguien que le quería hacer daño? ¿Algún enemigo?

– No. – Mentí. No mencioné a Frederick. Si él había tenido algo que ver, iba a lidiar con el yo personalmente.

– ¿Estarías de acuerdo con dejar tus huellas y regresar después para un detector de mentiras? Toma mi tarjeta.

– Ahora que recuerdo. Hubo alguien que estaba sentado al lado de Pamela cuando yo estaba platicando con ella y cuando Marcus llegó, salió corriendo hacia afuera.

– ¿Cómo era ese alguien?

– Es difícil describir. Traía una capa y la capucha puesta. Estaba descalzo o descalza. No sé si era hombre o mujer. Era una capa color café oscuro, muchas personas iban vestidas de diferentes formas, no se me hizo raro ver a esa persona así, hasta ahora.

– Entiendo. Bueno. Si tienes más información, llámame. –dijo apuntando a la tarjeta en mi mano.

– ¿Te vas? ¿no vas a tomar mi declaración? ¿La de Pamela?

– No. –sonrió en la puerta. – Yo no estoy a cargo de esta investigación. Yo solo vine a visitarte. Piensa en lo que te dije.

Cohen se fue y después de un rato más entraron dos detectives de la policía de Aphoria que tomaron mi declaración formalmente y en video. Todo fue muy de rutina, aunque los detectives no se portaron lo más cordiales, nos dejaron ir a todos después de hablar toda la noche con cada uno por separado. Al salir del cuarto de interrogación, estábamos Manny, Lukas, Pamela y yo sentados en la sala de espera. En otras sillas a un lado estaba Emily también. Todos se pusieron de pie al verme. Pamela corrió y me abrazo fuertemente mientras lloraba.

– Está bien. Todo está bien. –le dije acariciándole el pelo. Calvin, Manny y Lukas se acercaron a nosotros y nos abrazamos en grupo. Vaya que nos hacía falta uno. Lloramos juntos un rato.

El funeral de Marcus fue tan gris y oscuro como largo y lento. La tarde era opaca, le faltaba el brillo que emitía el sol en pleno atardecer, ya que las nubes cubrían cualquier señal de luz. La familia de Marcus no era mucha, pero se presentaron muchos amigos de sus carreras al igual que de la escuela, así como también amigos de la familia y por supuesto todos los Templarios. Una caravana de docenas de carros seguía la carroza que llevaba el cuerpo de ese muchacho que había llegado tan lejos en tampoco tiempo de su vida.

Pudimos escuchar comentarios y susurros de personas que decían que era una ironía que Marcus corriera carreras, algo que era sumamente peligroso, y que hubiera muerto envenenado. Susurros y voces era lo único que se oía, nadie hablaba alto, no escuchamos algo más fuerte que un tosido. Los muchachos del grupo cargamos su féretro y tuvimos el honor de sentarnos enfrente de todos, junto con sus padres; también en el cementerio.

Ahora éramos solo cinco. Los adecuados para el grupo. ¿Quién podría beneficiarse de eso? Pensaba que quizás había un soplón en nuestro grupo, pero ¿Quién? Miré a Manny, a Calvin, a Lukas. Calvin quería deshacerse de uno porque decía que éramos bastantes, pero él y Marcus eran tan amigos como Manny. Lukas era el más callado después de Marcus y no tan cercano a Manny y Calvin. ¿Qué beneficio podría tener Lukas de eliminar a Marcus? No. No puede ser. Ninguno de nosotros pudo haber sido. Bueno, al menos sabía que ellos también pensaban que yo tenía algo que ver. Necesitaba tiempo para pensar. Ese no era el momento de culpar a nadie. Era el momento de estar en silencio y meditar.

La siguiente semana tuvimos una junta en el sótano con nuestro obispo Edwin Drake. Calvin había programado la cita.
– …y por eso creo que los Caballeros de Colón se están pasando en sus métodos de pelea y están causando problemas. –terminó Calvin.
– Bueno y, ¿qué quieres que yo haga? –preguntó Drake. Calvin me miró y luego a Manny. Manny hizo una mirada de disgusto.

– Quisiera que se hiciera una investigación a ver si los Caballeros de Colón tuvieron algo que ver con el asesinato de Marcus y con el atentado a Graviel.

– No espera, espera; eso es diferente, una cosa es una queja de mala educación o comportamiento de un estudiante y otra es acusarlo de intento de asesinato. Nosotros no somos la policía Calvin y no vamos a hacer un trabajo que no nos corresponde.

– Pero puede haber alguien que lo esté cubriendo.

– Si tienes información te aconsejo que vayas a la policía.

– La policía no está haciendo su trabajo.

– ¡ESO ES ALGO QUE NO ME INCUMBE! ¡SI TIENES INFORMACIÓN, VE A LA POLICIA!

– La familia de Marcus donaba a la escuela generosamente y nunca hicieron preguntas.

– … No … podemos hacer nada, Calvin. Lamentablemente hay cosas que no podemos alcanzar como obispos.

– Entonces pido una audiencia con el obispo presidente.

– El obispo presidente no es alguien que puede hacer audiencias.

– Humildemente pido que haga una excepción.

– Me temo que me voy a negar.

– Pero señor…

– Calvin. –Dijo Drake poniéndose de pie. Lamento lo que le pasó a Marcus, pero no podemos obstruir asuntos policiales, ni tú ni nosotros. No quisiera que fuera de esa manera, pero lo es. Lo siento. En verdad lo siento. –dijo. Se levantó de su escritorio.

– Es usted una garrapata señor. –dijo Pamela lo suficientemente alto para que resonara su voz en eco en la sala. Todos la volteamos a ver. Drake le dio una mirada de advertencia. –Una garrapata y una vergüenza para la Fraternidad.

– Discúlpela señor. –Calvin levantó las manos frente a él. –Todos estamos estresados con lo de Marcus, no quiso decirlo. –dijo nervioso. Drake se acomodó el saco y se fue.

Al terminar con esa amarga junta, nos congregamos fuera del edificio. Calvin le llamó la atención a Pamela por lo que había dicho y después de que esta no hizo caso, se despidió de nosotros. Recibí un texto de Emily y al igual me despedí. Habíamos quedado de vernos en el parque que estaba cerca de mi casa. Emily no había ido al funeral de Marcus porque había salido de la ciudad por asuntos familiares. Este era el día que había regresado.

– Hola amor. –Emily me dio un beso. Me estaba esperando.

– ¿Qué tal?

– Yo bien. ¿Cómo estás tú? Perdón por… no haber podido estar contigo en estos momentos difíciles.

– No te preocupes, hemos estado muy ocupados, de hecho.

– ¿No tienen alguna pista de quién pudo haber sido? –Emily y yo caminábamos por la banqueta, que estaba llena de hojas caídas de los árboles que se meneaban con el viento frío del invierno.

– Aún no. Pienso que de alguna manera Frederick está involucrado.

– ¿Por qué lo dices?

– El día que Marcus murió, él estaba ahí. Su presencia me pareció un tanto sospechosa. Sé que alguien lo ayudó. Detrás de Pamela había alguien con una capa. Obvio no sé quién es, pero lo voy a averiguar y esa persona va a pagar muy caro. –dije. Emily abrazó mi brazo fuertemente.

– Quisiera que dejaras ir eso.

– ¿Por qué?

– No quiero que te metas en problemas. No quiero perderte.

– No te preocupes. No me perderás. Eso te lo prometo.

– Piensa en tu familia, en tu hermana. No quisieras que algo les pasara.

– Si algo le pasa a mi familia y encuentro al culpable, el diablo se sonrojaría por lo que yo le haría.

– Bueno no hablemos de eso. Ejem. Te tengo una sorpresa.

Llegamos a su todoterreno. Nos subimos y condujo hasta la montaña a la que fuimos cuando la primera vez.

Cuando llegamos el sol estaba por ponerse. Entramos a un camino donde no había nadie. Se podía ver toda la ciudad desde ahí; bajamos una cobija y la pusimos en el suelo. Hacia bastante frío, así que encendimos una fogata con palitos que encontramos en el suelo y nos sentamos en unas almohadas sobre la cobija.

– Graviel. ¿Dónde estás?

– Aquí.

– No. No lo estás. Tu mente está lejos de mí.

– No puedo dejar de pensar en mi amigo.

– Sé que era tu amigo y sé que quieres justicia, pero te pido, ven a mí. Yo también necesito de ti. Yo estoy aquí.

– Lo siento.

– Ven. –me besó. Puso sus manos detrás de mi cabeza y me acostó junto a ella en la cobija. Nos besamos por unos momentos y luego me quitó mi chaqueta y ella su suéter. Besó mi cuello y me levantó la camisa.

– Emily… –la llamé, pero no la podía detener. Se subió encima de mí y comenzó a quitarse su camisa. –Emily espera. –hablé en tono más firme y se detuvo.

– ¿Qué pasa amor?

– Emily … me encantas. Te quiero como no tienes idea… pero no quiero hacer esto.

– También es mi primera vez y quiero que sea contigo. –continúo besándome.

– No Emily, amor, no. –le dije deteniéndola. –Por eso mismo, porque te quiero no quiero hacerlo. Quiero que nuestra primera vez sea especial; cuidarte y mantenerte virtuosa hasta que llegue el día. Emily me miró perpleja, como mirando algo raro y bajó de encima de mí.

– No sabía que te sentías así. –se puso su ropa de vuelta, quedándose al lado mío con la misma mirada.

– Mi madre me hizo prometerle que nunca iba a faltarle al respeto a una mujer ni ser como los demás hombres. Cuando ella estaba en la escuela muchos muchachos la pretendían y todos siempre le enviaban cartas diciéndole obscenidades o cosas que a ella no le gustaban. Dijo que mi padre fue el único que la trataba con respeto y fue el único caballeroso con ella.

– Perdóname. –Emily abrazó mi brazo fuerte recargando su cabeza en mi hombro.

– No pidas perdón. Soy un hombre complicado, también tengo debilidades, pero soy un caballero gracias a mi madre. Te quiero de verdad. –dije. Sentí que Emily suspiraba rápidamente. La miré y estaba llorando. –¿Qué pasa?

– Vámonos.

– Pero ¿qué pasa?

– Vámonos por favor. Te lo pido. Conduce tú.

Emily no quiso hablar de qué le había molestado y me aseguró de que no era nada serio. Conduje hasta el parque y antes de bajar de su todoterreno, me dio un beso y me abrazó por un largo tiempo.

– Eres muy especial. –dijo Emily en mis brazos. –No es justo que te pase lo que te pasa.

– ¿Qué quieres decir?

– Te quiero. –dijo y se fue.

Conduje hasta mi casa, yéndome a dormir frustrado por mi sexualidad de hombre y mi vida presente. A la una de la mañana, mi alarma sonó. Manny, Pamela y yo habíamos acordado días antes, vernos en un punto en la ciudad porque íbamos a ir a investigar cierta información a la escuela. Conduje hasta donde habíamos acordado y allí estaba el carro de Manny detrás de un callejón. Apagué y encendí las luces de mi carro como señal. Salieron los dos y corrieron a donde yo estaba.

– Brrrrr. –exclamó Pamela al entrar a mi carro. –Hace frío afuera.

– Lo sé.

– Justo a tiempo. –Manny se sentó enfrente conmigo. –Vámonos. Te vas a estacionar en la calle Dublín.

– Pero son casi tres cuadras lejos de la escuela. –Pamela se inclinó hacia enfrente desde el asiento de atrás.

– Lo sé. –contestó Manny. –Pero no nos podemos arriesgar a que nos vean.

– Tienes razón. –dije y conduje hasta Dublín.

Al llegar, nos bajamos y caminamos las tres cuadras hasta los patios de la escuela. Todo estaba callado y oscuro así que anduvimos secretamente en la noche lejos de las luces de la calle y de la escuela. Pude notar que el frío era tal, que Pamela tenía los labios morados.

– Ten Pamela. –Manny le dio una bufanda. –Quizás debas usarla. Es extra.

– ¿Hasta ahora es qué hora me dices? –Pamela le pegó en la espalda.

– ¿Por dónde vamos a entrar? –pregunté.

– Le di unos billetes al conserje para que se le olvidara dejar la puerta trasera del edificio de administración.

– ¿Cómo se te ocurre animal? ¿Qué tal si nos delata? –Pamela susurró(en voz alta)

– No creo. Va a mi iglesia.

– ¡Ah sí, cómo no! Va a la iglesia y agarra sobornos.

– Ey, son tiempos difíciles. –contestó Manny.

– Pensé que habías dicho que podías abrir puertas Manny. –dije.

— Sí, cuando están sin seguro. Vamos. —dijo. Pamela y yo nos vimos el uno al otro.

Caminamos cerca de las paredes hasta detrás del edificio de administración. Manny se adelantó a checar si la puerta estaba abierta. Nos hizo la seña del sí con la mano. Nos acercamos a donde estaba y entramos.

— Es un pasillo muy largo. —Manny dijo mirando el inmenso pasillo.

— Pero no está frío. —dijo Pamela.

— Hay que checar todas las puertas a ver si una está abierta. Son tres pisos, así que manos a la obra. —Manny ordenó.

En el primer piso no había ninguna puerta abierta salvo la del conserje. En el segundo piso había dos oficinas abiertas y buscamos documentos importantes, pero sin triunfo. En el tercero todas las oficinas estaban abiertas así que nos tardamos casi una hora checándolas todas, pero no encontramos nada. Llegamos a la oficina del presidente y aunque todas ellas decían el nombre de alguien, esta no.

— Presidente. —¡Vaya! ni en la oficina ponen su nombre. —dijo Manny.

— Cobarde. —añadió Pamela.

— Entremos. —Manny abrió la puerta. Al entrar, había un escritorio cuadrado enorme con una pantalla en la pared. Detrás de una puerta estaba una pequeña sala de espera, un par de sillones y una mesa de vidrio en medio. Otra puerta nos llevó a la oficina del presidente. Era enorme con un escritorio de madera también grandísimo. Buscamos extensamente por el escritorio, en todos los documentos, pero no encontramos nada.

— Ya son las tres y media de la mañana y todavía no hemos encontrado absolutamente nada. —Pamela miró alrededor frustrada.

— Creo que aquí no vamos a encontrar nada. —Manny dijo cerrando un cajón.

— Claro, porque lo que estamos buscando no va a estar a plena vista. —dije mirando alrededor. Me acerqué a un librero y lo comencé a tocar por arriba, abajo y todos lados. Toqué al lado de este en la pared, a una estatuilla griega, y seguí hasta llegar a un cuadro de un hombre mirando un barco dentro de una botella.

— No vas a encontrar nada. —dijo Manny. —Eso de los pasajes secretos no pasa en la vida real. Eso solo pasa en las películas y…

El cuadro estaba inclinado unos centímetros a un lado y lo enderecé. Entonces el librero se hizo hacia enfrente, se partió en dos, una mitad se corrió a la izquierda y el otro a la derecha.

— … ¡Ay Dios bendito del cielo! —exclamó Manny.

— Por Dios… — Pamela se asomó al cuarto que se había descubierto.

— Parece una bóveda. —dijo Manny entrando en la habitación. Lo seguí.

Era un lugar pequeño, con paredes de metal. En una de ellas había varios cajones, en otra pared estaba lo que parecía una caja fuerte y en la tercera pared estaba, irónicamente, una ventana que miraba toda la escuela.

— Tienen llave. —dije tratando de abrir uno de los cajones.

— Dame *chanza*. —dijo Manny sacando una herramienta que parecía servía para abrir cerraduras. Logró abrir un cajón y examiné los contenidos. Manny siguió abriendo más cajones hasta que los abrió todos.

Al examinar los documentos, había suficiente evidencia de que el dinero que financiaba a la escuela no era del estado sino de inversionistas que sabían bien en qué lo estaban invirtiendo. Según nuestros cálculos, dedujimos que la universidad no era gobernada por los obispos ni por la fraternidad ganadora, ni aun por el obispo presidente ni por el comité de administración, sino por empresas que ganaban más de lo que vendían y que daban esas ganancias de más a la escuela, encubriéndolo como una donación para que luego el gobierno le regresara esas donaciones a la escuela y la escuela a las empresas, lavando así el dinero que fluía de un lado a otro. Y todo estaba documentado.

Había gastos ficticios de viajes, de acciones de caridad que la escuela nunca llevaba a cabo, récords de que las fraternidades tenían muchos más miembros de lo que realmente eran, para aparentar más necesidad y más actividad. Muchas empresas se estaban beneficiando del gobierno por medio de la escuela. Una de ellas, llamó mi atención. T.J. Richardson, la empresa de papá.

— Es una carnicería. —dijo Manny.

— No lo puedo creer. —Pamela estaba perpleja.

— Toma fotos de todo. Ya son las cinco y media de la mañana. Debemos irnos pronto. —avisé.

Los documentos inculpaban a muchos hombres de diferentes tipos de negocios y empresas, así como a personal de la policía municipal y estatal. Había archivos de personas con todo tipo de informe desde que eran niños hasta que fueron parte de la organización. Pensé que quizás esa organización era la Hermandad, de la cual Cohen hablaba, pero no había en ningún lado el nombre "Hermandad."

Sacamos fotos de los documentos que pudimos y de todos los miembros para luego estudiarlos cuidadosamente. Luego Manny cerró todos los cajones e inmediatamente salimos del cuarto cerrando también el librero detrás de mí. Salimos del edificio por la puerta trasera, tal como habíamos entrado. Todavía estaba oscuro afuera y aún muy frío, por lo que corrimos de regreso a mi carro, entramos y lo encendí. Nadie dijo nada por unos minutos. Estábamos esperando que el carro se calentara.

— ¿Creen ustedes que Marcus sabía algo de esto? —preguntó Pamela espontáneamente.

— No. –dije. Creo que lo de Marcus fue una advertencia para nosotros.

— ¿Qué quieres decir? –preguntó Manny temblando.

— Alguien sabe que estamos investigando.

— ¿Quién? –preguntó Manny.

— No lo sé, pero tengo una corazonada que está relacionado con Frederick.

— Quieres decir que… ¿corremos mucho más peligro ahora que antes? –preguntó Pamela. Nadie contestó. Su pregunta era una declaración que todos estábamos pensando, pero nadie se atrevía a decirlo en voz alta.

— Debemos llevar estos documentos a la policía. –Manny se volvió a vernos.

— No. –dije inmediatamente.

— ¿Por qué no?

— La policía no va a hacer nada. –dije. –Estos documentos deben verlos el D.I.A.

— ¿La División de Investigaciones de Aphoria? –Manny preguntó impresionado.

— Sí. –contesté. –Hay muchas personas de la policía en estos archivos; más que los del D.I.A. Quizás la agencia del estado nos ayude más que la municipal.

— Me parece bien. –acordó Pamela.

— Solo algo más. –añadí. –No les quise decir esto mientras estábamos ahí dentro, porque no quise perder tiempo, pero la empresa de mi papá aparece en uno de los documentos. No quiero llevar nuestra evidencia a las autoridades hasta que haya investigado que tiene que ver mi familia con esto.

— De acuerdo. –dijo Manny.

— ¿Cuándo vamos? –preguntó Pamela.

– No. Esto es algo que yo tengo que hacer solo; yo me encargo de ir ya que tengo acceso fácil y además quiero encargarme de algunas cosas personales.

Los muchachos a regañadientes aceptaron mi propuesta. Cuando llegué a mi casa, me dormí y no fui a la escuela esa mañana. Un par de días después juntamos a todo el grupo y Manny les reveló la evidencia que habíamos descubierto.

– Esto no puede ser cierto. –Dijo Calvin mientras hojeaba las páginas que Manny había impreso de su cámara.

– Pero lo es. –dije. –No hay duda al respecto.

– ¿Qué significa eso? –preguntó Lukas.

– Que todo es mentira. –Manny se cruzó de brazos. –Nada de lo que hacemos tiene significado, al menos no dentro de la universidad.

Calvin arrojó los papeles al suelo dando un grito de enojo. Se levantó de donde estaba sentado y caminó hacia la ventana. Estábamos en la sala de mi casa. No había nadie en ella más que mis amigos y yo. Calvin estaba de espaldas hacia nosotros recargándose en el marco de la ventana con una mano.

– No puedes negarlo ahora, Calvin. –Manny se acercó a él. Calvin le dio una mirada larga sin expresión, luego sin decir nada salió de la casa.

– Esperen aquí. –dije siguiendo a Calvin. –Yo hablo con él.

– Calvin, Calvin por favor. –lo seguí hasta el jardín. –Manny tiene razón. –le dije.

– No es eso. Yo sabía que algo andaba mal desde el principio.

– ¿Qué dices?

– Quizás pienses que fui un desconsiderado por haberle dicho a Manny el otro día que podía irse.

– Sí. La verdad sí.

– Solo quería limpiar el grupo de soplones.

– ¿Todavía crees que hay alguien que está hablando con la policía?

– No lo creo. Lo sé. Y no solo con la policía sino con los Caballeros de Colón. Pasándole secretos e información.

– Bueno, ¿Quién? – pregunté un poco incómodo. Sabía que los muchachos dudaban de Emily, que tenía algo que ver y pensé que tal vez este sería el día en que Calvin me diría directamente sus sospechas de ella.

– Manny.

– ¿Qué? ¿Cómo?

– Así es

– Calvin, voy a necesitar evidencia.

– Tengo pruebas, Graviel. Mira. –dijo enseñándome la pantalla de su celular. –Estos son correos electrónicos saliendo de la bandeja de Manny al obispo a cargo del grupo de Frederick. Es información de dónde íbamos a dar el golpe cuando estábamos buscando la esfera, la primera y la segunda vez. Por eso Frederick siempre estaba ahí antes que nosotros, por eso batallamos tanto. Estos correos me los envió Edwin Drake después que tuvimos la última junta ya que no quiso decir nada enfrente de Manny. A Drake se los envió el obispo de Frederick. Yo sé que hay algo de corrupción en la escuela Graviel; por Dios que quisiera que no, pero la hay. Sin embargo, el que esté colaborando con quien sea que esté detrás de la evidencia que me acabas de enseñar, es uno de los nuestros. Mira este otro correo, es de la bandeja de Manny a León diciéndole que te disparara cuando estuvieras solo. Esa fue la vez que alguien trato de asesinarte. Tenías razón, fue León. No quiero pensar que también haya tenido algo que ver con la muerte de Marcus, por Dios ojalá y no. No quiero creer nada de esto. No creo que Manny sea capaz de hacer algo así, pero aquí está la evidencia.

– ¿Pero qué beneficio tiene Manny de todo esto?

– ¿Qué? ¿Aún dudas? Es su trabajo, no lo hace por el mismo. Es obviamente un títere de ellos. –Calvin dijo con voz quebrada. Miré hacia adentro de la sala por la ventana desde el jardín. Manny estaba sentado en el sillón, riéndose con Lukas y Pamela.

– ¿Quiénes son ellos?

– No lo sé.

– Yo no creo.

– Esta nueva información, me golpea en mi orgullo, porque mi padre fue Caballero Templario y yo tenía una idea muy errada de lo que era la Fraternidad, pero créeme que es algo con lo que puedo lidiar. Lo de Manny, golpea en lo más profundo de mi alma; es algo que no le puedo perdonar. Qué chistoso. En algún momento pensé que tu novia Emily y tu eran los que eran agentes encubiertos. Por eso yo tenía desconfianza de ti al principio. Tú has demostrado ser una pieza muy valiosa del grupo y por eso te estimo. Sé que tú eres una persona con honor.

– ¿Qué piensas hacer?

– Esperar, quiero averiguar si Manny tuvo algo que ver en la muerte de Marcus, y si fue así, entregarlo a la policía.

– ¿Y los Templarios?

– Debemos seguir investigando. Hagamos creer a Manny que me convenciste y que estoy de acuerdo. No hay que levantar dudas. Pero ándate con cuidado delante de él. No le digas información secreta; hay que hacer las cosas con calma y si todo esto es verdad, Manny es una persona muy peligrosa.

– Por favor, si averiguas algo más, dímelo.

– Lo haré.

Al siguiente día en la escuela recibimos un mensaje de texto en grupo, de nuestro obispo. Quería vernos inmediatamente. Fui hasta el sótano donde estaba su oficina y ahí ya estaban Calvin, Lukas, Pamela y Manny. Drake salió, pero no de su escritorio sino por detrás de nosotros.

– Maltita sea, muchachos. –dijo poniéndose enfrente de donde estábamos sentados. –Si les digo que hagan algo y no lo hacen, no quiere decir que no me escuchen, sino que lo que digo les importa un demonio. Si les digo que no hagan más investigaciones, no es una orden ¿verdad? Si no es todo lo contrario.

– No sé de qué habla señor. –dijo Calvin en voz baja.

– ¡Ah sí claro! Les hablé solo para hacerles perder el tiempo, como que no tengo otra cosa que hacer. Ayer me llamó el obispo presidente, y me dijo que la noche anterior, tres idiotas, incluyendo una mujer, entraron a su oficina y la saquearon, moviendo papeles y buscando no sé qué. Y claro, yo le dije que quizás había una equivocación. Luego me dijo que testigos vieron que entraron por la puerta trasera y después de interrogar al conserje, este confesó que le habían pagado miserables veinticinco dólares para que se le olvidara cerrar la puerta por la noche. ¿Quieren que le describa al inepto que hizo esa tontería? –Drake miraba fijamente a Manny, quien se veía tan confundido a esta infame acusación. –¡Ah! y después de la vergüenza que ya tenía, porque según yo ya había arreglado las cosas con ustedes, el obispo presidente me dijo que quizás son miembros de mi grupo, obvio lo negué, pero ¿saben qué me dijo?, que una cámara de seguridad de un edificio logró ver que tres figuras en la noche se dirigían a un Mustang Saleen 302 modelo 2009. –Drake me miró a mí.

– No. No sé qué esté pasando aquí. –susurré. Drake se alejó de mí y caminó alrededor de nosotros.

– Pueden verme la cara de imbécil todo lo que quieran después de que se vayan. No hay ningún problema conmigo. Ya me reprendió el presidente, ya me dieron mi castigo. Desgraciadamente no pueden expulsarlos, aunque lo pedí, porque aparentemente son el grupo excepcional de la escuela, ustedes son la imagen de la moralidad y el honor. –dijo Drake haciendo comillas con los dedos. –Pero me dieron el permiso de suspender a Manny, Graviel y Pamela por el resto de la semana. Efectivo inmediatamente. Ahora por favor lárguense de mi vista.

— No se preocupen, solo digan que no saben qué pasó. ¿eh? —Manny dijo mientras salíamos de ahí.

— Sí, sobre todo tú. —Calvin pasó de largo yéndose de ahí.

— Graviel. ¿Me llevas a mi casa? —preguntó Pamela. —El autobús no pasa hasta en una hora más.

— Por supuesto.

En camino a su casa le conté todo lo que me había dicho Calvin acerca de Manny. Pamela se quedó callada la mayoría del tiempo, pero cuando llegamos a su casa, me invitó a bajar y nos sentamos en una silla columpio que colgaba de un árbol en el patio

— Yo no creo. —dijo después de mucho tiempo en silencio.

— Pero me enseñó evidencia.

— Lo sé, pero no suena como Manny. Parece que alguien está tratando muy diligentemente para hacernos creer que Manny es culpable.

— ¿De verdad lo crees?

— Sí.

— Ojalá tengas razón, yo tampoco creo que Manny sea capaz de algo así, pero por otra parte, la evidencia está ahí.

— Espero descubrir la verdad pronto —Pamela dijo. Traía su pañuelo puesto sobre su pelo, pero varios de sus cabellos caían fuera de este y el sol hacía que sus ojos verdes resaltaran. —¿Quééé?

— Te vez muy bonita con el pelo suelto. —dije. Pamela sonrió y se sonrojó.

— Nunca me habías hablado así, Graviel.

Capítulo 13

— Tienes razón. Perdóname.

— Además, se puede molestar tu novia. —dijo mirando al suelo. Hubo un silencio. —¿Te gusta ver la puesta del sol?

— No necesariamente, ¿Por qué?

— Por nada. Es lindo. —dijo. El sol se estaba poniendo a lo lejos y el cielo se tornaba color naranja, rojo y morado. — Si olvidas todo y miras al cielo, puedes apreciar la belleza de Dios. —dijo mirando al horizonte. Sonreí.

— Pamela…

— ¿Sí Graviel?

— En estos momentos tú eres la persona en la que más confió, por favor no te enojes por causa de Emily. Se que hemos tenido riñas por ella, y la verdad entiendo por qué; pero por favor, no dejes de ser mi amiga por causa de ella. Eres la persona más honesta que conozco, y desde que llegó Emily nuestra amistad se ha visto afectada. Vamos a tratar de salvar eso. —dijo. Pamela se mecía en la silla mirando hacia abajo.

— Está bien. —dijo sonriendo de un lado. Me acerqué a ella y le di un beso en la mejilla.

— Nos vemos. —le dije. Pamela se quedó mirándome con la mano en su mejilla.

Cuando llegué a mi casa, no le platiqué a papá lo que había sucedido. Fui a su oficina y tomé su tarjeta de seguridad de la empresa. Esperé hasta que todos estuvieran dormidos para salir rumbo a su trabajo. Necesitaba averiguar que conexión había entre la escuela y la empresa de papá. Cuando llegué, en la entrada estaba el guardia que nos había perseguido aquella vez a Bethany y a mí.

— Señor Richardson. ¿Le puedo ayudar en algo?

— No gracias, solo déjame pasar.

— Por su puesto señor. —abrió la puerta de vidrio con su tarjeta de seguridad.

Caminé hasta el elevador y antes de que las puertas automáticas de este se cerraran, pude ver que el guardia estaba hablando con alguien por teléfono. Subí hasta el último piso y aparte de la sala de conferencia en medio del piso, estaban dos oficinas, la de Rosenfield y la de papá. Entré a la oficina de Rosenfield, pero no encontré nada fuera de lo ordinario. Busqué por todos lados en su oficina, pero no había nada, aunque estaba seguro de que encontraría algo en su oficina parecía que sabía que iba a venir.

Salí de ahí y fui en dirección a la oficina de papá. Había un pequeño cuadro donde se pasaba una tarjeta de seguridad. Saqué la tarjeta de papá y la pasé por la luz, abriendo la puerta. Su oficina era completamente diferente a la de Rosenfield. Parecía que nadie la había limpiado en meses y olía bastante a alcohol. Busqué por encima del escritorio los papeles que estaban regados y no eran nada importante para mí. Busqué en sus archivos, debajo del escritorio, en las paredes, pero no había nada.

Me senté en la silla frente al escritorio y descansé un poco. Me sentía muy frustrado, todo esto era muy estresante. Tenía que haber algo por aquí, alguna pista. Miré en el escritorio y estaba el ordenador de papá. Presioné el botón en medio de la torre y no tardó mucho para encender. No tenía clave así que navegué en sus documentos libremente pero no había nada. Entonces fui a su correo electrónico y en la barra de búsqueda escribí con las teclas "Hermandad." Apareció solo un correo electrónico con esa palabra en la bandeja de basura. Aparentemente papá lo había borrado. Era una conversación que él había tenido con un tal "Maestro segundo." Parecía que este lo había invitado a una reunión y papá se había negado. "El Gran Maestro dice que tienes sangre noble y es imperativo que asistas a una de nuestras reuniones." A lo que papá contestó, "De ninguna manera seré miembro de su farsa." El "maestro" en cambio, dejó una dirección por si papá cambiaba de opinión. La dirección era para el "Gran Templo." No era ningún número solo unas líneas, parecía un mapa de la localidad. No copié las líneas en ningún lado solo las memoricé. Al parecer papá no había querido ser parte de esta "Hermandad"

Salí de la empresa con solo la pista del Gran Templo; con el mapa en mi mente, conduje hasta la carretera que decía que era la última en esa área. Me estacioné al lado del camino y había bosque por todos lados, ninguna calle o camino para entrar y estaba haciendo bastante frío. Tenía dudas de que quizás estaba en el lugar equivocado, dudas de introducirme al bosque así nada más. Estuve ahí casi diez minutos y no pasó ningún vehículo detrás de mí. Solo se escuchaba el sonido de la noche con las estrellas encima de mí. Me armé de valor y comencé a caminar dentro del bosque. No había nada más que árboles salvo un río a mi lado que poco a poco se alejaba más.

Caminé lento, con las manos en las bolsas de mi chaqueta. No había ningún camino establecido o señas de que pasara gente por aquí. Cuando era niño, Herbert me llevaba al bosque y me enseñaba a cómo sobrevivir sólo bajo la luna. Había veces que dormíamos en un campamento y yo despertaba en medio de la noche, sin poder encontrar a Herbert. La primera vez, lloré mucho por el miedo de no saber dónde estaba. Aunque sabía qué hacer sin él, no entendía por qué me había dejado sólo. En la mañana cuando aparecía, y miraba que tenía todo preparado, el fuego encendido, la tienda limpia, despierto vigilando, no me felicitaba; simplemente decía que la próxima vez no lloraría. Al principio me aterraba ir a acampar con Herbert porque siempre era una prueba tras otra. Después de varias veces, el miedo se me había quitado hasta llegar a estar un paso adelante que él. Aprendí cómo cuidarme de los animales del bosque, cómo cazar, destripar y cocinarlos. Herbert me enseñó mucho de botánica, cómo distinguir entre plantas venenosas y comestibles. Me enseñó qué era bueno tocar o no. Todos sus entrenamientos eran bastante duros, pero al pasar el tiempo, logré rebasarlo en todo, así que al convencerse de que ya no había más que enseñarme, nunca más fue conmigo a acampar.

Había caminado aproximadamente una hora y aún no veía señales de un edificio. Levanté la mirada a la luna y ya no estaba donde la había mirado antes. El bosque se hacía más y más espeso, pero decidí seguir el sonido del río. Miré las estrellas relacionando el mapa en mi mente con el río junto con la dirección en la brújula de mi reloj para asegurarme de que no estuviera perdido; sólo seguí caminando. Estaba caminando bastante lento así que figuré que llevaba algunas dos millas aproximadamente; consideré regresar. Estaba comenzando a pensar que no había nada por estos rumbos, pero decidí continuar unos minutos más. Más adelante pude ver que los árboles se hacían más delgados y separados, se podía divisar un paisaje claro adelante, quizás algunas luces.

Una media hora después de avanzar en el camino más claro, me apegué más al río, siguiéndolo casi paralelo. De repente, los árboles se terminaron y apareció pasto, mucho pasto cortado como una cancha de golf, me detuve por un instante, ahora siguiendo el río con la mirada. Había una laguna enorme y en una colina, se podía ver lo que lucía como un enorme edificio de piedra que parecía... bueno, un templo; pero un templo antiguo. Era una estructura como de castillo con cuatro pilares enfrente, una fuente de agua enorme en la parte de enfrente y varios vehículos estacionados alrededor. No tenía idea de dónde o cómo habían llegado los autos.

Caminé cuidadosamente hasta el Templo para que nadie me viera, aunque no parecía que hubiera guardias ni seguridad. Pasé la fuente, subí los pocos escalones de enfrente que estaban decorados con una alfombra roja que aparentemente continuaba después de las puertas principales que eran de madera de cedro de unos ocho pies de alto y se abrían por la mitad. Las empujé un poco y solo una se abrió lentamente. Ya adentro, observé la belleza del interior de este gran pedazo de arquitectura. Era una sala enorme donde se apreciaba el primer y segundo piso desde ahí. Había entradas en las paredes en forma de arco que se dirigían a diferentes lugares desconocidos para mí por ahora. Escuché que alguien venía y corrí detrás de una cortina. Era un mayordomo que llevaba una charola con copas. Sin que este se diera cuenta, lo seguí. Subió las escaleras hacia un segundo piso, que no era un piso sino un pasillo que circulaba todo el edificio por dentro. También había grandes pilares en el segundo piso en forma de arco que funcionaban como paredes separadoras entre otras salas en el edificio. A mi izquierda se podía ver la entrada principal por donde había entrado, pero a mi derecha, se podía ver otra sala un poco más pequeña que la de la entrada, aunque significativamente grande también. Ahí estaban docenas de hombres con capuchas negras dándome las espaldas. No pude reconocer a nadie.

Corrí hasta detrás de una cortina que estaba en la pared para mirar hacia abajo más de cerca de lo que estaba sucediendo. Estaba un hombre sentado en un trono enorme puesto en tres escalones por encima del nivel del suelo y alguien a su derecha. Al lado derecho e izquierdo había bancas donde estaban muchísimos hombres que entonaban un canto sombrío, cuyos tonos me resultan difícil repetir. Me dio bastante miedo, pero seguí mirando. Según pude deducir era un tipo de grupo secreto. Miré que venía otro mayordomo y no había más cortinas cerca de mí así que en pánico, abrí una puerta que estaba ahí, entré y la cerré lo más despacio que pude, poniendo la palma de mi mano encima para encubrir cualquier ruido.

Volteé a ver dónde estaba: era una enorme biblioteca. ¡Dios mío tremenda biblioteca! ni en la escuela había tantos libros; parecía que nadie estaba allí, así que caminé por minutos investigando.

En una vitrina enorme, había supuestamente libros importantes y pude notar uno que me llamó la atención ya que era algo familiar. *Sangre Noble*, decía el título. Abrí la vitrina, saqué el libro, lo ojeé y era el mismo que papá tenía en su oficina. Busque las páginas que se habían arrancado del libro que tenía papá. Lo que leí, fue algo que cambio mi vida. El texto decía *"Como enmendar un eslabón sucio y débil." "Cuando algún miembro de una familia con sangre noble es rebelde, pero decide unirse en ritos matrimoniales con alguien que no es de sangre noble, no solo ha escupido en el escudo familiar sino en todos los ancestros que han endechado el camino para su bienestar. Para prevenir maldición en la familia y evitar que haya más contaminación, este miembro debe ser cortado de la familia, espiritual y legalmente. Debe quitársele toda herencia que algún día le pertenecía y que nunca sus familiares lo vean a él o a ella con buenos ojos. Deben olvidarlo u olvidarla y excluirlo de cualquier forma de comunión. Ese miembro no existe más, está muerto o muerta para la familia. Así también la familia debe hacer un funeral en su memoria. El miembro se ha convertido en un eslabón débil y sucio, debe cortarse.*

Si este miembro de la familia se arrepiente de sus malos caminos antes de que sus familiares lo desechen como basura, tiene la oportunidad de regresar con su familia, pero antes, tiene que purificarse en un ritual de purificación, separándose del animal que había ensuciado y manchado a la familia. El miembro de la familia debe prometer nunca más regresar a conyugar con alguien fuera de su sangre pura y dejar que los sucios animales se unan entre sí. Y no nosotros con ellos.

En caso de que el miembro de la familia sea una parte importante y no quiera cambiar sus caminos, el líder de La Hermandad tiene el derecho, aparte de sus padres, de exterminar a la persona que ha infiltrado en la familia. Si se llega a la conclusión de que el miembro de la familia es un eslabón sucio y débil, pero que puede recuperarse, debido al valor que tiene para La Hermandad, el líder o el Gran Maestro puede, mediante sus poderes en el mundo, ordenar que ese animal sea exterminado, de una manera cuidadosa para que sea visto como un accidente. Todo por el bien del miembro de la familia. Será un sacrificio a los dioses en redención por el hijo o la hija. Así, el miembro de la familia será perdonado y será libre de pecado. Si hay descendencia de esa relación, deberá ser traído a La Hermandad cuando cumpla la edad de veinte años, así saltará una generación para tomar el lugar que le pertenecía al padre o a la madre y servir como redentor, cumpliendo de esta forma el propósito del sacrificio hecho veinte años atrás. Por tanto, la maldición de la familia se levantará y restituirá su sangre, aunque sea cría de un animal.

Si el miembro..."

El capítulo continuaba con más categorías, pero no necesitaba leer más. Para mí estaba claro lo que estaba sucediendo. Mi madre no había muerto accidentalmente por el nacimiento de

Bethany, ella había sido asesinada. La Hermandad era una sociedad racista y el Gran Maestro era el que había ordenado su muerte, para un sacrificio. Mis ojos se llenaron de lágrimas y rompí el libro hoja por hoja enfurecido por lo que había leído. El abuelo no sabía en qué clase de sociedad estaba involucrado. Papá no sabía que mamá había sido asesinada, y que Bethany no tuvo la culpa. Entre todas las páginas que rompí del libro, busqué las que acababa de leer y las guardé en la bolsa de mi pantalón. Era una organización asesina y tenía que detenerlos y llevarlos a la justicia. Era lo menos que podía hacer por mamá.

Me calmé un poco para poder pensar qué hacer. Caminé lentamente, abrí la puerta despacio y no había nadie en el pasillo así que salí corriendo hasta la salida. Antes de bajar los escalones, hice una cortina a un lado, descubriendo una vez más la sala donde estaban esos hombres. Miré hacia abajo, hacia el Gran Maestro en su trono mientras los miembros hacían lo que parecía un ritual enfrente de él. Lo miré atentamente mientras una lagrima caía por mi mejilla. Juré destruirlo a él y a todo lo que representaba. Salí corriendo de ahí sin que nadie me viera. Afuera, con mi celular, saqué fotos a las placas de todos los vehículos que estaban estacionados.

Corrí, corrí llorando entre los árboles sin saber realmente por donde iba. Solo escuchaba el sonido del río a mi lado. Llegué hasta mi carro y conduje rápido hasta mi casa. Era medianoche para cuando llegué. No pude esperar hasta el siguiente día así que fui a la habitación de papá y toqué la puerta.

– ¿Quién es? –escuché a papá decir desde adentro.

– Soy yo papá, sal por favor. Necesito hablar contigo.

– ¿No puede esperar hasta la mañana, hijo? –papá estaba en medio de la puerta abierta en ropa de dormir, con los ojos medio cerrados.

– No, te espero en tu oficina. –dije y lo dejé. Lo esperé en su oficina caminando de un lado a otro por unos minutos hasta que llegó. Se había lavado la cara y puesto sus lentes.

– Dime Graviel.

– Siéntate papá.

– Está bien, dime qué pasa me estás preocupando. –papá exclamó. Saqué el libro que me había enseñado días atrás. –Ah, ok. ¿Entonces ya lo leíste?

– ¿Sabes lo que dice en las hojas que faltan?

– No, fue la única sección que no pude leer. Nunca le pregunté a mi padre, no quise que supiera que yo lo tenía. ¿Por qué? –preguntó examinando el libro. Saqué las hojas de mi pantalón y las puse enfrente de él. –¿Qué es eso?

– Lee.

Papá me miró confundido, desenvolviendo las hojas arrugadas que le di. Se tardó unos minutos en leer. Puso su mano en su boca y cerró sus ojos. Pude ver que estaba llorando. Se quitó sus lentes y los aventó en el escritorio.

– Helena… mi amor. –papá susurró. –Perdóname.

– Mamá fue asesinada papá. –dije acercándome a él. –No fue por culpa de Bethany.

– Ven hijo. –papá me levantó de la silla y me abrazó. Lloramos juntos por un momento. –Perdóname Graviel

– ¿Papi? –Bethany se asomó por la puerta, estaba en sus pijamas. Papá la miró.

– Bethany… –papá lloró, arrodillándose enfrente de Bethany. Le extendió sus brazos. Bethany corrió a él y lo abrazo. Papá y Bethany lloraron juntos. –Perdóname mi amor. He estado tan enfocado en lo que fui antes, y en lo que soy ahora; había cosas de tu mami que yo no sabía hasta apenas ahora gracias a …

Papá miró el libro que tenía en la mano, luego a mí. Supe que no le iba a enseñar el desgarrador secreto de mamá, no a Bethany, que era tan pequeña.

– Perdóname por ser un idiota. Te prometo que las cosas van a cambiar de ahora en adelante. –dijo. Bethany le peinó el pelo con su mano y le besó la frente.

– Tengo algo para ti, ven. –Bethany lo llevó de la mano a su habitación. Los seguí. Stacy y Kim estaban despiertas para entonces, preocupadas porque papá estaba llorando. Todos los seguimos a la habitación de mi hermana.

Bethany se metió en su armario y escaló hacia arriba pisando cosas. Sacó una caja pequeña de madera de detrás de otras cosas y todo cayó haciendo un desastre en el armario, Bethany salió ilesa antes de que todo cayera encima de ella. Sentó a papá en la cama, poniendo la caja también encima de la cama. La abrió y sacó una hoja de papel.

– Papá, esta carta me la dio la abuela cuando yo tenía cinco años. Dijo que mamá la escribió expresamente para mí antes de morir. Léela papá. –Bethany le dio una hoja de papel doblada varias veces; él miró a Bethany a los ojos, tardándose unos segundos antes de tomar el papel en sus manos.

– No se escucha. –dijo Stacy con la voz quebrada.

– Querida Bethany. –comenzó papá a leer. –Sé que será difícil estar sin mí. Si por mi hubiera sido, las cosas no hubieran sucedido así. Ten por seguro que siempre estaré viéndote y cuidándote, aunque no me veas. Ahora, quiero pedirte un favor que solo puedo pedirte a ti, a ti y a nadie más, porque mi espíritu reposará sobre ti. Quiero que cuides de tu padre todos los días, como si fueras yo. Tú serás tan amorosa y cuidadosa con él como lo fui yo y lo amarás como yo lo amé. Él me va a necesitar mucho cuando yo no esté; te encomiendo eso, solo a ti. Cuida que no se le acerque ninguna mujer engañosa o avariciosa, tú debes pesar su corazón y decidir si es buena persona para él. Pero, sobre todo, asegúrate que él sea feliz. Cuídalo cuando esté enfermo, cuando llore, cuando necesite amor. Conforme lo vayas conociendo, te darás cuenta de que es una cabeza hueca, que no entiende razón, pero cuanto más sea cabeza dura, es cuando más te necesita. No te rindas. Así como yo no me rendí por él. Haz esto por mí, mi amor, recuérdale que cada vez que quiera un beso mío, que te lo pida a ti, y yo lo recibiré en el cielo. — Terminó papá de leer y estaba llorando. También Stacy, Kimberly y yo estábamos en lágrimas.

— Dios mío. Dios mío. —dijo Stacy poniendo su mano en su boca.

— Perdóname Bethany. —papá abrazó fuertemente a Bethany.

— ¿Qué piensas de mí, Bethany? —preguntó Stacy acercándose a Bethany. Se hincó a un lado de papá. —¿Crees que sea la mujer adecuada? —preguntó. Bethany miró a papá.

— ¿Stacy te hace feliz?

— Sí. —papá miró a Stacy, sonriendo en lágrimas. —Mucho.

— Entonces tienen mi bendición. —Bethany juntó la mano de papá con la de Stacy. Se abrazaron. Kim se acercó a mí y me abrazó.

Las cosas entre Bethany y papá cambiaron radicalmente desde aquella noche. Papá y yo no hablamos del asunto hasta dos días después. Me preguntó cómo había conseguido esas páginas y le expliqué todo lo que había sucedido. Me dijo que, aunque sabía que la Hermandad era una organización racista, no creía que el abuelo estuviera involucrado en el asesinato de mamá; que quizás el líder o el Gran Maestro en ese entonces había hecho todo sin que la familia se diera cuenta. Papá estaba de acuerdo que debíamos investigar, pero no quiso darle seguimiento después, ya que él había conseguido darles solución a sus sentimientos. Sin embargo, no me prohibió llegar hasta el fondo de este asunto.

Pude sentir un nuevo respeto hacia papá, algo que no había sentido desde hacía mucho tiempo. Se portaba con más hombría, con más decisión. Ahora él iba personalmente por Bethany a la escuela y hablaban demasiado. Se habían convertido en buenos amigos y eso era algo que me alegraba mucho y sentía que comenzaba una nueva etapa en nuestra familia. Sin embargo, a diferencia de papá, yo tenía que tomar acción en la muerte de mamá. Debía averiguar quién era el Gran Maestro. El imbécil tenía que pagar.

Habían pasado tres semanas desde la muerte de Marcus y aún no había ningún sospechoso. No confiaba en la policía municipal. El único policía que consideraba un poco honesto era a Michael Cohen. Sentía que tenía que hablar con él.

– ¿Te parece que este lugar es suficientemente seguro? –preguntó Cohen. Lo había citado en un restaurante fuera de la ciudad.

– No. Pero no tengo otra opción.

– Dime, entonces. Dijiste en el teléfono que tenías información sobre la Hermandad.

– Primero, dime que sabes tú de ellos.

– Lo mismo que te dije la otra noche, que tienen a varias organizaciones en su billetera, a muchas empresas.

– ¿No tienes nombres?

– Encontramos una empresa que tenía vínculos con ellos, pero nuestra investigación se detuvo ahí. Era una compañía de construcción a la cual la Hermandad tenía bajo sus alas. La descubrimos y el dueño junto a sus cómplices fueron a la cárcel por lavado de dinero, pero nadie quiso delatar a nadie más, aunque teníamos evidencia circunstancial, no pudimos llevarlos a la justicia porque sabemos que tienen a muchas empresas bajo su dominio.

No queremos perder un caso contra una organización tan poderosa. Necesitamos más evidencia.

— Parece que es una misión muy difícil.

— Lo es.

— ¿Cómo sé que puedo confiar en ustedes?

— Podemos trabajar juntos. Yo te doy información a cambio de tu información.

— Tengo evidencia de que la universidad de Aphoria es un centro de lavabo de dinero y que está muy cerca de la Hermandad. —dije y los ojos de Cohen se abrieron como si estuviera viendo un delicioso manjar.

— ¿En verdad tienes evidencia?

— No solo eso. Hay nombres de empresas y nombres de personas que han dado dinero. Docenas de empresas que lavan el dinero en la universidad.

— ¿Y qué esperas para darme la evidencia?

— Tengo una condición. Una de esas empresas es la empresa de mi padre.

— ¡Ah vaya!

— Pero no creo que él sepa lo que está sucediendo. Los papeles que encontramos tenían la firma de Rosenfield.

— ¿Quién es ese?

— Es el segundo de papá.

— ¿Qué te hace pensar que tu papá no manda a Rosenfield? Obvio que no se va a incriminar él.

Le expliqué a Cohen un poco de lo que había pasado en mi familia y el posible asesinato de mi madre.

— Y tengo evidencia de todo eso. Cuando fui al Gran Templo, saqué fotos de todos los carros estacionados ahí.

— Te has acercado más que nosotros, Graviel.

— Solo quiero vengar la muerte de mi madre.

– Entiendo. Entonces … supongo que quieres inmunidad para tu padre y tu familia.

– Exacto.

– Creo que por lo que vas a hacer, es algo que también nosotros podemos conceder. ¿Cuándo puedo tener la evidencia?

– El lunes. Mañana hay un banquete al cual mi novia me invitó y que no puedo faltar. Además, debemos vernos donde nadie sospeche, creo que hay uno en nuestro grupo que es espía.

– Si quieres investigamos.

– Si me hicieras ese favor, sería fantástico, quiero saber quién es el soplón.

– ¿Aparte de ti?

– Soplón en cuestión que está dañando mis investigaciones. Además, creo que esa persona tuvo algo que ver con la muerte de Marcus.

– ¿Quién es?

– Manny.

– Bueno, investigaremos. Toma, este celular es una línea directa a la mía; es imposible de rastrear. Llámame por aquí cuando necesites verme otra vez. Cuando timbre, seré yo, así que no lo cargues cuando estés con tus amigos.

Horas después me encontré con los muchachos en el cementerio. Fuimos a visitar la tumba de Marcus.

– No debió haber muerto. No así. –dijo Pamela. –No de esa manera.

– Tan joven. –Manny estaba recargado de Lukas. –Dice la Biblia que cuando el hombre muere, regresa a la tierra de donde vino. No somos nada. –dijo. Calvin miraba a Manny de reojo.

– No era su tiempo. –dijo Calvin.

– El velador del cementerio es amigo de la familia de Marcus y los conoce de años. –Lukas tenía los brazos cruzados. –Dice que él estaba aquí cuando cavaron la tumba y que la tierra estaba muy dura exactamente en este lugar. Ni aun la tierra quería recibir a Marcus.

– ¿Qué quieres decir? –preguntó Manny.

– Que no fue justa su muerte. –contesté yo por Lukas. –Cuando Caín mató a Abel, la sangre de Abel clamaba desde la tierra y Dios la escuchó. ¿Por qué crees que la sangre clamaba? Porque su muerte no fue justificada. Cuando alguien mata a una persona, su alma muere, se condena, se corrompe, y por justicia debe morir para restituir la vida que quitó.

– El asesino debe pagar entonces. –dijo Lukas. –Es la única forma de restituir la muerte de Marcus.

– Bueno, –Manny interrumpió las intenciones de Lukas. –Nosotros no somos los instrumentos de Dios para decidir quien vive o quien muere.

– La muerte del asesino, –dije –por justicia vendrá por un accidente, sin intención, o alguna manera anormal a un crimen. Todos tenemos un día designado para morir, y el mecanismo del universo se organiza para que un asesino muera antes de su día designado. Como él le quitó la vida a alguien antes de su tiempo, de igual modo sufrirá lo mismo. La condena para él también vendrá antes de tiempo, de una manera incomprensible. Caín murió por una lanza equivocada de alguien. –continué. –Por eso uno no debe tomar la ley en sus manos, no sea que se condene uno mismo también. Uno debe dejar que el universo siga su rumbo y las ecuaciones matemáticas del tiempo y del espacio continúen creando equilibrio, o lo que nosotros conocemos como "justicia"; con cada decisión que tomamos, sellamos nuestro destino.

– Eso no es justicia. –dijo Lukas. –Eso es predestinación. Yo no creo en eso. Si nos inclinamos a pensar que todo ya está escrito, entonces no tenemos decisiones reales; todo sería mecánico.

– No te cierres, Lukas. –Contesté. –El universo y su mecanismo son algo que Dios echó en marcha, y la muerte existe por la desobediencia de dos seres creados por Él. Ahora nuestra realidad avanza a un destino que es incierto, creado por nuestras propias acciones y decisiones. La incertidumbre de nuestro destino es la voluntad de Dios. —Todos se quedaron en silencio por un largo momento. A veces se me olvidaba cuánto Herbert me había enseñado acerca de la espiritualidad de las cosas. Recuerdo que de niño me enseñaba lo mismo que cuando grande para saber si lo había entendido. Herbert decía que nunca era demasiado temprano para hablarme de temas profundos, que ya los entendería después, y tenía razón.

Horas después, estábamos todos en la casa de Pamela ya que nos había invitado a otra fiesta de cumpleaños de uno de sus muchos hermanos. Solo que ahora había invitado a todos los del grupo. Había traído a Bethany conmigo y como siempre, se divertía a lo grande con los demás niños. La fiesta se estaba llevando a cabo afuera de su casa, con gente y familiares de Pamela entrando y saliendo por todos lados. Su familia era realmente de bajos recursos, nadie usaba ropa nueva ni arreglada, pero nadie se fijaba ni a nadie parecía importarle. De hecho, Pamela me había pedido que viniera lo más casual posible.

Su familia se reía diciendo chistes y bromeaban uno con el otro en voz alta sin medir su volumen. No había ni un momento de silencio en ningún lado. Todo el mundo estaba contento, sin importar quién era el de al lado. Su preocupación era ajena a la falta de recursos, en la que era evidente que vivía, pero se les veía muy felices y unidos. Todos eran tan sinceros y no necesitaban dinero para celebrar. Bethany encajaba bastante bien con todos y bromeaba con ellos como si los conociera de años. Pamela me miraba y bajaba la mirada de vez en cuando, un poco avergonzada.

– Gracias por venir otra vez. —Pamela se me acercó sonriendo, tenía un vaso con jugo en su mano.

– Por supuesto. A Bethany le encanta, mira cómo se divierte.

– ¿Y a ti? ¿No te… molesta?

– Claro que no. Es otro ambiente, debo admitir, pero me gusta.

– Lo sé. No es a lo que estás acostumbrado. –dijo mirando alrededor.

Emily había venido en su todoterreno. Aunque ella y Pamela habían tenido algunos roces, Pamela no se opuso a que viniera a su casa.

Graviel, estoy afuera, por favor ven. Miré un mensaje de texto de Emily en mi celular.

– ¿Qué pasa? –dije cuando llegué donde estaba estacionada. Aún no se había bajado. –Ven vamos a comer, te estaba esperando.

– No, Graviel, espera. –Emily miraba con admiración en dirección la casa de Pamela. Su semblante era de asco, como que estaba arrepentida de haber transitado por la carretera que recorría las calles de este vecindario. Me miró y se dio cuenta de mi mirada de desaprobación así que rápidamente cambio su expresión. –Lo que pasa es que yo venía a decirte que no puedo quedarme. Tengo que ir a un evento de recaudación de fondos al hospital donde soy voluntaria.

– Pero quedamos en que ibas a conocer a mi hermana hoy.

– Otro día más… placentero. –dijo mirando otra vez a la casa de Pamela.

– Estaábien. –Suspiré. Nos dimos un beso y se fue de ahí. Me quedé en medio del camino mirando cómo se iba su todoterreno. En retrospectiva, creo que el universo me dio muchas señales que no quise, o no me atreví a investigar; al menos no hasta ahí.

Caminé dentro del barandal de la casa de Pamela y miré cómo todos festejaban adentro. Me quedé recargado ahí, sin entrar, tratando de averiguar qué pasaba con Emily, qué podía hacer para comprenderla. Era mi primera novia, no creo que ella era la que estaba haciendo algo mal. Pamela bailaba con Bethany y con todos sus hermanos, Manny estaba jugando con otros niños al otro lado del patio y les daba dulces. Lukas estaba sentado en una mesa junto a la pared de la casa, con su pelo largo cubriendo sus ojos; tomaba una bebida con popote. Su novia estaba con él, y ninguna decía nada, solo estaban ahí, sentados, tomando.

Busqué a Calvin a diestra y siniestra, pero no estaba. Miré detrás de mí y lo vi, con sus brazos en el barandal y su barbilla recargada en ellos.

— ¡Guau! No te miré. —caminé hacia él.

— No, voltéate, quiero que veas algo.

— ¿Qué…?

— Manny. Mira cómo se divierte sabiendo lo que hizo. No puedo comprender como puede una persona cometer un crimen de esa magnitud y venir a pasar el rato como si nada hubiera sucedido. Quisiera…

— Recuerda que tenemos un plan. Por Marcus, hazlo por él.

— Tengo una nueva misión.

— Habla.

— Quiero que hables con Manny como si esta fuera tu idea. Dile que yo no estoy de acuerdo, para que él no sepa nada. Dile que quieres buscar más información secreta y que él decida dónde. Luego tú me dices a mí y yo los seguiré conspicuamente para así averiguar más de él.

— ¿No crees que es un poco peligroso para ti?

— Dijiste que lo hiciéramos por Marcus. Eso hago.

— Yo también necesito más evidencia para incriminar a Manny.

— Creí que tú ya estabas convencido.

— No, sí. Bueno, es difícil Calvin. —dije rápidamente, tratando de que no me hiciera preguntas y tener que decirle acerca del agente Cohen.

— Lo sé. Manny era mi mejor amigo. También es difícil para mí.

Había hablado con Manny y dijo que buscaría algo. Las cosas en la escuela no andaban bien. Alexander, el reportero de la escuela había incitado a muchos estudiantes a hacer una huelga, cosa que no fue bien vista por la administración de esta. Sus cartelones demandaban una liberación de información acerca de los fondos del gobierno para las organizaciones de la escuela. Había escogido el día para su huelga: la primera semana de diciembre, el lunes, en la última semana del semestre de otoño.

Era semana de exámenes y causó mucho alboroto ya que la administración había tenido bastante con nuestro grupo. Se reunieron unos cien o ciento cincuenta estudiantes alrededor del Edificio de Administración White, y Alexander, encima de los escalones con un megáfono, exigía respuestas a la vez que le daba panfletos a cada estudiante o profesor que entraba. Las huelgas estaban prohibidas en la escuela a no ser si se había solicitado y obtenido un permiso. Cuando Emily y yo llegamos por la mañana, sabíamos que no duraría mucho.

— ¿Qué es lo que pasa? —preguntó Emily mientras nos acercábamos al edificio de administración, ya que era la ruta más cerca hacia los demás edificios, en vez de tener que darle la vuelta a éste.

— No lo sé. Mira, ahí está Alexander encima de los escalones. —dije. Alexander estaba gritando con su megáfono y creo que sus gritos se escuchaban más que la amplificación de su aparato. Nos introdujimos entre la gente, entre gritos y empujones. Al llegar a los escalones, en la fila de enfrente estaba Manny con un cartelón que decía, "Menudo gratis los domingos por la mañana."

— ¿Manny? Manny ¿qué rayos haces aquí? —Le pregunté molesto. — Y, ¿cuál es el asunto con ese letrero?

— Mi mamá me trajo el letrero equivocado y me dio el de mi iglesia ¿ok?, no importa. Mira ¡Qué buena idea! ¿no? Alexander se ha unido a la causa.

— ¿Estás loco? ¡Manny esto es ilegal! —dije y miré que por la calle venían dos patrullas.

— ¡NO NOS VAN A CALLAR! —Decía Alexander en su megáfono, casi en mi oído.

— No Graviel mira, lo que pasa es que tenemos esto. —Manny decía en voz muy alta, ensenándome una hoja de papel. No la pude leer por la conmoción. En eso llegaron los oficiales a hablar con Alexander.

— No, no nos pueden echar, tenemos derecho a estar aquí. —decía. —No señor, no es ilegal. Enséñales, Manny. —dijo Alexander. Manny me quitó el papel de las manos y se lo dio al oficial, quien lo revisó por unos momentos.

— Lo que pasa, —explicó Manny —es que como ahora los Caballeros Templarios tienen el mando legislativo de la escuela, específicamente nuestro grupo, hice una nueva enmienda en las reglas que dice que se puede hacer una demostración pacifica solo en las horas de la mañana antes de clases, sólo una vez cada semestre. Aquí está la prueba. —me dijo a mí y luego al oficial, quien bajó los escalones para hablar por su radio mientras otros oficiales se quedaron cerca.

— Te lo agradezco Manny. —dijo Alexander. —Aunque estoy en contra de todo lo que representas.

— Ey no te preocupes, yo también creo que eres un imbécil. —sonrió y los dos se dieron la mano.

— ¿Qué rayos estoy viendo? —Le dije a Emily, quien me hizo una seña con las manos de "No sé."

El oficial regresó y dijo que solo bajaran el volumen y no causaran problemas. Todos gritaron de emoción y siguieron con su demostración.

— Manny, vámonos de aquí. —le dije. —Te puedes meter en problemas.

– No seas ridículo. ¿problemas? –preguntó y en ese momento venían Frederick con León y otros más desde dentro del edificio.

– ¿Qué creen que están haciendo aquí, Graviel? –Preguntó Frederick irritado.

– Yo no estoy haciendo nada. Solo estoy pasando. Pregúntale a Manny o Alexander. –dije. Manny me hizo una cara de, "oh sí, gracias."

Frederick miró a Manny y a Alexander sin mover su cabeza. –Ustedes son bastante fastidiosos –dijo. Le tomé la mano a Emily para irnos de ahí. No quería tener nada que ver con ellos. No le tenía miedo a Frederick y sabía que Manny se podía defender solo.

Al medio día estaba sentado en la cafeterita de la biblioteca tomándome una malteada con Emily cuando llegaron Manny y Pamela. Pamela se quedó de pie en la puerta y Manny se sentó en nuestra mesa.

– ¿Por qué me dejaste solo esta mañana? Sabes que no me puedo defender solo.

– ¿De qué hablas Manny? –le pregunté. Emily sonrió, tratando de simpatizar con Manny, quien la miro apretando los labios, en desprecio. Emily aclaró su garganta.

– Bueno creo que ustedes tienen cosas que hablar en privado. Adiós Graviel. –Emily se puso de pie, me frotó el hombro y se fue. Pamela se sentó inmediatamente.

– La huelga fue solo una distracción, Graviel. Solo dije eso para que se fuera Emily y no sospechara nada.

– ¿A qué te refieres? –pregunté. –Lo que sea que tengas que decirme lo puedes decir enfrente de Emily también, Manny.

– No estamos tan seguros ya, Graviel. –añadió Pamela. –La seguí hace unos días y…

– No les permito, escúchenme bien. No les permito que investiguen a mi novia. Ese es asunto mío y de nadie más. No les permito que hagan cosas a mis espaldas. —les dije apuntándoles con el dedo. ¿Cómo era posible que Manny y Pamela estuvieran investigando a Emily sin ninguna sospecha?

– No estamos investigando a Emily, Graviel. —contestó Manny mirando de un lado al otro. —Simplemente Pamela miró algo que no encajaba y siguió la pista. Eso fue todo; por eso te estamos diciendo.

Capítulo 14

—Al caso da lo mismo. ¿Qué derecho tienen de desconfiar de ella? Con todo lo que está pasando, ella es la única persona con la que me siento en paz. Ustedes no me comprenden porque no saben lo que se siente. —dije. Pamela me miraba atentamente, con los brazos cruzados, respirando fuerte, con unos ojos enormes que mezclaban enojo y compasión. —No saben qué es estar enamorado de alguien. Yo que en mi vida pensé que me iba a enamorar. Toda mi vida fue muy rígida, estructural, exigente y sin muchos cambios. Emily ha transformado eso de muchas maneras, me ha enseñado a lidiar con las cosas que han estado sucediendo.

— Bueno olvídalo entonces. —Dijo Manny. —De cualquier manera, lo que queremos decirte es más importante que eso. —Manny miró a Pamela. Asenté con la cabeza para que continuara. Me había emocionado bastante como para hablar calmadamente. —Como te dije, la huelga fue solo una distracción, para que las autoridades y la escuela pensaran que estamos en otro pensamiento. —dijo. Pamela estaba en silencio mirando sus dedos en la mesa.

— ¿Qué es el plan?

— Mira, hace unos días hablé con Alexander. Aceptemos que la mayoría de lo que dice son puras tonterías y las acusaciones que nos echa son puras mentiras. En todo ese rollo, hay un poquito de verdad, de eso no hay duda. Me dijo que lo ayudara a legalizar una huelga y me daría información que nadie sabía, que realmente me interesaría.

— Bueno, ¿qué es eso que te dijo? —pregunté impaciente. Pamela lo miraba atenta también, aparentemente ella tampoco sabía.

— Espera, es que me gusta tener información que ustedes no tienen.

— Ay Manny, ¡eres un menso! —le gritó Pamela dándole un zape en la cabeza, y otros golpes más. Yo me recliné hacia atrás, aliviando un poco el estrés.

— Bueno ya, pues ya. —decía Manny esquivando los golpes de Pamela.
—Ok ya en serio. Miren, Alexander me dijo que hay un edificio en las afueras de la ciudad, un Templo. Dice que ahí es donde se juntan docenas de gentes, hombres en su mayoría, que son miembros de una organización más grande que cualquier otra en el estado.

— ¿Qué tipo de organización? —Preguntó Calvin. Ahora estábamos en mi casa. Habíamos citado a los miembros del grupo para que todos escucharan lo que Manny tenían que decir. Papá no estaba y Bethany había salido con Kim.

— Alexander dice que se llama La Hermandad. Es una organización secreta que supuestamente gobierna muchas agencias, incluida nuestra escuela. No es coincidencia que sea una institución privada.
— Sí, sí lo es. Eso no tiene nada que ver. No nos adelantemos. Todos sabemos que Alexander es un charlatán. No podemos creer todo lo

que diga. –dijo Calvin. Debemos hablar con él e investigar si esas acusaciones son verdaderas. Juzgo que tengamos una junta con él.

– Eso no va a ser posible. –dijo Lukas. Todos lo miramos. –¿No escucharon? Alexander desapareció después de la huelga esta mañana. Nadie lo ha mirado desde entonces, su familia ya dio parte a la policía.

– ¿Cómo sabes tú eso? –preguntó Calvin.

– La camioneta tiene un radio donde se escuchan las transmisiones de la policía. Escuché que lo está buscando porque sus padres lo reportaron desaparecido.

Hubo un silencio en la sala. Un largo silencio.

– Eso debe decirnos algo. No nos queda de otra. –dijo Manny. –Yo digo que vayamos a investigar.

– ¿Alexander te dio la dirección? –pregunté, tratando de averiguar si era el mismo lugar donde yo había ido.

– No. No hay un lugar específico, y nadie sabe cómo llegar. Dice que está en medio del bosque, entre la carretera 147 y la orilla de la laguna Hyatt. Dice que es un Templo.

– Debe haber como diez millas de bosque. –Calvin, se puso de pie. –Y esa laguna está alejada del público.

– No es coincidencia que también la laguna sea privada. –Manny miró a Calvin.

– Puede que no.

– No creo que sea una buena idea. –dijo Pamela. Estaba sentada conmigo y Lukas.

– Yo tampoco. –añadió Lukas. Creo que, si esta organización existe, está fuera de nuestras manos.

– ¡¿Tú Lukas?! –Exclamó Manny. –Tú eres el que debes estar más emocionado por algo como esto, esta es la situación perfecta donde podemos exponer a una megacorporación de corrupción, ¿no lo crees?

– Sí, la verdad tienes razón. –Lukas se reclinó en el sillón, estirando y cruzando sus pies y manos.

– Y tú Calvin. –continuó Manny. –no es coincidencia que con todo lo que está pasando Alexander haya desaparecido. –Manny esperó unos momentos.

– No. No lo es. –contestó Calvin agachando la mirada.

– Yo tengo miedo, pero estoy de acuerdo. –dijo Pamela. Lukas y yo concordamos con ella.

– Supongo que tú también estás de acuerdo ¿verdad Manny? –preguntó Calvin. Manny guardó silencio por unos segundos.

– Yo solo tengo que decir dos cosas. –dijo Manny. Calvin me miró, luego a Manny. Cruzó sus brazos.

– Habla. –dijo Calvin.

– Número uno, creo que debemos hacerlo por Marcus. No sabemos qué hay detrás de esta organización, pero quizás podríamos encontrar algo que los incrimine y los podemos llevar a las autoridades correspondientes. Es un riesgo que, más que nada, es nuestra responsabilidad tomar. No por nosotros, ni por los Templarios, ni por lo que sea que encontremos acerca de nuestra propia organización o nuestra escuela, sino por Marcus. Creo que ahora es personal. –Dijo Manny mirando al suelo. Calvin me miró una vez más, confundido.

Calvin se acercó a Manny le dio la mano, asintiendo con la cabeza. Pamela estaba sollozando un poco. Lukas y yo nos pusimos de pie y abrazamos a Manny y a Calvin en grupo. Todos estábamos de acuerdo con él. Esto ya era personal.

– ¿Y qué es lo otro? –Calvin se volvió a sentar, a esperar algo aún más serio.

– ¡Ah! –dijo Manny. –Que Graviel dijo que iba a tener comida y no he mirado nada. –dijo y todos nos soltamos riendo. Fue una risa muy necesaria en ese momento.

Los sirvientes en mi casa habían preparado algo y comimos esa noche todos juntos, tratando de regresar a la normalidad un poco, tratando de continuar con la difícil realidad de que la vida sigue. La muerte de Marcus nos había unido más. Pamela intentaba ignorar mis arranques de enojo por Emily y yo de disculparme con ella, pero no había ninguna posibilidad, así que dejaba que pasara el momento, que creyera que estaba enojado con ella. Quería abrazarla y decirle que todo estaba bien con ella y conmigo, que no se preocupara, que yo la quería como la amiga que era y que no podía estar enojado, aunque quisiera. Calvin también sentía lo mismo por Manny.

Si esto salía bien, quizás nos daríamos cuenta de quién había tenido la culpa de todas esas veces que los Caballeros de Colón habían estropeado nuestros planes, y al fin terminar con todos estos secretos entre nosotros mismo. Todo era por el bien de todos. Calvin y yo realmente queríamos confiar en Manny otra vez, y estábamos juntos solo por la memoria de nuestro amigo Marcus; encontraríamos al responsable, ¡y vaya que lo encontraríamos!

Habíamos planeado ir al Templo el jueves en la noche. El día anterior estaba con Emily en una mesa del café de la escuela, tomando un chocolate caliente.

– Hace frío. –dijo Emily encogiéndose de hombros. No contesté nada. Miró alrededor incómoda buscando de qué hablar. Las hojas de los árboles yacían en el suelo, empujadas de vez en cuando por el viento frío de diciembre. Era un frío seco, doloroso en los dedos y los oídos. Yo me estaba calentando los míos sosteniendo el vaso de chocolate. Emily traía guantes negros de piel y una bufanda blanca y negra de algodón y una gorra estilo peruana, de esas con una bola de hilo arriba y dos trenzas que bajaban por los lados. Los dos traíamos suéteres de la escuela, ya que no nos permitían llevar ropa que no tuviera el sello del colegio.

– Mañana los muchachos y yo vamos a ir a un lugar en el bosque donde podemos encontrar alguna evidencia de lo que le pasó a Marcus. –dije mirando mi vaso de chocolate. Emily levantó sus ojos lentamente, sorprendida.

– ¿Qué? ¿Dónde?

– No sé.

– ¿Cómo que no sabes?

– Es verdad. Nadie sabe dónde es, alguien nos dio una pista y vamos a seguirla.

– ¿Quién, Alexander?

– ¿Cómo sabes? –pregunté confundido.

– No sé, me imagino. Siempre hablaba de cosas secretas. –dijo obviamente nerviosa. Puso sus dos dedos en su frente inclinándose hacia mí. Una clara señal de que no estaba siendo totalmente sincera. Mire a los árboles enfrente de nosotros.

– ¿Dónde crees que esté ahora?

– No sé. –Dijo. –Quizás se cambió de escuela.

– ¿De cuál colegio dices que te transferiste?

– Del Monte, en el sur. ¿Por qué, Graviel?

– Por nada. –Dije. Emily dio un trago grande a su bebida.

Esa tarde por primera vez, me di cuenta de que Emily me mintió, y que quizás ella sabía más de lo que decía. En retrospectiva, traté de recordar todas las veces que estábamos juntos a ver si podía averiguar una situación similar, pero por más que trataba, fracasaba. No fue sino hasta mucho tiempo después que trace las líneas de punta. Ahora, solo podía pensar en su exterior, siempre recordando sus ojos y su cabello. Era una muchacha demasiado hermosa como para ponerle atención a otra cosa. Aún estaba enamorado de ella y no pensaba que una simple duda fuera a llegar a algo más serio; estaba seguro de ella. No tenía ninguna mirruña de evidencia. Por ahora debía enfocarme en nuestra próxima misión.

Por seguridad, decidí no hablarle a Cohen y contarle lo que íbamos a hacer antes de decirle y pedirle su ayuda. El Templo había tenido significado para mí personalmente pero no sabía si ese lugar tenía algo de importancia para los Templarios. No quería hacerle perder su tiempo hasta que tuviera evidencia concreta y segura. Apagué el celular que me dio y lo dejé en casa la noche de la misión.

– ¿Vamos por el camino correcto? –preguntó Manny mientras íbamos en la camioneta. Lukas iba manejando y Calvin de copiloto. Pamela, Manny y yo íbamos atrás. Calvin encendió la luz.

– Nadie sabe por dónde vamos. –dijo Calvin mirándonos –No sabemos dónde es, solo vamos a detenernos donde veamos que sea más conveniente.

– ¿Tienes miedo? –preguntó Pamela.

– Sí bastante. –Manny dijo.

– Le estaba hablando a Graviel. –dijo Pamela, sonriendo.

– ¿Umm? –Yo estaba un poco distraído. Pensando en si quizás había tomado la decisión correcta en no avisarle a Cohen. –No, no, solo un poco pensativo, es todo. Pamela tomó mi mano y la apretó fuerte. La miré, pero ella no me estaba mirando, su mirada estaba hacia el suelo.

Después de unos minutos llegamos al sitio donde íbamos a comenzar a caminar. Eran unos cuantos metros de donde yo había venido antes, pero no dije nada. Era una curva en la carretera 147 donde estaban unos rieles protegiendo los carros para que no cayeran río abajo.

– De por sí, nadie circula por esta carretera. –dijo Manny mientras bajábamos de la camioneta. Hacía mucho frío. La luna estaba llena y brillaba como si emitiera su propia luz, siendo la única testigo de nuestra misión.

– Graviel. Graviel. –Calvin tocó mi hombro mientras yo miraba la luna por el vidrio de la ventana trasera. –No te distraigas por favor. Son las doce y media de la noche. –dijo mirando su reloj. –¿Cuánto tiempo crees que tardaremos en ir y regresar?

– Si Alexander estaba diciendo la verdad y si mis cálculos están correctos, esto nos tomará una hora caminando de ida y otra hora de regreso. –dijo Manny.

– Pamela, Lukas, si no llegamos a las cinco y media de la mañana, llamen a la policía. –dijo Calvin abriendo la puerta corrediza de la camioneta.

– ¿Cómo así? Quedamos que yo también iba a ir con ustedes, Calvin. –Exclamó Pamela.

– No es nada personal, Pamela, es solo que tres ya somos bastantes. Necesitamos que alguien más que Lukas se quede aquí.

– Es porque soy mujer ¿verdad? Todavía no me tienes confianza.

– Por supuesto que no Pamela. –dijo Calvin, pero su tono de voz decía todo lo contrario. Que exactamente era esa la única razón. Al verse atrapado, Calvin me miró, pidiéndome ayuda. Me acerqué a Pamela y tiré de su chamarra hacia la parte trasera de la camioneta. Me miraba con enojo, sabiendo que nada de lo que dijera podría convencerla.

– Pamela.

– ¿Qué? –dijo cruzada de manos.

– Si algo te pasa, no sabría qué hacer. Me importas muchísimo. Solo por esta ocasión deja que vayamos nosotros. –dije. Pamela bajo los brazos, sabía que yo no estaba mintiendo. Miró al suelo y luego a mí.

– Bueno. –Pamela sonrió, y asentó con la cabeza. Me acerqué a ella y le di un beso en la frente. Caminé hacia donde estaban los demás.

— Listos. –dijo Calvin. –Vámonos. –agregó mientras se dirigía el camino. Brincamos la barrera de metal y comenzamos a caminar. Volteé hacia atrás y Pamela estaba recargada en la camioneta mirando hacia nuestra dirección. Lukas estaba encendiendo un cigarro.

— Si seguimos el río nos llevará directamente a La Hermandad. –dijo Manny.

— ¿Cómo lo sabes? –pregunté.

— Porque este edificio o lugar a donde vamos está a la orilla de la laguna Hyatt. Este río conduce ahí según el mapa. Oigan ¿Por qué vamos corriendo?

— Porque así llegamos más pronto. –dijo Calvin. No me había dado cuenta yo mismo de que estábamos trotando. Durante los primeros veinte minutos no hubo tanto problema ya que había lugar entre los árboles y la luna nos alumbraba, pero conforme nos introducíamos bosque adentro, el camino se hacía más espeso y estábamos perdiendo el río. Tuvimos que caminar a paso normal para poder escuchar el río y ver por dónde íbamos. Manny estaba de lo más agradecido.

— Recupera tu aire Manny. –dijo Calvin mientras miraba alrededor para ver por dónde seguir. Manny estaba batallando para respirar.

— Gracias a Dios. Gracias por poner tanto árbol. –dijo.

— Es hora de alumbrarnos. –dijo Calvin. –Es la parte más oscura del camino. – Habíamos quedado de no usar las linternas en lugares tan abiertos por precaución a que alguien nos mirara. Calvin sacó una linterna de su bolsa de lado del pantalón. Yo saqué la mía. Manny sacó una pequeña linterna en forma de un enanito verde con ojos enormes parecida a un alien.

— ¿En serio? –Preguntó Calvin.

— ¿Qué? Algún día van a estar de moda y todos van a querer al menos una. –dijo Manny. –Además aluza casi como las de ustedes, miren.

–Dijo alumbrando a un árbol. No estaba nada mal para ser tan pequeña.

Continuamos caminando a paso regular por la siguiente media hora. La luna ya no se alcanzaba a divisar y el bosque se sentía más y más frío, sin embargo, los árboles comenzaban a separarse poco a poco así que sabía que no faltaba mucho para llegar. Los ruidos de la noche eran diferentes a los de la ciudad. Durante todo el camino sentía que algo o alguien nos estaba mirando. Esto no me había pasado la primera vez que vine.

– ¿Por qué tan callado, Manny? –preguntó Calvin con su mirada enfrente.

– Estoy pensando si vamos por el lugar correcto.

– Vamos bien. Todavía se escucha el río. –dije.

– Está bastante oscuro. –dijo Manny.

– Ya la luna aparecerá en unos momentos. –Dije.

– Tienes tu linterna ¿le temes a la oscuridad, Manny?

– No. ¿Por qué?

– Solo preguntaba.

– El miedo no es bueno. –dijo Manny. –La gente le teme a la oscuridad porque no sabe lo que hay detrás. La vida nos enseña que todo lo malo siempre surge de la oscuridad, que las tinieblas siempre son sinónimo de maldad y terror, y por miedo a eso se evita todo lo relacionado con la oscuridad.

– ¿Estás diciendo que debemos tener un buen sentimiento hacia la maldad? –preguntó Calvin sin mirar hacia atrás.

– Sí y no. –continuó Manny, muy concentrado en la luz de su linterna. –La oscuridad es simplemente la ausencia de la luz. La luz disipa las tinieblas en cuanto está presente, la sombra no; entre más alejada esté la luz, más sombras habrá. El universo nos enseña que así es en muchas cosas. El conocimiento y la ciencia son luz, y la ignorancia e insensatez son tiniebla. Satanás siempre está entronado en lo que es oscuridad porque no puede soportar la luz, no entiende; está tan lejos de lo que Dios es, que vive en total oscuridad. Él nunca podrá experimentar lo que un humano experimenta cuando da su vida a Dios. Por eso nos odia, porque su naturaleza, aunque sea un ser muy inteligente, no puede experimentar el simple acto de arrepentimiento, y trata de que ninguno de nosotros lo sienta tampoco. Eso es oscuridad. Él esta tan lejos de la luz de Dios que es una oscuridad total, palpable, que se toca, una oscuridad fría y sin esperanza, vacía de todo residuo de algo bueno. Esa oscuridad es lo más alejado de Dios que uno puede estar, porque ahí no está Él. ¿Te imaginas estar en un lugar donde Dios no esté? Eso es oscuridad, y a esa oscuridad le debes temer. No a esta.

– Es interesante. –admití.

– El bosque se está aclarado más y más. –dijo. Calvin.

– El río está regresando. –dijo Manny.

Pasaron unos diez minutos más y ahí estaba, la laguna y el gran Templo en la colina. Esta vez también había muchos carros.

– Sí existe. –dijo Manny pasando su mano por su cabeza.

– ¿De dónde vendrán tantos carros? –preguntó Calvin.

– No tengo la menor idea. –dije.

– Vamos. –dijo Calvin y los tres caminamos lentamente hacia el frente.

Al igual que la primera vez, no había ningún guardia vigilando la puerta así que subimos los escalones hasta la entrada. Accedimos a la gran sala donde todo el piso eran alfombras rojas. Les apunté a los muchachos que tomáramos las escaleras hacia el segundo piso, que no era más que corredores alrededor de la planta de arriba. Cuando llegamos, pudimos ver la sala enorme del siguiente cuarto donde había muchas personas encapuchadas. Todos parecían que estaban caminando hacia la sala de al lado.

– Tenemos que ir a donde van ellos. –susurró Calvin.

– ¿Cómo? –dijo Manny.

– Hay que disfrazarnos. Síganme. –Calvin bajó las escaleras y asegurándose de que nadie viniera, buscó por las paredes una puerta o un closet. Abrimos la puerta que dirigía a la sala que acabábamos de ver por arriba y ya estaba vacía. En una esquina estaba una pared corrediza, y detrás había un tubo de metal con muchos ganchos de ropa colgados. Al fondo de este, había varias capas colgadas. Tomamos tres y nos las pusimos. Caminamos hacia la puerta donde todos habían ido y Calvin tocó. Un mayordomo abrió la puerta y sin tomarnos mucha atención nos señaló que nos metiéramos.

– Apúrense señores. Está a punto de comenzar.

Había unos cientos cincuenta o doscientas personas en la sala. Estaba muy oscuro, salvo una luz enfrente de un altar donde estaban dos hombres. Uno con una capucha como la de nosotros, pero puesta una máscara en forma de un macho cabrío. El otro hombre estaba sentado en un trono enorme y su capucha le cubría la cara. Un hombre encapuchado también, comenzó a tocar el órgano en una esquina y tocaba unos tonos raros que no parecían una melodía agradable. No había ninguna luz eléctrica sino solo velas por todo alrededor del altar donde estaban, y detrás de ellos una pared enorme de vidrio con el diseño de un ángel, muy parecido al que estaba en el salón de baile en la escuela.

El hombre del trono comenzó a hablar en una voz rasposa y sin expresión.

"Venerable lucero de la mañana, gran señor de la noche." Decía. Nosotros tres estábamos detrás de todos, mirándolos y tratando de no ser vistos. "Recibe esta ofrenda como muestra de nuestra veneración"; cuatro hombres encapuchados salieron del rincón con una gran charola cromada cada uno sosteniendo una esquina. En la charola estaba un animal vivo, atado a las esquinas. Parecía un cerdo o jabalí negro, posicionado como la gran esfinge. Los hombres pusieron el animal encima de cuatro pequeños pilares colocados enfrente del hombre del trono.

El hombre de la máscara de macho cabrío, sacó un cuchillo de su capa y se acercó al animal. Levantó el cuchillo enfrente del cerdo y pronunció unas palabras en latín que no voy a decir letra por letra, pero que indicaban que todas y cada una de las personas ahí iban a toman al menos un trago de esa sangre. El hombre de la máscara bajó el cuchillo con un movimiento rápido, luego otro y otro más hasta cortarle la cabeza al animal. La sostuvo por el cuero de atrás y la levantó hacia la audiencia, los que cantaron unas palabras en latín.

Luego se formó una línea frente al hombre de la máscara de macho cabrío mientras éste dejaba la sangre del animal caer en un cráneo humano. Una vez lleno, iba dándole un trago a los que se iban formando. Parecía que todos iban a tomar algo. El hombre del trono no decía nada, simplemente estaba inclinado hacia un lado, mirando en silencio la ceremonia. Teníamos que salir de ahí. Manny parecía que iba a vomitar en cualquier momento y habíamos venido a buscar información no a formar parte de una misa secreta. Ya habría tiempo de hablar de lo que habíamos visto. Calvin me tocó el hombro y me hizo la señal de que lo siguiera. Manny estaba verde del asco, e iba a vomitar en cualquier momento.

Seguí a Calvin por la oscuridad de la sala y logró abrir una puerta hacia un pasillo largo con un poco más de luz.
– Ya no aguanto muchachos. –dijo Manny con su mano en la boca
– Aguanta Manny, tenemos que buscar información. –dijo Calvin mientras corríamos por el pasillo. Entramos por una puerta y llevaba a donde habíamos entrado al principio, solo que por otro ángulo. Subimos las escaleras por donde yo subí la primera vez y corrimos hasta el otro extremo de la sala en lo que parecía el centro del castillo.

Abrimos puerta por puerta hasta llegar a la biblioteca adonde había ido yo también.

– Necesitamos buscar una oficina o algo así. –dijo Calvin.

– Aquí hay muchos documentos ¿no crees? –dije.

– No, esto es muy genérico. Necesitamos algo más específico.

– Yo necesito ir al baño. –dijo Manny. Se le veía bastante mal. – Por aquí. –Dijo Calvin. Lo seguimos por la orilla de la biblioteca y un hombre con saco y corbata nos pasó por el lado.

– Caballeros. –saludó sonriendo. Me di cuenta de que traíamos las túnicas con capucha todavía. Volteé hacia atrás y él también volteó un poco confundido.

Llegamos a lo que Calvin estaba buscando, una oficina. Era un cuarto enorme con una computadora y escritorio de vidrio. Era definitivamente diferente al resto del edificio.

– Manny, quédate en la puerta a vigilar. –dijo Calvin mientras él y yo buscábamos documentos importantes. Abrimos todos los cajones y no encontramos mucho. Nos acercamos a una pared llena de casilleros y examinamos cada uno. Todo estaba muy bien organizado y en orden alfabético, lleno de archivos de docenas de organizaciones y empresas. Abrí una al azar y había récords de órdenes ejecutivas del Templo hacia esa organización.

– Parece que este es El Templo. –dijo Calvin. También llegando a mí misma conclusión. Sacó una pequeña cámara digital y comenzó a tomar fotos. Tuve una idea y busqué la escuela en el orden alfabético. Saqué el archivo de esta. Las primeras páginas decían de una orden de terminar con el grupo Templario número 1.

– Somos nosotros. –dije en voz baja.

– ¿Cómo? –Preguntó Calvin. No dije nada. Lo miré en silencio.

– ¿Qué paso? –Dijo acercándose a mí. Miró lo que estaba viendo yo y sus ojos se abrieron como los de un búho. Nos vimos y miramos de vuelta al archivo. Calvin me pasó una hoja donde estaban las fotos de todos los del grupo. Calvin, Marcus, Lukas, Pamela Manny, pero faltaba yo. La foto de Marcus estaba en blanco y negro con una palabra en rojo por encima. "Eliminado"

El memo abajo decía que había que terminar con todos los miembros de este grupo, pero yo no estaba en ninguna parte del archivo. Volteeéa mirar si no venía nadie y Manny estaba recargado en la pared con los ojos cerrados con las manos en el estómago. Como las paredes de ese lado eran de vidrio, pude ver que el hombre que nos había saludado unos momentos antes estaba hablando con otro y le estaba apuntando hacia nuestra dirección. Este corrió hacia el cuarto donde estábamos, pero antes habló con alguien por un radio.

– ¡Manny! –grité. – Vámonos Calvin, hemos sido descubiertos. –dije. Calvin sacó fotos de los archivos lo más que pudo.

La puerta se abrió de golpe.

– ¡Ustedes no pertenecen aquí! –Gritó y Manny se le acercó tomándolo de los hombros.

– Ahí te voy, lucifer… –dijo en voz gruesa y vomitó todo a la cara del hombre.

– ¡Qué rayos…! –gritó el hombre. Calvin le arrojó todos los archivos en la cara y yo le lancé la computadora, que lo noqueó. Salimos corriendo de ahí y dos hombres se pusieron en la puerta de la biblioteca impidiendo nuestro paso. Calvin, sin miedo, se les aventó y tomó a uno por la corbata lanzándolo al suelo. Manny se lanzó de cabeza primero hacia el otro y lo cargó hasta afuera quebrando la puerta de vidrio.

–Ya me siento mejor. –dijo poniéndose de pie. Desde el segundo piso, mientras nosotros bajábamos los escalones corriendo, pudimos ver que todos los hombres estaban saliendo de la misa. Nos apuntaban furiosos, aún con sangre en sus bocas, sus dientes destilando rojo, enojados porque unos intrusos habían interrumpido su ceremonia.

Corrimos en dirección a la puerta de salida y el hombre de la máscara de macho cabrío salió de entre el gentío y nos miró. Para entonces logramos salir del Templo, corrimos hacia el bosque quitándonos las capuchas en el camino.

— ¡Ahí viene! — Gritó Manny. Volteé hacia atrás y el hombre de la máscara venia corriendo hacia nosotros, con máscara y todo. Llegamos al bosque y corrimos sin lámpara ni nada. Yo iba enfrente de Calvin y Manny iba atrás. Le advertí que tenía que ponerse a dieta. Corrimos por unos quince minutos cuando Calvin me gritó que teníamos que parar.

— Necesitamos esperar a Manny. –dijo. Corrimos hacia atrás unos metros y estaba recargado en un árbol recobrando su aliento.

— No me vayan a dejar mugres. –dijo entre respiros.

— Claro que no. –dijo Calvin mirando alrededor. –Está cerca. No va a descansar hasta alcanzarnos. –Se escuchó un aullido de un lobo a poca distancia. –Toma esta cámara Graviel. Por si algo pasa.

— ¿Qué va a pasar? ¿De qué hablas? –dije enojado.

— Tenemos que enfrentar a este animal. –dijo.

— Claro que no. Sigamos corriendo. –dije. –¿Estas ya mejor Manny? Vámonos. –dije y continuamos corriendo.

Unos minutos después, algo nos pasó por enfrente como una sombra. Nos detuvimos y la sombra nos pasó por atrás. Volteamos y estaba el hombre de la máscara ahí, mirándonos, con los pies descalzos, vestido de negro. La luz de la luna resaltaba los detalles de color blanco en los cuernos. Puso sus manos atrás y sacó dos grandes hojas de cuchillo. Las puso enfrente de él como poniéndose en guardia. Por alguna razón esta pose se me hacía conocida, como que sabía qué hacer.

— Ay Diosito Santo. –exclamó Manny.

– Sigan ustedes. –dije. –Yo lo distraigo.

Sin replicar, Calvin y Manny salieron corriendo y yo me quedé con el hombre enmascarado. Nos miramos por unos segundos sin que nadie hiciera nada. Yo sabía que no podía ser el primero en atacar si yo no traía una cuchilla. Al parecer él lo sabía y bajó la guardia, dio unos pasos al frente y clavó una de sus cuchillas en la tierra. Dio dos pasos atrás e hizo otra pose, ahora solo con una cuchilla. Me hizo la seña con la cabeza que recogiera la otra. Vaya. Recogí la cuchilla y me puse en guardia. Me acerqué a él y lo ataqué lanzando mi brazo directamente a su cara; él lo esquivó levantando el codo para que la cuchilla bloqueara la mía. Me lanzó una patada y la detuve con la mano libre. Se dio la vuelta y me lancé hacia él con la cuchilla encima de mi cabeza.

Nos involucramos en una pelea de cuchillas por unos minutos y ninguno de los dos cedíamos. Parecía que el enmascarado estaba en muy buena forma física. Nos quedamos mirando unos segundos el uno al otro, respirando el frío del bosque. Él volteó la mirada hacia el lado mío, luego otra vez hacia mí, después corrió hacia esa dirección, donde Manny y Calvin se habían ido. Iba por ellos. Lo seguí a todo lo que podía correr. Había perdido el interés en mí al ver que no pudo conmigo. Grité el nombre de mis amigos para alertarlos, pero sabía que estarían bástate lejos para escucharme.

Los árboles ya estaban muy pegados y sin encontrar un camino libre, perdí al hombre enmascarado en la oscuridad.
– No, no. –me decía a mí mismo mientras corría entre el bosque, tratando de seguir el sonido del río. Corrí sin detenerme. Después de unos veinte minutos de correr sin parar, pude notar una pequeña luz a lo lejos. Era una linterna.
Debí haber contactado a Cohen antes de venir, debí haberle avisado.

– ¡Manny! –grité. –¡Calvin! –Trataba de llamar su atención. Pude escuchar la voz de alguien a lo lejos, muy apenas, pero no pude distinguir quién era.

Me acerqué más y más y pude ver que Manny estaba de pie recargado en un árbol y Calvin a su lado. El bosque ya se estaba aclarando. Un poco más y estaríamos fuera. Mientras corría hacia ellos, noté que Manny se dio cuenta de alguien más, y dándose la vuelta comenzó a correr, Calvin trató de correr, pero cayó boca abajo al suelo. Me detuve frío, respirando rápidamente ante lo que estaba viendo. El hombre enmascarado se puso detrás de él y levanto la cuchilla.

– ¡Calvin! –grité. El hombre enmascarado volteó hacia mí y Calvin pudo levantarse. Corrí hacia ellos y miré que Calvin golpeó al hombre enmascarado con un tronco que encontró en el suelo. Este cayó al suelo y cuando Calvin iba a pegarle una vez más, el hombre enmascarado estiró su cuchilla y se la clavó en el estómago, tirando el tronco al suelo.

– ¡NO! –grité. Llegué donde estaban y el hombre enmascarado rápidamente tomó a Calvin del pelo y lo arrodilló frente al él, amenazándolo con su cuchilla para que yo no me le acercara. Calvin yacía inconsciente mientras el encapuchado me miraba a través de su máscara. Manny llegó por detrás de él y tomándolo del cuello, la máscara se le cayó, pero antes de que lo pudiera ver, corrí hacia Calvin y lo ayudé a levantarse. Eché su mano alrededor de mi hombro y lo ayudé a caminar. Volteé hacia atrás y el hombre cubría su cara para que no lo vieran. Manny levantó la máscara y la pateó en dirección al río. El hombre corrió por ella cubriéndose la cara.

Manny corrió hacia mí y me ayudó poniendo la otra mano de Calvin detrás de sus hombros. Caminamos a paso acelerado. Calvin decía algo, pero no se le entendía.

– No hables amigo. –dije. –Ya tendremos tiempo para hablar, cállate. –caminamos unos minutos más, los árboles ya se veían muy separados y la luna nos alumbraba como cuando habíamos entrado. Ya faltaba poco. Teníamos que apurarnos porque Calvin estaba perdiendo mucha sangre. Volteé hacia atrás y no venía nadie, quizás el hombre enmascarado había decidido no seguirnos. Me giré hacia el frente y ahí estaba.

– ¡Por Dios! –gritó Manny. El hombre enmascarado estaba enfrente de nosotros, ahora con sus dos cuchillas. Nos alumbró con una luz que parecía un faro muy potente que salía de su pecho. Nos detuvimos de golpe y caímos de rodillas, encandilados por la luz. Pasó como un fantasma por el lado mío y soltando a Calvin caí de costado con dolor en mis costillas. Me había rajado con la cuchilla. Regresó por el lado de Manny y le hizo lo mismo a él. Calvin quedó de rodillas en medio de nosotros y mientras nos recuperábamos, el hombre enmascarado pasó por el lado de Calvin una y otra vez, acuchillándolo por los lados.

– ¡NO! –Gritó Manny y se le lanzó al hombre, pudiéndolo detener, pero esta vez el hombre enmascarado lo golpeó con el codo causando que Manny cayera al suelo, pero se levantó y siguió frustrando su ataque contra Calvin. Yo corrí hacia Calvin quien estaba en el suelo, con cortadas de cuchilla por sus lados, en la cara.

– … Graviel… –dijo Calvin sin abrir los ojos.

– Cállate Calvin. Cállate por favor. –lo levanté, pude ver que él ya no tenía fuerzas, ya no se movía.

– Sigue… la misión por mí. No te rindas. –decía atragantándose con su sangre. Yo estaba en pánico. No podía procesar lo que estaba pasando. ¿Estaba soñando? ¿Entonces esto no era real? Despierta Graviel, despierta.

– ¡Graviel! –grito Manny detrás de mí. Volteé y el hombre enmascarado venía caminando hacia mí. Bajé a Calvin y me puse enfrente de él. Este imbécil iba a pagar.

Se detuvo al darse cuenta de que lo reté. Tenía lágrimas en mis ojos, mi camisa rota, con sangre. Sacó sus dos cuchillas y comenzó a caminar hacia mí. Yo también caminé hacia él. Arrojó su mano tratando de acuchillarme de lado. Lo esquivé haciéndome a un lado velozmente y le golpeé el codo con tal fuerza que tiró la cuchilla. Trató lo mismo con la otra mano y me agaché, luego lo golpeé en la barbilla, haciéndose hacia atrás y cayendo al suelo. Luego, algo vino sobre mí, como una fuerza que me controlaba y no me sentía más cansado ni agotado, al contrario, me sentía más fuerte. Era lo mismo que me había pasado en la biblioteca aquella noche. Tomé al hombre del cuello con las dos manos y le reboté la espalda en un árbol. Cayó al suelo meneando la cabeza.

– Manny llévate a Calvin. ¡CORRE! –dije y Manny ayudó a Calvin a levantarse, yéndose de ahí.

Tomé una de sus cuchillas y le rompí su camisa con mi mano, luego hice tiras de garra. Con una, le amarré las manos alrededor del árbol hacia atrás, estoy seguro de que le quebré una mano porque gritaba de dolor. Con otra tira de garra, le amarré el cuello al árbol casi al punto que no podía respirar. Tomé sus cuchillas y las clavé en el árbol, una a cada lado.

– No nos vuelvas a seguir o la próxima me aseguro de que no estés respirando. No te voy a quitar la máscara, no quiero verte a los ojos, porque quizás si lo hago, no te voy a perdonar. –dije. Luego me enderecé y lo miré de lado. No estoy seguro si lo que dije despúes fui yo o alguien más. –Yo conozco a tu jefe. Él me quitó algo hace muchos años y me las van a pagar muy caro. Por ahora, –dije mirando a la luna –debo apurarme.

Corrí hacia donde Manny se había ido y después de unos minutos pude ver la carretera. Al salir, miré que Manny apenas estaba llegando a la camioneta.

– ¡¿Qué pasó?! –gritó Pamela abriendo la puerta de la camioneta.

– ¡Vámonos rápido! –exclamó Manny y todos subimos.

– ¡A un hospital! ¡pronto! –grité. Le cortamos la camisa a Calvin. Ya no estaba respirando. No podíamos hacerle respiración boca a boca porque la herida mayor estaba a través de su pecho. Pamela comenzó a llorar.

– ¿Pero qué pasó?

– Encontramos el Templo. –dijo Manny echándose hacia atrás, recargando su espalda en la pared de la camioneta, y sus manos en el pelo, llenas de sangre. –Y luego presenciamos un sacrificio… encontramos mucha información. Nos descubrieron y salimos corriendo. Uno de ellos nos siguió y esto fue lo que pasó. Si no hubiera sido por Graviel que lo detuvo…

Nadie dijo nada después de ahí.

Llegamos al hospital y los enfermeros nos ayudaron rápidamente con Calvin y después de unos quince minutos, salió un médico a la sala de espera. Tenía sus manos caídas y su mirada al suelo. Se quitó la gorra y la mascarilla.

– Lo siento muchachos.

– No. No Dios mío no… –Pamela se desplomó. Me abrazó y lloró. Manny se sentó en la banca y Lukas pasó su mano por su pelo. Calvin estaba muerto.

– ¿Qué vamos a hacer ahora? –escuché decir a Lukas. Yo no lo podía creer. Todavía estaba esperando despertarme de este sueño. Debí haberle hablado a Cohen; esta fue mi culpa, por negligente. Esto había pasado porque no tomé las medidas correspondientes. Yo ya había ido al Templo antes y debí habérselo dicho.

Capítulo 15

Llamé a casa y hablé con papá, quien llegó al hospital a esa misma hora. Le avisaron a la familia de Calvin y todos estábamos en la sala de espera no sé para qué. Amaneció no muy después de eso. Los enfermeros nos atendieron a Manny y a mí por las cortadas que traíamos, que ni nos acordábamos. Nos pusieron unas vendas alrededor del pecho. Nos dejaron salir como al medio día. Les aconsejé a los muchachos que se fueran a sus casas a descansar y al siguiente día nos veríamos en mi casa.

Al llegar a casa, sonámbulo, tomé un baño, traté de dormir, estaba bastante cansado. Mi mente no quería aceptar lo que había sucedido, estaba en negación.

Esa noche, papá llegó a mi habitación a despertarme porque agentes de la policía estaban esperándome en la sala para platicar.

Eran tres agentes diferentes de los que hablaron conmigo cuando pasó lo de Marcus. Les expliqué lo que había pasado y que era lo que estábamos haciendo, y después de mirarse el uno al otro, se apuraron a despedirse amablemente. Les dije que yo sabía que no iban a hacer nada, que ya sabía que ellos estaban involucrados; se fueron sin contestar mis comentarios.

– Voy a mi cuarto papá. –dije sin mirarlo.

– ¿Necesitas… un abogado hijo? – preguntó papá. Hubo un silencio. Me quedé mirando al suelo sonriendo y lo miré serio.

– Gracias papá, pero esto va más allá de lo que la ley puede hacer. Ahora sí que, solo Dios nos puede ayudar.

Después de que la policía fue a mi casa, llamé a Cohen y le expliqué lo que pasó. Dijo que teníamos que vernos al día siguiente. En la mañana, un día después de lo que había sucedido, Cohen y yo nos encontramos en una gasolinera fuera de la ciudad, donde todo era desierto y no había nada por millas a la redonda. Cuando Cohen me miró, me tomó de la camisa y me arrojó contra su coche.

– ¡¿Te das cuenta lo que acabas de hacer?! Debiste haberme dicho que ibas a ir al Templo. Pudiste haber muerto y echar a perder toda la investigación.

– ¿Eso es lo único que te interesa?

– No me patronees, aquí yo soy el único que te puede ayudar. ¡Teníamos un trato Graviel! –dijo soltándome, casi arrojándome.

– Mi amigo murió por culpa mía Cohen. –casi comencé a llorar. Cohen puso sus manos a los lados y me miró.

– No digas eso.

– Sí lo es. Y tú lo sabes. Mi amigo está muerto por culpa mía.

– No Graviel. –dijo abrazándome. –La culpa no es tuya. Recuerda que tú no empezaste este conflicto. Hay alguien que quiere destruirte a ti y a tus amigos, incluyendo tu familia. Lo que pasó no lo empezaste tú. No es tu culpa hijo, tranquilo. Cuéntame lo que pasó.

Después de recuperarme, le expliqué todo lo que había sucedido con lujo de detalle, incluyendo la información que habíamos encontrado.

— ¿Y dices que tu foto no estaba en el archivo?

— Así es.

— Es como si quisieran guardarte para el final.

— No lo sé; pero no puedo dejar que les pase algo a los demás. Me siento culpable por Calvin. No voy a dejar que toquen a uno más.

— Eso de que los policías locales se fueron de tu casa, así como dices, es bastante revelador. Es obvio que ellos están involucrados. ¿No reconociste a alguien cuando viste a todos esos hombres en el Templo?

— No. Solo recuerdo que crujían sus dientes rojos llenos de sangre. No, no pude reconocer a nadie.

— Parece que la mayoría de los profesores en tu escuela tienen algo que ver con La Hermandad.

— Sin duda.

— ¿Qué piensas hacer ahora?

— Enfrentar a la administración y tratar de obtener respuestas.

— ¡Espera! Necesitamos saber qué es su siguiente paso. Carga contigo el celular que te di, todo el tiempo. De ahora en adelante no lo olvides en ningún lado. Es la única manera que puedo ayudarte.

— Lo haré. Lo prometo.

— Sé fuerte y no tengas miedo.

El funeral de Calvin fue el jueves. El día estaba nublado y frío. Había un tinte de color gris que reflejaba la necesidad de paz en nuestros espíritus. Fue el mismo cementerio que enterraron a Marcus, pero en una sección no muy lejos de ahí. Manny, Lukas, Pamela y yo estábamos a un lado del féretro y del otro lado su familia, que no quería que nadie se le acercara, especialmente nosotros.

Mi papá había mandado abogados a mi servicio porque fuera como fuera, ya estaban contratados por la familia y la empresa de papá. Nos dijeron que habían llamado a los abogados de Calvin y según ellos, no tenían intenciones de tomar acción legal en el asunto. Me explicaron que ellos simple y sencillamente no quería hablar conmigo por temor a que algún miembro más de su familia tuviera problemas. Parecía que yo era el problema. Ahora estaban rodeados de guardaespaldas y todo el mundo en el cementerio era testigo de eso.

Nos dividía el féretro de Calvin, en silencio, con la amenaza de lluvia que no venía, el cielo se tornaba cada vez más oscuro. Había venido muchísima gente, el pastor comenzó a dar su sermón y el dolor de la pérdida de un amigo era muy desagradable.

Emily estaba a un lado mío y al otro Manny, Pamela y Lukas. Papá estaba sentado detrás de nosotros, había dejado al resto de la familia en casa porque hacía muchísimo frío.

— Este no es el momento de continuar —decía el predicador dirigiendo el servicio fúnebre. Era un hombre grueso, con saco y corbata. Parecía ser el pastor de la iglesia de Calvin. Hablaba con una Biblia en su mano y se dirigía a todos moviendo ambas manos hacia arriba y a los lados. —Es el momento de detenernos, de reflexionar y pensar que nuestra vida no es permanente en este mundo. Dios llama a sus hijos cuando él quiere, porque él es soberano y nuestro vivir está en sus manos. Por eso hoy es tiempo de llorar, dejen que las lágrimas caigan, es la única manera que nuestro espíritu puede respirar. Estos momentos son los que nos recuerdan que estamos vivos, y que somos seres creados por Dios.

Emily tomó mi mano durante todo el servicio. La miré de reojo: ella miraba hacia abajo, con sus piernas cruzadas. Estaba a mi lado derecho mientras que Manny, Pamela y Lukas a mi izquierda. Poco a poco la gente comenzó a irse, de uno en uno. Llegó la tarde y al final solo estaban los trabajadores que se encargaban de bajar el féretro y echarle tierra.

— Nos vemos en la noche. –dijo Emily. Habíamos quedado de vernos en mi casa esa noche. Pamela y ella no se llevaban bien y no le iba a dejar que discutieran en ese momento.

— Todavía no lo puedo creer. –dijo Lukas encendiendo un cigarro en su boca.

— Alguien de verdad no nos quiere vivos. –dijo Manny.

— Esto va a cambiar todo. –Pamela dijo. Nos quedamos en silencio unos momentos. –Tengo miedo.

— Si tienes miedo, –dijo Manny –sigue adelante. –Lukas sopló una nube de humo en su dirección. Manny la trató de disipar con las manos. –Es verdad. El miedo no es malo, lo malo es quedarse ahí. Nosotros debemos seguir adelante aun con miedo.

— Tienes razón. –dije –Mañana mismo tenemos que ir a la administración y renunciar a los Caballeros Templarios.

— ¿Qué? –dijo Pamela.

— ¿Qué quieres decir? –preguntó Manny. –Tenemos que encontrar a los responsables de esto. No podemos…

— No podemos seguir siendo parte de una organización que no está siendo fiel a sus orígenes. Todos menos Calvin querían investigar, y ustedes lo saben.

— ¿Qué quieres decir? –preguntó Manny. –¿Estás contento que Calvin esté fuera del camino para ahora hacer lo que quieras?

— No Manny. De hecho, Calvin creía que eras tú el que sabías más de lo que decías. Pensaba que tú habías tenido la culpa de lo de Marcus. –dije.

— ¿Qué?

— Así es.

— A ver explícame cómo es eso. –Pamela se puso enfrente de mí.

— Esa será una conversación para otra ocasión. —dije —Por ahora debemos planear y tengo una idea. Mañana iremos a la administración y renunciaremos. Les daremos una sorpresa. Después les explico qué pasa.

Nos despedimos con un abrazo incómodo. En realidad, no me había molestado el comentario de Manny, sino que era yo el que sabía más de lo que decía. Era yo quien estaba ocultando algo, pero tenía que protegerlos. Tenía que llegar al fondo de lo que estaba pasando y no podía dejar que supieran nada. Ya les platicaría después.

Fui a mi casa sin ver a Emily. No tenía ganas de verla y eso me preocupaba. Algo estaba pasando en mi corazón por ella; algo sucedía en nuestra relación que estaba causando que me alejara de ella sentimentalmente. No quería verla ni hablar con ella, como si mis entrañas me dijeran que algo con ella andaba mal y mi ser no lo quería aceptar. Me fui a mi cuarto y lloré. Lloré mucho toda esa noche.

Lloré por Calvin y por culpa de que esto estuviera pasando. Sin embargo, sabía que Cohen tenía razón. Yo no había comenzado este conflicto. Mis deducciones hasta ahora eran que la escuela estaba involucrada en un círculo de corrupción donde los profesores y administradores eran parte de una organización que gobernaba esta y muchas escuelas más, la policía y varias empresas.

La cabeza era una persona o personas que estaban por encima de todo eso, por encima de la empresa de papá. La empresa que con tanto esfuerzo mi familia había levantado, que el abuelo y su padre habían hecho prosperar ahora estaba en manos de Rosenfield, un hombre que la estaba convirtiendo en parte de La Hermandad también. Tenía que detenerlo y salvar la reputación de mi padre y del abuelo.

Sin embargo, yo no me sentía igual. Las cosas dentro de mí ya no eran como algunos meses atrás. Podía sentir que el dolor dentro de mí era porque mi alma estaba rota. Había ocurrido un cambio en mi interior que tenía que ver con mis sentimientos. Mi cuerpo lloraba por mis amigos Calvin y Marcus, pero mi alma estaba en silencio, como si una pausa se hubiera apoderado de mi vida.

Mi alma ya no más conducía mi cuerpo, ahora mi cuerpo batallaba para caminar, arrastraba mi alma de un lugar a otro, cerraba mis ojos y sentía la sensación de caer en un vacío sin fin. No podía estar a gusto en ninguna posición en mi cama, el proceso de este dolor no hacía mi vida nada confortable. Oré a Dios, pero mis palabras no salían de mi boca. Parecía que mi alma rota estaba susceptible para que fuera tomada, poseída por algo o alguien. Como si esto fuera causado por un plan más allá de mi control.

El cansancio del peso de cuerpo me dolía bastante. Mis lágrimas caían por ambas mejillas mientras miraba al cielo raso de mi cuarto. Mis brazos extendidos, hundiéndome en la cama que era lo único que me mantenía fuera del suelo. No podía controlar mi llanto, y parecía que alguien se sentaba en mi pecho, sin dejarme levantar. Finalmente, después de un largo tiempo de estar así, mi cuerpo no pudo más y se quedó dormido.

Esa noche soñé que me estaba mirando al espejo en el baño y mi reflejo me dijo que teníamos que ensayar para nuestra obra de teatro. Salió de detrás del espejo y ensayamos un libreto que tenía palabras en un idioma que no conozco. De pronto llegó papá y Bethany y me decían que no dejara que mi otro yo me controlara, que no le siguiera la corriente. El techo de la casa se abrió y un hombre gigante movía dos cruces por encima de mí. De repente me di cuenta de que las cruces tenían hilos pegados en los extremos, y los hilos estaban pegados a mi cuerpo, controlando todos mis movimientos. Mi otro yo gritaba, "¡ASÍ! ¡ASÍ! Baila para mí." Y el gigante encima de mí se carcajeaba, y su risa taladraba en mis oídos. Luego unas grandes tijeras cortaron los hilos, y al verlas, se hicieron más y más pequeñas hasta hacerse de tamaño normal. Las sostenía una joven de apariencia amable, sonriente. Su pelo era corto por los lados, pero largo por arriba y parte de este cubría uno de sus ojos. Llevaba el uniforme de la escuela, pero creo que con un sello mucho más antiguo. Se acercó a mí y puso su mano en mi hombro. Yo solo veía los hilos que aún colgaban de mi mano. Comenzó a hablar, pero sus labios no se movían.

"Mi nombre es Andy. Estoy aquí para ayudarte. Tú y yo estamos aquí por la misma razón. No claudiques."

A la mañana siguiente, antes de que fuéramos a la administración, el profesor de mi segunda clase, la de literatura, puso una nota en mi escritorio sin decir nada. La nota decía que la administración quería verme y me había citado en el edificio White a las once de la mañana.

Cuando la clase terminó, fui a la cita y estaban Lukas, Manny y Pamela sentados esperando afuera del auditorio, donde me habían citado.

– ¿Qué pasa? –pregunté.

– No sé. –contestó Pamela. –Me citaron aquí a esta hora.

– A mí también. –dijo Manny.

– Igual. –agregó Lukas. –¿Esto tiene que ver con tu idea?

– ¡Claro que no! –dije. No sé qué está pasando.

– Señor Richardson, muchachos. –escuché a un profesor. –¿Listos? Síganme. –dijo abriendo las puertas del auditorio. Era un cuarto con bancas a los lados formando un círculo alrededor de una tarima de quizás unas diez pulgadas. En la tarima había cuatro sillas. El profesor nos hizo la seña con las manos que nos sentáramos. –Por favor.

Después de un rato, se abrió la puerta en el otro extremo y entraron unos profesores y varios administradores. Los administradores se sentaron directamente enfrente de nosotros y los profesores dispersos entre las bancas. Los profesores eran de ambos grupos, Templarios y Caballeros de Colón.

– Buenos días jóvenes –dijo un administrador. –Estamos aquí para hablar con ustedes acerca de su membresía en nuestras organizaciones.

– De veras lamentamos muchísimo la pérdida de su amigo, Calvin. –dijo otro. –Queremos brindarle nuestro apoyo en cualquier cosa que necesiten.

– Calvin era una persona muy importante para nosotros y su presencia se echará de menos. –dijo una mujer.

– En cualquier caso, –dijo el primero. –Hemos tomado la decisión de terminar su membresía en los Caballeros Templarios.

Los muchachos y yo comenzamos a protestar.

– Sé que ustedes son el grupo número uno. –dijo una mujer extendiendo sus manos hacia nosotros para guardar silencio.

– Pero…–dijo otro. –No pueden seguir sin su líder, y hemos rescindido la decisión de que exista una mujer entre nosotros.

– No es un grupo machista –dijo la mujer. –Pero es tradición que sean puros muchachos quienes formen parte de los grupos. Estos fueron fundados en una forma casi religiosa y como colegio privado, podemos hacer eso, y tomar esta decisión.

– Eso los pone en un gran aprieto –dijo el primer hombre otra vez. –Porque ahora no les falta su líder, sino un miembro más. –dijo dejando espacio para un silencio. Los muchachos y yo nos vimos las caras. –Lo siento, pero desde hoy mismo el grupo de Calvin no existe más –comenzaron a levantarse para irse.

— Todos y cada uno de ustedes van a pagar por la muerte de Marcus y Calvin. —dije poniéndome de pie. Pararon lo que estaban haciendo y me miraron sorprendidos.

— Señor Richardson... —comenzó a decir la mujer.

— Así es. —dije interrumpiéndola. —Yo soy Graviel Richardson. Recuerden mi nombre porque yo voy a ser quien los lleve a la justicia a todos ustedes. Ustedes no nos echan de la organización, nosotros renunciamos. Renunciamos a sus prácticas injustas y corruptas, a su irresponsabilidad y su incapacidad de cumplir su obligación. De ahora en adelante, nosotros nos encargaremos de vengar la muerte de Marcus y Calvin. Así que prepárense. Prepárense porque vamos a descubrir su teatro y terminar con su charlatanería. —les hice la seña a los muchachos de que nos fuéramos. Todos se quedaron de pie mirándonos, pero no noté ninguna señal de cobardía o titubeo. Estas eran personas malas.

Salimos de ahí y dirigí a los muchachos a la escultura de libros empalmados que estaba detrás del Edificio de Administración White, donde sabía que había más estudiantes a esta hora. Me paré a un lado de la estatua donde estaba la fuente de agua, Manny Lukas y Pamela se quedaron abajo.

— Estudiantes de la universidad de Aphoria, —hablé en voz alta dirigiéndome a todos los que pasaban —la administración nos ha mentido. Los Caballeros Templarios y los Caballeros de Colón son las dos caras de una misma moneda. Los dos grupos emanan de una raíz de una planta silvestre que debe arrancarse. Mi grupo y yo hemos renunciado a sus prácticas corruptas y abusivas. Debemos unirnos para combatir esta epidemia que está matando a nuestros amigos estudiantes —seguí. Poco a poco, más gente se acercaba a escuchar. Pude ver a Frederick escuchando desde no muy lejos de ahí junto con sus amigos. Les apunté a ellos directamente. —Ustedes han sido traicionados por sus líderes. No nos dejemos llevar por líderes que nos tratan como animales, como propiedad. Nosotros somos gente, estamos vivos, sentimos, amamos, lloramos. No vamos a ser más títeres de una organización donde ellos mismos son títeres. No somos más Caballeros Templarios. Hemos creado un nuevo grupo llamado... –Me detuve. No había pensado en un nombre. Miré a Pamela y Lukas. Luego a Manny.

– ¡La Sociedad de Oppenheimer! –grito Manny haciendo una bocina en su boca con las manos.

– ¡La Sociedad de Oppenheimer! –grité. –En los próximos días vamos a poner anuncios por toda la escuela promocionando nuestro nuevo grupo. Hombres y mujeres son bienvenidos. No importa si ya son parte de los Caballeros Templarios o Cabaleros de Colón. Ambos son bienvenidos. No tenemos rivalidad con ninguno, salvo con la entidad que nos quitó a Marcus y a Calvin. Gracias por su atención. –dije y unos pocos aplaudieron mientras que otros siguieron caminando.

– ¿Por qué Manny escogió ese nombre? –preguntó Emily. Estábamos en mi computadora editando el anuncio que Manny y Lukas habían diseñado. Ellos junto con Pamela estaban en la sala de mi casa mientras Emily y yo habíamos ido al despacho de papá para imprimir los anuncios.

– Robert Oppenheimer ayudó al desarrollo de la bomba atómica; con él comenzó una nueva era que cambiaría al mundo por completo.

– La era atómica.

– Así es. La bomba atómica terminó la segunda guerra mundial.

– ¿Crees que tú vas a poder lograr lo que logró Robert Oppenheimer?

– No. Nosotros no somos Oppenheimer, nosotros somos la bomba. Maestros de destrucción masiva.

– Tengo miedo.

– ¿A qué?

– A que algo te pase. Has cambiado un poco y no creo que sea para bien.

– Agradezco tu preocupación, pero necesito tu ayuda.

– Sabes que para eso estoy aquí.

– Bueno, alcánzame ese papel porque vamos a imprimir cientos de hojas.

Después de imprimir los anuncios, los pusimos todos en la mesa de la sala. Eran dos enormes pilas de papel.

– Están bien calentitas. –dijo Manny. –Parecen kilos de tortillas salidas de la tortillería.

– Estuvimos planeando detenidamente la nueva estructura de la organización. –Pamela dijo con una pluma y cuaderno en la mano.

– Decidimos varias cosas. –dijo Lukas. –Tendremos sesiones los jueves a las diez de la noche con una duración de mínimo una hora. Ofreceremos refrescos y aperitivos y hablaremos de lo que necesitamos hacer para trabajar en nuestra misión, escuchando opiniones de todos en una manera ordenada y organizada.

– ¿Quién será el presidente? –pregunté.

– Yo. –Manny dijo inmediatamente. Pamela le dio un codazo. –Yo pienso que tu deberías tomar el cargo. Eres el más capacitado. –Yo seré el secretario.

– Y yo seré la que mantenga los récords en las sesiones. –dijo Pamela.

– Yo me encargo de la logística y planeación. –Lukas dijo fumando su cigarro.

– ¿Y yo? –preguntó Emily. –¿Yo que puedo hacer? –Hubo un silencio incómodo en la sala. Nos habíamos olvidado de que ella estaba ahí.

– Tú puedes organizar los grupos. –Pamela me miró a mí. –Cada vez que se una un nuevo miembro, mantendrás un registro de sus nombres y los coordinarás en sus grupos correspondientes.

Manny, Lukas y yo nos miramos las caras. Emily sonrió.

– Me parece perfecto. –dijo.

El siguiente día los muchachos, Emily y yo nos pasamos la mayor parte de la tarde pegando los anuncios en toda la escuela. Habíamos creado la nueva organización con ayuda de varios abogados de papá y nos habían aconsejado cómo hacer las cosas para que la escuela no tuviera nada que decirnos. Habíamos creado fuertes fundamentos para poder llevar a cabo nuestra nueva misión: acabar con La Hermandad.

Ese jueves en la noche fuimos a nuestro nuevo cuartel de operaciones. Habíamos rentado una bodega abandonada donde alguna vez se cortaban árboles. Era un lugar un poco sucio y mugriento, pero al menos tenía luz. Esta noche seria nuestra primera junta. Habíamos acomodado unas cincuenta sillas enfrente de una tarima y un púlpito que habíamos construido. Eran las nueve con cuarenta y cinco y solo estábamos nosotros.

– ¿Creen que venga alguien? –Pamela dijo con un tono preocupante. Estábamos sentados en las primeras dos filas de sillas.

– Claro que sí. –dije. –Tienen que venir.

– ¿A quién se le ocurrió traer cuadritos de queso? –preguntó Manny desde la mesa de comida.

– Son apetitivos, Manny. –dijo Lukas. –No es cena.

– Ya son las diez, Graviel. –Emily llegó a decirme –debemos comenzar.

No había llegado nadie todavía.

– Esta bien. –fui hasta el púlpito. Pamela se fue a una esquina a escribir en su computadora, Manny se quedó en la mesa de comida y Emily y Lukas eran mi audiencia. Golpee un martillo en el púlpito varias veces.

— Buenas noches, es nuestra primera junta de la Sociedad de Oppenheimer. Estamos… –Me interrumpió el sonido del portón al abrirse. Era un muchacho asomando la cabeza.

— Perdón. –dijo. –¿Es aquí la junta de la Sociedad de Oppenheimer?

— Sí, pasa. –le dije.

— ¡Aquí es! –dije después de él. –No está abandonado, es aquí, vengan. – levantó el brazo haciendo seña y entraron varios muchachos, miraban a su alrededor la bodega maltratada, averiguando si era verdad.

— Bienvenidos. –dije sonriendo. –Siéntense por favor apenas estamos comenzando.

Hablé de lo importante que era mantenernos unidos. Les dije varios detalles de lo que había sucedido con Calvin y Marcus sin revelar nada comprometedor y por qué habíamos renunciado a los Caballeros Templarios. No pasó mucho tiempo y llegó mi hermana Kim con varias amigas de ella y también se sentaron a escuchar.

De veinticuatro personas que habían asistido aparte de nosotros, diecinueve se juramentaron y los otros cinco prometieron volver la próxima semana para seguir platicando. La noche había sido un éxito. La nueva Sociedad de Oppenheimer ahora tenía veinticuatro miembros.

Lo primero que hicimos para combatir el régimen escolar era revelarnos en contra de la opresión de identidad. Comenzamos con los uniformes escolares. Usábamos la corbata floja o a veces sin ella, y en ocasiones no nos fajábamos nuestras camisas. No queríamos ser más víctimas de lo que considerábamos opresión a nuestra libertad de expresión. Algunos muchachos comenzaron a llevar pantalones de mezclilla con sus uniformes y algunos ya ni siquiera lo llevaban.

Nuestra fama fue creciendo rápidamente entre los estudiantes ya que nuestras acciones eran consideradas protesta pacífica bajo las cláusulas de formación de nuestra organización y más y más miembros se fueron uniendo. Para la tercera semana teníamos un total de cuarenta miembros y nueve grupos incluyendo el nuestro. La administración de la universidad ya nos había amenazado con expulsarnos por causar problemas, pero nuestros abogados tenían eso bajo control.

Estábamos debilitando las dos fraternidades ya que varios miembros de ambos grupos nos estaban siguiendo. No sé si fue porque los muchachos realmente se sentían oprimidos o de verdad querían ayudar a la causa, o tal vez solo se nos unían por la experiencia. Lo que sea que fuera, nos estaban ayudando a llamar bastante la atención, que era lo que yo quería.

— Solo digo que hay mucho tráfico de información con tu nombre. —Cohen estaba vaciando un paquete de azúcar en su café.

— Eso es bueno, ¿no? Era lo que queríamos. —dije dándole un trago al mío. Estábamos desayunando en un café en el desierto de la ciudad.

— Por supuesto, pero debo protegerte. Dicen mis fuentes que La Hermandad va a usar al Departamento de Investigaciones de Aphoria para acercarse a ti y ofrecerte supuestamente ayuda en tu misión.

Me le quedé mirando en silencio.

— ¿Qué quieres decir? ¿Alguien me va a contactar del D.I.A.?

— Prácticamente va a ser un agente encubierto que creo que ya conoces como un amigo o amiga, que se revelara a sí mismo o misma como agente de la D.I.A.

— ¿Quién es?

— No sé.

— Dime, quiero saber.

— No lo sé, de verdad. —dijo. Pude ver que hablaba en serio. Una sensación de miedo y expectativa subió por mi espalda que dejé de comer.

— Creo que se quién es.

— ¿Quién es?

— No quiero decir hasta que esté seguro.

— Bien. ¿Cómo va todo con el nuevo club?

— Bien. —Sonreí por dentro al escuchar a Cohen llamarle "club".

— Los muchachos tienen la esperanza de cambiar las cosas en la escuela.

— De verdad crees que cambien las cosas. —dijo retóricamente. Supe lo que quería decir.

— No. Pero deberías ver sus miradas cuando hacemos juntas. Se les ve tanta esperanza y orgullo en lo que estamos haciendo.

— Disfruta el olor de las flores mientras dure.

— Lo sé.

— Tú sabes que lo que viene será difícil para todos.

— ¿Qué ayuda me ofrecerá la D.I.A.? —dije tratando de no pensar en el futuro de la Sociedad de Oppenheimer.

— No te puedo decir mucho, solo que los va a mandar La Hermandad. Así que no caigas en su trampa. Síigueles la corriente y aparenta que necesitas su ayuda. Esta gente ofrece su ayuda para sacarte del problema que ellos mismos causaron.

— Lo sé. ¿Por qué no me quieres decir quién es?

— ¿Por qué tú no me enseñas toda la evidencia que tienes de La Hermandad y de tu familia? —preguntó sonriendo.

— Está bien. Entiendo.

— Solo hay que hablar de lo que nos conviene el uno al otro. Lo demás para después.

— Bueno me voy. —dijo poniéndose de pie y dejando unos billetes en la mesa. —Nos vemos.

– Cohen. –Se detuvo en la puerta. –¿Es ella? –Cohen me miró fijamente a los ojos.

– Adiós Graviel. –dijo. Sonó la campanita de la puerta al abrirla. Cohen se fue sin decir una sola palabra más.

En la empresa, papá estaba comenzando a tomar cada vez más y más control de las acciones como debía. Sabía que eso significaba que todo debía mantenerse legítimo y en orden para no perder su empresa y por alguna razón fuera a parar a la cárcel. Él no tenía la culpa de nada y la idea de que pudiera ser enviado a prisión por la corrupción que se hizo cuando él no estaba al frente, realmente me aterraba. Eso no iba a pasar.

Con la excusa de nuestra nueva fraternidad, yo estaba pasando menos tiempo con Emily. Casi ya no salíamos solos a menos que fuera con todos los del grupo. Ella y Pamela no habían hecho los pases todavía pero no hablaban mucho, lo cual evitaba problemas. Todos habíamos podido funcionar bien sin tocar temas personales.

– Debemos planear algo en grande para la sociedad. –dijo Manny un lunes por la tarde cuando estábamos en una bodega en una junta solo de nuestro grupo.

– ¿Qué sugieren? –Pamela preguntó.

– Debe ser un evento. –dijo Manny. –Como algo social para todos. Como un banquete celebrando la sociedad.

– O una fiesta. –dijo Pamela.

– En un mes es el baile de primavera de la escuela. Nosotros podríamos organizar nuestro propio baile. –Dijo Lukas. Todos estuvimos de acuerdo con él.

– Es perfecto. –dije. –Todos pueden usar la ropa que quieran para hacer contraste con el baile de la universidad que solo pueden llevar trajes de gala como el baile de otoño. –dije haciendo una pausa porque sabíamos lo que había pasado en esa ocasión. Todos nos quedamos en silencio.

– Buenas tardes. –habló un hombre de gabardina negra que entraba a la bodega. Venía con otro hombre vestido también de negro.

– ¿Quiénes son ustedes? –me puse de pie.

– Soy el agente Nick Stevens y este es mi compañero James Hicks, agentes especiales del D.I.A. ¿Les molesta si hablamos con todos ustedes?

– Por supuesto que no, caballeros. Siéntense. – dije confundido. Esto no era como Cohen dijo que serían las cosas.

– Gracias. –el agente miró a ambos lados buscando cual silla estaba más limpia. –Venimos a hablar con ustedes porque hemos estado investigando sus acciones desde que comenzaron esta… fraternidad. Sabemos que han perdido dos amigos muy cercanos y les aseguro que llevamos una investigación muy profunda en el caso. Estamos colaborando con la policía local y tengan por seguro que encontraremos a los responsables.

– ¿Tienen alguna pista? –preguntó Pamela con los brazos cruzados.

– Sí. Y estamos siguiendo más. –contestó Stevens. –Por ahora, nuestro propósito es hablar con ustedes, brindarles nuestra ayuda para cualquier cosa que necesiten.

– ¿Por qué ahora? –preguntó Lukas quien estaba reclinado en su silla con las manos detrás de su cabeza. –¿Por qué no vinieron cuando pasó lo de Marcus y Calvin?

– Repito que estamos colaborando con la policía local y tenemos una investigación muy prometedora en los casos. –Stevens tenía sus manos juntas. –Pero ahora están actuando en rebelión contra la universidad y no sé si eso sea lo correcto en la situación en la que están. No quisiera que sus intereses se afectaran por lo que están haciendo.

– Todo lo que estamos haciendo es perfectamente legal. –Manny dijo.

– Lo sé. –contestó Stevens.

– No necesitamos ayuda de ustedes. –Pamela habló enojada.

– Váyanse por donde vinieron. –dijo Lukas. –Son unos corruptos.

– Muchachos. –comenzó a decir Stevens.

– Caballeros. –Interrumpí la discusión poniéndome de pie –Amigos míos. –dije dirigiéndome a Manny, Lukas y Pamela. Emily estaba sentada en la esquina de una fila. –No nos apresuremos tanto a rechazar a estos hombres que han venido con la única intención de ayudarnos. –caminé hacia el púlpito. –Les agradezco sus buenas intenciones y les aseguro que colaboraremos con sus investigaciones cualesquiera que sean. Ahora, por favor explíquenos ¿Cuál es el problema con nuestra organización?

Stevens se puso de pie.

– Hay cosas que pueden suceder que los abogados no los pueden respaldar. Porque aquí la ley, bueno admitámoslo, somos nosotros. Podemos asegurarnos de que las cosas salgan bien o mal, dependiendo de lo que diga la justicia. Mi sugerencia a todos ustedes es que consideren abandonar esta idea de revelarse contra la escuela. Yo les aseguro que ellos no son los culpables como ustedes alegan. Ahora, no quiero detener lo que están haciendo, están en todo su derecho, sin embargo, ¿es lo correcto? Pregúntense ustedes mismos. Si algo pasa, serán obligados a desintegrarse sin excusa. ¿Por qué no buscan otra ideología? Como el medio ambiente, derechos de los animales, algo que sea bueno para la sociedad. Bueno, otra vez, no vengo a decirles lo que tienen que hacer. Solo piensen bien lo que hacen. Nosotros hemos venido a ofrecerles nuestra ayuda, pero si nos causan problemas será un poco más difícil ayudarlos. Tengan cuidado y hagan las cosas bien. –terminó poniendo las manos en sus bolsas. Nosotros nos quedamos en silencio. Emily miró al suelo y luego a mí. Miré a los muchachos y no decían nada. Tosí aclarando mi garganta.

— Claro que sí caballeros. –dije. Gracias por su colaboración. Solo… ayúdennos a encontrar a los culpables del asesinato de nuestros amigos.

Stevens y Hicks se me quedaron viendo por unos momentos. Sonrieron.

— Por supuesto. –dijo y con esa sonrisa se fueron de ahí.

Esa noche en mi habitación hablé con Cohen de lo que había sucedido.

Creo que cambiaron de planes. –Dijo. Lo más seguro es que se les hizo muy riesgoso descubrir a su agente secreto y cambiaron de táctica.

— Puede ser. –dije. –Hablamos después.

No podía evitar la ansiedad de saber quién era el agente encubierto. ¿Era Manny, como Calvin creía o era Emily? En estos momentos podría ser cualquiera; Lukas o hasta Pamela. La incertidumbre me estaba volviendo tan loco que no podía dormir. Salí al jardín a caminar y tomar un poco de aire. Era casi medianoche y no se podían ver muchas estrellas en el cielo. Hacía un poco de viento y el frío me ayudaba a calmar un poco los nervios.

La siguiente semana en la escuela fui citado por la administración a una junta con el presidente de la escuela.

— Esto debe parar, señor Graviel. –dijo el hombre. Estaba de pie en la ventana mirando hacia la escuela.

— Tenía entendido que una audiencia con usted era imposible. Sin embargo, usted me llama a mí.

— Señor Graviel. –se volteó a verme, con una risa en su tono.

— Lamento que no nos hayamos conocido en circunstancias más… adecuadas. –Era un hombre mayor, muy formal; me recordaba al abuelo. Su cabello ya tenía canas y aunque no tenía muchas arrugas en su cara, aparentaba de edad avanzada. Su cara no reflejaba titubeo ni nervios, como un hombre que no es conmovido por ningún asunto, firme, rígido y estricto, seguro de sí mismo. Su traje intacto de cualquier residuo ajeno, corbata azul, traje negro y zapatos que brillaban más que nada, sin barba, limpio. Impecable el tipo. Su voz, calmada y dulce.

– Lo sé.

– Quiero pedirle de la manera más atenta que deje la organización a la que está afiliado y vuelva a ser Caballero Templario.

– Eso me lo pudo haber dicho cualquier otro obispo, señor presidente. ¿Por qué usted?

– Se ha vuelto usted un caso de prioridad, señor Richardson. Las cosas han cambiado. Ahora se ha convertido en una persona con mucha influencia en el cuerpo estudiantil y debo admitir que no habíamos calculado su destreza. Quiero invitarle personalmente que vuelva con nosotros, le ofrezco mi apoyo personal en cualquier momento.

– A cambio de que deshaga la Sociedad de Oppenheimer.

– Así es.

– Déjeme pensarlo. –dije cruzándome de brazos y mirándolo fijamente.

– Je, je, je. Eso pensé. –dijo. –Lamento su decisión, de verdad que lo lamento porque es usted una persona con mucho potencial y va a ser una lástima acabar con usted.

– Su oficina se ve diferente durante el día. –Su mirada examinó mi rostro, como buscando algo.

Capítulo 16

Crees que eres muy listo, ¿no es así? —estaba sonriendo, acercándose a mí. Sentí que el ambiente cambió de inmediato cuando dejamos las formalidades. Pude sentir que algo vino sobre mí, una sombra cubrió la oficina donde estábamos y todo alrededor se tornó oscuro, como algo casi maligno estuviera guiando mis acciones. La cadena en mi cuello estaba caliente.

– Depende –dije. –Si te refieres a que tengo documentos inculpándote a ti, Edgar Carter, en una conspiración enorme que puede llevarte a la ruina, sí. –dije. Su sonrisa se fue de su rostro.

– Ahora, si te refieres a mi inteligencia intelectual, no. No es mucha, especialmente estos días que no he puesto mucha atención en las clases.

— ¿A qué estás jugando, muchacho del demonio? —dijo acercándoseme lentamente, examinándome. No notaba miedo en su tono de voz aun después de haberlo llamado por su nombre. Nadie sabía su nombre. Lo había encontrado en los documentos que tenía guardados. Notó la cadena en mi cuello, debajo de mi camisa. Sus ojos subían y bajaban hacia mis ojos y hacia la cadena.

— ¿Demonio? No tanto así, aunque algo similar. Y no voy a descansar hasta destruirlos a todos, especialmente a ti, por todo lo que representas. —dije. Carter levantó una ceja. —Así es. Tú ya no estás en control. Ahora el control lo tengo yo; el control de toda la escuela.

— No seas impertinente muchacho. No sabes en lo que te estás metiendo.

— Cuéntame, ¿has bebido mucha sangre estos días? —dije tocando sus labios con mis dedos. —No lo veo en tus dientes, pero puedo olerlo en tu aliento. —lo miré fijamente a los ojos, que por poco pude ver dentro de su alma. —Eres pequeño Edgar. Te falta mucho por aprender de mí. Muchos han querido tomar el lugar que solo me pertenece a mí, y voy en camino. Diles a tus compañeros que tengan miedo, mucho miedo. No tienen a donde correr. Te voy a alcanzar y cuando lo haga, voy a atraparte en un lugar donde no podrás salir nunca. —dije. Para estas alturas Carter tragaba saliva como si su boca estuviera seca. Me miraba con asombro y examinaba mi rostro.

— ¿Quién diablos eres?

— Yo fui estudiante en esta escuela hace muchos años, fui asesinado injustamente y mi alma fue atrapada en las paredes de esta universidad por ayuda de tu jefe y su religión del diablo. Ahora, gracias a él mismo, junto con todos ustedes he podido regresar y Graviel y yo vamos a destruirlos a todos para al fin ser libre. No sabes cuánto tiempo esperé por esta oportunidad. Ahora me voy porque tengo cosas que hacer. Hasta pronto, sanguijuela. —dije y comencé a irme. —Ah. Antes de que se me olvide. Si decides hacer algo contra mí, voy a quemar toda la escuela contigo adentro. así de simple. —salí de ahí.

Caminé por el edificio de administración con una sonrisa en mi rostro, aún procesando lo que había pasado. Lukas, Manny y Pamela me estaban esperando en el piso de abajo, ya que les había avisado que el presidente me había llamado. Subí al ascensor y cuando las puertas se cerraron, mi reflejo estaba distorsionado. Pasé mi mano enfrente de mí para ver el reflejo y mi mano no estaba distorsionada, sin embargo, lo estaba al pasarla por mi rostro.

De pronto sentí mucho calor. Tenía ganas de vomitar y mucho mareo. Me recargué en la pared y mi temperatura seguía subiendo. Las puertas del ascensor se abrieron y a lo lejos miré a Manny y Lukas de espaldas platicando con Pamela, ella me miró y notó que algo estaba mal. Caminó apurada hacia mí mientras yo perdía fuerza en mis piernas y me sentaba en el suelo. Pude ver que un vapor salía de mis brazos. Pamela me abrazó para ayudarme a levantar y no pude recordar nada más de lo que sucedió.

Cuando desperté estaba en mi casa, en mi cuarto. Bethany estaba mirándome.

— Hola cabezón. —Dijo sacando la lengua.

— ¿Qué pasó?

— Nada que no comiste bien y te desmayaste en la escuela. Tus amigos te trajeron.

— ¿Dónde están?

— Están abajo en la sala. Dijeron que se iban a quedar un rato más. También ahí afuera está Pamela, la muchacha que nos invitó a un cumple aquella vez, ¿recuerdas?

— Sí.

— Ella debería ser tu novia. Ella se ve que se preocupa por ti.

— ¿Tú crees?

– Sí.

– Creo que ya me siento mejor. Voy a bajar. –dije sentándome en la cama. Después de unos minutos, bajé con Bethany de mi mano.

– Graviel. –Pamela se levantó del sillón al verme y me abrazó. Fue un abrazo muy caluroso.

Papá y Stacy estaban en la sala platicando con los muchachos. Se pusieron de pie, mi papá con su brazo alrededor de Stacy. Ella miró a Pamela y sonrió, luego miró a papá y sonrieron.

– Los dejamos muchachos. –dijo papá. –Están en su casa.

Pamela me soltó, un poco avergonzada. Bethany me dio un beso y también se fue. Me senté en la sala con ellos y les platiqué lo que había sucedido.

– Parece una posesión demoníaca, Graviel. –dijo Lukas.

– Tú sabrás de eso. –Manny tenía una paleta en su boca. Lukas le dio un coco en la cabeza.

– ¿Tú Lukas? Lo esperaba de Manny que sabe más de estas cosas.

– Lukas tiene razón Graviel. –dijo Manny. –No sé por qué o qué es lo que pasa, pero parece que tuviste una experiencia sobrenatural.

– Ha sucedido antes que siento que algo viene sobre mí, sí, pero esta es la primera vez que me siento mal y me desmayo después.

– Creo que hay una fuerza buena dentro de ti que está luchando por ti. –dijo Lukas.

– Creo que se llama Andy.

– ¿Andy? –Pamela sonaba confundida.

– Sí. Creo que lo he visto en sueños.

– Esa fuerza es Dios. –dijo Manny. –Verás, Graviel, todos tenemos un ángel que vigila todos nuestros pasos. Dígase ángel de la guarda o como quieras, pero a todos nos asignan un ser que cuida de nosotros. Ese ser no puede hacer nada para que movamos un dedo porque no puede intervenir en el libre albedrío de las personas. Sin embargo, mediante el Espíritu de Dios, nos soplan al oído alertándonos cuando hacemos algo mal. Asimismo, el señor de las tinieblas envía demonios para hacer lo mismo, pero aconsejan a la humanidad todo lo contrario que Dios.

– Eso es un poco complicado. –dijo Lukas.

– Piénsalo de esta manera. –explicó Manny. –El ser humano tiene un alma, cuerpo físico y espíritu. El alma eres tú, quién tú eres, tú personalidad. Tu cuerpo es lo que vemos por fuera, en el mundo físico. Tu espíritu es simplemente el espíritu de vida que Dios ha puesto para que estés vivo, para que tu alma funcione dándole órdenes a tu cuerpo. El espíritu es lo que mantiene tu alma pegada a tu cuerpo. Cuando Dios decide que el espíritu vuelva hacia él, entonces el alma y el cuerpo se desprenden, sin que haya nada más que los mantenga juntos. A esto se le llama la muerte física. Cuando estás vivo, funcionas en tres partes, lo que ves físicamente, lo que ves espiritualmente y lo que sientes en tu alma. Cuando tus ojos físicos ven algo, lo ve también tu alma porque tu alma eres tú. Tus ojos son solo las ventanas para que puedas ver en el mundo físico. El espíritu es como un pegamento y a la vez una bolsa que se puede llenar de lo que sientes físicamente o en tu alma y como lo digieres. Si piensas mucho en lo físico, o sea en tu cuerpo, entonces tu espíritu se inclina más a tu cuerpo y eres propenso a actuar más por emociones y cosas físicas, sensuales y tomar decisiones basadas en tu carne, en lo físico. Si procesas tus pensamientos hacia cosas con significado, o hallándole sentido a las cosas, y reteniéndote de hacer las cosas basado en tu cuerpo, entonces el espíritu se inclina a tu alma y actúas en forma espiritual, y tus decisiones se basan en cosas más profundas, porque comienzas a ver el mundo por lo que es, no por lo que vemos con nuestros ojos.

– No entiendo. –dijo Pamela. –¿Cómo es posible que lo que veamos no sea real?

– Por ejemplo, nosotros actuamos basados en actitudes que son fundadas en modales, moralidad y reglamentos. Estamos ahora mismo sentados porque las convenciones sociales indican que cuando se platica, la gente esté sentada. Cuando uno habla, los otros callan. Sin embargo, ustedes ahora mismo están pensando. Están hablando en sus pensamientos. Nuestra boca es una expresión de nuestra alma. Este cuerpo detiene a nuestra alma de ser lo que realmente es, en el mundo espiritual. Este cuerpo es más como una celda que nos tiene detenidos. Esto no es real, lo real está en lo espiritual. Es algo que no podemos comprender porque hemos pasado toda nuestra vida en un cuerpo que tiene un comienzo y un fin, y no logramos entender las cosas que no tienen tiempo. Hay cosas que nos queremos decir el uno al otro, pero no lo decimos porque o no es el tiempo indicado o no es lo correcto, pero nuestra alma lo hace. –dijo Manny. Pamela tomó mi mano. La miré a sus ojos y no podía descifrar lo que me decían, pero era algo realmente profundo.

– Basado en esa teoría, ¿Cómo explicas lo que me pasó hoy?

– Creo… que tu espíritu es puro, y no hay corrupción en tu alma. Sin embargo, este…Andy, ha estado tratando de infiltrarse en tu espíritu y controlar tu cuerpo. Creo que te va a poner a prueba. Supongo que tiene asuntos sin terminar.

– Y, ¿Cómo sé que aún no se ha apoderado de mí completamente?

– Porque dices que has estado consciente y puedes recordar lo que pasa. El demonio con el cual estas peleando, con el que peleamos en la universidad debe ser Bafomet. El demonio que es mitad humano y mitad macho cabrío; usualmente está a cargo de esferas más grandes, como una ciudad o un gran territorio. Él es el que está detrás de La Hermandad.

– ¿Qué es lo que debo hacer?

– Debes ser fiel a ti mismo. Encomiéndate a Dios y Él te protegerá.

– Gracias Manny.

– Leo demasiado.

– Yo también he leído mucho acerca de eso. –dije. –Pero no sé. Cambiemos de tema por favor.

Nos quedamos platicando un rato más acerca de la Sociedad de Oppenheimer y se nos ocurrieron más ideas para el grupo. También hablamos del baile de primavera que se estaba acercando en las próximas semanas y sería algo especial para todos los miembros. Nuestra meta era debilitar las fuerzas de los Caballeros Templarios y a su vez, las de la universidad. Una vez que nos lleváramos a la mayoría de los miembros de ambos grupos, la escuela no podría usarlos más para sus patrocinios falsos y cobrar dinero del gobierno. Entonces La Hermandad se vería obligada a negociar los términos con nosotros.

La siguiente semana hubo más estudiantes que se unieron a la Sociedad de Oppenheimer para un total de cuarenta y seis miembros. Les habíamos platicado del baile a los miembros en la junta y todos estaban muy emocionados. Habíamos rentado un salón no muy lejos de la escuela para que vinieran estudiantes de la universidad si así lo deseaban. Sería un duro golpe para la administración de la escuela.

– ¿Cuándo te vas? –le pregunte a Emily.

– La próxima semana. –dijo. Estábamos caminando por el jardín de mi casa.

– La próxima semana va a estar muy ocupada para nuestra fraternidad.

– Lo sé. Tengo que acompañar a mi madre en el avión a ver a mi abuela en Toledo. No quiere ir sola. Regresaremos el lunes después del baile, justo después. Por eso quería decirte a ti antes que a los demás muchachos. No entenderían como tú. –dijo sonriéndome. Yo también le sonreí. Era tarde y el sol se iba a poner.

– ¿Te gusta ver la puesta del sol?

– No necesariamente. ¿Por qué?

– Por nada. Es lindo. –dije. –Si olvidas todo y miras al cielo, puedes apreciar la belleza de Dios.

– ¿De qué hablas? No entiendo. Mira, me tengo que ir. ¿Estás bien?

– Por supuesto. Solo estoy un poco cansado. Creo que me voy a dormir. –dije despertando de un sueño. Estaba pensando en Pamela. Me despedí de Emily dándole un abrazo solamente.

       Luego de que se fuera, subí a mi carro y fui a ver a Pamela a su casa. Era ya de noche cuando llegué y no le había avisado que iría. Esperaba que no se molestara. Bajé del auto y la casa parecía muy callada sabiendo que había muchos niños. Algunos focos dentro de la casa estaban encendidos. Abrí el portón de madera y me metí a su patio. Escuché ruidos en el garaje. Caminé hacia esa dirección y se veía una luz. El garaje tenía dos puertas grandes de madera, despintadas y gastadas. Estaban medio abiertas y pude ver que la luz venía de un foco colgado en la pared, con una extensión que corría fuera del garaje. Abrí la puerta sin evitar hacer un enorme ruido. Pamela estaba trabajando en lo que parecía ser el carro de Manny. Volteó para verme, y su cara estaba aceitada, su ropa despintada y sucia. Traía un pañuelo en su cabeza. Limpió su nariz con su manga. Me miró sorprendida.

– ¿Estás bien? Estoy arreglando el carro de Manny. Es algo fácil, pero parece que él no sabe más que echarle gasolina…

– Pamela, ¿te gusta ver la puesta del sol?

– Por su puesto. –dijo sonriendo. –de hecho, hace rato… –la interrumpí acercándome a ella y dándole un beso en la boca. La abracé de la cintura y no la deje ir por unos segundos.

– Hola. –le dije.

– Hola… –dijo con los ojos cerrados.

Después de ahí nada fue incómodo. Era como si nuestras vidas se correspondieran la una a la otra. No había silencios incómodos ni vergüenzas de qué preocuparse. Le pregunté a Pamela qué estaba haciendo y me explicó las fallas del carro y que era lo que estaba haciendo para repararlo. Duramos mucho rato platicando y riéndonos de como yo no entendía lo que era un carburador ni un cilindro ni un alternador. Ella me enseñó. Y no había nada de malo en eso.

El baile de la primavera en la escuela había llegado, al igual que nuestro evento. Casi todos los muchachos habían aportado algo, ya fuera dinero para la renta, ayuda poniendo las mesas y las sillas y todo lo que fuera necesario. Realmente era un evento de, por y para nosotros. El jueves de esa semana habíamos llegado a los sesenta miembros y más de la mitad eran ex Templarios y ex de Colón.

Cohen me había advertido que había muchas amenazas para esa noche, que la administración de la escuela o La Hermandad misma iban a tramar algo. A nosotros no nos daba miedo, lo único que importaba era que ellos, quien sea que fueran, tenían miedo; miedo de lo que todos juntos podíamos hacer. No podían detenernos a todos cuando había unidad. Les había explicado en las reuniones a los miembros lo que estaba pasando y todos sabían a lo que nos comprometíamos. Nadie estaba aquí a la fuerza. Cohen quiso ir al baile vestido de estudiante para ver personalmente quién asistiría, y ver si podría reconocer algún traidor.

Durante la semana nos la pasamos dejando cartelones y anuncios por todas partes e invitamos a muchos amigos y les dijimos que invitaran a sus amigos. Iba a tocar por su puesto la banda de Lukas, pues me aseguró de que tenía más música en su repertorio aparte de metal pesado y rock. Confié en él. Pamela y yo asistiríamos separados, porque sorprendentemente, ninguno de los dos quería decirle a nadie lo de nosotros. Queríamos esperar por el momento perfecto para decirle a los demás.

– ¿Qué va a pasar con Emily? –me preguntó Pamela. Íbamos en su carro a la tienda a comprar un poco más de bebidas y vasos desechables. Eran las tres de la tarde y el evento comenzaría hasta las siete.

– Espero que me diga pronto lo que hizo y que tanto está involucrada, de lo contrario voy a tener que enfrentarla. –dije. Su carro era un 2002 Grand Am, gris. Un modelo muy viejo pero el motor no hacia ningún ruido. Pamela sí que lo sabía reparar.

– Solo me alegra que te hayas dado cuenta antes de que fuera más difícil para ti.

– Sí. Perdón por no quererlos escuchar.

– Olvídalo. – Pamela me golpeó el hombro.

      Fuimos y regresamos de la tienda. El salón se veía muy bien. Nada elegante pero tampoco nada trocho.

– Ya te he dicho que arregles mi carro. –dijo Manny cuando llegamos al salón.

– Tu carro ya no tiene remedio Manny. –dijo Pamela. –Tiene un tablón como piso, si se lo quitas se ve la carretera en tus pies. Debería ser ilegal. Le pusiste un alambre para sostener el carburador en su lugar. Eso no es nada seguro. Estuve trabajando y, realmente no puedo hacer nada por él. No sé por qué lo trajiste.

– Te da envidia porque no puedes tener uno como el mío. –dijo y Pamela sonrió.

– Bueno me voy, muchachos. –dijo. –Nos vemos en la tarde.

– Adiós. –Manny y yo dijimos. Miramos alrededor con las manos en la cintura.

– Felicidades. –dijo Manny. –Es un buen hombre.

– ¿Perdón?

— No te preocupes. Su secreto está a salvo conmigo. —susurró inclinándose de lado hacia mí. Nos dimos la mano y nos abrazamos.

Llegó más gente de la que esperábamos. El evento se llenó para las ocho de la noche. Milagrosamente Lukas estaba tocando música coherente a la que la gente podía bailar. Yo, por supuesto, no podía bailar así que me subí a una plataforma que no se estaba usando y me senté en la orilla de esta, a mirar lo que habíamos creado. Pensé en Calvin y Marcus. Esto era para ustedes amigos míos. Nuestras operaciones habían cambiado mucho desde que ellos no estaban. Ya no usábamos la camioneta, ni el *bluebird*, ni tecnología para nuestras misiones. Nuestras metas ya no eran más para obtener una esfera que no tenía valor, sino eran por ideales, por regresar la moralidad y la justicia a nuestra escuela y a nuestra comunidad.

Estaba pensando en todo eso cuando miré a Cohen llegar. Venía con una peluca de pelo chino y con una chaqueta y pantalones de mezclilla, una camisa blanca por dentro y una cadena enorme en forma de una granada. Me miró y se acercó a mí.

— ¿Qué te parece? ¿eh? —dijo con una gran sonrisa en su rostro.

— Te quedaste en mil novecientos ochenta y dos con ese traje —dije. Dejó de sonreír.

— Que te puedo decir. No soy bueno para vestirme.

— Por lo menos te ves joven. ¿Cuántos años tienes en realidad?

— Veintinueve.

— Vaya. Eres muy joven. —dije. Tenía sus codos en la plataforma.

— ¿Tienes algo para tomar? Tengo la boca seca.

— No tenemos bebidas alcohólicas si eso es lo que preguntas. —Dije.

— Eres inteligente. —me sonrió apuntándome con el dedo. —Te estaba probando. Bueno me voy. Tengo que meterme en la gente y vigilar. Felicidades por tu fiesta. Creo que va a ser todo un éxito.

— Eso espero amigo. —dije; él se fue.

Pamela entró unos minutos después. Traía una falda roja con diseño a cuadros, botines negros, una camisa de botones de colores y una diadema en su pelo. Me sonrió y bajé a abrazarla.

— Te ves muy bien. —dije.

— Tú no. —dijo. Yo traía un saco negro y una camisa de vestir por dentro, unos jeans y la cadena del abuelo puesta.

— Acompáñame a ver que todo esté bien.

— Ya vas. —dijo y caminamos alrededor mirando que no faltara comida ni bebidas. Se escuchó un altercado en la entrada. Volteamos a ver qué estaba pasando y Frederick venía entrando con León y varios amigos.

— Uf, ahí viene ese pesado. —Pamela puso su mano en su frente.

— Creí que ya nos habíamos desecho de él. —dije. —Ya vengo. Voy a ver que quiere.

Caminé entre la gente a hablar con Frederick porque estaba molestando a las personas en la entrada.

— Quítate de aquí imbécil. —dijo empujando a un muchacho. —déjame pasar traidor.

— Frederick. —hablé en voz alta. Me miró y rápidamente cambió su semblante.

— No quiero problemas Graviel. —dijo Frederick. La gente comenzó a dejar de bailar mientras Frederick y yo hablábamos. La música se detuvo.

— ¿Qué haces aquí? —Manny estaba a un lado mío.

— No quiero problemas, solo vengo a ver si me aceptabas en tu grupo, en tu sociedad de *brutohimer*. —dijo y se hundió en una carcajada junto con sus amigos. Me acerqué a él.

— Mira, Frederick. —le dije. Hizo su cabeza hacia atrás reflexionando. Pude oler alcohol en su aliento. —Si vienes a causar problemas, es mejor que te vayas.

— ¡Hala!, espera, espera. —dijo meneando su cuerpo. —No vengo a causar problemas, vengo a decirte que, quiero unirme a tu nueva organización. —agregó poniendo su dedo índice en mi pecho. —Ayer renuncié a los Caballeros de Colón, y quiero ser parte de algo nuevo.

— No. —le dije y me di la vuelta para irme.

— Ey, espera.

— Vete de aquí, si no quieres que te saque. Eres la última persona que admitiría en nuestra organización.

— Está bien. Todos ustedes son testigos. —dijo apuntando a todos alrededor. —Graviel es culpable de no aceptarme en su grupo que, supuestamente acepta a cualquiera. Bueno pues que todos sean testigos de que las consecuencias de tu decisión serán solo culpa tuya. —hubo silencio por unos segundos. Frederick se fajó la chaqueta y se dio la vuelta.

— ¡Sigue tocando Lukas! ¡Qué siga la fiesta, aquí no ha pasado nada! —grité dándome la vuelta. La música siguió y todos comenzaron a bailar. Sentí una mano en mi hombro.

Caminé entre la gente con Pamela, fuimos a tomar algo.

— ¿Quieres bailar? —pregunté dándole un vaso de bebida a Pamela

— Sí, pero no sé.

— Tampoco yo. —dije tomando de mi vaso.

— Quizás debemos esperar por algo más lento.

— ¿Quieres decir algo más romántico?

— Algo que no nos haga hacer el ridículo fácilmente. —dijo sonriendo. —Y sí.

— Está bien. Dijo Lukas que iba a terminar la noche con música lenta. —dije. Fuimos a sentarnos de vuelta a la tarima desocupada.

— Tengo miedo —Pamela miraba al suelo sin expresión en su rostro.

— ¿Sí?

— Mucho, siento tanta tristeza y dolor por lo que pasó con Marcus y Calvin.

— Es difícil, lo sé.

— ¿Crees que estás… que estamos haciendo algo bueno?

— No sé si es bueno, pero creo que es lo justo.

— ¿Qué quieres decir? —Pamela me miró confundida.

— Estás haciendo muchas preguntas morales.

— Yo solo hablo, tú eres el que las ejecutas.

— Las leyes están ahí para efectuar orden solamente, pero no significa que sean un modelo de la moralidad.

— Pero el modelo de moralidad no existe. Es solo una construcción de lo que la sociedad dice conforme avanza en la modernidad. —dije.

— Es exactamente lo que dije, pero de otra manera. Las leyes están ahí basadas en el nivel actual de moralidad de la sociedad, pero eso no significa que sea justo. Justicia no es moral y las leyes no son justas ni morales. La justicia es lo que es correcto o incorrecto, bueno o malo.

— ¿Pero bueno y malo no es lo mismo que decir que la sociedad crea lo que es bueno o malo?

— Sí y no. Sí porque es común saber qué es lo que la mayoría piensa. No, porque la justicia fue creada por un ser divino que ha hecho andar una realidad que no importa cuán avanzada sea su sociedad, o que tan bueno o malo digan que algo es, la justicia no cambia.

— ¿Dios?

— Manny así lo cree.

— ¿Tú no?

— No particularmente. No sé. Creo que el universo fue creado por algo que está fuera de nuestra realidad, pero no por un "Dios" que se preocupa personalmente por mí. Creo que el universo es una realidad infinita donde varios universos, sino una infinidad de universos se encuentran. —dije sacando un hielo de mi vaso. —Creo que, si pudiéramos viajar a un nivel tan pequeño, más pequeño que una partícula, encontraríamos nuevos universos y nueva vida. —dije enseñándole el cubo de hielo. Lo volví a meter al vaso. —Lo que nosotros creemos que es tiempo, para otro universo es solo un segundo; o un segundo para nosotros pueden ser mil años para ese universo. Quizás somos una partícula para otro universo.

– ¿Cómo puedes estar tan seguro de eso? Y ¿alguien ha visto esos universos?

– Puede ser. Se dice que los sueños son nuestras almas viajando a diferentes lugares mientras dormimos; cuando esta ronda por el universo donde no hay tiempo ni espacio. Los sueños son una realidad en un universo paralelo. Si sueñas algo que luego puedes ver en tu realidad, significa que has visitado un universo paralelo no muy lejos al tuyo. Entre más diferente sea tu sueño a tu realidad, más lejos has viajado. En un universo paralelo quizás tú y yo estamos sentados en las bancas de enfrente, o en otro universo quizás hicimos esta fiesta el domingo. Y en un universo muy lejano, quizás somos dinosaurios celebrando el cumpleaños de *Mannysaurio*.

– ¿Y los sueños son maneras de viajar a esos universos?

– Eso creo. Hay personas que han podido apoderarse de esa realidad y despertado en un sueño, pero siguen dormidos.

– No entiendo.

– Cuando estás soñando y sabes que estás soñando, significa que te has despertado en un sueño. Entonces puedes manipularlo y viajar a diferentes realidades a tu gusto.

– ¿Tú lo puedes hacer?

– Muy poco.

– ¿Y qué buscas?

– A mi madre. Murió cuando mi hermana nació y siempre supe que fue por complicaciones del parto. Hay algo muy dentro de mí que me dice que eso no fue así.

– ¿A qué te refieres?

– Creo que fue algo más, pero no sé qué.

– ¿Crees que en tus sueños puedas encontrar la solución?

– En mis sueños no, en otras realidades. Hay realidades más allá donde mi madre no murió, donde lo que pasó esa noche fue diferente. Solo que hay una infinidad de posibilidades y llegar a la correcta es … casi imposible. Ahora, es muy difícil ver a familiares muertos en un sueño, y las personas que logran ver a sus familiares es usualmente, un propósito.

– ¿Tú la has visto?

– Solo su silueta. Acostada en su cama del hospital, o de espaldas caminando hacia la puerta, pero nunca su rostro. Puedo pensar en ella y ver perfectamente sus ojos y su rostro sin problema. Pero nunca en un sueño. Pero bueno, creo que nos estamos desviando del tema. Estábamos hablando de la justicia.

– Me cae que hablas igual que Manny a veces, pero bueno... Quizás el sentimiento que tienes por tu mamá es ella diciéndote, por un propósito, que tienes que hacerle justicia. –dijo Pamela mirando al suelo. Mi miró y sonrió.

– Quizás.

Pamela y yo regresamos al tema de lo que era justicia y no dejamos de hablar de temas profundos similares por la próxima hora. No importaba el ruido ni el ambiente que había enfrente de nosotros. Sin embargo, después de un largo tiempo, vimos que la gente se estaba cansando y no muchos salían a bailar ya. Quizás era tiempo para algo más lento.

– ¿Qué toque algo lento? No puedo, míranos, somos una banda de rock tocando pop, y ¿quieres que toque algo lento?

– Tú dijiste que podías tocar cualquier ritmo.

– Pensé que era lo que querías que dijera, no creí que me contratarías si hubiera dicho otra cosa.

– Lukas…

– Está bien, el baterista es un Dj, ya ponemos algo, dame un minuto.

Regresé con Pamela y le platiqué lo que Lukas dijo.

— ¿Qué esperabas? El tipo no es de los que meditan.

Después de unos momentos la música se detuvo y comenzó un jazz suave.

— A ver, ahora para terminar la noche, unas melodías para todos los enamorados. —dijo Lukas por el micrófono.

— ¿Suficientemente lento? —pregunté.

— Creo que sí. —Pamela sonrió.

Caminamos hacia la pista y puse mis manos en su cintura y ella en mis hombros. Ninguno de los dos sabíamos lo que estábamos haciendo, pero era mucho más digno que bailar como locos. Era un poco incómodo tratar de hacer lo que los demás hacían y creo que Pamela lo sintió también. Nos miramos a los ojos y me abrazó. Yo también lo hice y solo dejamos que nuestros pies se movieran al ritmo del jazz suave.

— Tengo miedo. —dijo. Su cabeza estaba recargada en mi hombro.

— ¿Por qué?

— No lo sé. Tengo miedo de lo que pueda suceder. Como un presentimiento.

— No tengas miedo. El miedo es malo.

— ¿Lo es?

— Sí. Hace tiempo Manny nos explicó por qué el miedo es malo. Verás, la gente tiene miedo a la oscuridad porque no sabe lo que está escondido detrás… —Me interrumpió la conmoción en la puerta: era Frederick. Había regresado y pateado la puerta de entrada. Unos muchachos lo estaban tratando de sacar.

— Oh, cielos. —dije molesto.

— Déjalo. —dijo Pamela abrazándome. —Por favor. Graviel. Ven conmigo. —dijo y me volteó hacia donde estaba el DJ para no ver a la puerta. —Deja que lo saquen.

Miré hacia la tarima en dirección a Lukas y estaba atento a lo que estaba sucediendo, Cohen también estaba en una esquina observando. Me miró y asintió con la cabeza. Dejó su bebida en la tarima y caminó rumbo a la entrada. Volteé un poco y miré que Frederick estaba discutiendo con Manny, Cohen y León. Me volteé otra vez y traté de relajarme. La gente seguía bailando lento porque no era una distracción lo suficientemente grande como para que la gente se alarmara. De pronto, Pamela apretó sus brazos alrededor de mí y me volteó hacia la puerta para que ella estuviera de espaldas a Frederick.

Se escuchó un disparo.

Pamela me abrazó, tan fuerte que era un poco incómodo. Sus uñas se clavaban en mi espalda. La música se detuvo. Miré hacia enfrente de mí y Frederick estaba a unos cien pies, apuntaba una pistola en nuestra dirección. El tiempo se detuvo por lo que parecía una eternidad. Pamela levantó su mirada de mi pecho y sus ojos parecían alejarse, trató de decirme algo, pero sentí como su cuerpo se debilitaba y se desvanecía en mis brazos.

Estaba en shock. No podía procesar lo que estaba pasando, simplemente estaba pasando. Mientras bajaba a Pamela al suelo con cuidado, miré enfrente de mí y Manny trataba de quitarle la pistola de las manos a Frederick. Cohen le dio un puñetazo en la cara, Frederick estaba tratando de apuntar la pistola hacia Manny que parecía era más fuerte que él. Cohen sacó un arma y le dio un disparo en la cabeza. Frederick cayó al suelo como un bulto de cemento. Manny se hizo hacia atrás dejándolo caer. Cohen sacó su celular, me miró y comenzó a llamar a alguien. Se identificó a todos como policía encubierto.

No pude ver más porque la gente se estaba acumulando alrededor de mí. Una mano sostenía la cabeza de Pamela y miré la otra, estaba roja… sangre. Varios muchachos estaban hablando a una ambulancia y poco a poco, después de asegurarme de que no estaba soñando, pegué un grito de negación. No podía creer que Frederick le había disparado a Pamela. Me apuré a checar sus signos vitales. Tenía pulso todavía pero muy lento. Sus ojos respondían, pero no estaba consciente. La tomé en mis brazos y la llevé hacia afuera, lo único que podía pensar era "ella no, por favor, ella no". Lukas y Manny se me pegaron de inmediato.

— Tomemos mi carro. —dijo Manny mientras salíamos al estacionamiento. Su carro estaba estacionado justo enfrente del edificio. El Mustang viejo de Manny. Al instante, llegó la ambulancia.

— Mejor en la ambulancia. —dije.

Los paramédicos sacaron la camilla rápidamente y me quitaron a Pamela de los brazos. Le pusieron oxígeno y me dejaron subir con ella. Tomé su mano todo el camino. No abría sus ojos y, aunque el paramédico que iba con nosotros me aseguró de que estaba viva, no quería decirme si iba a lograr sobrevivir, que él no era doctor.

Llegamos al hospital y no la dejé sino hasta que el doctor me dijo que esperara afuera porque iba a entrar a cirugía. Miré como se la llevaban en la camilla y me agarré el pelo, desesperado por no poder hacer nada. Saqué mi teléfono celular y llamé a papá y le expliqué lo que había pasado y dónde estaba. Dijo que venía lo más pronto posible. Me recargué en la pared del pasillo y me senté en el suelo. Comencé a llorar, no podía ser que Frederick fuera capaz de haber hecho eso. Alguien debió haberlo enviado. Tenía que averiguarlo. Me levanté de ahí y salí a buscar respuestas. Después del pasillo donde estaba, llegué a la sala de espera para salir del hospital, pero me encontré a Lukas y Manny.

— ¿A dónde vas? —preguntó Manny deteniéndome.

— Voy a buscar respuestas.

— Tú no vas a ningún lado. —dijo Lukas. —Pamela no está muerta. Frederick sí. Ahora no es el momento de buscar nada. Pamela nos necesita aquí.

— Está bien. —dije. Lukas tenía razón. Me senté en una de las sillas y Lukas y Manny conmigo. La novia de Lukas estaba con él y Manny había traído a una muchacha desconocida. También había dos o tres muchachos más de la organización esperando con nosotros.

Al rato, entró papá con Stacy y Bethany.

— ¿Hijo cómo estás? —dijo antes de darme un abrazo.

— Aún no sabemos nada de ella. —dije. Stacy me dio un abrazo y luego Bethany. Se sentaron junto a mí y platicamos por las próximas horas hasta que salió el doctor como a las tres de la mañana. Traía puesto un atavío verde, aparentemente acababa de salir de cirugías.

— ¿Qué pasó doctor?, ¿cómo está? —preguntó papá mientras todos nos poníamos de pie alrededor del doctor.

— Va a vivir. —Cuando dijo eso, sentí que habían levantado una piedra enorme de encima de mí. —Pero por ahora está muy delicada. La bala no daño ningún órgano vital, lo cual es un milagro. Yo no creo en Dios, pero si ustedes sí, denle crédito a él porque de otra manera no me lo puedo explicar. La bala también rozó la columna vertebral pero no fue algo significativamente grave, así que no va a caminar por unas semanas o meses dependiendo del cuidado que reciba. ¿Es usted su padre?

— No. Nosotros somos amigos de ella. —dijo Papá.

— ¿No están aquí ninguno de sus padres? Necesito hablar con ellos para tener consentimiento de hacer una nueva operación en la columna. Ya salvamos su vida, pero ahora el tiempo es crítico para saber cuál es el seguimiento que le podemos dar.

Manny me dio el número de teléfono de la casa de Pamela y hable con su mamá. Era lo más lógico que yo fuera el que le avisara. La señora lloró por el teléfono, pero se serenó bastante pronto, sabiendo que Pamela estaba fuera de peligro y que iba a recuperarse. Manny y yo fuimos por ella a su casa en el carro viejo de Manny. Sonaba muy fuerte, pero pudimos llegar bien a su casa. Había dejado a sus otros cinco hijos al cuidado de una vecina amiga. Cuando me vio me abrazo y me dio las gracias por mi ayuda.

Al llegar al hospital, el doctor le dijo a la mamá de Pamela que, sin la operación, ella quizás no caminaría por un largo tiempo. Yo pensé que la señora iba a decirle al médico que la operara de inmediato, sin embargo, no fue así.

Capítulo 17

—¿Cuánto cuesta la operación? –preguntó la mujer con las manos en su pecho, entre lágrimas, preocupada.

– ¿Perdón? Eh… bueno la verdad no estoy seguro, pero supongo que más de veinte mil dólares. Pero tienen seguro médico me imagino. –dijo el doctor confundido.

– Bueno, a lo mejor … – Comenzó a decir.

– ¿Qué está diciendo? –pregunté.

– Graviel, nosotros no tenemos dinero para pagar semejante cantidad. Me duele mucho mi niña, pero si el doctor dice que ya está fuera de peligro, no sé. –dijo llorando. Papá se acercó a la mamá de Pamela.

– Señora, cuente con nosotros para cualquier gasto. –dijo papá tomándola de los hombros. La señora se limpiaba las lágrimas con su camisa.

– Muchas gracias. Son ustedes muy amables con mi niña. –dijo abrazándolo.

– Doctor, ya tiene el consentimiento de su madre. –dijo papá. –Haga lo que tenga que hacer por ella, no importa lo que cueste.

– Está bien.

– Doctor. –lo detuvo papá.

– ¿Sí? –dijo volviéndose a papá.

– No importa lo que cueste. –dijo. El doctor asintió con la cabeza y se fue.

Pasaron varias horas y yo tuve que ir a casa a bañarme y cambiarme. Mis manos y ropa estaban cubiertas de sangre. Papá fue conmigo y regresamos juntos de vuelta. Stacy y Bethany se quedaron en casa para dormir un rato y luego regresar para estar conmigo. Papá y yo habíamos rentado un cuarto en un hotel dentro del hospital. Había cuartos para mujeres que estaban a punto de dar a luz que se podían alquilar por unos días mientras llegaba la hora del parto y así no tendrían que venir desde casa en caso de que vivieran lejos. Papá también rentó un cuarto para la mamá de Pamela y sus niños. Nos habían dicho que la única razón por la cual nos habían dado permiso de alquilar los cuartos era porque estos días había muchos desocupados. Para nosotros estaba bien porque podríamos estar cerca de Pamela en estos momentos.

El domingo en la tarde, salió el doctor y dijo que la operación había sido todo un éxito, que podríamos verla esa misma noche en cuanto despertara.

– Buenos días caballeros. –Era Nick Stevens, el agente del D.I.A. Había aparecido de la nada. –Ya conocen a mi compañero James Hicks. –dijo con una sonrisa de oreja a oreja.

– ¿Qué se les ofrece? –preguntó papá.

– ¿Qué quieres Stevens? –pregunté.

– Bueno. –dijo poniendo sus manos en su cinturón y haciendo su saco hacia atrás. –La última vez que hablamos te dije que mantuvieras un radar bajo, que no te metieras en problemas. Me temo que la administración de la escuela te ha hecho responsable del intento de asesinato de Pamela, y consecuentemente, por la muerte de Frederick.

– Eso es una tontería. –dije. –Frederick vino a matarme a mí, le disparó a Pamela y alguien le disparó en defensa propia, no puedes decir que la culpa …

– Lo que quiero decir es que, si no hubieras hecho esa fiesta, y te hubieras mantenido al margen como te pedimos, nada de esto hubiera pasado. Tú eres el asesino intelectual de Frederick.

– Te voy a enseñar ahora mismo quién es…

– Graviel por favor. –me detuvo papá. –Ahora mismo voy a hablar con nuestros abogados. Ustedes no pueden venir aquí en esta situación a intimidarnos con sus acusaciones.

– No venimos a arrestarte, solo venimos a advertirte por última vez que dejes esa idea de querer lastimar la reputación de la escuela. No vas a ganar. Te vas a meter en más problemas de los que ya estás.

– ¿Y desde cuándo ustedes defienden la credibilidad de una escuela como si estuvieran en la chequera de ellos?

– Estamos investigando muy de cerca los asesinatos recientes en la escuela Graviel. –dijo Stevens. –Y creo que ya estamos descubriendo la fuente. –dijo mirándome directamente a los ojos.

– Lárguense de aquí par de imbéciles. –dije. –Y prepárense porque ustedes dos van a caer junto con todos los demás. –Stevens y Hicks salieron de ahí.

Esa noche recibí una llamada de Cohen.

– *Cuando te fuiste llegó la policía local y les dije que era un agente encubierto investigando tu organización.*

– ¿Te creyeron?

— *Al parecer la policía se traga todo lo que sea en contra de ti estos días.*

— Vino a verme el D.I.A.

— *Ah sí, eso. Seguí a los amigos de Frederick y grabé sus conversaciones. Resulta que Frederick sí quería unirse a tu organización, pero no por su propia decisión y no con buenas intenciones.*

— León parecía sincero.

— *León era víctima de Frederick, como lo fueron muchos. Lo que pude descubrir fue que el obispo presidente convocó a Frederick para infiltrarse en tu organización, convencerte de que era con buenas intenciones, y llevar información de vuelta a él. La meta final era causar un problema grande y destruirlo desde adentro de tu organización, cuando ya estuviera bien establecido como uno de los tuyos.*

— Esa no es una mala idea.

— *Creo que, sí causó un problema, y sí logró lo que esperaban. Aunque, le costó la vida. Estaré en bajo perfil por unas semanas mientras se hace una investigación en mi departamento. Le quité la vida a alguien, así que estaré fuera de servicio por un tiempo; pero tú y yo seguiremos hablando en secreto.*

— Pobre tonto engañado.

— *Espera, ¿qué quieres decir que es una buena idea?*

— ¿No crees que podamos hacer algo igual nosotros? —pregunté. Hubo un silencio detrás de la bocina en el celular. Estaba en un pasillo cerca de la sala de espera en el hospital, donde nadie podía oírme. Pamela ya había despertado y su mamá estaba dentro del cuarto con todos sus niños, yo entraría después de ella.

— *Creo que pudiera funcionar, pero se va a requerir mucho compromiso. Además, no sabemos quién es el líder de La Hermandad. A ese es a quien debes ganarte. Y, aun así, hay probabilidades de que muera más gente, puede morir uno de nosotros en el intento. Debes preguntarte si vale la pena.*

— Graviel. —era Bethany. —Ya todos han entrado a ver a Pamela. Faltas tú.

– Hablamos después. –dije y colgué. Seguí a Bethany de la mano a la sala de espera. Me dejaron entrar solo al cuarto de Pamela. Papá y Stacy entrarían después.

Abrí la puerta de su cuarto y estaba en la cama, mirando hacia la ventana. Me miró y sonrió débilmente. Me acerqué a ella y le tomé su mano.

– Pamela ¿cómo te sientes?

– Bien. Mucho mejor.

– Gracias.

– ¿Por qué?

– Por salvarme la vida. –hubo un silencio –tenías miedo, y aun así arriesgaste tu vida por mí.

– Antes de que pasara todo, me estabas diciendo que el miedo era malo.

– Así es –le dije

– No es verdad.

– ¿No?

– No. Hay veces el miedo te ayuda a ver qué es lo que de verdad importa y puede ayudarte a ser valiente porque la valentía viene solamente cuando hay muchísimo miedo. Me di cuenta de que la gente no es valiente solo por el simple hecho de serlo, sino la valentía es porque la persona primero tuvo miedo, y aun con eso, sigue adelante.

– Le diré a Manny que hay una nueva teoría. –dije y le di un beso.

Después de unos minutos entraron papá y Stacy, junto con Manny y Lukas. Luego de que papá se fuera, algunos de los muchachos de la organización llegaron a ver a Pamela también. Nos dijeron que estaban con nosotros hasta el final, lo cual nos ayudó moralmente en estos momentos difíciles.

Al siguiente día en la escuela, recibí una carta con una cita para esa tarde en el edificio de administración. A la hora de comer, al medio día, me encontré con Manny y Lukas en la cafetería y les expliqué lo que estaba pasando.

— Iremos contigo. –dijo Lukas.

— No. Yo iré solo. Ya sé lo que les voy a decir. Hablé con los líderes de los grupos y todos estamos en el mismo plan.

— Creo que esto va a cambiar las cosas. –dijo Manny.

— Por supuesto. –dije.

— No. –dijo Manny apuntando con su barbilla detrás de mí. –Eso, va a cambiar todo.

— Volteé y detrás de mí estaba Emily, parada con su charola de comida. Mirándome.

— ¿Es posible sentarme con ustedes?

— Claro. –dije.

— Vamos Manny, te invito a comer unas tortas. Esta chimichanga no me gusta. –dijo Lukas.

— Bueno pero ahora también pagas porque la vez pasada me invitaste, pero pagué yo. –Exclamó Manny. –Las chimichangas ni siquiera son comida mexicana. ¿A quién se le ocurrió que era comida mexicana? –dijo mientras se iban. Emily se sentó conmigo.

— ¿Qué te pasa?

— ¿Qué quieres decir?

— No me hablaste en la clase y no me has hablado desde que llegué.

— Te fuiste cuando más te necesitaba.

— Yo te dije a donde iba.

— Nunca has estado en los momentos cuando más te he necesitado.

— ¿Estás buscando excusas? ¿Por qué no me dices la verdad?

— ¿Qué verdad?

— La verdad de por qué estás enojado conmigo.

— ¿Quieres la verdad?

– Sí.

– ¿Tu siempre dices la verdad?

– ¿Qué estás diciendo?

– ¿Por qué sigues burlándote de mí? –pregunté. Hubo un silencio entre los dos. Emily me miró a los ojos. Solo se escuchaban las pláticas de nuestro alrededor y los movimientos de cubiertos y gente comiendo.

– Puedes ser parte de la organización todo el tiempo que quieras, con las mismas responsabilidades que quieras, pero no serás más parte de mi vida. Entre tú y yo no existe ninguna otra relación que la responsabilidad profesional de la Sociedad de Oppenheimer. –dije poniéndome de pie. –Digo, si aún tienes la audacia de quedarte.

– ¿Por qué haces esto?

– No te voy a contestar esa pregunta hasta que quieras confesarme por qué tu hiciste lo que hiciste.

Emily me miró a los ojos, que después de un momento se comenzaron a llenar de lágrimas. Sin poder contenerme la mirada, se volvió hacia un lado.

– Bien. –dije, y salí de ahí.

Esa tarde en la junta, me vi enfrente de los mismos profesores que hablé la primera vez que nos expulsaron de los Caballeros Templarios.

– Según las pólizas de la Universidad de Aphoria, –comenzó a decir uno de los profesores. –Usted ha violado el artículo veintiséis, veintisiete, treinta, y treinta y ocho del código de la universidad concerniente a las fraternidades escolares también como poner en peligro la vida de miembros de su organización llamada la Sociedad de Oppenheimer, haciéndoles creer que la Universidad de Aphoria es una organización corrupta, creando falsas teorías de conspiración para llevar a cabo sus misiones. Usted y su organización de la Sociedad de Oppenheimer han sido acusados de hurto de valores, calumnia, difamación e intento de robo de bienes de la universidad, como también responsabilidad de la muerte del estudiante Frederick Rossi Hansen y el incidente de Pamela Álvarez. –dijo levantando la mirada del papel que estaba leyendo.

– ¿Ya… terminaron? –pregunté.

– Señor Richardson…

– Solo se están inculcando más y más cada vez que me citan a estas reuniones. Además. Los miembros de nuestra organización estamos pensando abandonar la escuela lo cual sería un golpe fatal para la economía de su administración. Ustedes me están colmando la paciencia.

– Va a recibir una carta citándolo a corte Señor Richardson.

– Y la estaré esperando. –dije poniéndome de pie.

– Por lo pronto, usted está oficialmente expulsado de la universidad. Me quedé de pie en el escritorio mirando al suelo por unos momentos.

– Bien. –dije y salí de ahí.

– ¿Qué vas a hacer ahora? –preguntó Pamela. Estábamos en su cuarto del hospital y ella sentada en la cama, mucho mejor que hacía unos días, aunque todavía tenía que asistir a terapias.

– No hay nada de qué preocuparse. Papá habló con el abuelo y él junto con nuestros abogados llamaron a la escuela y, así como si nada, estoy de vuelta.

– Tu abuelo tiene mucha influencia en la escuela, ¿cierto? –preguntó Manny.

– Es uno de los fundadores de la Fraternidad. –dijo Lukas.

– Mi bisabuelo fue el fundador. Mi abuelo se ha retirado y no sabemos quién es el líder ahora.

– Yo creo que mi bisabuelo fue el creador del burrito. –dijo Manny.

–El que esté detrás de La Hermandad es alguien sin escrúpulos.

– Sin duda. –dije.

El siguiente jueves en la junta general de nuestra organización, los muchachos no tomaron ligeramente las acusaciones recientes hacia nosotros ni el hecho de que me habían expulsado de la universidad.

– No hay nada de qué preocuparse. –dije. –Ya estoy de vuelta en la escuela gracias a nuestros abogados.

– No se trata de eso, Graviel. –dijo uno de los líderes. –Sino del hecho de que se atreven a hacer algo que no es correcto a los mismos ojos de la universidad. Están pisoteando nuestros derechos como personas que somos. Si hacen eso contigo, ¿qué no harán con nosotros?

– No hay excusa. –comenzó a decir otro. –Si te acusan a ti, nos acusan a todos porque todos estamos en esto. Cuando éramos parte de sus fraternidades hacíamos lo que ellos mandaban, sin titubear. Han oprimido nuestro derecho de expresión, de querer estudiar libres de uniformes y reglamentos que dictan cómo comportarnos.

– Dicen que estamos haciendo daño al sistema escolar. –dijo otro.

– Pero ellos son los que están haciendo daño, tratando de acorralar con amenazas de expulsarnos cuando todos estamos pagando nuestras matrículas de inscripción. Lo que pasó con Pamela no fue nada más que un incidente que ellos mismos causaron para incriminarnos en su muerte. Como ella no murió, ahora nos culpan de la muerte de Frederick. Ellos son los verdaderos asesinos, solo ellos y debemos hacérselo saber. Yo digo que nos revelemos una vez más, públicamente, protestando su injusticia. –dijo y hubo un grito de exaltación de toda la sala.

– Si ustedes así lo deciden, –dije. –Así lo haremos.

La siguiente semana, había un show de porristas, una celebración en la escuela antes del juego de fútbol americano donde estaría todo el cuerpo escolar. Habíamos decidido irrumpir en el gimnasio y protestar pacíficamente nuestros puntos, salir de ahí y llevar la protesta alrededor de la escuela. El jueves en la junta antes de la manifestación, habíamos pasado toda la tarde y parte de la noche haciendo carteles y anuncios que decían, "asesinos," "no nos detendrán" "la sangre de Pamela y Frederick está en sus manos"

– ¿Estás segura de que quieres ir con nosotros? –le pregunté a Pamela en el patio de su casa cuando fui a recogerla para ir a la protesta. Traía un bastón de metal y caminaba un poco lento.

– Claro que sí. Hay que ayudar a la causa. –dijo. La ayudé a entrar a mi carro y conduje hasta la escuela. Las clases habían terminado hacía una hora y usualmente los shows de porristas se hacían a las seis, una hora antes del juego de fútbol americano.

Cuando llegamos, estaban casi todos ya ahí, estacionados en el parque a un lado de la escuela. Todos con sus anuncios hacia abajo, caminando hacia el Edificio de Administración White donde comenzaría uno de los líderes con un discurso. Caminé lento con Pamela, quien se molestaba de que la ayudara tanto.

– Deja, estoy bien. –dijo. –Puedo caminar bien.

– ¿Cuánto más tienes que usar ese bastón?

– Unas semanas más y regresaré a ser la misma de antes.

Cuando llegamos a los escalones del edificio de administración, uno de nuestros mejores líderes se puso de pie en el primer escalón.

– ¿Qué diferencia hay entre una prisión y esta institución? –comenzó a decir. –Prácticamente nada. Nos ponen un uniforme y dictan cuándo vamos a comer, cuándo podemos entrar y salir. Ponen flechas en el piso para caminar en una dirección u otra. –Continuó su discurso por unos cinco minutos hasta que comenzamos a caminar hacia el gimnasio donde ya se escuchaba la música.

Habíamos contactado a la prensa para que fuera a entrevistar a algunos miembros durante la protesta, para que escucharan nuestros puntos y así causar más daño a la universidad, pero nunca llegaron. Emily había estado en las reuniones como siempre pero no había venido ese día a la protesta. No la miraba por ningún lado, lo cual me intimidaba. Nunca pasaba nada bueno cuando ella no estaba. Caminamos hacia el gimnasio con nuestros anuncios al aire, y gritando "¡Asesinos!" La música se detuvo y las caras de los profesores reflejaban un odio profundo hacia nosotros. Algunos de los estudiantes en las gradas gritaban de emoción junto con nosotros y otros solo se quedaban callados, con miedo de que los profesores los reprendieran. Salimos como entramos sin que pudieran seguir con sus celebraciones. Le dimos la vuelta a la escuela para después regresar al edificio de administración donde habíamos comenzado.

Al llegar al edificio de administración nos encontramos rodeados de carros de policías, oficiales bajando de sus patrullas. Caminé hacia el frente de la protesta.

— Esta es una protesta bajo la ley. —dije enseñándole una hoja al oficial.

— Has violado la ley. Guarda tus explicaciones. —dijo tomando mi mano y volteándome. —Estás arrestado por esta demostración ilegal. —dijo mientras juntaba mis manos detrás de mí. Los muchachos miraron lo que pasaba y se tornaron contra la policía. Lukas y Manny se le echaron encima al policía que trataba de arrestarme.

— ¡Tranquilos muchachos! —grité tratando de calmar el asunto. Los muchachos estaban peleando físicamente con los policías. —¡Esta no es la manera!

— ¡Estamos cansados de ellos! —gritó uno de los nuestros. En la conmoción, se escuchó un balazo. Todos volteamos y un joven cayó al suelo. Del otro lado había un policía temblando, de pie frente al muchacho.

— No se vuelvan locos. —dijo el oficial con voz temblorosa. Apuntando su pistola alrededor. —No les tenemos miedo.

— ¡Todos están bajo arresto! —gritó otro oficial. —Los que no quieran cumplir con nuestras órdenes, tenemos derecho a usar cualquier fuerza necesaria. —dijo sacando él también su pistola. Esto causó más enojo en los muchachos y se les lanzaron a los policías sin miedo. Miré como arrestaban a Pamela y a Manny mientras trataban de escapar. Se escucharon más disparos y gritos entre la gente, que comenzaron a dispersarse, corriendo.

— ¿Qué es esto? —pensé. —Esto es una locura.

Logré zafarme de otro policía y comencé a correr. Otros también corrieron como yo. Tenía que salvarme yo para poder salvar a mis amigos. El sol se estaba poniendo en la ciudad y yo corrí entre las calles, corrí hasta no saber dónde estaba. Llegué a una calle que parecía desierta y me recargué en la pared para recuperar mi aliento. Las sirenas de la policía ya no se oían y el viento soplaba fuerte en mi cara. La noche estaba llegando y la calle se veía morada, vacía, llena de basura en cada esquina.

Caminé despacio por la calle, luego a otra, sin saber a dónde iba. Esto se nos estaba pasando de las manos, las cosas no debieron haber tomado este rumbo. Tenía que hacer algo. Me vi caminando solo por unos quince o veinte minutos. La ciudad no más se veía como cuando llegué. Todo estaba gris y opaco, había basura en las calles y parecía como si uns ojos me miraran detrás de los edificios, el sol ya casi se había puesto y las luces de las calles se estaban comenzando a encender. Estaba confundido y no supe qué hacer. Llamé a Cohen, quien preguntó dónde me encontraba y como no pude decirle exactamente, dijo que iba a guiarse por el celular, ya que tenía un sistema de localización global. Cuando colgué, miré a mi alrededor buscando un lugar alumbrado para esperar a Cohen.

Había unos pordioseros en una esquina, juntando basura frente a un edificio abandonado. Me acerqué a ellos y al verme me gruñeron molestos.

– Váyase de aquí muchacho, esta es nuestra calle. –dijo uno. Tenía una chamarra que le llegaba a las rodillas y una gorra en la cabeza. No hacía mucho frío en este mes durante el día, pero la noche solía ponerse bastante fría.

Comencé a irme, pero miré a uno de ellos que estaba revisando una grabadora que se acababa de encontrar en un tambo de basura. Su rostro me parecía muy familiar, como si lo hubiera visto antes. Me acerqué un poco más, ignorando los gruñidos de los otros dos y lo miré más de cerca. Parecía que no le interesaba mi presencia ni quería saber quién era yo, creo que ni si quiera me miró, pero yo sí lo pude ver. Era Alexander. Estaba mucho más delgado, pero era él.

– ¿Alexander? Alexander soy Graviel. Bueno tú no me conoces, pero tú estabas en la escuela conmigo. –dije. Parecía que ninguna de mis palabras le pasaban por sus células cerebrales. Se veía muy sucio y olía bastante mal. –Alexander, soy yo. Estábamos en la Universidad de Aphoria. –Al mencionar la universidad, Alexander brincó de miedo y comenzó a gritar.

– ¡Los demonios se acercan! ¡Nada los podrá parar! ¡Ya vienen por todos nosotros! –Gritó dando vueltas mirando al cielo.

– ¿Qué acabas de hacer muchacho? –dijo uno de los mendigos. –No lo espantes, es nuestro amigo la mayoría del tiempo. –dijo mientras trataba de calmarlo.

Un momento después llegó un carro Charger negro que se estacionó en la calle a un lado de donde estaba yo. Cohen se apresuró a venir conmigo.

– ¿Todo bien? ¿Te hicieron daño? –Preguntó mirando a los mendigos tratando de calmar a Alexander.

– Sí, tranquilo. Mira ese que está dando vueltas es Alexander.

– No capto.

– Alexander. El muchacho del periódico de la escuela que se extravió después de que lo arrestaron por aquella protesta que hizo.

– Ya, y ¿qué le pasó?

– No sé, pero creo que La Hermandad tuvo algo que ver.

– Sin duda.

– Debemos regresarlo a su familia.

– Bueno, pero yo no puedo, no puedo revelar mi identidad.

– Al menos llevémoslo a su casa. Nadie tiene que saber que lo llevamos nosotros.

– Tienes razón, pero no voy a subir a esa bestia apestosa a mi carro, no importa que sea tu amigo. Vete caminando con él a un motel viejo aquí a dos cuadras. El dueño es amigo mío dile que vas de parte mía y que ya llego a pagarle, que te dé un cuarto. Espérame ahí mientras yo voy a la tienda a comprar artículos para que este animal se asee, un cambio de ropa y algo de perfume para al menos llevarlo con un poco de dignidad.

– Gracias, Cohen. Te debo una.

Hice como Cohen me dijo. Tan solo le di unos cuantos billetes a los mendigos y me ayudaron a encaminar a Alexander al hotel donde pude meterlo a un cuarto y a la bañera. Tiré su ropa a la basura y llené de jabón su tina para que se le quitara el olor. Al parecer, Alexander sabía que estaba sucio porque, aunque hablaba solo, se tallaba muy bien.

Una media hora después, llegó Cohen al cuarto del motel y dejó todas las cosas en la cama.

– Ahora sí dime. ¿Qué fue lo que pasó contigo?

– Hicimos la protesta como te dije, luego llegó la policía y mis muchachos comenzaron a alborotarse cuando un oficial trató de arrestarme. Se volvieron locos y les saltaron encima. Arrestaron a

Lukas, a Manny y a Pamela. Yo corrí, no sabía qué hacer. —dije mirando fuera de la ventana. Estábamos en el segundo piso.

— Según mis fuentes, la D.I.A. piensa que ahora sí te van a derrotar, y creo que ahora sí lo están logrando. Tus amigos han actuado fuera de los convenios del contrato que formaron tus abogados. No veo salida de esta.

— ¿Qué crees que deba hacer?

— Fue bueno que corriste, así el D.I.A. piensa que tienes miedo.

— Pero sí tengo miedo.

— No lo demuestres. Esta es nuestra oportunidad para infiltrarnos en La Hermandad.

— No entiendo.

— ¿Recuerdas lo que trató de hacer Frederick? Trató de infiltrarse en tu organización como uno de los tuyos para destruirte desde adentro. Eso es lo que debemos hacer.

— Pero Frederick murió.

— Porque Frederick era un imbécil. Tú y yo debemos planear bien lo que vamos a hacer, y recuerda que la buena actuación es lo que nos puede ayudar a ganar esto. La D.I.A. va a brindarte ayuda, haciéndose que te van a sacar del problema, pero no es verdad. Trata de ir donde tienen a tus amigos, libéralos y únete a los rangos de la D.I.A. para que llegues a La Hermandad. En el tiempo que estés ahí, saca toda la información que puedas, nombres, direcciones, récords de eventos que sean importantes, todo lo que creas que los pueda incriminar.

— Y ¿si fallo? ¿Si no entro y me llevan directamente con la cabeza de La Hermandad para que me mate personalmente?

— Mucho mejor. Así te infiltras más.

— No sé.

— No hay otra manera. Ganándote al líder de La Hermandad es cómo vas a poder destruirla desde adentro.

Alexander salió de la tina después de una media hora. Lo revisamos bien y, al menos, ya no olía mal. Cohen le dio la ropa que había comprado y yo lo rasuré para que no se fuera a cortar accidentalmente. Al final, parecía el mismo Alexander que había conocido; luego ordenamos comida de un restaurant cercano y comió como nunca había visto comer a alguien en mi vida.

Después de todo, lo llevamos al Charger de Cohen y lo pusimos en el asiento de atrás. Seguía hablando solo en voz baja y mirándose las manos, pero ya se veía mejor de apariencia.

– Creo que le dieron una droga para borrarle la memoria. –dijo Cohen mientras íbamos en el carro rumbo a la casa de Alexander. Había podido buscar en la computadora de su carro la información de él y su domicilio.

– No lo sé, pero hay rumores que La Hermandad tiene médicos muy avanzados, con medicinas que aún no están disponibles al público.

– ¿Y por qué lo hicieron?

– Quién sabe, quizás porque no es una amenaza si no recuerda nada.

– Lo pudieron haber matado.

– Tal vez, pero no todo con La Hermandad se trata de matar. Son muy inteligentes. Si entiendo a esta organización tan bien como creo, tienen muchas maneras de deshacerse de las personas que simplemente ponerles un balazo en la cabeza.

Llegamos a la casa de Alexander y al bajarlo del auto, parecía que recordaba un poco el vecindario, pero solo se quedaba pensativo. Había luces dentro de la casa y se veía algo de movimiento así que supuse que estaba bien dejarlo ahí. Lo pusimos frente a la puerta y toqué el timbre. Cohen y yo salimos corriendo, nos subimos al carro y aceleró. Por el espejo retrovisor pude ver que alguien salió de la casa y le echó los brazos alrededor de su cuello. Cohen dio la vuelta en la calle y no lo vi más. Me dejó en el parque cerca de la escuela donde estaba mi carro.

— Recuerda lo que te digo. —dijo Cohen. —Si tienes miedo, sigue avanzando. Lo que estamos haciendo es más importante que tu miedo. Salva a tus amigos e infíltrate en lo que tengas que infiltrarte. Deja el club de Oppenheimer por un tiempo, hazles creer que has perdido y estás a su merced. Es el tiempo.

— Está bien. —Dije y su carro aceleró fuera de ahí.

Cuando me subí a mi carro, miré que tenía varias llamadas perdidas de Stevens, el agente de la D.I.A. Le regresé su llamada.

— *Graviel, te hemos estado buscando.*

— ¿Dónde están mis amigos?

— *Lo lamento, pero tus amigos están en la cárcel. Van a pasar la noche ahí hasta mañana. Verán al juez y si tienen fianza podrán salir.*

— Estoy hablando de Lukas, Pamela y Manny.

— *Me temo que ellos no podrán salir, ellos saben lo que tú sabes y estamos tratando de que nos ayuden, que colaboren con nosotros, pero son muy tercos.*

— Yo voy a colaborar con ustedes. Desde hoy mismo declaro la Sociedad de Oppenheimer muerta. Nuestra causa la declaro perdida, pero deja ir a mis amigos. —dije. Hubo un silencio detrás del teléfono.

— *¿Estás hablando en serio?*

— Por su puesto. —dije.

— *Bien hecho, Graviel. Sabía que nos podríamos entender. No podemos violar las leyes de la cárcel así que voy a ordenar que los liberen a primera hora mañana, ¿te parece?*

— No me parece, pero creo que no tengo opción.

— *Buen chico. Vas a ver que te vamos a ayudar con lo que estés demandando, pero no es bueno que le hagas daño a la escuela.*

— Lo dudo.

Conduje hacia la casa y mi celular timbró, recordándome que había más llamadas perdidas. Miré y eran cinco llamadas de Emily. Traté de ignorarla porque no tenía ganas de hablar con ella en estos momentos. Cuando llegué a mi casa, mi celular timbró. Era ella otra vez.

— ¿Sí?

— *Graviel por favor no cuelgues. Encontrémonos en media hora, en el ciento veintidós de la calle Alabaster por favor.*

— Emily, la verdad no estoy seguro de que …

— *Escúchame bien, es de vida o muerte, no tengo mucho tiempo. Encuéntrame ahí es de mucha urgencia. El vecindario es una colina, estaciónate abajo y camina hacia arriba, a la dirección que te di. Ciento veintidós Alabaster.* —dijo y terminó la llamada. Me quedé unos momentos en el auto, pensando qué hacer. Realmente no quería verla, quizás todo lo que había sucedido esta tarde fue su culpa. No estaba listo para enfrentar ese oscuro punto de mi vida, estaba suprimiéndolo para después lidiar con ello cuando todo esto terminara. Decidí ir, tratar de ver que más información podía sacar.

Al llegar a la dirección, era una colina donde había un vecindario de muchas casas, como Emily había dicho. Me estacioné en una casa abandonada lejos de ahí y caminé hacia arriba por la calle Alabaster. La casa con la dirección indicada era una casa pequeñita de ladrillo gris que parecía que no había nadie. En vez de pasto en el patio, era de concreto y por un lado la calle iba hacia abajo y por el otro hacia arriba de la colina. Me acerqué a la puerta y parecía no haber nadie. Volteé alrededor, tratando de ver a alguien, pero no había nadie. Era casi media noche y pensé en regresar a casa. De pronto, escuché ruidos como que alguien estaba tratando de salir de entre los arbustos. Retrocedí un poco y pensé en echarme a correr. Era Emily.

— Graviel. —dijo sacudiéndose la ropa.

— ¿Qué haces?

— Me estacioné atrás de la casa. Metí mi todoterreno en el garaje.

— ¿Por qué harías algo así?

– Porque ya no lo voy a necesitar. –dijo acercándose a mí.

– No entiendo.

– Graviel, voy a decirte algo que tú ya te imaginas desde hace tiempo. Trabajo para el D.I.A. –dijo agachando la cabeza. Aunque ya lo sabía, sentí que mi corazón se me bajó al estómago cuando lo escuché de sus labios. Traté de hablar, pero no me salió ningún apalabra. –Sé que es difícil para ti, pero, mi intención no fue nunca lastimarte.

– Ejem. ¿no? Por tu culpa murieron dos de mis mejores amigos y nos echaste a perder muchas misiones.

– ¿Qué? Graviel, estás equivocado, la D.I.A. no tuvo nada que ver con la muerte de Calvin ni Marcus.

– No te creo.

– Tienes que creerme, porque no voy a ser tan honesta con nadie como lo estoy siendo ahora. El D.I.A. no mató a nadie de tus amigos, mi misión desde el principio siempre fue acercarme a ti, a tu grupo y grabar sus conversaciones, eso es todo. Hay una organización más grande que está detrás de las muertes de tus amigos y de mucha gente más.

– La Hermandad.

– Exacto. Ellos son los que mandan al D.I.A. para que hagan sus trabajos de investigación.

– Eso ya lo sé.

– No tengo mucho tiempo Graviel, sé que voy a morir. Tengo un dispositivo de localización global dentro de mi cuerpo y acabo de escuchar que te has rendido, por eso ya no me necesitan más y están buscándome para matarme.

– ¿Qué? Emily no digas eso. Conozco a alguien que te puede ayudar.

– No Graviel, déjalo. No tenemos mucho tiempo, escúchame por favor. Mi hermano y yo fuimos abandonados por nuestros padres desde muy pequeños, tan pequeños que no los recuerdo. Desde muy chicos la D.I.A. nos reclutó para infiltrarnos en escuelas y fraternidades. No pasaba de grabar conversaciones para sus investigaciones. Hay una división en el D.I.A. que se encarga de entrenar a niños y jóvenes como yo, huérfanos preferiblemente, que les ayuden a investigar lo que pasa en las escuelas para generar información relevante para los planes de La Hermandad de entrar en las mentes de los jóvenes. Como yo hay muchos, y no hay manera de salir, solo la muerte. Mi hermano era tan bueno en lo que hacía y logró que el D.I.A. lo usara en muchas más misiones, pero cometió el error de involucrarse mucho más de lo que pudo y descubrió secretos que nadie más debió saber. Secretos… de ti.

– ¿De mí?

– Bueno, de tu familia.

– Mis antepasados fundaron La Hermandad.

– Así es, que antes era llamada la Santa Congregación. Mi hermano descubrió que al principio era una organización buena y que después de que tu abuelo la dejó, se convirtió en una organización racista y corrupta. Trató de enfrentarlos y la Hermandad mandó al D.I.A. a exterminar a mi hermano. Yo no sabía lo qué había pasado sino hasta hace poco que descubrí récords y documentos. Yo pensé que La Hermandad, la organización de tu familia era quien lo había traicionado y matado. El D.I.A. me hizo creer que era la única culpable de su muerte. No fue así. La Hermandad y el D.I.A., ambos conspiraron para deshacerse de él. Sin embargo, mi misión de involucrarme en tu vida fue por el odio que le tenía a La Hermandad y por haberme quitado a el único familiar que yo tenía. Cuando eres huérfano no tienes mucho por qué vivir, y mi hermano era todo para mí.

Capítulo 18

— ¿Cómo murió tu hermano?
– Le dieron un veneno que lo mataba lentamente, que nadie podía detectar. No se podía contrarrestar. Le causaba alucinaciones porque el veneno se comía su cerebro lentamente, y su sistema sanguíneo se fue destruyendo poco a poco. Fue una muerte lenta y dolorosa. Créeme, fue doloroso verlo.
– ¿Tú estuviste con él en sus últimos momentos?
–Y tú también.
– ¿Perdón?
– Tú y yo ya nos habíamos conocido antes. Quizás no lo recuerdes, pero yo te vi cuando llegaste al hospital donde estaba internado mi hermano.
– Jason.
– Así es.

— ¿Eras tú?

— Sí. Ese día fue el último, después de pasar casi dos semanas sufriendo.

— Entonces, ¿lo que me dijo ese día era verdad?

— Cada palabra. —dijo caminando detrás de mí, cruzando sus brazos.

— Yo odiaba todo lo que representabas Graviel. —dijo volviéndose hacia mí. —Creí que tu familia había sido la culpable de mi infortunio. Con esa motivación, acepté la misión de la D.I.A. y decidí hacer todo lo que me decían. Mi único error fue enamorarme de ti.

— Mi amor hacia ti nunca fue fingido.

— Al principio sí, pero después, me di cuenta de lo que estabas haciendo y lo poco que sabías de tu propia familia y te comencé a ver como una persona diferente. Creo que el destino hizo que nos conociéramos en circunstancias muy malas. Yo no maté a tus amigos, ni la D.I.A., pero la D.I.A. y yo somos los autores intelectuales de ello. Eso es algo que no me puedo perdonar.

— Emily... Dios mío, ¿Por qué no me dijiste antes? Sí te llamas Emily ¿no?

— Me llamo como el D.I.A. me diga que me llamo. No sé cuál es mi verdadero nombre. Sé que voy a morir, pero eso no me importa decirte nada ahora. La D.I.A. está en camino para acá, estoy segura. Y cuando lleguen, me van a matar.

— Algo podemos hacer, Emily. —dije tomándole la mano.

— No, no Graviel. —dijo estoica. —Para mí no hay nada que ganar, ni nada que perder. No tengo nada más. No te merezco a ti ni tu simpatía. Lo único que puedo hacer ahora para redimirme y no odiarme a mí misma por el poco tiempo que me queda es decirte lo siguiente: Graviel, tus amigos están en peligro, Manny, Pamela y Lukas. La D.I.A. ha dado órdenes de exterminarlos porque han dicho que, ellos, así como tú, son muy impertinentes y no se van a callar y decir todo lo que saben.

– Pero yo hablé con Stevens y me dijo que los iban a dejar ir en la mañana.

– Yo lo sé también y no es cierto. Te quieren a ti. A ellos los van a matar, como mataron a mi hermano y a Calvin y a Marcus. Debes irte ahora mismo si los quieres salvar. Están en la oficina del alguacil del condado de Weston. A las tres de la mañana los van a trasladar al desierto fuera de la ciudad y los van a ejecutar. Tienes que salvarlos.

– Lo haré. Emily, tengo una pregunta. Alexander. ¿Qué le paso?

– La D.I.A. lo secuestró y lo llevó al Templo de La Hermandad donde lo drogaron con una droga para borrarle la memoria y luego lo soltaron en medio de la ciudad.

– ¿Cómo se llama esa droga?

– No lo sé, solo sé que hay un cuarto en el Templo lleno de pócimas y drogas que han inventado para hacer diferentes tipos de experimentos con la gente que no quieren matar. –dijo y se escuchó el ruido de un carro grande subiendo la colina agresivamente.

– Vete conmigo, aún tenemos tiempo.

– No, vete tú. No quiero irme, duele más estar viva. –dijo empujándome detrás de los arbustos. –Vete de aquí. ¡VETE! –gritó. La miré por entre los arbustos.

Emily se quedó de pie en la oscuridad y dándose la vuelta, caminó hacia la calle. Llegó una suburban negra y se detuvo haciendo rechinar las llantas en la carretera. Se bajaron dos hombres de negro con armas de alto calibre. Emily dio unos pasos hacia atrás.

– ¿Dónde está el muchacho? –preguntó uno.

– Ya se fue. Le he dicho todo, de mi hermano, de La Hermandad, ¡DE SUS CRIMENES! –gritó llorando.

– Mala decisión. –dijo uno de ellos. Ambos levantaron sus armas y descargaron una ronda de balas que duró varios segundos y Emily quedó tirada en la pared de la casa. Yo tapé mi boca para no hacer ruido, quise gritar llorando, pero mi voz se fue de mí completamente.

Los hombres se fueron así de rápido como llegaron, riéndose como si todo hubiera sido un chiste.

Salí de los arbustos y caminé hacia donde estaba Emily. Me acerqué a ella y su rostro estaba calmado, como si antes de morir no se hubiera negado a las balas. Se veía en paz. Me arrodillé frente a ella y le besé la frente. Se había redimido. Me levanté y un trueno avecinaba que una tormenta llegaría pronto. Esa noche prometí que La Hermandad junto con la D.I.A. iban a caer por mi mano. Corrí colina abajo sin ningún sentimiento dentro de mí. Presioné todo dentro de mí para no pensar en nada que pudiera distraerme de mi misión. subí a mi carro y conduje fuera de ahí. Mis ojos estaban llenos de lágrimas, pero mi corazón estaba frío. No tenía más miedo. Estaba decidido a completar mi misión hasta el final, costara lo que costara.

Conduje hasta la oficina del Alguacil del condado de Weston y me estacioné a una calle de ahí. Eran las dos de la madrugada. Recliné mi sillón hacia atrás, llamé a Cohen y le expliqué lo que había pasado.

— *Santo cielo, Graviel. ¿Estás bien?*

— Aún no lo sé. —dije. Pero voy a llevar a cabo la misión de la que habíamos hablado.

— *Has lo que tengas que hacer. Yo estaré pendiente a tus llamadas. Recuerda que el teléfono que te di no puede ser rastreado por nadie, solo por mí. No lo pierdas. Lo siento por Emily, si la hubiéramos salvado nos hubiera sido mucho de ayuda.*

— No falta mucho para que salgan.

— *Si logras salvarlos, llévalos al hotel a donde llevamos a tu amigo Alexander.*

— No era mi amigo.

— *¿Entonces por qué lo ayudaste?*

— Porque era lo correcto.

— *Eres un misterio.*

– Nos vemos.

A las dos de la madrugada con cincuenta minutos, alguien salió del edificio y encendió una de las varias camionetas blancas estacionadas afuera. Después de unos minutos más, salieron dos policías escoltando a Manny, Lukas y Pamela para subirse al vehículo. Tenían esposas en las manos y en los pies. Cuando subieron, un tercer hombre salió de la oficina y abrió las puertas traseras de la camioneta y metió un velís detrás del asiento. Cerró las puertas, miró alrededor y subió de pasajero. Había un total de dos policías y dos guardias. La camioneta encendió las luces y se fue de ahí. Esperé que se alejara unos quinientos pies y los seguí con las luces de mi carro apagadas.

Saliendo de la ciudad, ya en el desierto, la camioneta al parecer se dio cuenta que la estaba siguiendo aun a quinientos pies y bajó la velocidad, igual yo. La camioneta bajó la velocidad hasta detenerse y yo hice lo mismo. De pronto se escucharon sirenas de patrullas detrás de mí y la camioneta se echó en marcha a toda velocidad. Me habían detectado. En el espejo retrovisor miré cuatro luces que se acercaban hacia mí, eran dos patrullas. Aceleré y ronceé mi Mustang en la carretera, poniéndome enfrente de ellos. Encendí las luces y los policías bajaron la velocidad al acercarse a mí. Se detuvieron y cuando ambos conductores se bajaron, aceleré y pasé en medio de los dos carros casi llevándome a uno de los oficiales. Aceleré hasta casi llegar de vuelta a la ciudad; me detuve en la última gasolinera, la misma donde a veces me encontraba con Cohen. Di la vuelta en la carretera para esperar a las patrullas y cuando estaban llegando, conduje en la tierra para darles la vuelta, trataron de seguirme por la tierra y regresé a la carretera.
– Ahora sí traten de alcanzar a este Saleen –dije y aceleré a todo lo que el Mustang daba; subí de cero a cien millas en ocho segundos.

Miré por el espejo retrovisor y no alcanzaba a verlos más. Mi medidor marcaba casi ciento sesenta millas por hora y aún no era todo lo que corría. A mi derecha las vías del tren se alineaban con la carretera y el tren se quedaba atrás como si estuviera detenido. No tardó mucho tiempo antes de que pudiera ver otra vez la camioneta. Cuando giraron hacia la derecha en un camino de tierra que cruzaba las vías, aceleré el carro y choqué con la camioneta por la parte de atrás haciendo que se quedara con el frente hacia el tren que venía. Mi carro logró cruzar las vías, pero una llanta de enfrente se salió y el cofre quedo humeando. "Perdón papá." —Pensé.

Salí del carro y caminé hacia la camioneta al lado del conductor. Abrí la puerta y lo saqué del cuello. Antes de que pudiera sacar su pistola le di un golpe en la cabeza que lo dejó noqueado. Le quité la pistola abrí la puerta de al lado, apuntándole a los guardias que a su vez tenían sus armas apuntando a las cabezas de ellos. El tren se estaba acercando.

– Déjalos ir si no quieres que te ponga una bala en la cabeza.

– No. –dijo el guardia.

– No le hagan caso. –dijo el policía que venía en el asiento trasero. –Acuérdense de que no debemos negociar con los criminales. –dijo. El hombre que estaba en el suelo a mi lado comenzó a despertarse. Lo tomé por el cuello con mi brazo y le di un disparo en la pierna izquierda y pegó un grito muy fuerte al mismo tiempo que el tren sonó la corneta de que se acercaba cada vez más y no podía parar.

Los dos guardias y los dos policías yacían en el suelo, esposados con las esposas que antes tenían Pamela, Lukas y Manny.

– ¿Ahora qué hacemos? –preguntó Manny.

– No lo sé. –dije. No planeé más allá de este momento. –dije y al instante el tren se llevó la camioneta enfrente de este como si fuera una caja de cartón.

– El tren, Graviel –dijo Lukas. –Subamos al tren.

— Buena idea dijo Manny. Ha bajado de velocidad tratando de detenerse. Es nuestra oportunidad.

— Ey. —dijo uno de los oficiales. —No nos van a dejar aquí ¿verdad? Aunque sea saca mi celular de mi bolsa que yo no puedo para llamar por ayuda.

— Claro que sí. —dijo Manny. Se acercó a uno de ellos y le esculcó la bolsa. Sacó el celular y lo arrojó bajo el tren en las vías sin que se hiciese daño. —Puedes ir por el cuándo pase el tren.

— Apúrense que se acaban los vagones. —dijo Lukas y subimos a un vagón de madera con la puerta abierta. Pamela batalló un poco más, pero con la ayuda de todos logró subir.

Unos momentos después sentimos que el tren aumentó la velocidad y se alejaba de la carretera.

— Graviel, Manny, ayúdenme. —dijo Lukas mientras cerrábamos las puertas corredizas del vagón.

— Hace frío. —dijo Manny.

— Gracias, Graviel. —señaló Pamela. Estábamos sentados en una esquina del vagón para evitar el viento.

— Lo siento por tu carro. —dijo Manny.

— Era solo un carro. Ustedes son más valiosos.

— Sí, pero tu carro. —dijo Manny.

— ¿A dónde vamos? —preguntó Pamela.

— No tengo la menor idea. —dije.

— Al valle. —dijo Lukas. Estaba de pie mirando las montañas por una rajadura del vagón.

— ¿A dónde? —preguntó Manny.

— Al valle. Es un lugar donde voy cuando quiero escapar de todos los problemas. Es una gran casualidad que el tren pasa ahí precisamente.

— Probablemente una tienda de rock abandonada. —dijo Pamela.

– O el castillo del conde Drácula. –dijo Manny. Lukas sonrió.

– Hay que descansar un poco. –agregó Lukas. –Aún falta un par de horas para llegar.

Pero nadie descansó. En el camino les conté lo que había sucedido y lo que Emily había hecho, lo que me había confesado. No les dije lo que pasó con ella porque aún no creía yo mismo que fuera cierto. Pamela y Manny me explicaron que ellos ya sabían porque la habían seguido una vez a su casa y la vieron hablando con el agente Stevens. Admiré su dedicación hacia la causa y le dije que me sentía orgulloso por su lealtad hacia mí. También me dijeron que cuándo la D.I.A. los arrestó después de la protesta, les cuestionaron acerca de todo lo que sabían y les dijeron abiertamente que los iban a asesinar porque La Hermandad lo había mandado. Así que por varias horas creyeron que iban a morir.

– Entonces ¿sí fue La Hermandad quien mandó a asesinarlos? – pregunté.

– Sí. –contestó Pamela mirando al suelo, a través de las rajaduras del piso de madera por las que podíamos ver pasar las vías del tren.

El ruido del tren en las vías se había hecho costumbre a nuestros oídos después de dos horas. Estábamos acostados mirando el cielo del vagón mientras nuestras cabezas se meneaban con el movimiento del viaje. Lukas se puso de pie y miró por la rajadura de la puerta.

– Ya estamos llegando. –dijo. –Prepárense. Manny, ayúdame a abrir la puerta.

Cuando la puerta se abrió, el sol de la mañana muy apenas se podía distinguir en el horizonte. Había más árboles en estos rumbos de los que había en la ciudad. Lukas nos explicó que estábamos en medio de dos montañas, lo que se llamaba el valle.

— Aquí la vegetación crece más fácil porque un río baja desde la montaña, cuando el tren cruce el río, en el puente, ahí es donde vamos a saltar.

— ¿A saltar? —preguntó Pamela.

— Claro. No queremos saltar a esta velocidad en la tierra.

— Pero nos vamos a enfermar. —exclamó Pamela.

— La cabaña no está muy lejos del puente del tren. A una media hora a pie.

— ¿Cabaña? —preguntó Manny.

— Sí. Es mi lugar de retiro. —dijo Lukas.

Cuando nos acercamos al puente donde Lukas decía, el río estaba bastante ancho y se veía muy antojable. El sol le pegaba al agua lo que lo hacía ver que estaba caliente.

— ¡AHORA! —gritó Lukas y nos lanzamos al río. El agua no estaba del todo caliente, estaba más fría de lo que me imaginaba.

— ¡Esta fría! —gritó Manny.

— ¡Nademos a la orilla! —exclamó Lukas. Llegamos a la orilla sin problema ya que la corriente no estaba tan fuerte. —Vamos, no nos detengamos, tenemos que llegar a la cabaña antes de que nos de hipotermia. Mantengámonos a la orilla del río.

Caminamos un poco apurados entre las piedras del río. Había pasto en ambos lados del río. Se podía ver como estábamos rodeados por dos montañas a izquierda y derecha. Después de un gran rato de ir caminando pudimos divisar una cabaña a la orilla del río bajo un árbol enorme. Parecía una pintura de esas que los artistas dibujan en su imaginación y luego las hacen en rompecabezas con más de mil piezas que se tardan días en terminar solo para que te falte una pieza al final.

— ¡Es hermosa! —exclamó Pamela

— ¡Qué paz se siente! —dijo Manny.

— Lo sé. –dijo Lukas.

Cuando llegamos nos quitamos la ropa y Lukas nos prestó ropa que tenía en un closet. Él también se cambió de ropa. Encendió la chimenea con combustible y troncos que ya estaban ahí.

— Quédense frente al fuego mientras se calienta la cabaña. –dijo. – Voy a preparar algo de comer, un chocolate caliente.

Por primera vez, no parecía Lukas. Usaba una camisa roja a cuadros, jeans de mezclilla y botas de trabajo. Su cabello despeinado, pero sin gel, sus modos tan pacientes y serenos. Como si hiciera esto todos los días. Manny, Pamela y yo nos mirábamos las caras mientras nos daba el chocolate caliente. Se sentó junto a nosotros a mirar la leña quemarse. Nos gustaba este Lukas. Era bastante interesante.

Desperté esa tarde, casi al anochecer. Estaba aún frente a la chimenea, bastante cansado. Pamela estaba en la cocina haciendo algo con unas cacerolas y Manny y Lukas no estaban.

— Hola Graviel. –Pamela me saludó al verme. Estaba haciendo de comer, Tenía puesta una camisa de cuadros y una pantalonera negra.

— ¿Dónde están…? –Comencé a preguntar estirándome.

— Fueron a cortar más leña. Ven, siéntate.

— ¡Qué bonito lugar! –dije mirando al techo mientras me sentaba.

— Ya sé. Lukas ya nos dio el recorrido. Tiene un cuarto con una cama, un baño, la sala, y la cocina. Eso es todo.

— Vaya.

— Lukas tiene comida enlatada en el closet y carne en la hielera. Estoy haciendo algo de comer para todos. Debes tener hambre.

— Sí.

Llegaron Lukas y Manny después de unos momentos y todos comimos juntos. Yo estaba demasiado cansado y me volví a dormir luego de comer. Desperté la siguiente mañana cuando el sol entraba por la ventana y me daba directamente en los ojos. Miré alrededor y no había nadie. Salí y Pamela estaba tendiendo ropa en un tendedero entre dos árboles. El sol de la mañana y el aire del ambiente, junto con el ruido de la corriente del río, me hacían sentir un hombre nuevo. Por un momento me olvidé de lo que había pasado, tan solo por un momento, porque no tardó mucho para que todo se me viniera a la mente otra vez como una avalancha de nieve.

— ¡Buenos días Graviel! –Pamela me dijo desde debajo del árbol.

— ¿Ya te sientes mejor? –preguntó Lukas acercándose a mí. Asenté con la cabeza. –Ven. –dijo y lo seguí al lado de la cabaña donde estaba un columpio y dos sillas mecedoras en los lados. Se sentó en una de ellas y Manny ya estaba sentado en la otra. Me senté en el columpio.

— ¿Qué te parece, Graviel? –preguntó Manny, poniendo su mano en forma de visera en su frente para tapar el sol.

— Magnífico. –dije. Pamela se acercó.

— ¿Tienes hambre? –Me preguntó de pie enfrente de mí.

— No, gracias. –dije. Sonrió y se sentó junto a mí.

— Aquí es donde vengo cuando necesito alejarme del mundo que me rodea. –Comenzó a decir Lukas. –Hay veces que no soporto el materialismo de algunas personas o las injusticias en nuestro gobierno, pero me veo pequeño al no poder hacer nada y sé que solo puedo controlar las cosas que están a mi alrededor. Aquí es donde vengo a distraerme de todo.

— ¿Cada cuándo vienes? –pregunté.

— Cada uno o dos meses.

— ¿Y qué haces?

— Lo mismo que ahora: pensar la mayoría del tiempo, meditar calma mucho los nervios. También escribo mis canciones aquí. Me da gusto que hayan sido parte de mi pequeño pedacito de cielo.

— ¿Nadie más viene contigo? –preguntó Pamela.

— Nadie más. Ni mis papás saben que compré esta cabaña. Siempre vengo solo yo. Tengo una hielera para que la comida o la carne no se eche a perder. Tengo ropa, una cama, todo lo que necesito está aquí. Trabajo para el fuego, a veces voy a cazar animales, no tengo nada de dispositivos de tecnología. Yo les digo, muchachos, deberían intentarlo; es espectacular.

– Tú lo has dicho, hermano. –dijo Manny.

– Lástima que nuestra estancia aquí no vaya a durar mucho.

– ¿Por qué? –pregunté.

– Porque tenemos que seguir con nuestra misión.

– Nadie nos va a encontrar aquí. –dijo Manny.

– No estés tan seguro. –agregó Lukas. Solo es cuestión de tiempo para que la D.I.A. nos siga las huellas desde el tren y nos encuentren. Escapamos de la cárcel básicamente. Si nos atrapan nos espera una larga visita en prisión.

– Los iban a matar. –dije. –Solo debemos acabar con La Hermandad y quitar a todos esos policías corruptos que están con ellos.

– Va a ser difícil. –Pamela dijo mirando al suelo.

– Pero no imposible. –añadí.

Desayunamos después de platicar y nos sentamos en la sala planeando lo que debíamos hacer. No llegábamos a ninguna conclusión porque cada uno pensaba en hacer una cosa diferente. Pamela decía que huyéramos lejos y viviéramos una vida en otro estado o país. Lukas decía que plantáramos una bomba en el Templo de La Hermandad. Manny decía que buscáramos armas clandestinamente y nos enfrentaremos a ellos en una batalla a morir.

– Manny no sé si tu sugerencia es un juego o no pero definitivamente no. –dije. –Nos encontrarán aquí pronto.

– Así es. –afirmó Lukas. –No tarda mucho más.

– ¿Qué haremos? –preguntó Pamela.

– Tengo un plan. –dije. Los muchachos me miraron atentamente, esperando mi plan. –Ustedes pueden seguirlo o tomar otra ruta, pero yo lo haré.

– ¿Cuál es el plan? –preguntó Lukas.

– Unirse a nuestro enemigo.

– ¿Qué?

– ¿Cómo?

– ¿Qué dices?

– Sé que suena loco, pero a La Hermandad no la vamos a vencer con armas, ni escapando, ni con una bomba, la vamos a destruir desde adentro, tácticamente. Mi plan es que hagamos un acuerdo con la D.I.A., diciéndoles que nos rendimos a cambio de que trabajemos para ellos.

– eso es muy complicado. –Pamela puso sus manos en su frente.

– ¿Cómo puedes estar tan seguro de que van a aceptar el acuerdo? –preguntó Lukas.

– Porque son corruptos. Saben que les somos más útiles cerrando la boca que abriéndola, pero ese es el motivo del plan. Buscamos una manera desde adentro para destruirlos, con sus propias armas.

– Suena muy complicado. –volvió a decir Pamela.

– Y riesgoso. –dijo Lukas.

– Yo sí estoy de acuerdo, me apunto. –dijo Manny. –Yo soy bueno para actuar.

– Yo no. –dijo Pamela. –Yo no quiero tener que ver más con fraternidades ni organizaciones. Ya acabé. –dijo. Asenté con la cabeza. Miramos todos a Lukas, los tres, esperando su respuesta.

– Yo no. –dijo. –Me parece un buen plan porque es riesgoso y con pocas probabilidades de éxito. Sin embargo, creo que, si logran unirse a La Hermandad, van a necesitar a alguien afuera que los ayude. Yo ahí quiero estar.

— En ese caso también yo me uno a Lukas. –dijo Pamela. – Nosotros dos les ayudamos desde afuera.

— Me parece bien. –dije.

Continuamos planeando, añadiendo al plan diferentes posibilidades en dependencia de la situación. Aún no estábamos totalmente seguros de que La Hermandad aceptaría nuestro acuerdo ni que todo lo que planeáramos saldría exitoso, lo que sí sabíamos era que nos encontrarían en la cabaña de un momento a otro. Nos pusimos a armar un rompecabezas toda la tarde.

— Falta una pieza. –dijo Manny.

— ¿Qué es eso? –preguntó Pamela.

— La cabeza de este granjero. – Manny apuntaba al rompecabezas en la mesa.

— No eso no. –Pamela miraba hacia la ventana.

— ¿Qué? –pregunté.

— Se escucha ruido afuera. –dijo. Todos guardamos silencio por unos momentos y sí, efectivamente se escuchaban las hélices de un helicóptero.

Apagamos todas las luces de la cabaña y nos juntamos en la sala. Solo había una ventana a un lado de la chimenea mirando hacia el río y otra al lado mirando hacia las sillas mecedoras. Cerramos las cortinas en ambas ventanas y Manny y Lukas esperaron a un lado de cada una, recargados en la pared. Minutos después, el helicóptero se escuchó más cerca y más fuerte, y una luz se reflejó desde arriba, alumbrando la cabaña. Se escucharon ruidos de motores y varios vehículos se acercaron.

— Es la D.I.A. –dijo Manny. De un momento a otro la noche calmada y serena se había tornado ruidosa y aturdidora.

Están rodeados. Salgan en fila cada uno con las manos en la cabeza.

— Aún no. –dijo Lukas. –Hay que esperar que vengan por nosotros.

— Tienes razón. —dije. —Tenemos que esperar que traten de entrar.

Pasaron unos cinco minutos, lo cual parecía una eternidad. Pamela estaba sentada en el suelo, abrazando sus rodillas. Manny, Lukas y yo esperábamos de pie junto a la ventana con la espalda en la pared, esperando.

Esta es su última oportunidad. Salgan ordenadamente o entraremos por ustedes. Nadie se movió. Escuchamos atentamente a lo que estaban haciendo y pude ver a varios agentes, con trajes tácticos y rifles agachados bajo la ventana, dirigiéndose hacia la puerta. Lukas corrió hacia la recámara y yo hacia la puerta, Manny se fue a la cocina. Lukas regresó con una pistola, sosteniéndola con las dos manos, apuntando hacia abajo, se puso a unos pasos enfrente de la puerta. Manny estaba detrás de él sosteniendo un objeto que no pude distinguir si era una granada o una lata de frijoles.

La puerta se abrió de golpe y rápidamente me lancé hacia el primer agente que entró pateándole el arma y tomándolo del cuello, puse todo mi peso en él para que callera al suelo. Lukas le apuntó con la pistola y Manny les arrojó el objeto por la puerta, que los hizo retirarse rápidamente.

— ¡Granada! —Grito uno de ellos y se echaron a correr. Manny recogió el rifle que el agente había tirado y ahora él y Lukas le apuntaban mientras yo lo tenía del cuello.

— Es una lata de frijoles. —Escuché decir a un hombre afuera.

Dejen ir a nuestro agente y los dejaremos vivir.

— ¡Escúchenme bien! —grité hacia la puerta abierta. —¡No vamos a dejarlo ir hasta que venga el líder de La Hermandad aquí mismo y hable conmigo! —No se escuchó nada por los próximos segundos.

— Lukas, quítale todas las armas. —Lukas esculcó al agente y le quitó una pistola de la cintura, otra del pie, varias granadas el chaleco antibalas, las botas y la camisa. Lo dejamos con una camisa blanca y sus pantalones solamente. Le dijimos que se arrodillara frente a la puerta con las manos en la cabeza. La luz de los faros de afuera le alumbraban y llegaban hasta la pared al final de la cabaña. Les dije a todos que se mantuvieran en las sombras.

El helicóptero rodeo una vez la cabaña y su ruido se fue desapareciendo en la distancia. Pasaron unos diez o quince minutos más, que, entre el peso de las armas, apuntándole a la cabeza del agente, y la posibilidad de que nos dispararan unos franco tiradores en cualquier momento, fueron realmente enloquecedores y una tortura. El helicóptero se escuchó volver y esta vez bajó a unos doscientos pies de la cabaña. El líder de La Hermandad había llegado.
– Han traído al líder. –escuché a Manny decir.
– Sigan apuntando. –les instruí a Manny y Lukas mientras yo abría un poco la cortina de la ventana. Entre el destello de los faros y el helicóptero se podía ver muy poco. Sin embargo, pude notar a un hombre con un bastón, caminando hacia la cabaña, con un estilo un tanto familiar.
– ¡Graviel! ¡Graviel! –dijo la voz. –¡Sal hijo mío, te prometo que no te harán daño! –Los muchachos y yo, y aun el agente nos vimos las caras.
– Vete de aquí. –le dije al agente. Miró hacia atrás y Lukas y Manny bajaron sus armas. Se levantó y corrió afuera donde fue recibido por sus compañeros.
– ¿Es…? –comenzó a decir Manny. Asenté con la cabeza.
– Ven afuera, hijo, quiero hablar contigo. –dijo el abuelo.
En el helicóptero, camino hacia la sede de La Hermandad, el abuelo iba sentado en la banca de enfrente, mirando hacia abajo, a la ciudad, con una sonrisa en su rostro. Pamela, Lukas y Manny sentados a un lado mío, mirándonos los unos a los otros sin decir nada. Se podía ver desde arriba el castillo de La Hermandad, la

laguna era más grande de lo que me hubiera imaginado, y había un gran barco que parecía ser un ferry, navegando en esta.

El helicóptero bajó en frente del castillo y salimos sin decir nada. Entramos por la puerta del frente, al menos era lo que supuse ya que era más grande y adornada que por donde entramos la otra vez. Herbert estaba esperando afuera con sus manos detrás de él. El abuelo mostraba el camino, con su bastón, con su mirada hacia arriba, tan elegante y refinado como siempre. Herbert detrás.

Entramos al castillo y había dos escaleras en forma de arcos, una a nuestra izquierda y otra a nuestra derecha. Una fuente en medio ambas con la estatua de un ángel. Pasamos la fuente y caminamos entre las dos escaleras hacia dos puertas. El abuelo las abrió empujándolas hacia enfrente de él y nos hizo la seña de que entráramos. El cuarto no era cuarto, era más bien una sala, con paredes de piedra de mármol con diseños de flores de vidrio púrpura y pisos de granito. Estatuas de armaduras medievales en cada esquina y en medio de la sala una gran mesa enorme de madera con solamente siete sillas enormes, muy separadas una de la otra. Sacó la primera silla para mí e invitó a los demás a sentarse en las otras. Él se quedó de pie y Herbert cuidando la puerta.

—Bueno, hubiera preferido que te enteraras de una manera diferente, pero ni modo. —Dijo el abuelo.

—¿Tú eres la cabeza de La Hermandad? —pregunté.

—Así es, Graviel. —el abuelo dijo, sin un sentimiento de vergüenza ni intimidad, de hecho, noté un tanto de orgullo en su voz.

—Pero…

—No hay nada que decir, hijo. Lo único que sé es que estoy orgulloso de ti. Has pasado más pruebas de lo que nadie nunca ha pasado. Todos ustedes, son un orgullo para La Hermandad.

– ¿Qué hay de Calvin y Marcus? –preguntó Lukas. El abuelo caminó hacia Lukas, poniéndole la mano en su hombro.

– Lamento mucho lo de sus amigos. En verdad, que lo lamento. Verán, La Hermandad es una organización que tiene un nivel de secreto muy profundo, y nadie puede conocer nuestros planes. Nosotros trabajamos para un Dios muy poderoso que quiere que hagamos las cosas así, y debemos cubrir todas las grietas. Pero les aseguro, hijos míos, que sus amigos no murieron en vano, fueron muchachos muy valientes, todos ustedes lo son. Por todo su trabajo y por lo impresionado que estoy con su pertinencia, quiero ofrecerles que sean parte de nosotros, los cuatro. Tendrán poder inimaginable e influencia en todas las agencias de la ciudad, porque la ley no son las agencias de policía, sino los que les pagan a esas agencias. Les ofrezco algo que a no muchos se les ofrece, pero que todos quisieran.

– ¿…y si no queremos? –preguntó Pamela. – ¿Nos dejará ir?

– Querida hija mía... –el abuelo se acercó a Pamela. –¿Por qué querría hacerles daño? Han llegado hasta aquí, lo menos que puedo hacer, si no aceptan mi propuesta, es dejarlos ir, libres de cualquier crimen.

– Pues yo no acepto. –dijo Pamela.

– Y yo tampoco. –añadió Lukas. –No voy a sentarme aquí como si nada, ignorando que la persona que nos está ofreciendo la gloria fue el que asesinó a dos de nuestros mejores amigos. –El abuelo sonrió, y asintió con la cabeza. Miró hacia mi dirección.

– Yo sí. –dije.

– Yo también. –Manny dijo.

– Me parece magnifico. Mi mayordomo los encaminará afuera donde habrá transporte para llevarlos a su casa. –dijo el abuelo.

Nos despedimos de Pamela y Lukas y Herbert los llevo afuera. Pamela volteaba de vez en cuando a mirarme. Las puertas se cerraron tras ellos.

– ¿No les pasará nada verdad? –pregunté acercándome al abuelo. Me miró un poco confuso.

– ¡Claro que no! Sé que estás un poco en shock porque te he dicho la verdad de quien soy. Te aseguro que vas a ver las cosas diferentes una vez hayamos hablado tú y yo. De ahora en adelante no habrá más mentiras ni más pruebas.

– Nunca me hubiera imaginado que tú estabas detrás de todo.

– Estoy seguro de que quizás cruzó tu mente, pero entiendo que probablemente no querías aceptarlo. Ven, vengan los dos. Quiero darles el recorrido del castillo.

Caminando con el abuelo, nos llevó a la gran sala donde habíamos entrado por primera vez. Nos explicó que esa era una sala social cuando salían de algún evento. Nos llevó a la librería y enseñó una sección restringida que podríamos visitar después de algún tiempo de estar con él. Visitamos la sala donde hacían rituales, muchas oficinas y recamaras, pasillos enormes con paredes grandísimas. Salimos por la entrada principal que nos llevaba a la orilla de la laguna, allí había un muelle de metal al que estaba llegando un barco transbordador.

El abuelo nos guió hacia uno de los carros que estaban ahí. Un Rolls–Royce Phantom negro en forma de limosina. Me senté junto al abuelo y Manny en el sillón frente a nosotros. El abuelo le hizo una seña al chofer con la mano y este condujo directo al transbordador. Después de abordar, el transbordador se desenganchó del muelle y zarpó hacia la ciudad.

Herbert, quien aparentemente estaba ya en el barco, entró en la limosina y se sentó junto a Manny.

— ¿Llevaste a nuestros compañeros a sus casas? —preguntó el abuelo. Herbert asintió con la cabeza. —Graviel, Juan, han llegado lejos, pero aún les falta mucho por ver. Hay dos realidades que se pueden ver en esta vida. Primero, la realidad donde miras todo hacia arriba, siempre esperando mejores tiempos. La mayoría de la gente en esta ciudad vive así. Y la segunda, donde miras todo hacia abajo, y todos miran arriba hacia ti. No esperas mejores tiempos porque tú eres el que los provoca, todos dependen de ti, de tu palabra. Tienes el poder para ocasionar que pase lo que tú desees, tan solo con un tronido de los dedos. Estás en un nivel psicológico mayor que el de la gente general. —Continuó el abuelo. Manny lo miraba atentamente mientras yo miraba hacia afuera.

El transbordador llegó a otro muelle en una parte de la ciudad que yo no había conocido todavía. Había un edificio que parecía un hotel y varias casas en lo que era un pequeño vecindario privado, escondido del público. Cuando salimos de ahí a través de los portones vigilados por guardias y una vez que se nos juntaron dos patrullas una atrás y una enfrente de nosotros, pude captar la magnitud del poder del cual el abuelo estaba hablando.

Lo miré una vez más y seguía hablando, con su estilo formal y refinado de siempre. Era mi abuelo definitivamente, pero lo que representaba no parecía encajar en lo que me había enseñado.

— Una de las cosas más importantes que deben saber, —continuó mientras manejábamos por la ciudad, a los lugares que dijo que eran propiedad de La Hermandad. —es que a la gente en general debe vérsele como ganado. Imagínense que en una gran pradera hay un millón de reses, enormes bestias si me preguntas a mí. Y debajo de la tierra hay un pequeño ratón, insignificante animal comparado con las reses de nuestra historia. Este sale a buscar comida y espanta a solamente una o dos de las vacas, haciéndolas saltar de susto y se echan a correr. Las demás siguen porque saben que hay un peligro cerca, luego más las siguen porque si las otras corren es porque saben algo que las otras no saben. Después de unos momentos, el millón de reces está corriendo hacia un lugar que donde nadie sabe. Las de enfrente porque miraron un peligro que no existía, las de en medio porque si las de enfrente corren debe ser por buena razón, y las de atrás, bueno las de atrás no saben por qué están corriendo. La gente es igual, incapaz de pensar por sí misma.

Capítulo 19

Ahora. —continuó el abuelo —para detener una estampida de esa magnitud, imagínense que hay cuatro rancheros en sus caballos, que cabalgan junto a la estampida, pero solo, por un lado, no por los dos. Uno cabalga enfrente y los demás detrás de él, y este comienza a desviar a la res de enfrente hacia el lado y las guía así hasta que logran que cambien de dirección. Poco a poco los jinetes logran que la estampida haga una vuelta por la pradera. Después ellos se alejan el uno del otro para formar un círculo cabalgando alrededor de las vacas hasta que éstas comienzan a correr en un círculo enorme. Finalmente, las vacas se cansan y la estampida se convierte en un millón de vacas cansadas que no se acuerdan por qué estaban corriendo. Pero solo imagínense, cuatro jinetes, contra un millón de reses. ¿Y saben por qué? Porque las reses no piensan, no están conscientes de su capacidad de fuerza.

Sin problema pudieran llevarse de largo a los cuatro jinetes y pisotearlos corriendo sin que quede ningún rastro de ellos. ¿Pero lo hacen? No. Porque se les da pasto, una pradera donde no les falta comida y agua, por lo tanto, no tienen intensión de revelarse. Así ha sido por tanto tiempo que, la posibilidad de rebelarse es prácticamente inexistente. La gente necesita lo mismo, quiere sentirse protegida por las personas en el poder. Quieren tener un líder que los haga creer que todo va a estar bien, y para ello le entregan todo, sus libertades, su moral y sus derechos. –Decía el abuelo. Manny asentaba con la cabeza lentamente, mirando al abuelo como si no hubiera nadie más en el carro.

– ¿Qué es lo que te pasa? Debes concentrarte en lo que estamos haciendo. –Le reclamé a Manny cuando regresamos del recorrido con el abuelo. Estábamos en la que iba a ser mi alcoba. Él iba a estar en una al final del pasillo. Habíamos regresado del viaje con él.

– ¿Qué quieres decir?

– Estabas tan cerca del abuelo y Herbert que parecías uno de ellos.

– Tranquilo, Graviel. Eso es bueno, ¿no? Recuerda, debemos actuar.

– Solo necesito que te mantengas enfocado en nuestra misión. –le dije. Se quedó un silencio un largo tiempo.

– ¿De verdad no te da curiosidad qué sería ser parte de esta gente? ¿Al menos por un tiempo? –Titubeé a su pregunta.

– No.

– Pero es tu abuelo.

– Lo sé.

– Es tu familia.

– Lo sé.

– Casi tu legado.

– ¡LO SÉ MANNY! ¡Lo sé! ¡¿Qué esperas que te diga?! ¿Qué olvidemos nuestra misión y ayudemos a alimentar la bestia que nos destruyó?

— Bueno, no. Pero…

La puerta se abrió.

— Es hora de dormir. –dijo un hombrecito de muy baja estatura que entró a mi cuarto sin tocar.

— ¿Perdón? –pregunté.

— ¿Perdón por qué? –dijo, casi como una respuesta. Caminó frente a nosotros hacia mi baño. Era un hombre de estatura muy baja, aproximadamente un metro veinte. No parecía tener mucho cuello y caminaba favoreciendo una pierna, como si una le doliera, meneándose a los lados. Su rostro aparte de un semblante de enojo, tenía varias verrugas y en su frente arrugas que reflejaban su edad avanzada. Traía puesto un camisón de dormir y unas pantuflas.

— No me importa quiénes sean ustedes, es hora de dormir. –decía desde el baño. Manny y yo nos miramos el uno al otro.

— Disculpe, ¿quién es usted? –pregunté.

— Deja las formalidades muchacho. –dijo saliendo del baño. –Todo está en orden en el baño, es hora de dormir. –miró alrededor. –Me llamo Melvin. Soy el amo de llaves del castillo, supervisor y dueño.

— ¿Dueño? –pregunté.

— Sí. Este castillo pertenecía a mis antepasados hasta que tu familia se los quitó. Ahora díganme: ¿qué hacen aún despiertos? Es tarde. Vamos. ¡A dormir los dos! –exclamó sacudiendo las manos hacia Manny y a mí. Mañana será un día importante para ambos. Comenzará su iniciación.

Esa noche hablé con Pamela y me aseguré de que estuviera bien. Me dijo que ella y Lukas llegaron a casa sin problemas como lo había prometido el abuelo. Me dijo que había sido muy doloroso nuestra separación pero que esperaba que al final todo saliera bien. Llamé a papá y le dije que no regresaría a casa por algunos días porque estaba con el abuelo. Me dijo que entendía, solo que tuviera cuidado.

— *Si va a pasar lo que creo que va a pasar, debes tener cuidado."*

— ¿Qué va a pasar?

— *No te voy a mentir. No lo sé. Papá trato de hacer conmigo lo mismo que está haciendo contigo. Yo no acepté.*

— ¿Por qué no?

— *Es algo que tú debes averiguar. Eres de edad, decide por ti mismo. Solo te digo que yo no fui lo suficientemente fuerte.*

Aunque no sabía lo que hacía, estaba decidido y determinado. También hablé con Cohen quien me felicitó por el éxito que había conseguido, pero me compartió sus condolencias cuando le dije quién era el abuelo.

— *Lamento que tu abuelo sí haya estado detrás de cortinas después de todo.*

— Lo sé.

— *¿Estás dispuesto a seguir con el plan como acordamos?*

— Claro que sí.

— *¿Necesitas algo?*

— Cuida a Pamela y Lukas. Manny y yo estaremos bien acá. Te estaré filtrando información conforme la tenga disponible.

La siguiente tarde, en mi cuarto, Melvin ayudó a ponerme mi traje de iniciación. Era un traje de gala negro, de tres piezas con chaleco gris oscuro y saco negro que me llegaba hasta las rodillas. Melvin había traído un espejo de ruedas a mi alcoba y podía verme de cuerpo completo. La iniciación sería esa noche. Aún no entendía completamente todo lo que se llevaría a cabo.

— No hace mucho tiempo que estaba tu padre en este mismo cuarto haciendo lo mismo que tú. —dijo Melvin mientras pasaba una aguja por el pantalón. Estaba sentado en un pequeño banco a un lado mío.

— ¿Mi padre? —pregunté mirando hacia abajo.

— Por supuesto. Tenía tu misma edad más o menos. —dijo sin voltear a verme. Lo miré por el espejo. Estaba sentado cociéndome el pantalón, con semblante molesto.

— ¿Por qué decidió no hacerlo?

— No lo sé. Dice tu abuelo que esto es un llamado, no un trabajo, y lo que lo asustaba más que nada era que alguien que no fuera su sangre tomara su lugar. ¡El sinvergüenza ese!

— Es mi abuelo del que hablas.

— ¿Y? No le tengo miedo ni a tu abuelo ni a ti. Ustedes le quitaron a mi familia todo lo que teníamos. Yo estoy muerto en vida. La única razón por la que trabajo aquí es por la memoria de mis antepasados.

— ¿Quién fue el primero que llegó aquí? De mi familia.

— Tu tatarabuelo. Aparentaba ser una buena persona. Engañó a mi familia diciéndoles que usaría el castillo para una buena causa, para ayudar al mundo; ¡el imbécil ese! No tardó mucho para enseñar sus verdaderas intenciones. Era un hombre malvado y cruel. Sacaron a mi familia de aquí y nunca supe que fue de ellos. Yo me escondí en el sótano y duré meses sin salir, mirando las atrocidades y asquerosidades qué hacían en nuestro hogar. Tu abuelo me encontró cuando él era niño. Salí una noche a la cocina a buscar comida como solía hacerlo y me sorprendió con leche y pan en la mano. Prometió no delatarme con su padre a cambio de que le ayudara a conocer el castillo y sus secretos. Y así pasó el tiempo, encontrándome solo en aquel lugar por semanas. Solo una semana al mes venían hombres y preparaban el castillo para el único día de luna llena. Venían docenas, a veces cientos de hombres a la vez. Hacían rituales y actos vergonzosos, quitándole la gracia de lo que mi casa una vez tuvo. A veces venían dos veces al mes, cuando sucedían eventos especiales, como hoy.

— ¿Mi abuelo te ayudó? ¿Por qué le tienes coraje?

— Tu abuelo no me ayudó. Tu abuelo es un oportunista; es peor que tu tatarabuelo. Me usó para sus planes, para intimidarme, para ser su esclavo. Cuando tu tatarabuelo murió, dejó que saliera libremente por el castillo, pero sin salir de sus contornos. Yo acepté por su puesto. ¿Crees que quería estar en el sótano todo el tiempo? Desde entonces aquí he estado, esperando el momento en que me devuelvan mi hogar.

— Pero él ha sido bueno contigo.

— ¿Bueno? Hace diecisiete años…

— ¿Aún con esa patética historia, Melvin? —dijo el abuelo detrás de nosotros. Melvin solo miró al suelo y se levantó de su banco.

— El muchacho está listo, señor. Iré a revisar al muchacho gordo y después a terminar la comida.

— Ve. —dijo el abuelo y Melvin salió sin mirarlo.

— Hola abuelo. —dije mirándome el saco en el espejo. —¿Qué te parece?

— Me parece muy elegante. —dijo poniéndose a un lado mío. Lo miré por el espejo examinando el traje.

— Melvin hizo un buen trabajo.

— Así es. —asentó poniendo su mano en mi hombro. —Estoy muy orgulloso de ti, hijo. Has demostrado ser un hombre valiente y sagaz. Has llegado hasta aquí, has sobresalido ante todas las adversidades que se te pusieron y sigues firme. —dijo caminando lentamente alrededor de mí. —Ahora llegó la hora de tu iniciación hacia un nivel más alto de conciencia. Sabrás cosas que la gente común no sabe, porque hoy dejarás de ser una persona común. Tomarás mi lugar en La Hermandad, serás el dueño de todo. —dijo estando todavía detrás de mí. No sé si fue real lo que vi o si lo imaginé, pero sus ojos se tornaron verdes y cuando hablaba pude notar su lengua salir de su boca partida en dos, como una serpiente. —Tendrás poder inimaginable, esta ciudad estará bajo tu dominio. Cuando yo no esté aquí, serás el líder de una organización con más poder que cualquier otra. Y no somos los únicos, somos solo una rama de muchas más en todo el mundo, todos sirviendo al líder supremo, al señor de luz que nos da el poder de gobernar en este mundo que le pertenece a él y que nos lo ha dado por ahora.

– ¿Quién es ese líder supremo?

– Ya lo tengo todo planeado. –continuó el abuelo sonriendo, ignorando mi pregunta. Tú serás el líder y Manny será tu mano derecha, así como Herbert lo es para mí. Veo que Manny es muy leal a ti, eso me recuerda mucho a Herbert, cuando éramos jóvenes. Solo mírate–dijo detrás de mí apuntando al espejo. –Hasta dónde has llegado tú solo, sin la ayuda de nadie. Debes confiar en tus propios instintos, no en tus amigos. Eres más que ellos, eres mucho más. Recuérdalo. –dijo acercándoseme más y más al oído que podía sentía el calor de su voz.

Miré mis ojos en el espejo y extendí mi mano para tocarlos. En silencio después de ahí hizo que me enfocara solamente mis ojos y pude ver a mi madre en ellos, mirándome con los mismos ojos. Sin poder evitarlo, una lagrima rodó por mi mejilla e hizo que me desconcentrara. Desperté y el abuelo ya no estaba ahí. Volteé a mi alrededor y miré el reloj en la pared.

– Están esperándote. –dijo Melvin abriendo la puerta.

Lo que pasó en la iniciación esa noche fue solo eso. Una ceremonia para iniciarme como el sucesor del abuelo. Había aceptado tomar el lugar de él y se había hecho un ritual que lo sellaba como un hecho. Lo que hicimos después sucedió solo ese día y no lo volveré a narrar, en esa ocasión ni nunca más porque no es relevante a nada y solo se trata de actos que ahora miro como vergonzoso y asqueroso.

Manny y yo nos vimos en mi alcoba esa madrugada después de la ceremonia y no dijimos nada el uno al otro. Me aflojé el moño de mi cuello y me senté en mi cama. Manny estaba de pie junto a la cama, en silencio, los dos tratando de decir algo que quitara la incomodidad de la situación.

– Hay que recordar por qué estamos aquí, Graviel. –dijo Manny mirando al suelo.

– Es mi abuelo. Manny. Todo esto es muy complicado. No puedo revelarme en contra de mi propio abuelo.

– ¿Y qué, entonces? ¿Vas a convertirte en lo que hemos estado peleando todo este tiempo?

– No, por supuesto que no. Solo que… –pensé unos momentos.

– ¿Quizás hemos considerado este asunto de la manera equivocada?

– ¿Qué dices?

– Sí. Tal vez, La Hermandad no es tan mala, digo. Mi abuelo no pudo haber tenido mala intención con lo que pasó con nosotros. Puede ser que nosotros estábamos estropeando sus planes y fuimos atrapados por la corriente que nosotros mismos causamos.

– No lo puedo creer. Graviel, no te engañes a ti mismo. No existe un "quizás" cuando se habla de la justicia o de lo bueno y lo malo.

– Todo eso que dices no tiene sentido Manny. Ponte a pensar –dije poniéndome de pie. Fui a la ventana y abrí la cortina.

– ¿Quién dice que lo que hace mi abuelo está mal? Nadie sabe lo que es bueno o malo. Todo el mundo está corrompido ya. Ya nada importa. ¿No crees?

– El bien y el mal solo son palabras inventadas para medir lo que la sociedad ha catalogado como bueno o malo. Te garantizo que sí, en diferentes sociedades y culturas tienen diferentes medidas de lo que es malo o bueno. Para medir qué realmente está mal y qué realmente está bien, debes pensar en lo que es la justicia. Toda acción en el universo tiene una reacción igual opuesta. Si te portas de una manera, se portan contigo de la misma manera. Si deseas mal a alguien, te va mal a ti también. Nuestro mundo se rige por leyes que gobiernan bajo el mecanismo de acción y reacción y esa reacción es llamada justicia. El universo restaura lo que has desordenado en su estructura, ya sea que lo hayas hecho con intención o sin ella. –dijo acercándose a mis espaldas. —Por eso debemos siempre actuar sabiendo que todo lo que hagamos va a tener una reacción. Cualquiera que sea, siempre debemos buscar lo que nos convenga, lo que hemos aprendido como bueno.

Miré por la ventana los hombres que salían del castillo y se saludaban el uno al otro. No quería escuchar lo que Manny decía, aunque muy dentro de mí sabía que tenía razón. Además, hablaba sin autoridad, como si él mismo estuviera cambiando igual que yo. Esa noche no pude dormir. Tuve muchas pesadillas. Soñé que estaba en el hospital el día que mamá murió y yo había tenido la culpa de su muerte. Corría por los pasillos y un humo negro que traía culpa y soledad me seguía, que sólo yo había sido el responsable y no podía escapar.

Sin embargo, al despertar sentía que había dormido toda la noche. El abuelo y Herbert nos llevaron por toda la ciudad, enseñándonos miembros de La Hermandad en diferentes puntos. Nos asignaron un grupo de guardaespaldas que nos seguían día y noche. Podíamos entrar y salir del castillo, la administración de la escuela estaba a mi mando, y nos respetaban como tal. Claro que, enfrente de todos, el presidente de la escuela era la cabeza, solo para cubrir apariencias. Aprendí que lo que la gente mira no siempre es la realidad. La única división de policía que no estaba con La Hermandad era el Departamento Elite de Operaciones de donde Cohen era miembro. Eso me hizo confiar aún más en él.
– Hemos terminado de dar el recorrido. —dijo el abuelo. Estábamos en la empresa de papá, en el piso más alto, donde una vez vine de visitante. Papá estaba ahí junto con la mayoría de los miembros de la empresa, incluido Rosenfield. Todos alrededor de mi abuelo y yo. Esta era la última parada. —De ahora en adelante yo estaré oficialmente retirado. Mi hijo —dijo refiriéndose a mí —llevará a cabo

mis asuntos y actuará con mi misma autoridad. Yo estaré enseñándole todo mientras esté con vida. Así que para todos ustedes que aún tienen basura en los oídos, la palabra de mi hijo será la mía.

Cuando bajamos a la planta baja de la compañía íbamos rumbo a la salida todos y noté que Rosenfield estaba en una oficina de vidrio gritando y arrojándole papeles a un muchacho de lentes que parecía un pasante.

— ¡Isidore Rosenfield! —grité hacia su dirección. Éste volteó para verme y todos nos pusieron atención. Rosenfield se apuró hacia mí con las manos juntas.

— Dígame señor.

— ¿Es esa la manera de tratar a los pasantes? —dije en voz baja para que solo él escuchara.

— El muchacho es un incompetente señor. —dijo en voz alta para que todos escucharan. Debía ser inteligente, el abuelo estaba confiando que sería un buen líder.

— De ahora en adelante el muchacho tendrá tu trabajo. —dije. Rosenfield se quedó con la boca abierta. Manny tosió. Lo miré y abrió sus ojos como diciéndome, "¿Qué rayos haces?" —Porque me gusta tu manera de manejar esta empresa y quiero que vengas al castillo a trabajar con nosotros. —dije. Todos asintieron con la cabeza y aplaudieron. El abuelo puso sus dos manos en su bastón, orgulloso. Fue realmente una buena idea llevar a Rosenfield a mi lado al castillo. De hecho, todos pensaron que manejé la situación con mucha sabiduría. Sin embargo, en retrospectiva, esa decisión sería la que más lamentaría en toda mi vida.

— ¡Vamos a celebrar! —gritó Manny. —Conozco un puesto de tacos no muy lejos de aquí…

El año escolar terminó, y habíamos decidido que no volvería a la escuela el próximo semestre. El abuelo y Herbert nos enseñaron muchas cosas durante el verano. Por consejo de él, pasábamos horas en la biblioteca del castillo estudiando historia, filosofía, ética y ciencias. El abuelo decía que uno nunca dejaba de aprender y que, en este trabajo, el estudio no sería un pasatiempo sino un requisito. El saber es poder, decía él, y entre más sabemos, más fuertes somos.

En nuestros momentos libres, o sea cuando Herbert ni Rosenfield estaban en el castillo, Manny y yo buscábamos por todo el lugar tratando de encontrar algo para hacer caer a La Hermandad. Lamentablemente no encontrábamos evidencia que pudiéramos usar en su contra. Era una organización sumamente fuerte, a prueba de balas, que solo comprobaba lo que habíamos hablado desde hacía mucho tiempo, la única manera de destruirla sería desde adentro. Pero ¿Cómo?

A mediados del mes de julio, después de casi dos meses de estar fuera de nuestras casas, por fin pudimos regresar. Claro, con cuatro guardaespaldas cada uno. Después de pasar todo un día con mi familia, llamamos a Lukas y a Pamela para que vinieran a mi casa a vernos.

— ¡Graviel! —gritó Pamela al verme. Me dio un abrazo y un beso.

— Te vez diferente. —dijo mirándome a la cara.

— No sé de qué hablas.

— Algo cambió en ti.

— Ya sé. —dijo Manny. —Hemos estado comiendo mucho los dos últimamente. —dijo sobándose su pansa.

— Sí eso es. —dijo Lukas. —Se ven más gordos.

No podíamos discutir el tema más importante enfrente de los guardaespaldas así que mandamos a cuatro afuera y los otros cuatro los sentamos con nosotros en el sillón a mirar una película. Se resistieron al principio, pero les dije que aquí el que mandaba era yo y que yo mandaba que se relajaran y que se dejaran de tantas formalidades. Estábamos mirando una película de acción. Manny estaba sentado a un lado de ellos y Lukas al otro. Pamela estaba sentada conmigo en el otro sillón, el volumen de la televisión estaba muy alto, así para cubrir nuestras voces.

– ¿Qué han pensado? –le susurré a Pamela. –Nosotros no hemos tenido suerte dentro del castillo.

– Lukas dice que Marcus estaba trabajando en un proyecto muy grande antes de morir. Eran explosivos que se detonaban con un teléfono celular.

– ¿Explosivos?

– Sí. Tan solo una pequeña bomba de estos explosivos puede derrumbar los cimientos de una casa entera. Hay un total de cinco. Si las lográramos poner en cinco puntos clave en el castillo, podríamos destruirlo desde adentro.

– Es perfecto. Aun desde la tumba Marcus nos está ayudando.

– Así es. Lukas ya está terminando los últimos detalles para que puedan ser detonadas con un teléfono celular. El detonador es un pequeño tubo de vidrio en el que hay unas gotas de metal líquido, que está inclinado hacia un lado por el peso del líquido. El teléfono recibidor deberá estar en modo de vibración y cuando le llames, la vibración causará que él tuvo se torne al otro lado, activando la bomba y causando una reacción dentro del mecanismo y detonando los explosivos.

– ¿Cuándo podemos empezar el proyecto?

– Cuando tú nos des acceso al castillo. –dijo Pamela, haciendo silencio entre nosotros, recordándome que ahora yo era el líder de La Hermandad.

Las siguientes dos semanas Manny y yo estuvimos trabajando con el abuelo y Herbert en el castillo y hablando con profesores, gerentes de varios bancos, abogados, médicos, personas en varios lugares de la ciudad, discutiendo en secreto la alianza a La Hermandad. Me sorprendió siempre la lealtad que la gente tenía con la organización. No era al abuelo como persona, porque él solo representaba la verdadera esencia de lo que era Lucifer en la tierra, era solo el instrumento. La gente seguía a Lucifer mismo, y las palabras del abuelo eran como si el señor de la iluminación estuviera hablando.

— Para ser miembro de La Hermandad, cada hombre tuvo que haber entregado un sacrificio a Lucifer como regalo en cambio de poder. —Me dijo el abuelo un día que hablaba conmigo y con Manny saliendo de una reunión en el castillo, cuando venían personas a hablar de sus inquietudes y negocios o a pedir dinero.

— ¿Qué clase de sacrificio? —pregunté, sentado a un lado de él. Herbert estaba de pie junto a Manny a un lado de nosotros.

— Un familiar cercano usualmente. Pero siempre se hace creer que murió de causas naturales o algún accidente.

— ¡Qué feo!

— No hijo mío. —dijo el abuelo, con un tono de burla en su voz.

— Es grandioso, ofrecerle un sacrificio a nuestro señor, es lo más grande que podemos hacer por él. El poder que nos da no se compara con nada que te puedas imaginar.

— Sí abuelo.

Las siguientes semanas tuve que hablar con Pamela y Lukas a solas porque Manny estaba actuando un poco extraño. Pasaba mucho tiempo en la biblioteca con Herbert y casi no me dirigía la palabra. Me sentía un poco culpable porque yo también hacía lo mismo con el abuelo, pero yo sabía cuál era mi misión y dudaba que Manny también lo supiera.

El día que metí a Lukas a ayudarme a colocar los explosivos no le dije a Manny, lo hicimos de encubierto un jueves en julio que no había junta en el castillo. Sin embargo, fue muy difícil evitar a Rosenfield, que trabajaba de tiempo completo en el castillo y tratamos de hacer todo en su día libre. Melvin no nos ayudó, pero el señor nos seguía en silencio, sentándose en los escalones, mirándonos como pegábamos las bombas por cuatro esquinas del castillo. La quinta la pusimos en un lugar que no compartimos con Melvin. Le dijimos que no podíamos dejar que fuera cómplice de nosotros sabiendo el lugar de la quinta bomba.

– No me importa lo que hagas con tal de que destruyas a toda esa bola de imbéciles que se robaron mi hogar. Prefiero verla destruida que en lo que se ha convertido –dijo mientras subía los escalones, enojado. –Solo por curiosidad, –dijo volteando desde los escalones. –¿Cómo funcionará?

– Este celular llama a un celular que está en una de las bombas, detonando una por una con la vibración. –dije enseñándole el celular viejo. Lukas estaba detrás de mí, pude sentir su incomodidad al yo explicarle al amo de llaves del castillo lo que estábamos haciendo.

– Bien. Al parecer tú no eres como tu abuelo. –dijo Melvin. Y se fue sin decir nada más.

Escondí el celular en un closet de ropa en la entrada del castillo, detrás de una puerta secreta, con llave dentro de una caja de madera. La próxima mañana fui a jugar billar con los muchachos y esta vez vino Bethany con nosotros. Teníamos que hablar los cuatro de lo que iba a pasar en los próximos días. Haciéndole señas a Bethany, le dije que me ayudara a distraer a los guardaespaldas que nos seguían a Manny y a mí a todas partes fuera del castillo.

– A que ninguno de ustedes me gana una ronda de billar –dijo Bethany al grupo de hombres de saco que sacaban de onda a toda la clientela.

– Debemos detonar el castillo cuando todos estén dentro, en una reunión. –dijo Lukas limpiando una bola.

– No, cuando esté solo. –dijo Pamela. –No queremos matar a nadie, solo vamos a mandar un mensaje.

– ¿Por qué Manny está sentado? –preguntó Lukas mirando a Manny, sentado en la mesa, mirando hacia enfrente e inclinado hacia atrás con los brazos cruzados. Aún no sabía de los explosivos, no podíamos hablar por teléfono de los planes, solo lo podíamos hacer en persona, en situaciones especiales.

– Tengo miedo de que nuestro amigo este inclinándose hacia otras metas. –dije.

– ¿Manny? –preguntó Pamela confundida. –Manny es el más perfecto de todos nosotros. Él nunca podría hacer algo así. Es demasiado moral.

– En todo caso, –dije –hay que dejar nuestra charla para otra ocasión. Necesito hablar con él, primero.

– Necesitamos hablar ya. –dijo Lukas. –No podemos perder tiempo.

– Si no estamos todos juntos, Dios no está con nosotros. –agregué.

La siguiente semana sería la junta para La Hermandad y Manny y yo pasamos días rezando y meditando antes de la reunión. Herbert nos enseñaba rezos en latín que habrían puertas para recibir "poder" del señor de las moscas. Llegamos a un punto donde Manny y yo no dormíamos más que tres o cuatro horas y sin embargo, funcionábamos al máximo durante el día. Nuestros sentidos se amplificaron tanto que veíamos y escuchábamos más de lo que la gente normal veía y escuchaba. Nos sentíamos tan despiertos y llenos de vida que pensaba que iba a ser esclavo de las fuerzas de la oscuridad.

Un día antes de la reunión en el castillo, antes de que el sol se pusiera, fui a sentarme a un balcón del castillo, mirando la laguna y a lo lejos, la ciudad de Aphoria. El cielo estaba morado y naranja en el horizonte y un poco de viento pegaba en mi cara, mis ojos miraban como llegaba e iba el transbordador trayendo carros desde un lado de la laguna hasta el castillo.

– Es impresionante, ¿no es así? –preguntó Manny detrás de mí. Me volví a mirarlo. Traía puesta una capa como los demás miembros.

– Manny. –dije sin expresión. Manny se acercó al balcón y puso sus manos en las barras de este.

– Hace unos meses ni siquiera soñábamos con algo así. –dijo con una sonrisa en su rostro. –Ahora somos dueños de todo. –Su voz se escuchaba con un tono más lento, más ronco.

– La verdad es que es diferente, sí. –dije mirando hacia abajo a la gente que entraba al castillo.

– He estado pensando. –dijo Manny. El sol ya se estaba poniendo.

– También yo. –añadí. –He pensado mucho –dije mirándolo. Un poco de sol pegaba en su rostro y pude ver al Manny de antes, con cara inocente, casi de niño.

– No quiero revelarme.

– ¿Perdón?

– He pensado que nunca más vamos a tener otra oportunidad como esta. Creo que tenías razón acerca de lo que hablamos la otra vez. A lo mejor nosotros somos los que necesitábamos esto.

– No, yo estaba equivocado Manny.

– No digas eso. En realidad, creo que el destino nos ha dado esta oportunidad.

– ¿De qué hablas? –pregunté calmado, evitando a toda costa que se tornara en una riña.

– Ni estudiando toda nuestra vida en la universidad pudimos haber obtenido un poder así, Graviel.

– Manny, ya hablamos de esto. Tú dijiste una vez que deberíamos seguir lo que hemos aprendido como bueno. No lo que los demás dicen que es bueno.

– No voy a dejar que te reveles contra tu abuelo. –Manny habló en tono serio. El sol se puso y la oscuridad cubrió su rostro.

– Yo sé muy bien cuál es mi propósito, y lo voy a seguir. –dije.

— No puedo permitir eso.

— Sin mí no tienes nada.

— Por eso mismo no voy a decir nada a Herbert ni a tu abuelo hasta que pueda convencerte.

— Tú y yo tenemos el mismo punto de vista en el universo.

— Por eso me vas a entender. En el pasado hemos debatido acerca de lo que es la verdad. Estos últimos días hemos estado viendo y sintiendo cosas que nunca habíamos sentido. Puedo sentir el poder dentro de mí que nunca antes sentí. Es inútil explicarte cómo se siente porque sé que tú también lo sientes. La verdad es que, lo que hablábamos antes era de gente pobre, hablábamos desde el punto de vista de dos muchachos que tenían mucho que perder y poco que ganar. Eran palabras de una verdad que conocíamos en ese entonces. La verdad se conoce por lo que vives y por lo que encierra tu realidad, pero solo eso, tu realidad. La verdad es una para una persona y otra para otra persona. Cuando tienes este tipo de poder te das cuenta de que en el universo hay leyes que gobiernan a gente como nosotros. —decía Manny, completamente diferente a lo que decía meses pasados.

— Manny…

— No, espera. Mira… la ambición y el deseo de poder no es malo, porque dinero, poder y fama no son en sí cosas malas, simplemente nosotros las seguimos mediante formas malas, pero son fines buenos. Hay mucha gente buena que miente al gobierno para evitar pagar impuestos, gente que se dice que cree en Dios y miente al gobierno para obtener beneficios, cosa que yo no culpo, nadie los debe culpar, porque el resultado es bueno. Millares de gentes hacen cosas malas que al final resultan en algo bueno. No debe haber castigo en eso. Yo creo que el universo nos ha dado una oportunidad para elevar nuestro entendimiento y nuestro espíritu hacia un nivel más alto, un nivel más profundo. Eso no puede ser malo. Sí, se destruye a gente en el camino, pero es la culpa de ellos, son personas que no se despiertan y se las lleva la corriente, como hormigas que pisas sin querer cuando caminas. La culpa de eso no es tuya. ¿No crees así? —terminó Manny. Me miró con una mirada que pude reconocer en alguien que miré la noche que murió Marcus: Frederick. Ahí me di cuenta de que había perdido a mi amigo Manny.

— Creo que tienes razón Manny. Yo he pensado algo similar, solo que no hallaba como ponerlo en tantas palabras. —dije —Pero necesito tiempo para pensar. No puedo absorber todo así; es difícil.

— Bien. —dijo mirando enfrente. —Muy bien. No obstante, Graviel... —dijo Manny sacando algo de su bolsa. Era el celular que me había dado Cohen.

— Manny dame eso. —me levanté rápidamente de la silla.

— No no no no. —haciéndolo detrás de él. —Hiciste bien al traer a Rosenfield al castillo. Tu asistente me ha dado este celular que hace que yo desconfié de ti. Tengo que confiar en ti, Graviel. No sé con quién hablas, pero sé que es una amenaza para mi plan.

— ¿Ahora tienes un plan tú?

— Es por nuestro bien. El tuyo y el mío. Hay cosas que debemos ignorar, como esto.

— ¿Qué cosas? Dame el celular Manny.

— No Graviel. Tienes que demostrarme que estas de mi lado. Si te lo doy, le voy a decir a tu abuelo ahora mismo la verdad —dijo. Me llené de tanto coraje que me daban ganas de llorar, como un niño. Alejé mi mirada de él para que no me viera llorar y puso su mano en mi hombro. —Es por nuestro bien. Tu abuelo es una buena persona, tú lo sabes. No debemos morder la mano que nos da de comer —dijo y se fue.

Llegó la hora de la reunión de la noche y no tenía ganas de asistir, pero no ir a la reunión era el único lujo que el líder de La Hermandad no se podía dar. El lugar estaba lleno, pero no estaba

Herbert por ningún lado. Manny hacía el trabajo de él y la reunión se hizo conforme a todos los jueves del mes. Había música en tritonos y el lugar iluminado solo por velas. Yo estaba sentado en el lugar del líder con una máscara de un dragón, asintiendo con la cabeza a cada danza y ofrecimiento que se hacía. Tenía que jugar mi papel para convencer a todo mundo que mi lealtad por La Hermandad era genuina. Aunque el poder del que Manny hablaba era muy difícil ignorar.

Al finalizar la reunión, las luces se encendieron y el abuelo alzó las manos hacia la gente.

– Hermanos míos –dijo. –No se vayan de la sala, quiero hacer un anuncio. –la sala se llenó de silencio. Rosenfield y Manny a mi izquierda y derecha en el trono. –Ha llegado a mi atención que uno de nuestros miembros aquí presentes, está filtrando información a la policía, policía que no es de nuestra querida Hermandad. –dijo y sentí que el corazón se me bajó al estómago. Miré a Manny y luego a Rosenfield. –Se ha encontrado este celular dentro del castillo, pero no sé de quién es. ¿Qué debemos hacerle al dueño de este aparato? –dijo el abuelo levantando el celular a vista de todos.

– ¡Qué muera! ¡Qué muera! –gritó el gentío varias veces, arrojando sus puños al aire, pelando los dientes como demonios todos.

– Pues marquemos al único número que aparece aquí y veamos a quien pertenece –dijo el abuelo. Abrió el celular y apretó un botón. Detrás de la sala se escuchó un timbre muy débil, luego más fuerte con el silencio de todos.

Detrás de todos estaba Herbert, con una capa. Se acercó con un hombre hacia el altar, y un celular colgado de su cuello. El hombre estaba agachado, atado de las manos detrás de él, obviamente golpeado por Herbert. Herbert lo arrojó al suelo y este levantó su mirada. Era Cohen.

Mi corazón comenzó a latir a mil por hora, pero me mantuve en silencio. La gente hizo expresiones de asco y le escupían diciendo su nombre, sabían quién era Cohen y aparentemente lo odiaban.

– ¿Quién es el dueño de este celular, Cohen? –preguntó el abuelo. Cohen solo lo miró sin decir nada. El abuelo le dio una bofetada.

– Imbécil. Crees que puedes infiltrarte en mi casa y robarme a mí, perro desgraciado. –dijo dándole otra bofetada. –¡¿Quién es?!

– Jaja… –rio Cohen, muy sereno. –Él está aquí, y te va a derrumbar. Va a destruirte a ti y a todo tu grupo de una vez y por todas –Dijo. Sentí la mirada de Manny a un lado mío.

– ¡Herbert! –Gritó el abuelo. –Trátalo a filo de espada. –dijo y el gentío gritó de emoción. Mi respiración se aceleró y traté de despertar de esta pesadilla. Herbert sacó una cuchilla de su cinturón debajo de la capa.

– ¡Hermano! –gritó Cohen. –¡No te rindas! ¡Sigue adelante sin mí! ¡Sé que me escuchas! ¡Pelea por lo que tú crees! ¡No hagas que muera en vano! ¡Por favor! ¡Por favor am… –Herbert le paso la cuchilla por el cuello enfrente de mí y la sangre corrió por todo su cuerpo! Me miró y sonrió, Herbert le clavó la cuchilla en su espalda y Cohen murió instantáneamente.

Todo en frente de mí se tiñó gris, el cuadro aquel, donde docenas de hombres gritaban emocionados y se saludaban al ver una persona en el suelo sin vida. Yo no era esto. Mi intención no era nunca tener el control de la vida de otra persona. Tenía que acabar con estos hombres malos, tenía que exponerlos. ¿Pero cómo? Mi única salida yacía ahí, enfrente de mí sin vida, y mi mejor amigo se había convertido en uno de ellos. Mis ganas de seguir adelante se terminaron, nunca iba a poder deshacerme de ellos. Mis fuerzas se acabaron. Sentí que mis entrañas explotaban… explotaban. Explosión… ¡la bomba!

Cuando todos caminaban a la enorme sala de entrar del castillo, salí detrás del trono a una puerta que daba rumbo a unos escalones, la misma sala, pero por la parte de arriba y sin tener que pasar por el gentío. Salí de la sala y por arriba miré a todos socializando. Los miré y no pude evitar sonreír, estaban todos juntos ahí abajo, solamente tenía que presionar un botón. Bajé los escalones rápido hacia donde ellos estaban, ya que el celular estaba en el closet de la sala donde lo había guardado. Rosenfield me miró mientras bajaba. Sus manos detrás, sonriendo.

– ¿Necesita ayuda señor?

– Quítate de mi camino. —me dirigí hacia el closet y todos se hacían a un lado dándome paso. Abrí la puerta y la parte secreta, sin importar quién me viera, y detrás no había nada. No estaba la caja donde puse el celular. Alguien la había tomado. ¡Manny! Me di la vuelta y salí del closet, cerrando la puerta tras de mí. Me detuve ahí mirando a todos.

– Señor, ¿busca algo?

– Déjame en paz, Rosenfield. —dije. Miré hacia arriba y a todos los que estaban ahí. Manny andaba con Herbert, diciéndole algo, me miró y sonrió.

Capítulo 20

Comencé a subir los escalones rumbo a la alcoba de Manny.

— Señor no se puede ir todavía. —Escuché a Rosenfield decir. Me detuve en los escalones. Me di la vuelta lentamente.

— ¿Qué dijiste?

— Tiene responsabilidades y deberes. No puede dar un buen aspecto caminando en medio de todos sin decir nada. Señor. —dijo Rosenfield. Sonreí. Aquí estaba este idiota dándome lecciones de modales cuando acababan de asesinar a un hombre hace unos minutos y a nadie le importaba. ¡Qué lejos había quedado la razón!

— Estás despedido. —dije. Todo el mundo quedó en silencio, pude sentir un aire de desacuerdo.

—No puedes despedirme. Yo he hecho para La Hermandad más que ninguno de los aquí presentes.

Mi ira se encendió. Algo dentro de mí, que no podía ver, pero era oscuro, llenó mi ser. Mis intenciones eran buenas pero mi ser se llenó de enojo, de un sabor que no había sentido desde que había peleado con Frederick aquella noche en el sótano de la biblioteca. Algo tomó control de mi cuerpo y me acerqué a Rosenfield. Lo tomé del cuello con tal fuerza que cayó al suelo.

—Nadie me lleva la contraria. Ni tú ni ninguno de los ineptos que están aquí –dije mirándolos a todos, con aún mi mano en el cuello de Rosenfield, quien trataba de zafarse sin éxito. El abuelo me miraba sonriendo. Caminé en medio de ellos, arrastrando a Rosenfield del cuello como si fuera un muñeco de trapo. —Que quede claro que yo soy el mensajero del señor de la luz. No este imbécil, ni tú, ni tú. –dije apuntando a todos. —Yo desecho a los que no me sirven. No hay espacio para débiles ni misericordiosos. El próximo que se dirija a mí sin pensar, como esta basura, será su último acto vivo. –solté a Rosenfield, arrojándolo en medio de todos, que estaban petrificados, casi arrodillados ante mí.

Mi cuerpo estaba caliente, pude ver vapor salir por mi cuerpo. Meneé mi cabeza para liberar un poco de tensión y me di la vuelta. Caminé escalones arriba y entré en las puertas que dirigían hacia las alcobas. Cerré las puertas tras de mí, recargándome en ellas al cerrarlas. Caí al suelo, recuperándome. Había alguien dentro de mí que no era yo. ¿era todavía Andy? Parecía que solo necesitaba ser liberado y lo estaba logrando más a menudo. Sin embargo, era yo mismo lo que lo estaba deteniendo. Quizás Manny tenía razón. Quizás después de más conocimiento, las cosas no debían ser iguales. Si este era yo, ¿por qué tenía que esconderlo? Dios me había hecho así. ¿No? Iba a destruir a todos con una bomba. Eso no era bueno. Pero sería un resultado bueno. Alcanzar algo bueno por un medio malo, era lo que Manny decía. No se veía tan mal la idea. Quizás la maldad y la oscuridad no eran lo que todos decían, quizás solo eran mal entendidas.

Caminé hacia la alcoba de Manny y la puerta estaba cerrada con llave.

– Sal de ahí, Melvin. –dije. Sabía que Melvin siempre me estaba mirando. –Sé que estás ahí. Ayúdame a abrir esta puerta. –dije. No se escuchó nada.

– Melvin. –dije con una voz demandante.

– Miré lo que hiciste allá abajo y me escondí –dijo Melvin saliendo de un pasillo.

– No tengas miedo Melvin. No te voy a hacer daño. –dije. El enano se acercó lentamente, atemorizado. Sacó un llavero de su cintura y con la mano temblando, abrió la puerta.

Entré rápidamente y comencé a buscar por todos lados.

– ¿No me vas a preguntar qué busco? –pregunté.

– No. La última persona que te preguntó algo casi termina sin vida. –dijo Melvin con las dos manos en su aro de llaves. Me detuve.

– Melvin, no te preocupes, ese no era yo, dejé que algo saliera dentro de mí, no lo entenderías. Estoy buscando el celular que detona las bombas, el que te enseñé. ¿No lo viste? –pregunté. Melvin guardaba silencio.

No insistí. Seguí buscando por todos lados, cuidando poner todo en su lugar. –No contestes, no te preocupes; pero si puedes ayudarme, contéstame esta pregunta: ¿si fueras Manny, y tuvieras algo que no quisieras que yo viera, donde lo esconderías? –pregunté. Melvin me miró y caminó alrededor de la alcoba mirando de arriba abajo. Se detuvo en un pequeño librero, con su dedo siguió la línea de libros y toco uno y lo inclino hacia afuera un poco, haciéndolo resaltar de los demás. Me miró y dio dos pasos atrás.

Me acerqué y tomé el libro. Lo abrí y estaba hueco. Estaba un sobre amarillo grande doblado dentro. Puse el libro en la cama y me senté, desdoblé el sobre y lo abrí. Saqué los papeles dentro. Eran papeles viejos, amarillentos, como hojas de un diario…

… según nuestro libro de "Sangre Noble," debemos mantener nuestro linaje limpio y puro de toda contaminación. La decisión de sacrificar a Helena para salvar a mi nieto no fue una decisión difícil. Mi hijo es quien tiene la culpa. Él decidió casarse con esa mujer sucia y contaminó nuestro linaje. Por eso mi hijo nunca podrá ser líder después de mí. Pero mi nieto fue limpiado con el sacrificio de su madre y su sangre es ahora limpia para seguir con mi meta de que algún día sea el que siga mis pasos…

Otra página…

… he instruido a nuestros médicos para que le inyecten a Helena una solución salina "especial" que hemos preparado, ritualmente para ella, que la matará lentamente durante dos días. Los médicos deberán decir que fue por el parto. Este será el fin de esa sucia….

Otra página…

… Mi siervo Herbert se ha encargado de enseñar a mi nieto bien. Lo ha enseñado en todas las artes, todo tipo de sabiduría y conocimiento. Solo tiene que demostrar ahora que es digno del puesto que se le ha dado. Cuando tenga la edad, será enviado a Aphoria, a la cede de nuestra sociedad. Ahí será puesto a prueba. Deberá subir de rango en una de nuestras muchas organizaciones estudiantiles, y demostrar su habilidad, despertar el mal que con el sacrificio hemos hecho nacer en su ser.

Ojeé las demás páginas y eran archivos del hospital y las medicinas que mi mamá recibió. Prueba de que mi abuelo había asesinado a mi madre. Melvin leía después de mí. Le di los papeles.

Mi respiración se fue de mí y sentí que no pude respirar. Cerré mis ojos mientras gritos y bullidos de la gente se escuchaban a mi alrededor. Cerré mi ser, puse mi cuerpo en piloto automático y el peso del dolor en mi espíritu llevó a mi alma a un lugar oscuro bajo la tierra, donde la única luz era el brillo de lo poco que quedaba de mi espíritu. Me encontré desnudo y solo. No podía escuchar a nadie más, solo pude verme sentado en la cama, sin emoción, sin un rasgo de sentimiento, Melvin no podía ver que mi cuerpo estaba desconectado de mí. No me quedaba otra opción, no podía correr. Estaba vacío, desmantelado. Todo se tornó oscuro y perdí el conocimiento.

Desperté en la cama de mi habitación, pero no podía hablar. El abuelo estaba al lado de la cama mirándome, Manny y Herbert también. Melvin estaba a lo lejos en una esquina de la habitación. Traté de levantarme para matar al abuelo, Herbert y a Manny. No escuché lo que el abuelo le decía a Herbert. Luego todos salieron y el abuelo le orientó algo a Melvin. Después de unos momentos pude hablar.

— ¿Qué fue lo que pasó?

— Nada. Que al terminar de leer te desmayaste. —dijo Melvin acercándose.

— ¿Leíste tú también lo que decían?

— Sí, pero no fue necesario. Yo sé esa historia desde que sucedió. Yo aún estaba aquí.

— ¿El abuelo sabe que yo sé?

— No. Te saqué de ahí y puse todo en su lugar. Nadie sabe.

— Gracias. —dije mirándolo. Estaba de pie a un lado mío. Mirando al suelo, con sus manos juntas.

– Tu abuelo está muy orgulloso de ti. Todo lo que quiso, lo logró. Has resultado ser el modelo que él quería que fueras.

– Antes quería destruir La Hermandad porque habían asesinado a mi madre. Ahora quiero acabarlo a él, pero suena tan mal.

– Se enojará cuando sepa que piensas así. –dijo. –Debes pensar bien lo que vas a hacer.

– Lo sé, pero tengo miedo de que me vuelva uno de ellos.

– No tengas miedo. Yo conocí a tu madre, era una persona buena. Sé que tú eres igual. No dejes que el mal se apodere de ti. El mal que está dentro de ti, el mal que ellos pusieron dentro de ti, úsalo en su contra –dijo. Lo miré a los ojos. –Has que los demonios trabajen para ti. Mira. –dijo sacando el celular detonador de su bolsa trasera.

– ¡MELVIN! –grité recostándome en la cama. –¿Cómo lo conseguiste?

– Lo tomé el mismo día que lo escondiste. Sabía que Manny lo encontraría y no hay nadie que pueda esconder nada mejor que yo. Ahora dime, ¿dónde pusiste la bomba número cinco?

– En la oficina del abuelo. –dije. –Esto es genial. Aún tenemos esperanza.

– Estoy cansado de todo esto. Prefiero que mi casa se vaya destruida que dejársela a estos hombres malos.

– Bueno, planeemos nuevamente. ¿De dónde es tu familia, Melvin?

– De Zakenlandia.

– Zakenlandia es un país del otro lado del océano de Serti. ¿Cómo llegaron hasta acá?

– Mis ancestros eran ricos en oro y se las arreglaron. ¿Por qué lo preguntas?

– Bueno, he escuchado que los bancos en Zakenlandia son los más seguros de nuestro mundo.

Los próximos meses fueron los más difíciles de mi vida hasta ese momento porque tuve que fingir con el abuelo que nada pasaba, tuve que ignorar que no sabía nada. Fue la prueba más difícil para mí, pero era mi única esperanza. Como era de esperarse, Manny se dio cuenta de las bombas e inmediatamente desactivo las cuatro que pusimos en las cuatro esquinas del Templo.

El semestre escolar comenzó y ni el abuelo ni Herbert estaban con nosotros. Ahora estaba yo al mando de todo. Tenía apenas diecisiete años. Me dediqué a aprender cómo funcionaban las finanzas de La Hermandad; como cuando éramos miembros de los Caballeros Templarios y descubrimos cómo funcionaba el dinero de la escuela, La Hermandad era algo similar, pero a una escala mucho mayor. Me aprendí los nombres de todos los miembros, sus vidas privadas y todo lo que fuera relevante. Investigué a los más grandes, así como a los más pequeños de la organización.

El abuelo tenía archivos de todos, de sus familias y cada uno de sus movimientos financieros o de lo que fuera. Era mucha información que no fue fácil absorber, pero abrí mi mente al conocimiento. Los primeros meses del semestre me dediqué a conocer a todos los miembros y convencer a cada uno de ellos de expandir nuestro territorio a niveles más amplios. Les hablé de nuevas fronteras donde seríamos dueños de hasta donde nuestros ojos pudieran ver. Unos esperaban la noticia como algo que estaban anhelando y otros no tan bien. A esos tuve que convencerlos con métodos un poco más… inusuales. Tenía el poder de todo, y no dudé en usarlo. Después de dos meses de gira por la ciudad encontrándome con miembros uno a uno, tenía la firma en mi poder de todos y cada uno de ellos.

En la universidad, a veces veía a Pamela y me trataba de hablar, pero la ignoraba abiertamente para que todos vieran, lo cual me dolía en el alma. La escuela había cambiado por completo. Los Caballeros Templarios y los Caballeros de Colón habían regresado a su fuerza como se los quería. Yo había quedado como un traidor, con solo el respeto de ellos porque el abuelo era… mi abuelo. Se decía que Manny y yo habíamos usado a los miembros de las dos fraternidades para crear la Sociedad de Oppenheimer para nosotros llegar donde estábamos ahora. Sentía un poco de inquietud por eso, pero nada que me quitara el sueño. Por ahora tenía negocios más importantes que atender, como los miembros de La Hermandad.

Los miembros eran dueños de negocios, algunos médicos, otros abogados, que contribuían algo de sus ganancias a La Hermandad con la intención de tener protección. Lo que los miembros pagaban a La Hermandad era mucho menos de lo que le pagarían al gobierno en impuestos y eso era lo que esencialmente se hacía, generar todo el dinero que fuera posible, pagando lo menos de impuestos que se pudiera. La Hermandad tenía soldados que se encargaban de liquidar a cualquier competencia que llegara contra los negocios de los miembros, y así poder ofrecer los mejores servicios al mejor precio sin tener ninguna competencia.

En otras palabras, esta ciudad le pertenecía a La Hermandad, los miembros, sus negocios y profesiones la sostenían y mantenían; si ellos quisieran La Hermandad y su liderazgo se derrumbaría si no fuera porque la única forma que se los tenía sujetos era por una religión antigua que mi tatarabuelo había sacado de las ruinas y la había integrado a su organización. Con ella instaba temor y sujeción en los miembros, haciéndolos adorar a Lucifer para que perdieran todo tipo de conciencia y moralidad. Estos eran hombres peligrosos, sin escrúpulos que le respondían solo al señor de las tinieblas y a su mensajero en Aphoria.

La Hermandad tenía un banco donde guardaba toda su fortuna, billones en dinero y oro que estaban en las bóvedas del Gran Banco Central de Aphoria. El día que el abuelo se fue, un jueves en la noche, me reuní con él en el Templo.

— No te vayas de mi lado abuelo, tengo tantos planes para La Hermandad que no creo que pueda hacerlos sin ti.

— Ya me los has dicho. Estoy muy orgulloso de ti, tú eres mi sucesor, haz con la organización como te parezca.

— Pero yo te necesito. Mira, estos son los documentos que necesitamos para expandir nuestro reino a todo el estado, lo tengo todo planeado. Ya tenemos a jueces y jefes de policía en varias ciudades que según nuestras investigaciones están listos para ponerse en nuestro libro de pagos. Todo en este mundo se mueve con dinero abuelo, y cada hombre tiene su precio, simplemente hay que nombrarlo. Quiero una Hermandad sin límites, quiero todo. Todo el poder.

— Como hubiera querido que tu padre pensara así –dijo poniendo su mano en mi hombro. Cerré mis ojos. Los abrí y le sonreí.

— Mi padre no es digno de lo que tú has creado con tanto esfuerzo. Deja que yo me encargue de elevarlo a una potencia más alta.

— Haz lo que esté en tu mente. –dijo tomando los papeles. Los firmó sin leer lo que decía. Los arrojó en escritorio y me abrazó. –Eres como mi padre –dijo dándome un beso. Se volteó para irse.

— ¿Abuelo?

— Dime hijo.

— Quédate conmigo, quiero que seas testigo de todo.

— Volveré hijo mío. Volveré cuando hayas cumplido lo que dices. Tienes mi palabra. –dijo y se fue.

— Imbécil. –dije limpiándome el beso.

Los documentos eran una carta de cese y desista para detener entradas a la entidad de La Hermandad y terminarla dentro de treinta días. También era un requisito de transferencia de fondos a una cuenta bancaria en Zakenlandia que sería irreversible, pero como era una suma de dinero bastante grande, el contrato del banco requería que en el plazo de esos treinta días sería posible revertir la transacción con una contraseña. Contraseña que solo yo sabía y se tenía que llamar al banco y darla para detener la transacción, pero se debía hacer antes del lunes, treinta y uno de octubre. Sería una fiesta de brujas en el Templo y todos estarían ahí, todos. Y el abuelo lo acababa de aprobar con su firma. Él y todos los miembros de La Hermandad. Iba a acabar con ellos desde adentro, aunque me afectara a mí.

— ¿No te parece grandioso, Graviel? Lo lejos que hemos llegado. —dijo Manny. Estábamos caminando en el césped del patio del Templo en la mañana del día.

— Si tú lo dices.

— Sé que aún estas molesto conmigo por lo que pasó con Cohen.

— Olvídalo. Todo fue para bien. Cohen era un estorbo al final.

— ¿Ves? Ya lo comprendes. Si al final está bien, no importa el método. Ah, sí. Este poder es magnífico. —dijo mirándose las manos, como si estuviera viendo algún tipo de fuerza en ella. —Y tengo hambre de más.

— ¿No crees que el poder absoluto corrompe? —pregunté. Manny se carcajeó.

— No seas ridículo. Esas son palabras de pobres. Yo ya me cansé de ser uno de ellos. Siempre esperando el día que todo cambie, el día que sea mejor. Ahora somos jóvenes sin límite. Mira nuestra edad y todo lo que hemos logrado.

— Supongo que sí. —dije dándole la espalda.

— ¿Sí te das cuenta verdad? Creo que detecto un poco de duda en ti. —dijo a mi espalda. —No quiero saber que aún no te has convertido completamente Graviel. —Agaché mi rostro y suspiré. Cobarde, pensé. Saqué mi cuchilla de mi manga y me volví hacia él. Me miró con ojos abiertos. Me acerqué a él y le puse la punta de la cuchilla en su cuello. Él no levantó la suya.

– ...No vuelvas... a dudar de mí. –dije mirándolo a los ojos. Él estaba un tanto inclinado hacia atrás, asustado.

– No, claro que no. –dijo aclarando su garganta. Caminé unos pasos de ahí, otra vez dándole la espalda.

– Que quede claro que tú estás aquí solamente por mí. Yo soy el dueño. Tú no. No me vuelvas a hablar de esa manera. Tú no me extorsionas a mí, tú no me intimidas. Eres un cobarde, una sanguijuela, un oportunista que si no fueras tan inteligente no te tendría conmigo. –dije enterrando mi navaja un poco en su cuello. Cerró sus ojos y se vieron sus dientes. Bajé mi navaja; Manny suspiró aliviado tocando su cuello.

– Perdón, Graviel, no, no quise hacer que pensaras que me estaba saliendo de lugar solo...

– Déjalo. –dije y seguimos caminado.

– El mundo será nuestro. Tu plan de expandir es lo mejor que has pensado. Seremos dueños de todo. Solo imagínate. ¿Verdad Graviel? ¿Verdad que sí?

– Sí. Será una gran vista.

Una semana antes de la fiesta de brujas, Melvin y yo pasamos todas las noches destruyendo documentos. Destruimos todo lo que fuera archivo de La Hermandad para que nadie nunca pudiera revivir esta maldita organización. Destruimos récords bancarios, hipotecas, papeles que decían las propiedades de las que La Hermandad era dueña; los papeles que implicaban los nombres de todos los miembros y cualquier otro que incriminara a las personas, los guardamos y los puse en un almacén seguro que era propiedad de Melvin en un lugar remoto de la ciudad. Vaciamos casi toda la biblioteca y restringí el acceso a cualquier miembro o mayordomo, método que sabía que no duraría mucho. Alguien tendría curiosidad y luego otros, y luego otros, y el teatro se me caería pronto; pero no me importaba, para entonces todo se habría venido abajo. El lunes, siendo un día especial, los preparativos se comenzaron a hacer desde temprano. Yo solo supervisaba desde la escalera del segundo piso y veía cómo se decoraba todo de negro y rojo. La noche de brujas era la más importante del año porque se celebraba el único día que Lucifer caminaba literalmente por la tierra.

Subí al tercer piso del Templo y llamé a Melvin.

– Necesito un favor de ti, el más grande que te he pedido.

– Di.

– Necesito que lleves esta carta personalmente a esta dirección.

– No, yo no he salido del castillo en más de ochenta y cinco años.

– ¿Pues cuántos años tienes?

– La torre.

– ¿Qué?

– ¿Cómo?

– Mira Melvin, este es el último paso de mi plan, y esta carta es la más importante para llevarlo a cabo. Por favor, te prometo que será la última vez que te pido un favor.

– Está bien. Lo haré.

– Ve ahora mismo. Ve. –Le dije y salió por una puerta que solo él conocía.

Al atardecer subí al balcón de mi cuarto y miré cómo los últimos miembros de La Hermandad llegaban. En la ceremonia, llegó el abuelo y Herbert, quienes se sentaron en la fila de enfrente en el cuarto de ceremonias. Siendo el día más importante del año, habían traído a varias bailarinas para que bailaran desnudas y luego se dejaran chupar la sangre por los ancianos; harían rituales con ellas toda la noche hasta las doce de la madrugada, cuando ya sería martes noviembre primero. El propósito era emborracharse lo más que se pudiera, hacer todos los rituales y orgías que se pudieran, con el fin de dejar que los deseos del cuerpo y de la carne fueran satisfechos.

En una de las celebraciones cuando estaban cantando todos y emborrachándose, me encontré con ellos brincando y pretendiendo tomar, verme lo más alegre que se pudiera. El abuelo veía de lejos junto con Herbert. Después de unas horas no lo miré más. Sentí que alguien me tocó la espalda.

— Tu abuelo quiere verte. —dijo Manny. Su rostro se veía molesto.

— Vamos, vamos con el abuelo. —dije riéndome, siguiendo a Manny fuera de la ceremonia que apenas estaba comenzando.

Tuvimos que ir a la oficina del abuelo donde me había citado, pero lo hicimos con mucho cuidado porque el Templo estaba alumbrado sólo por velas, siendo la noche de brujas, no se permitía ninguna luz eléctrica en todo el edificio. Entramos a la oficina del abuelo, en la que tampoco había luz, solo unas velas que sostenía Herbert.

— ¿Qué está sucediendo en la biblioteca? —preguntó el abuelo sin saludarme.

— Hola abuelo. —dije sonriendo.

— Contéstame. ¿Qué es el significado de eso? —preguntó molesto.

— Se fue. —dije extendiendo mis brazos. —Se esfumó.

— ¡¿Qué?! ¿De qué hablas? ¡No hay nada! —gritó. Sus gritos eran como música para mis oídos.

— Y la cuenta de nuestro banco está pendiente para quedarse en cero. ¿Qué pasó? Yo no autorice eso. ¿Qué estas planeando?

— Sí, sí lo autorizaste Theodore. —Saqué una copia del documento del banco, la puse en su escritorio. Herbert acercó la vela para leerla. Los ojos del abuelo se abrieron y se puso de pie. Un trueno se escuchó en la ventana tras él. —¡Hijo de perra! ¿Qué has hecho?

— Mi madre no fue una perra, Theodore, y aun así la mataste como si lo fuera. —Theodore me miró con tanto coraje en su rostro, que solo encendía mi placer.

– Aquí dice que se puede reversar la transacción hoy antes de las doce con una contraseña –dijo Manny.

– Voy a llamar ahora mismo al dueño del banco. Le voy a decir que detenga todo. –dijo y sacó su teléfono celular. Yo estaba con las manos juntadas, sonriendo en su desesperación. –¿Qué dices James? ¿Una contraseña? Yo soy Theodore Richardson. ¿Qué? –dijo y terminó su llamada. –dice que debe tener la contraseña –me miró.

– ¡PERRO! Planeaste esto desde el principio, ¿verdad? No lo puedo creer…. –dijo caminando hacia mí levantando su mano, me iba a dar una bofetada y la esquivé, dándole yo una bofetada tan fuerte que sentí su cochina piel en mi mano.

Cayó al suelo de lo fuerte que le pegué. Herbert se me acercó, pero Theodore le hizo una seña con la mano que se detuviera.

– Todos los miembros se van a dar cuenta que yo autorice eso y me van a matar –dijo histérico. Se levantó del suelo. –Rápido, Herbert, huyamos de aquí con lo único que nos queda –dijo y abrió una caja fuerte en una pared. Había muchos billetes que trató de sacarlos mientras Herbert los ponía en una bolsa. Theodore resbaló con uno de los billetes en el suelo y toda la bolsa se desparramó. Por primera vez miré a la persona que tanto admiré, a quien me crio desde niño, revolcarse en el suelo por unos billetes de dinero; parecía loco, demente.

– Eres un desgraciado… –dijo Manny mirándome con ira.

– Quítenle la contraseña o si no ¡MATENLO! –gritó Theodore y Herbert se acercó a mí. Salí corriendo de ahí.

Corrí fuera de la oficina de Theodore a la oscuridad del Templo. Herbert y Manny me seguían. Afuera tronaba cada vez más seguido y llovía cada vez más recio. Me metí en los pasillos y a cuartos para evadirlos. Miré mi reloj de mano.

– ¡Ríndete Graviel! –gritó Manny. –¡Qué malo que vaya a terminar así! –lo escuché decir en la oscuridad.

– ¡Eres un idiota Manny! –grité. –¡Te creías muy inteligente pero no pudiste ver a través de mí! ¡Regresa de donde viniste! ¡Aún no es tarde!

– ¡Jamás! –dijo a un lado mío arrojando su cuchilla a mi cuello, pero lo esquivé rápidamente. Corrí de ahí hacia el tercer piso y al techo. Estaba lloviendo fuerte.

Desde el techo miré a la laguna y al transbordador que venía. Miré mi reloj y eran las once y media de la noche. Miré otra vez en dirección a la laguna y se encendió la luz de una linterna tres veces: era Pamela. Melvin había entregado la carta. Volteé y por segunda vez Manny estuvo a centímetros de clavarme la cuchilla. La evadí y saqué mi cuchilla una vez más. Peleé con él por unos minutos y lo desarmé fácilmente. Su cuchilla fue a dar al suelo.

– ¿Por qué tuviste que traicionarme Manny? Tú sabías que mi abuelo había asesinado a mi madre y no te importó. –le grité con mi voz quebrada.

– ¿No pudiste haber dejado las cosas como estaban? ¿no te das cuenta de lo mucho que pudimos haber alcanzado? El sacrificio era necesario; estábamos en la cima, y tuviste que echarte para atrás solo por algo que pasó hace diecisiete años –dijo acercándose a mí con fuerza. Lo esquivé y lo tumbé al suelo con su propio vuelo.

– Fue mi madre. –le dije en la cara. –Tú no has perdido a nadie, no sabes lo que se siente.

– Con el poder que tu abuelo te dio hubieras podido olvidar todo eso.

– Eso no lo es todo, Manny –dije levantándolo de la solapa.

– Te falta mucho por aprender, el bien siempre gana; el mal es vacío. Es algo que le roba al bien para alcanzar sus metas. Todo viene del bien y es la única fuente donde se puede hacer algo que dure. Lo que se hace en el mal tiene un fin, como ahora –dije. Manny se arrodilló y comenzó a llorar. –Aún hay esperanza Manny. Pamela va a estar aquí y nos va a ayudar a escapar. Ven con nosotros –dije apuntándole hacia la dirección de la laguna. Los dos estábamos exhaustos. Sentí una presencia detrás de mí que venía hacia nosotros, era Herbert; yo logré agacharme, pero Manny no, y fue arrojado desde el tercer piso. Manny cayó al vacío, al pasto enfrente del Templo. Herbert miró desde la azotea hacia abajo, hubo una sonrisa en su rostro. Se puso la máscara de macho cabrío como cuando mató a Calvin.

Dio un grito de coraje, la lluvia se detuvo, y solo se escuchaba la música abajo en el Templo. Me llené de ira y me dejé llevar por el mal dentro de mí. "déjame tomar el control Graviel", escuché a Andy decir dentro de mí. La cadena en mi cuello comenzó a brillar. Herbert se acercó corriendo y me lanzó un puño con su cuchilla, la cual esquivé inclinándome a un lado y al mismo tiempo le clavé mi cuchilla, unas pulgadas, en el cuello. Me quitó la mano y continúo peleando. Me arrojó puño tras puño con sus cuchillas y las esquivé como nada. Cuando me lanzó su brazo, lo esquivé y con un movimiento de mi mano hacia arriba, le corté el brazo hasta el codo. Herbert dio un grito enorme de dolor y se quitó la máscara con la otra mano. No tenía tiempo que perder con él. Usé todo en mí para vencerlo.

– Me enseñaste bien, Herbert –le dije. Le di una patada en el pecho y cayó al suelo. –Esa fue por Marcus. Sé que fuiste tú el que lo enveneno. ¿Qué se siente estar abajo maestro? –dije. Me arrojó la otra mano y se la detuve en el aire, le quité la cuchilla que era más grande que la mía y se la clavé en la pierna izquierda, tanto que la traspasé. –Y esta es por Calvin. –Herbert gritó del dolor como un niño. Lo levanté por el cuello como un muñeco de trapo y me puse a la orilla del edificio, listo a arrojarlo. –Y esto es por Manny. –dije.

– ¡Graviel! –gritó Pamela desde abajo. –¡NO! – Estaba con Melvin.

— ¡Baja de ahí, Graviel! —Gritó Melvin enseñándome el celular detonador. —¡Ahora es el momento!

Miré a Herbert y lo arrojé en la azotea.

— ¡Encuéntrame adentro, Pamela! —Le grité desde arriba. Miré mi reloj; eran las once con cincuenta minutos. Bajé los escalones y entre la oscuridad, bajé al segundo piso y luego al primero. No escuché música, lo cual se me hizo un poco raro, pero seguí bajando los escalones de cualquier modo.

— ¡Graviel! —me gritó Theodore detrás de mí, por encima de los escalones. —Hijo, dame la contraseña. Por favor, hijo mío. —dijo. Traía una bolsa de plástico llena de dinero. Las puertas de la sala de ceremonia se abrieron al mismo tiempo que Pamela y Melvin entraban por la puerta del frente. Estaba ahora en medio de Theodore, La Hermandad y Pamela. Theodore comenzó a bajar los escalones detrás de mí, lentamente. Todos los miembros me veían como vampiros listos para devorarme.

— ¡Corre Graviel! —gritó Pamela. Volteé a mirar al abuelo.

— Por favor, hijo, dame la contraseña. Tú no eres así, tú amas a tu abuelo, a tu familia, no puedes hacer esto, no, no eres capaz. —dijo casi llorando. Me acerqué a él cuando estaba en el último escalón encima de mí. Me acerqué a su oído.

— Pero yo no Theodore, yo soy Andy. ¿Me recuerdas?

— Theodore me miró confundido.

— Le diste esta cadena a tu nieto pensando que le iba a dar poder, sin saber que yo aún estaba aquí dentro por culpa tuya. Voy a vengar la muerte de Zaide y al fin me liberaré de ti. Vete al infierno —dije y Theodore gritó tan fuerte que casi sentí que el edificio tembló. Corrí rumbo a Pamela y Melvin mientras los hombres se me lanzaron. Se escucharon balazos y caí al suelo. Miré hacia atrás y Theodore me había disparado en la espalda y la pierna. Pamela me jaló por las manos.

— ¡Ahora Melvin! —gritó y Melvin sacó el celular, lo activó y detonó la bomba. El estruendo estremeció a todos y los detuvo unos momentos mientras Pamela me ayudaba a salir del Templo. Todos se miraban el uno al otro mientras el edificio comenzaba a derrumbarse poco a poco.

No sé de dónde Pamela sacó fuerzas para sacarme de ahí. Algunos miembros lograron salir y nos seguían, pero Melvin los detuvo con una pistola que tenía. Cuando llegamos al lado de la laguna en el transbordador, Pamela me subió y le dijo al conductor que lo echara a andar. El conductor, luego supe, fue Lukas.
— ¡Melvin! ¡Vámonos! —gritó Pamela.
— ¡No! ¡Váyanse ustedes! —gritó el enano. — ¡Yo me quedo aquí con mi hogar! ¡Sé que Graviel regresará a verme! ¡Vayan! —dijo. Esa fue la última vez que escuché su voz, pero no la última que me ayudó. Después supe que nos había seguido hasta el otro lado de la laguna en la ciudad y había sido él quien disparó al aire cuando los policías se acercaban. Nunca tuve la oportunidad de darle las gracias por eso. El pobre enano no sabía que era el hombre más rico de Zakenlandia en este momento.

… Y eso caballeros, fue todo lo que sucedió esa noche. Esa es toda la historia de lo que pasó.

Hay un gran silencio en la sala y varios de los agentes se miran las caras. Algunas mujeres con lágrimas en sus ojos. Pamela me toma la mano y me la aprieta, me sonríe. Quiero decirle que se mira muy bonita con la luz del sol.

Epílogo

Ese día era jueves por la mañana. Pamela y yo vamos a bordo del transbordador rumbo al Templo, o lo que quedaba de este. No lo habíamos visitado en seis meses. Al acercarnos, vemos que ya no está el edificio, sino una versión más pequeña del castillo que estaba ahí antes. Pamela y yo nos vemos el uno al otro. Es un edificio cuadrado de dos pisos color blanco, con muchas flores afuera. No hay rasgo de que un castillo alguna vez estuviera aquí. Caminamos hacia la puerta principal y tocamos el timbre. Una mujer con un vestido floreado abre la puerta. Su rostro refleja una sonrisa amable y sincera.

— ¡Hola! ¿Buscan a Melvin? Pasen, pasen por favor. —dice abriendo la puerta completamente.

Entramos y nos dirige hacia el segundo piso, a un balcón donde está una ventana enorme con cortinas blancas que se mueven con el viento. Melvin asoma la cabeza. Me sonríe y corre hacia mi dándome un abrazo.

— Graviel… — dice casi llorando. Recibiste mi carta. Pensé que no vendrías —me dice. Luego mira a Pamela y le da un abrazo también. —ella es Ashenati, es mi prometida.

— Es un gusto volverte a ver Melvin. —le digo.

— Todo… ¿terminó bien contigo, amigo mío?

— Se puede decir que sí Melvin. El estado me va a ayudar y solo es cuestión de tiempo. Gracias a Dios tenemos inmunidad.

— ¡Qué bueno! Graviel este… quiero darte una sorpresa —me dice. Lo miro confundido, miro a Pamela. —Ven conmigo — me dice guiándome hasta la ventana donde está el balcón. Mueve las cortinas y nos deja salir. Mis ojos duelen con la luz del sol. Cuando se reponen, veo a Manny que está sentado en una silla frente a una mesa, jugando con plastilina. Tiene una venda en la cabeza y está vestido con una camisa blanca y una pantalonera negra.

— ¡Manny! —Pamela y yo gritamos, acercándonos a la mesa junto a él. Manny apenas nos ve, se ve confundido.

— Temo que, no recuerda nada de lo que pasó —dice Melvin.

— Lo salvé esa noche cuando te vi por última vez y lo ayudé a recuperarse, pero lamentablemente no reconoce a nadie.

— Pero ¿puede hablar? —pregunta Pamela.

— Poco sí. —contesta Melvin.

— Hablo más de lo que piensas Melvin —dice Manny lentamente.

— Solo que me aburres.

Le doy un abrazo a Manny, lloro un poco enterrándome en sus brazos. Tengo tanto que hablar con mi amigo.

— No sabes qué tan feliz me haces Manny. —le digo.

– ¿Cómo te llamas? –pregunta también poniendo sus brazos alrededor de mí.

– No importa –le digo. –Solo estoy contento de que estés aquí.

Manny, confundido, sonríe y me ve.

– ¿Sabes cómo hacer aliens de plastilina? –pregunta apuntando a la plastilina que está en la mesa.

– Bueno, puedo hacer un enanito con ojos enormes que parece un alien –le digo. –apuesto que algún día van a estar de moda.

Manny sonríe. –Enséñame.

– Es bastante triste –dice Pamela mientras caminamos por el pasto de regreso al transbordador. Nos habíamos quedado jugando con Manny toda la mañana. Melvin nos había dado de comer.

– No lo puedo creer.

– ¿Crees que le debamos tratar de hacer recordar? –Pamela pregunta.

– No. Creo que, así como esta es mejor para él.

– Dame la mano. ¿Qué es lo que me ibas a preguntar?

– ¿Perdón?

– El otro día, en las oficinas de la policía. Dijiste que te recordara de algo que me ibas a decir.

– Ah, sí.

– ¿Y bien?

– Quería preguntarte si quieres ver la puesta del sol conmigo esta tarde.

– Tonto. –Pamela sonríe y apoya su cabeza en mi hombro.

– Siempre.

Maestros de destrucción masiva de J.M. Muñoz
concluyó su proceso editorial en febrero de 2024
en Houston, Texas, E.U.A.